1

Simone Hollingsworth disparut le jeudi 6 juin. On peut dire que c'était une merveilleuse journée pour se volatiliser : une brise tiède courait sous un ciel si clair, si lumineux qu'il en était presque incolore. Les haies étaient couvertes de fleurs et, dans les champs, lapins et lièvres faisaient les fous, ivres de *joie de vivre* [1], comme le sont tous les êtres très jeunes qui n'ont pas encore vu ce que le monde leur réserve.

Mme Molfrey, qui passait de sa démarche incertaine devant la maison voisine pour aller poster une lettre, fut la première à remarquer que quelque chose clochait dans St. Chad's Lane. D'un pied, Sarah Lawson s'efforçait d'ouvrir le portail des Hollingsworth, les bras chargés d'un grand carton.

— Laissez-moi vous aider, dit Mme Molfrey.

— Je peux me débrouiller, si vous voulez bien me tenir le portail.

— Ça a l'air rudement lourd, ajouta Mme Molfrey, en indiquant le carton. (Elle poussa doucement la grille en fer forgé.) Que diable avez-vous là-dedans ?

— Des bocaux de conserve pour mon stand, à la fête.

Elles remontèrent le chemin, Sarah ralentissant de beaucoup son pas, par courtoisie pour Mme Molfrey, qui était très âgée. Trois heures sonnèrent au clocher de l'église de pierre et de silex.

— Simone m'avait invitée pour le thé mais on dirait qu'elle est sortie. J'ai trouvé le carton sur les marches du patio.

1. En français dans le texte.

— Comme c'est bizarre ! Cela ne lui ressemble pas du tout.

— Je ne peux pas dire que je le regrette. (Sarah souleva le carton en ahanant.) Une fois qu'on est là-dedans, on en a pour une bonne heure, au moins.

— Je crois qu'elle est bien seule, la pauvre.

— À qui la faute ?

Elles firent halte devant Le Laurier, le cottage qu'occupait Sarah. Ici, nul besoin que Mme Molfrey lui tienne le portail, car il était sorti de ses gonds. Ce manque de soin, qui s'écartait de la norme agréée, était accepté par le village avec résignation. Sarah était tenue pour une artiste, aussi devait-on naturellement montrer quelque indulgence.

— Simone n'a pas dû aller bien loin, sans moyen de locomotion. Et elle va sûrement rentrer bientôt. À cinq heures, c'est la répétition de carillon.

— Ah, c'est la dernière lubie ? dit Sarah en riant. Il ne restait plus rien d'autre, sans doute.

— Elle a continué vos cours ?

— Non. (Sarah déposa le carton et retira une clé de sa poche.) Elle est venue pendant quelques semaines et elle s'est lassée.

Mme Molfrey posta sa lettre et reprit le chemin de sa maison, tout en se disant qu'en effet il ne restait plus grand-chose à Simone pour faire joujou.

Les Hollingsworth s'étaient installés aux Rossignols depuis un peu plus d'un an. Contrairement à la plupart des nouveaux venus, invariablement avides de comprendre, d'apprécier et d'adopter le moindre aspect de la vie du village avant même que les camions de déménagement aient tourné au coin de la rue, Alan Hollingsworth n'avait jamais manifesté le moindre intérêt envers les gens ni l'endroit. On ne l'apercevait que quand il montait dans son Audi décapotable, blanc et argent : il agitait la main pour dire au revoir à sa femme et faisait crisser le gravier de l'allée sous ses pneus. Ou bien, beaucoup plus tard – parce qu'il avait sa propre affaire et travaillait énormément –, quand il revenait et qu'il l'embrassait.

Simone était toujours sur le seuil quand la portière de la voiture claquait, comme si elle faisait le guet depuis un poste d'observation caché, déterminée à ce que le maître de maison soit accueilli à la seconde où il rentrait. Quand il l'embrassait, elle se haussait sur la pointe des pieds, levait une jambe d'un petit mouvement rapide, comme une actrice dans un film des années 1940.

Contrairement à son mari, Mme Hollingsworth, qui avait tout son temps, avait fait un effort pour participer aux activités locales. Il fallait bien avouer que celles-ci étaient limitées. Il y avait le Club des femmes, le Groupe de broderie, le Club de boules, le Cercle du vin maison et, pour les gens vraiment désespérés, le Conseil paroissial. C'était la femme du pasteur qui y présidait.

Mme Hollingsworth était allée deux ou trois fois au Club des femmes, avait assisté jusqu'à la fin à une causerie sur les poupées de paille et à une conférence sur les découvertes botaniques de John Tradescant[1]. Elle avait applaudi la gagnante du meilleur tablier et savouré une tranche de gâteau de Savoie. À plusieurs questions pondérées mais serrées sur son passé et son présent, elle avait répondu avec une sorte d'imprécision pleine de bonne volonté, qui avait eu le mérite d'être à la fois décevante et acceptable. À la troisième réunion (« Étonnez vos amis avec un posset[2] Tudor »), on l'avait vue soupirer légèrement et elle n'avait pas été en mesure, à son grand regret, de rester pour le thé et le gâteau au citron.

Suivirent les Boules. Sur le point de défaillir d'horreur, le colonel Wymmes-Forsyth, secrétaire du club, la regardait s'avancer, avec des yeux qui lui sortaient de la tête, perchée sur ses talons de dix centimètres, étroits comme des pieds de verre à vin, qui piquaient et massacraient

1. John Tradescant (1570-1638) : botaniste anglais et jardinier de Charles Ier. (*N.d.T.*)

2. Posset : boisson chaude faite d'un mélange de lait caillé et de bière ou de vin. (*N.d.T.*)

son précieux gazon. On la dissuada sans trop de peine (tout le monde était *tellement* âgé) de s'inscrire.

Au Cercle du vin, aux réunions paroissiales qui se tenaient le soir, on ne la vit point. Pas plus qu'au Groupe de broderie, bien que Cubby Dawlish eût glissé un petit mot délicieusement illustré, avec les horaires, dans la boîte aux lettres.

On pensait généralement que c'était la timidité, ou un sens aigu de sa dignité, qui lui avait fait dédaigner le moyen le plus simple et le plus agréable de faire connaissance avec les gens, c'est-à-dire une petite visite au *Goat and Whistle*. La plupart des nouveaux immigrants y entraient aussi sec, pour s'humecter le gosier. Ils commandaient une pinte de la meilleure bière du patron et, le pied sur la barre du comptoir, ils cherchaient une entrée en matière, ou intervenaient aimablement dans une conversation pour essayer de se faire des amis.

Toujours accueillis avec chaleur, ils rentraient chez eux, confortés dans leur conviction qu'à la campagne, au moins, les gens avaient le temps de bavarder. Heureusement, ils ignoraient en général qu'un si vif intérêt n'était provoqué que par l'ennui débilitant de voir toujours les mêmes têtes à longueur de journée. Et ils ne se rendaient même pas compte quand, à leur tour, ils devenaient eux-mêmes accablés d'ennui.

Comme on l'a déjà dit, le carillon était la dernière fantaisie de Mme Hollingsworth. À ce jour, elle avait assisté à cinq ou six séances sans qu'apparemment ne faiblisse son intérêt. Mais elle n'était pas toujours exacte et, quand on constata qu'elle n'était pas là à cinq heures et demie, personne ne s'en étonna ni ne s'en inquiéta.

Le pasteur, le révérend Bream, tendait vaguement l'oreille tout en rangeant une pile de guides de l'église publiés par sa femme. Leur prix modeste de cinquante *pence* les rendait très populaires auprès des visiteurs dont la moitié au moins déposaient quelque chose dans la boîte, sinon la somme exacte.

Mme Molfrey entra tranquillement, en s'excusant de son retard et en comptant rapidement les personnes présentes.

— Elle n'est pas encore revenue, Simone ?

Après qu'elle eut expliqué le sens de sa question, le pasteur décida qu'on allait s'y mettre sans plus attendre.

On répétait pour un enterrement qui avait lieu le lendemain. D'habitude, on n'exigeait rien de plus qu'un glas somnolent, continu, mais cette fois, la famille endeuillée avait demandé qu'on joue *Oranges and Lemons*, la chanson enfantine préférée du cher disparu. Ce n'était pas un air familier à nos spécialistes de l'art campanaire, à Fawcett Green. Mais le pasteur, qui le connaissait bien, l'avait écrit sur des cartes. Ils en étaient à leur troisième essai. Prenant la place de sa collègue absente, le révérend Bream se balançait en rythme. Les bras tendus, il prenait des inspirations profondes et régulières, tandis que les talons de ses bottillons noirs se levaient et se baissaient en mesure et que la corde rouge, blanc et bleu glissait entre ses doigts.

Près de lui, la petite Mme Molfrey s'envolait, ses anglaises flottaient et ses chaussures de tennis aux lacets défaits lui pendaient des pieds avant de redescendre dignement sur les dalles usées. Le groupe carillonna pendant une demi-heure puis, comme de coutume, se retira dans la sacristie pour les rafraîchissements.

Avis Jennings, la femme du médecin, posa la bouilloire sur une vieille résistance électrique. Le pasteur brisa le sceau d'un paquet de biscuits à l'arrowroot. Personne ne les aimait mais son épouse, Mme Bream, persistait à les offrir, ayant lu quelque part que l'arrowroot était non seulement nourrissant mais possédait, en outre, des qualités lénitives.

Le pasteur prit une gorgée de thé, beaucoup trop fort à son goût, et orienta une fois de plus la conversation sur l'absence de Mme Hollingsworth.

— Je passerai chez elle quand j'aurai fermé, dit-il. Si elle n'est pas rentrée, Alan pourra sans doute nous donner une explication.

— Si j'étais vous, je ne me dérangerais pas, objecta Avis Jennings. C'est un bourreau de travail. Il ne revient jamais avant huit heures, selon Simone. Au plus tôt.

— Cela ne me dérange pas, affirma le pasteur. Je dois passer voir la vieille Mme Carter et c'est pratiquement sur mon chemin.

*
* *

Les Rossignols était l'une des trois maisons un peu en retrait qui bordaient St. Chad's Lane, dans un périmètre ni assez grand ni assez nettement défini pour être désigné par la poste comme une impasse. À gauche de la maison des Hollingsworth, s'élevait une bâtisse des années 1930, au crépi granité, avec la porte en vitrail, aux couleurs de bonbons acidulés. Des bouts de bois inégalement teintés étaient fixés aux murs en série alternée de Y et de chevrons inversés. Selon l'opinion d'Avis Jennings, qui était femme du Nord, non seulement ce n'était pas beau mais cela ne servait à rien. Une plaque de bois ciré indiquait : « Les Mélèzes », bien qu'on ne vît pas la moindre essence d'arbre pour étayer cette impudente prétention.

De l'autre côté des Rossignols se dressaient les deux cottages jumeaux de Mme Molfrey, discrètement réunis en un seul. De trente ans plus ancien seulement que la hideuse maison faux Tudor, Arcadie dégageait un charme authentique et serein. Le jardin était exubérant, fécond, exquis.

La résidence des Hollingsworth détonnait complètement dans ce petit enclos. « Maison de campagne de haut standing », selon le prospectus de l'agence immobilière, elle avait été construite en 1989 par un financier audacieux qui flairait la bonne affaire. Il avait acheté les trois taudis branlants qui se trouvaient là, les avait démolis et avait fait construire ce genre de bâtiment qui va avec les gens chics, dans des propriétés paysagées, saturées de caméras et entourées de clôtures électriques.

La voiture d'Alan était garée à quelques mètres du double garage. Le gravier avait volé partout, comme si le conducteur, arrivé à toute vitesse, avait dérapé et freiné à mort. La grille était grande ouverte. Arrivé à la porte d'entrée, le pasteur souleva la queue d'une sirène de cuivre et frappa plusieurs coups avec fermeté.

Personne ne vint ouvrir. Le révérend Bream hésita. Il attendit en humant la fragrance des touffes de tabac blanc qui s'épanouissaient dans des jarres italiennes ventrues. Puis il frappa à nouveau.

Le pasteur devait raconter après coup qu'il avait senti, dès ce moment-là, que quelque chose ne tournait pas rond du tout. Mais, en vérité, il en eut vite assez et il aurait tout simplement renoncé s'il n'y avait eu la voiture, si visible, à quelques mètres de là.

Tandis que se prolongeait ce silence inattendu, la curiosité eut raison de lui. Sans songer un instant qu'une pareille conduite pût saisir un passant – il ignorait ce qu'était la gêne –, le pasteur s'avança jusqu'aux fenêtres du salon et, mettant ses mains en visière à cause du soleil de ce début de soirée, il jeta un coup d'œil à l'intérieur.

Opulente, la pièce. Des murs et des rideaux pêche, une moquette crème, des canapés et des fauteuils recouverts de soie bouffante. Des dorures, des faux ors, du cristal. Des fleurs en masse, des petites tables avec des lampes dont aucune n'était allumée. Pas trace de vie.

Un grincement, à quelques mètres de là, attira son attention. La porte d'une remise venait de se refermer dans le jardin des Mélèzes. Des pas discrets s'éloignèrent. Le révérend Bream devina qu'il s'agissait du maître de maison. Comme tout le monde, il connaissait les manières sournoises, dissimulées des Brockley. Le plaisir franc d'un bon ragot à la boutique du village ou l'œil qui s'attarde par-dessus la clôture, très peu pour eux ! Alors que tous s'intéressaient passionnément aux affaires des autres, eux présentaient le front uni de l'indifférence absolue. Que leur parvienne du dehors la moindre titillation, ils se couvraient mentalement les yeux, les oreilles et la bouche dans un mouvement de répulsion hypocrite.

Méchamment, le pasteur s'écria :

— Bonsoir, monsieur Brockley !

Puis, tandis que les pas s'éloignaient en toute hâte, il revint à la sirène et se remit à frapper.

À l'intérieur, sur le seuil de la cuisine pour être précis, la proie se tenait immobile, la tête appuyée au chambranle blanc. Quand son visiteur avait frappé les premiers coups, Alan Hollingsworth s'était figé sur place, les yeux fixés sur le panneau de verre cathédrale à travers lequel on distinguait la silhouette déformée du pasteur, sans toutefois qu'elle soit reconnaissable.

Alan ferma les yeux et gémit silencieusement. Les secondes passèrent, ponctuées par le doux ronronnement de l'horloge de parquet, dans la salle à manger, et les battements douloureux de son cœur. Il se maudit de n'avoir pas rangé la voiture. Des semaines – non, des années s'écoulèrent. Le visiteur inconnu était toujours là.

Le ridicule de la situation et l'impossibilité de la prolonger indéfiniment le remplirent d'humiliation et de détresse. Il savait que, même si l'inconnu renonçait, quelqu'un d'autre viendrait, tôt ou tard, le remplacer. C'était comme ça, dans les villages, personne ne pouvait y échapper complètement. S'ils ne voyaient aucun signe de vie venant des Rossignols, les voisins finiraient par se demander si les occupants étaient toujours *in situ*. Si tout allait bien. Quelqu'un pourrait même appeler la police. Une sueur froide inonda le visage d'Alan et une salive amère lui remplit la bouche.

Les coups redoublèrent.

En se disant qu'il valait mieux en finir tout de suite, il se maîtrisa, tourna la tête et cria :

— J'arrive !

Le pasteur se composa une mine inquiète. Mine qu'il n'eut aucun mal à conserver quand la porte s'ouvrit enfin, car Hollingsworth n'avait vraiment pas l'air bien du tout. Le visage blême, luisant de sueur comme s'il venait de faire de gros efforts. Les yeux fous, il fronçait les sourcils en tâchant de se rappeler où il avait vu l'homme qui lui faisait face. Ses cheveux emmêlés se dressaient sur sa tête comme s'il avait tiré dessus. Sa voix était forte, il paraissait avoir du mal à respirer et ses phrases étaient bizarrement ponctuées.

— Ah, c'est le pasteur. Vous.

Acquiesçant poliment, le révérend Bream prit le recul involontaire de Hollingsworth pour une invitation à entrer et se retrouva en un clin d'œil sur le tapis de l'entrée. Il demanda si tout allait bien.

— Nous nous sommes un peu inquiétés de l'absence de Simone à la répétition, expliqua-t-il. Et je passais lui dire de ne pas s'en faire, pour l'enterrement de demain.

— L'enterrement ?

— À deux heures. (Le pasteur était de plus en plus inquiet. L'homme semblait comme fou.) Est-ce que ça va, monsieur ? Vous avez l'air d'avoir subi un choc.

— Non, non. Tout…

Le reste de la phrase se perdit ou lui fit défaut. Il jeta un coup d'œil, plutôt appuyé, de l'opinion du pasteur, à la porte maintenant grande ouverte. Mais face à un paroissien apparemment en plein désarroi, le révérend Bream était avant tout conscient de son devoir.

— Puis-je ? demanda-t-il et, sans attendre la réponse, il mit les voiles vers la pâtisserie viennoise qu'était le salon.

Il posa son large postérieur sur une pile de coussins satinés en forme de cœur, glissa et se réinstalla plus solidement. Puis il se tourna avec un sourire résolument bénin vers Hollingsworth qui l'avait suivi à contrecœur.

— Bon, Alan, dit le pasteur, si je peux vous appeler comme ça ?

Son regard bienveillant fut momentanément distrait par la vue d'un splendide plateau en argent qui portait deux carafes de cristal et plusieurs bouteilles dont une de Jack Daniels, presque pleine, et une de Bushmills, à moitié vide. En aucune façon, avec sa pension, le pasteur n'aurait pu s'offrir l'un ou l'autre de ces somptueux breuvages. Il se redressa.

— Vous avez l'air d'avoir besoin d'un verre. Je pourrais peut-être…

— Simone. Ne vous en faites pas, je transmettrai. Le message.

— Alors, elle n'est pas là ?

— Non. Sa mère.

Hollingsworth secoua la tête et eut un geste désespéré, les paumes en l'air.

— Je suis absolument désolé. (Le pasteur perdit tout espoir de goûter au Jack Daniels. Le fait même de l'avoir convoité lui parut légèrement inconvenant.) J'espère que ce n'est pas grave.

— Une attaque.

Alan, qui avait répondu sans réfléchir, trouva immédiatement que c'était un trait de génie. Contrairement aux autres maladies, où on va mieux ou pire, les attaques, ça peut rendre impotent, et le malade nécessite des soins plus ou moins constants. Donc, en mettant les choses au pire... Au pire du pire...

— Oh, là, là.

Le pasteur réitéra ses condoléances et fit mine de se lever. Pour la première fois depuis qu'il avait ouvert la porte, Hollingsworth se détendit un peu. Le soulagement serait un mot trop fort pour dépeindre l'expression de son visage. Seulement un léger fléchissement dans la tension et la méfiance.

— Est-ce qu'elle habite loin d'ici ? demanda le révérend Bream.

— Au pays de Galles, dans les Midlands.

— Ce n'est pas si loin. Peut-être pourrez-vous...

— Non. Pensez un peu, les affaires.

— Bien sûr.

Le révérend Bream hocha la tête d'un air plein de compréhension, tout en essayant de se rappeler en quoi consistaient exactement les affaires de Hollingsworth. En rapport avec les ordinateurs. Le cerveau du pasteur tournait en bouillie à cette seule idée.

Un pied sur le seuil, il lui vint soudain à l'esprit que sa femme, mise au courant de la situation, le réprimanderait pour n'avoir pas invité le pauvre à dîner. Il marmonna quelques mots au sujet d'un « repas froid », qui serait « au besoin suffisant pour trois ».

Au grand soulagement du pasteur, Hollingsworth refusa immédiatement.

— Congélateur. Plein, dit-il et il ferma la porte avant même que son visiteur ne soit complètement dehors.

En s'éloignant, le révérend Bream se retourna pour jeter un coup d'œil en arrière. Alan Hollingsworth était appuyé au panneau de verre cathédrale. Sous les yeux du pasteur, la forme sombre, dont les contours miroitaient comme si elle se trouvait en eau profonde, se mit à glisser lentement, jusqu'à ce qu'en quelques secondes, l'homme s'effondre sur le sol.

— Le pasteur vient de passer aux Rossignols.

Iris Brockley, les narines remplies de l'opulent parfum du produit pour vitres, écarta un rideau de tulle à volants empesé et recula d'un pas discret. En matière de surveillance, Iris aurait pu filer des tuyaux au FBI.

— Je me demande ce qu'il voulait.

— Je n'en ai pas la moindre idée.

— J'espère qu'il n'y a rien de grave, Reg.

— Cela ne nous regarde pas.

M. Brockley referma le *Daily Express*, en repassa les première et dernière pages du plat de la main, le replia soigneusement et le rangea dans un porte-revues en bambou, à ses pieds.

— Tu as fini avec ça ?

Au signe d'acquiescement de son mari, elle bondit sur ses pieds, s'empara du journal et disparut dans la cuisine.

Reg sortit par la porte-fenêtre, comme il le faisait chaque soir à cette même heure, quand le temps était clément. Il déambulait dans le jardin, revenait pile pour les informations de six heures et l'arrivée, tout aussi exacte (sauf le soir où elle rentrait tard), de leur fille Brenda.

La soirée était délicieuse. L'air léger, doux, effleurait ses joues rebondies et sa petite moustache raide.

Il regarda la clématite du voisin qui grimpait avec exubérance sur le treillage et s'égarait chez eux. Lui-même et sa femme avaient eu, à son propos, de graves discussions mais s'étaient bien gardés de s'en ouvrir directement à l'intéressé.

C'est alors qu'à quelques mètres de lui, une poignée tourna et quelqu'un pénétra dans le patio. D'après les pas, Reg devina qu'il s'agissait d'Alan. Bien qu'il eût été le premier sur les lieux, Reg adopta aussitôt le rôle de l'invisible indiscret. Il demeura immobile, respirant silencieusement par la bouche, tout en espérant ne pas être obligé d'avaler sa salive.

Hollingsworth se mit à appeler Nelson, le chat, d'une voix qui parut à Reg plutôt étrange et rauque. Comme s'il était enrhumé.

Reg rentra chez lui sur la pointe des pieds pour transmettre cette bribe d'information à Iris. Elle fut aussi intriguée que lui, car il était notoire qu'Alan n'avait jamais prêté la moindre attention à l'animal depuis le jour de son arrivée. C'était Simone qui avait eu pitié du chaton tigré abandonné, trouvé un an plus tôt. C'était elle qui le nourrissait, qui le brossait, qui roucoulait et sifflait doucement pour le faire rentrer, à la fin de la journée. Les Brockley étaient encore en train de discuter de cet état de choses inhabituel quand Brenda arriva.

Alors que la Mini Metro marron foncé glissait devant la fenêtre de la cuisine pour se garer sous le toit du garage en plastique ondulé, Iris mit son tablier à volants, sortit des toasts au fromage de chez Marks and Spencer du congélateur et alluma le micro-ondes.

Brenda pénétra dans la maison et monta en courant au premier étage. Sa routine ne variait jamais. Elle suspendait son manteau dans la penderie, se recoiffait et se lavait les mains. Shona, un caniche blanc relégué dans un panier d'osier entre le lave-linge et le réfrigérateur, commençait à geindre de bonheur dès que le mécanisme se mettait en route. Quand Iris entendait le bruit de la chasse d'eau, elle ébouillantait la théière et, au moment où sa fille pénétrait dans la cuisine, tout était prêt.

Brenda mangeait avec beaucoup de délicatesse. Assise, maintenant, avec le petit doigt éloquemment relevé, elle sirotait son thé et répondait copieusement et en détail aux questions d'usage sur sa journée. Brenda savait à quel point sa mère – et son père aussi, depuis qu'il était à la retraite – attendait avec impatience sa séance quotidienne d'exposition aux rayons trépidants de la haute finance.

Ayant épuisé jusqu'à la dernière goutte toutes les péripéties de sa journée au Coalport and National Building Society, Brenda tapota les coins de sa bouche avec sa serviette brodée.

Iris et Reg échangèrent des regards de complicité malicieuse. Sans se consulter, ni l'un ni l'autre n'avait encore fait allusion à l'état de choses inhabituel, chez les voisins, car ils jugeaient tous deux qu'il fallait garder le meilleur pour la fin.

Reg se jeta à l'eau :

— Il est arrivé quelque chose à côté, ma chérie.

— À côté ?

Brenda était en train d'empiler sa tasse, sa soucoupe et son assiette. La vaisselle heurta le Formica avec fracas.

— Fais attention, dit Iris.

— Qu'est-ce qui est arrivé ? (La voix de Brenda était sèche. Elle eut une petite toux rauque avant de poursuivre :) Tout avait l'air normal quand je suis rentrée.

— Mme Hollingsworth n'est pas là.

— Simone ? (Brenda balaya la pièce du regard. Des coups d'œil furtifs accompagnés de sursauts de la tête, comme un oiseau qui picore.) Qui vous a dit ça ?

À la surprise des Brockley, leur fille se leva, se dirigea vers l'évier et ouvrit le robinet d'eau chaude. Brenda ne faisait jamais la vaisselle ni n'aidait même à débarrasser. On ne l'attendait pas d'elle. Il était tacitement admis que sa contribution aux dépenses de la maison ou, comme le disait Iris, sa « pension » ne couvrait pas seulement sa nourriture mais la dispensait de toutes les tâches domestiques. À part le ménage de sa chambre, dans laquelle personne ne pouvait pénétrer car elle était toujours fermée à clé.

— Je vais faire ça, ma chérie.

— C'est bon.

— Mets des gants, au moins.

— Alors… (Brenda plongea les mains dans une pyramide de bulles iridescentes et se mit à entrechoquer les couverts avant de reformuler sa question.) Où avez-vous entendu ça ?

— Personne ne nous a rien dit, en fait, confia Iris.

Interceptant le regard de son mari, elle fut incapable de dissimuler son anxiété. Brenda était devenue très pâle, avec une tache rouge sur les pommettes et elle agitait la vaisselle avec tant d'énergie que l'eau mousseuse débordait.

— C'est seulement Papa qui a… hum…

— Déduit.

— Oui, déduit.

— Tu vois, Brenda… (Reg fronça les sourcils en direction du dos rigide et des coudes qui s'activaient furieusement.) Tu ne peux pas arrêter ça une minute ?

— J'écoute.

— Il y avait une répétition de carillon, cet après-midi, un air tout à fait inhabituel, d'ailleurs, mais Simone n'a pas pu y assister parce que j'étais dans le jardin quand ils sont sortis et elle n'est pas rentrée chez elle.

— Alors le pasteur…

— C'est bon, Iris.

— Désolée, chéri.

— Le révérend Bream est passé chez eux peu de temps après et je crois raisonnable de supposer qu'il venait aux nouvelles. Non seulement la porte a mis très longtemps à s'ouvrir mais il n'était pas plus tôt entré qu'il ressortait déjà. Et puis…

— C'est le meilleur de l'histoire.

— Alan est sorti dans le jardin pour *appeler le chat*.

— Eh bien, il était bien obligé, non, si elle n'était pas là ? (Brenda retira la bonde et avec vigueur s'essuya les mains au torchon.) Je crois que vous en faites des montagnes.

Reg et Iris se regardèrent, déçus et consternés. Plus d'une fois, ils avaient fait une montagne, pour ne pas dire toute une chaîne ennuagée, de détails loin d'être aussi riches en potentiel dramatique. Et Brenda était bien la première à se régaler de ce genre de discussion. Mais à ce moment elle jeta simplement le torchon par terre, fit claquer la langue à l'intention du chien et quitta la pièce. Shona, folle de joie mais assez sage pour ne pas aboyer, bondit de son panier et trotta derrière elle. Il y eut un silence : les Brockley entendirent tinter la clochette du collier quand Brenda attacha la laisse. Puis la porte d'entrée claqua, elles étaient parties.

Reg et Iris se précipitèrent dans le salon pour regarder par la fenêtre les deux qui descendaient l'allée et retournèrent à la cuisine. Iris ramassa le torchon et le suspendit à une pince en plastique turquoise, près des gants en caoutchouc.

— Qu'est-ce qu'elle a, ce soir ? dit son mari.

— Les nerfs, Reg. C'est la tension qu'il y a dans ces grandes réunions. Tu te souviens dans quel état tu rentrais ?

*
* *

Heather Gibbs venait faire un bon coup de ménage à Arcadie, tous les vendredis.

Mme Molfrey était assise dans son fauteuil à oreilles, à la tapisserie au *petit point*[1] fanée, les pieds surélevés sur un tabouret garni de perles, et l'observait avec un air de profonde satisfaction. Quoique lourdaude et peu économe de ses mouvements, Heather manipulait ses précieux bibelots avec des gestes très doux et précis.

Donnant un dernier coup de plumeau à un lustre vert émeraude, elle demanda à Mme Molfrey si elle était prête pour sa p'tite tasse de thé. C'était la dernière corvée avant de partir. Elle laissait le thé et un morceau de gâteau sur la petite table, près du fauteuil.

Mme Molfrey proposait toujours à Heather de se joindre à elle mais celle-ci n'avait accepté qu'une seule fois. Le thé était dégoûtant. Une drôle de couleur et une odeur encore pire.

---

1. En français dans le texte.

En mettant la bouilloire à chauffer dans la cuisine, elle entendit les pétarades d'un moteur de 500 cm^3 et vit, par la fenêtre, un scooter Honda qui rebondissait doucement sur l'herbe, à l'arrière de la maison.

— C'est Becky, cria-t-elle.

— Elle m'apporte mes cheveux, cria Mme Molfrey en retour. Mettez une cuillerée de plus dans la théière. Et sortez la boîte à gâteau.

Becky Latimer, une jeune femme au gentil visage légèrement semé de taches de rousseur, lisse et brune comme un œuf de poule, souleva le loquet et pénétra dans la cuisine. Elle portait une tête à perruque sous un bras et un sac en plastique personnalisé, orné d'une brosse et d'un peigne surmontés des mots: « Salon Mobile de Becky. »

— C'est prêt, madame Molfrey. (Elle sourit à la vieille dame.) Comment allons-nous, aujourd'hui ?

— Vous restez pour le thé, Becky ?

Mme Molfrey posa sur le bras de la jeune fille un amalgame d'os noueux recouverts d'une peau flasque, piquée de taches rousses.

— Mais volontiers, dit Becky qui avait déjà vingt minutes de retard. Mais rapide, alors.

Tandis que Heather apportait le plateau, Becky mentionna le nom de Simone Hollingsworth, en demandant à Mme Molfrey si elle l'avait aperçue.

— C'est que je devais lui faire une coupe et un brushing hier, à trois heures et demie, et quand je suis arrivée, elle était sortie. Elle n'a pas décommandé ni téléphoné, rien. Cela ne lui ressemble pas du tout.

— J'ai entendu dire qu'elle est allée soigner une parente malade, dit Mme Molfrey, elle a dû partir en coup de vent. C'est sûr que le rendez-vous lui est complètement sorti de la tête.

— Oui, sans doute, concéda Becky avec un certain soulagement.

Elle essayait de monter son affaire et avait craint que Mme Hollingsworth n'ait été mécontente de son travail. Simone était une cliente exigeante et ses cheveux fins, blond platine, n'étaient pas faciles à coiffer. Au contraire de la plupart des clients, elle voulait chaque semaine quelque chose de différent, ne serait-ce qu'une petite touche. Quand Becky arrivait, il y avait souvent un *Vogue* ou un *Tatler* ouvert sur la table du salon et son jeune cœur se serrait tandis que Simone lui montrait une coiffure compliquée et lui demandait de la copier. Pourtant, jusque-là, touchons du bois, elle s'en était plutôt bien tirée.

Heather, ayant enfilé son manteau, allait dire au revoir mais s'arrêta pile.

— Hé, Becky, vous parlez de Mme H des Rossignols ?

— C'est ça.

— Elle était dans le bus du marché.

— Dans le bus ?

— Exact, madame Molfrey.

— Mais elle ne va jamais nulle part.

— Eh ben, elle est allée à Causton.

— C'était celui de deux heures trente ? demanda Becky.

— Non, midi et demi. Elle est descendue à Gateways. Et j'vais vous apprendre un drôle de truc. Elle avait pas de valise, rien du tout. Juste son sac à main.

— Vous m'en direz tant, s'exclama Becky, si elle allait voir une parente malade, elle aurait dû descendre à la station de la gare.

— C'est un vrai mystère, dit Heather, en prenant congé.

— C'est vrai, c'est extraordinaire, renchérit Mme Molfrey en humant avec un évident plaisir l'odeur suave du jasmin. S'embarquer pour aller soigner un malade avec seulement un sac à main ? On prend au moins un petit guide, ou de la gelée de bœuf.

— M. Hollingsworth va peut-être la rejoindre en voiture plus tard.

— Peut-être. Ce que je n'arrive pas à comprendre, c'est pourquoi elle a pris le bus. Il met presque une heure, alors qu'avec le taxi de Charlie, on en a pour un quart d'heure.

— Ce n'est sûrement pas pour économiser, madame. (Becky jeta un coup d'œil à sa montre.) Désolée, je dois y aller. Je suis un peu en retard.

— Chère enfant, s'exclama Mme Molfrey. Que ne le disiez-vous ?

Durant les deux jours suivants, un groupe de voisins d'Alan fit assaut de bonne volonté pour tenter de lui témoigner leur sympathie. Une tarte aux pommes, des œufs frais et un bocal de chutney à la tomate verte furent déposés sur le perron des Rossignols mais y restèrent jusqu'à ce qu'on les reprît, avec chagrin. On glissa un message dans la boîte aux lettres dans lequel on s'offrait à s'occuper du linge, offre qui fut dédaignée de même. Tout comme le petit mot proposant de faire des courses ou de tailler la haie. On prit véritablement ombrage quand on découvrit qu'un plein carton de plats tout préparés avait été commandé par téléphone et livré par Ostlers, l'épicerie du village.

Après quoi les Samaritains frustrés, reconnaissant qu'il y a décidément des gens qu'on ne peut pas aider, renoncèrent à toute approche directe. On garda cependant un œil vigilant, et le village remarqua, non sans une certaine satisfaction, qu'à peine vingt-quatre heures après le départ de Mme Hollingsworth, les choses commençaient à prendre vilaine tournure.

Le vendredi, les rideaux restèrent fermés jusqu'à l'heure du déjeuner. Samedi et dimanche, ils ne furent pas tirés de la journée. Déterminée à considérer un tel relâchement moral comme un appel au secours, l'équipe renouvela ses efforts en frappant à la porte et, en l'absence de toute réaction, répéta l'offensive à l'arrière de la maison, avec des résultats négatifs dans les deux cas.

Quand le laitier vint se faire payer, il y avait trois bouteilles pleines sur les marches. Il frappa plusieurs coups en criant : « Le lait, oh ! » par la boîte aux lettres. La porte finit par s'entrouvrir, un billet de dix livres lui fut glissé dans la main et les mots : « N'en apportez plus » furent chuchotés par l'entrebâillement, d'une haleine aigrie par le whisky.

Naturellement, cela fit sur l'heure le tour du village. Plus tard, la dépravation d'Alan Hollingsworth fut confirmée quand un flot de bouteilles cascada de sa poubelle à roulettes dans les mâchoires broyeuses de la benne à ordures municipale de Causton. Avis Jennings en compara le fracas à celui qu'on aurait fait en se débarrassant d'une serre. Le pasteur, mis à la page par son épouse, songea à tout ce Jack Daniels consommé en solitaire et se demanda s'il devait renouveler sa tentative de consolation.

*
* *

Au *Goat and Whistle*, les habitués commentaient l'absence de Simone. Personne ne croyait à cette histoire de « maladie dans la famille ». Le plus virulent était, certes, le patron qui déplorait que pas une goutte de la rivière d'oubli de Hollingsworth n'ait été éclusée dans son établissement.

— Foutaises, tout ça ! dit-il en tirant une Beamish pour un homme au teint cramoisi, en veste à grands carreaux. Elle s'est cassée, pour vivre un peu sa vie. Et c'est pas moi qui lui donnerais tort.

Il y eut un murmure d'approbation.

Dans un coin de la salle, un buveur solitaire faisait durer son demi de bière brune. Il avait à peine ouvert la bouche depuis son entrée dans le bar et, maintenant, après avoir fini son verre, Gray Patterson se leva et partit sans un mot.

En fait, c'était au *Goat and Whistle* qu'il l'avait rencontrée. Sur le moment, il n'avait pas discerné l'improbabilité d'une telle occurrence. Elle n'avait pas mis les pieds dans le pub plus de deux fois en cinq ans, depuis qu'elle s'était installée dans le village. Cette fois-là, la deuxième, elle était entrée pour acheter une boîte d'allumettes, car l'épicerie du village n'en avait plus.

Il savait qui elle était, bien sûr – dans un si petit endroit, tout le monde connaissait tout le monde de vue – et vaguement ce qu'elle faisait. Elle enseignait à mi-temps à des adultes, n'avait presque pas d'argent, sa maison tombait en ruine. Elle faisait du modelage et des vitraux. Il était rare de passer devant le cottage Le Laurier sans entendre de la musique, des braillements puissants de chanteurs d'opéra que Fawcett Green tolérait avec résignation, car on sait que les artistes ont besoin d'une ambiance créative.

Il l'avait donc suivie quand elle était sortie du pub et l'avait rattrapée dans St. Chad's Lane, pour se présenter. Il se remémorait la scène.

Arrivée devant le cottage Le Laurier, Sarah avait tiré le portail sorti de ses gonds.

— Je peux entrer une minute ?

— Pour quoi faire ?

— Oh. (Bien qu'il ait parlé impulsivement et se soit presque attendu à un refus, Gray était déjà dans l'allée.) Pour bavarder un peu.

— Non.

— J'aimerais vous connaître mieux.

— Pourquoi ?

— Parce que...

Gray ne savait plus que dire. La plupart des femmes ne posent pas cette question. Elles savent pourquoi. Et cependant, il voyait bien qu'elle n'était pas une fausse *naïve* [1] ni une sainte-nitouche.

— Vous ne faites jamais la conversation, Sarah ? (Il recula et souleva le portail dans sa position initiale.) Commenter, développer, faire des excuses, des blagues idiotes ? Échanger des recettes ?

— Pas vraiment. Où voulez-vous en venir ?

— J'ai horreur des questions auxquelles on ne peut pas répondre.

— Et moi, je trouve que ce sont les seules qui vaillent la peine d'être posées. (Elle sourit alors, mais pour elle-même, en l'excluant.) Alors, vous voyez, on ne pourra jamais s'entendre.

— Je peux changer. Je suis souple.

— Au revoir, Gray.

Il aima la manière qu'elle eut de prononcer son nom. Elle roulait légèrement les R. Ni zézaiement ni défaut de pro-

1. En français dans le texte.

nonciation ; cela tenait plus du glissement rapide. C'était irrésistible.

— Vous voudriez que je vous répare ça ? cria-t-il.

— Certainement pas. Ça a pris des années pour qu'il soit dans cet état. De toute façon (elle se retourna sur le perron et le fixa d'un regard amusé), si je voulais le réparer, je pourrais très bien le faire moi-même.

Tout cela avait eu lieu trois mois plus tôt. Mais il n'avait pas renoncé. Il l'avait croisée « par hasard intentionnellement » à plusieurs reprises et échangé des mots encore plus aimables.

Mais voilà que, six semaines plus tôt, tout avait changé. Il avait apporté, dans un cageot, quelques plants d'hellébores qu'apparemment elle ne possédait pas. Elle prit le cageot, lui sourit et l'invita à entrer. Il resta une demi-heure environ. Il fallait bien admettre que ses manières étaient plutôt désinvoltes. Pourtant, il avait franchi le seuil. C'était la seule chose qui comptait.

En cette occasion, et durant la plupart des rencontres qui suivirent, ils en restèrent aux futilités. Gray, qui, même quand tout allait bien, était d'un tempérament plutôt changeant, se sentit découragé. Il avait beau se dire que c'étaient les préliminaires, il ne pouvait s'empêcher de penser qu'il piétinait. Il essaya de la faire parler d'elle, de son travail mais sans succès. Une fois, il lui demanda bien hardiment si elle avait été mariée. Un silence tomba, dur, lourd de réticence. Elle finit par admettre qu'elle avait vécu avec quelqu'un un an ou deux mais qu'elle préférait être seule.

Elle n'allait jamais nulle part avec lui. En dépit de l'état désespéré de ses finances, Gray l'avait invitée à dîner. Et, quand elle eut décliné son offre, il avait proposé une sortie au cinéma ou au théâtre, avec le même résultat. Une ou deux fois, ils étaient allés boire un verre au *Goat and Whistle* mais, la plupart du temps, ils restaient à bavarder dans le jardin.

Ce dimanche matin, ils parlaient des Hollingsworth – qui n'en parlait pas ? Gray, assis sur un canapé défoncé, buvait une petite tasse de café amer de Java. Sarah jeta un coup d'œil à sa montre.

— Mon hypothèse, pour ce qu'elle vaut, dit Gray, c'est qu'elle s'est précipitée au couvent.

— Simone ?

— Après avoir compris combien factices sont les charmes du sybaritisme dans ce monde de perdition.

— J'aimerais bien voir ça !

— Vous avez vu leur salon ?

— Oui.

— Le décor idéal pour une *poule de luxe*[1], vous ne trouvez pas ?

— Comment voulez-vous que je le sache ?

Sarah secoua sa montre et la porta à son oreille.

— Je vois Mme H, les pieds chaussés de sandales dorées sur un tabouret rose moelleux, un Malibu avec glace, et un petit parasol sur sa table en onyx en train de manger des truffes en chocolat, tout en appliquant du vernis sur ses ongles de pied et en lisant Jackie Collins.

— Elle n'était pas aussi habile que ça à mon cours.

— Une amande sucrée sur pattes.

— Et qu'est-ce que vous faisiez aux Rossignols, d'abord ? (Sarah s'approcha, lui prit sa tasse et sa soucoupe, les empila sur les siennes et emporta le tout dans la cuisine.) Vous livriez le lait à cet imbécile ?

— Nous étions amis, lui et moi. Enfin, si on peut dire.

— Je savais que vous étiez associés. (Depuis le seuil elle lui adressa un regard étrange. Plein d'intérêt, curieux mais sans une once de sympathie.) C'était dans le...

— En première page du *Causton Echo*.

— C'est juste.

— J'avais confiance en lui, dit Gray en haussant les épaules. J'en ai été d'autant plus la dupe. Quand l'argent entre par la porte, l'amitié se taille par la fenêtre, à ce qu'il paraît.

— Vous l'avez vraiment tabassé ?

— Oui.

---

1. En français dans le texte.

— Et vous avez tout perdu ?

— Pas tout à fait. Je n'ai pas perdu la moins-value – environ cinquante pour cent aux dernières estimations. Ni mes dettes. Ni ma chienne, elle traîne toujours dans le coin. Alors il faut voir les choses du bon côté.

— Je ne l'aurais pas pris aussi bien que vous.

— Je lui ai intenté un procès, à ce salaud. C'est comme ça que je prends les choses.

Sarah mit de la musique, *Di, cor mio* de *Alcina*, et retira la mousseline humide d'une masse de terre glaise sur un socle de marbre. Une tête masculine apparut, étroite, étirée avec un long nez, des lèvres minces, aux coins tombants. Elle était aveugle et Gray la vit comme mutilée, tout en sachant que l'œuvre n'était pas en cours de destruction mais de création.

Il ramassa sa veste et s'apprêta à prendre congé, comme il le faisait quand il sentait le moment venu. Il était décidé à ne pas forcer sa chance. Pour le moment, il avait la très nette impression qu'à la minute où il franchissait le seuil, elle avait déjà oublié son existence.

Arrivé à la porte, il s'arrêta. Penchée sur la table, Sarah appuya fortement son pouce sur l'argile, le déplaça légèrement puis retira les mains.

Soudain, grâce à cette seule orbite vide, l'intelligence jaillit. Anima le visage. Et Gray se demanda comment un simple geste pouvait faire naître cela.

*
* *

À Arcadie, pendant ce temps, Cubby faisait part à Mme Molfrey de la nouvelle qu'il venait d'apprendre à l'épicerie Ostlers. Au dire du pasteur, Alan lui aurait confié que Simone était partie au chevet de sa mère, victime d'une attaque.

Complètement éberluée, la vieille dame le fixa, les yeux ronds, pendant un long moment.

— C'est très troublant, Cubby.

— Et pourquoi, mon amour ?

— Simone n'a plus sa mère.

— Elle n'a plus…

Il en resta coi, tenant du bout des doigts la mesure du supplément vitaminique penchée sur le gobelet opalescent.

— Vous en renversez.

— Pardon. (Il saupoudra le reste de la mesure.) Comment le savez-vous ?

— Il y en a partout sur l'égouttoir.

— Je voulais dire, fit Cubby en soufflant la poudre dans l'évier, à propos de Mme Hollingsworth mère.

— C'est Simone elle-même qui me l'a dit. Il y a quelques semaines, j'étais dans la serre, en train de diviser des narcisses et elle est venue flâner. Vous savez comme elle est, la pauvre. Toujours à chercher comment s'occuper.

Mme Molfrey parlait avec l'incompréhension de quelqu'un qui, âgé de quatre-vingt-trois ans, n'a pas eu assez de temps pour faire tout ce qu'il voulait dans la vie.

— Elle m'a demandé ce que j'étais en train de faire, plus pour entretenir la conversation que par réel intérêt. Je lui ai expliqué et elle m'a dit que les narcisses avaient été les fleurs préférées de sa mère. Et qu'elle – Simone, c'est-à-dire – avait commandé une gerbe, une harpe je crois, faite entièrement d'Œil-de-Faisan, pour les funérailles de sa mère.

— Voilà qui est extraordinaire.

— Oh, je ne sais pas. J'aurais cru qu'une harpe convenait tout à fait, étant donné les circonstances.

— Je voulais dire…

Mais Elfrida se dirigeait déjà vers son fauteuil favori. Cubby la suivit, en portant la boisson vitaminée et la sienne propre, un remontant à base de liqueur de sureau, de citron pressé et de miel de trèfle.

— Ainsi, dit Elfrida en reposant ses jambes frêles et tremblantes sur les licornes brodées, les dragons et les roses aux épines d'or, Alan Hollingsworth a menti délibérément.

— Alors, que croyez-vous qu'on devrait faire ? demanda Cubby qui connaissait la réponse et la redoutait.

— C'est clair comme de l'eau de roche.

— C'est bien ce que je craignais, soupira-t-il en reposant sa tasse. D'accord. Je vais pédaler jusqu'à Ferne Bassett et...

— Laissez tomber Ferne Bassett ! s'écria Elfrida. Ferne Bassett, c'est de la petite bière. On a presque certainement affaire à un crime sérieux. Croyez-moi, ce bonhomme a liquidé sa femme. Et devant une présomption de cette ampleur, il n'y a pas de raison de tourner autour du pot en faisant appel à la piétaille. On n'a que faire des uniformes du coin. Il nous faut les galonnés !

— Mais, Elfie...

— Au bigophone, et que ça saute, Dawlish ! Appelez-moi un fiacre...

*
* *

En entendant le taxi s'arrêter, le cœur de Brenda Brockley se mit à battre plus vite. Ignorant les regards désapprobateurs de ses parents, elle se précipita pour voir ce qui se passait puis, tout de suite après, grimpa droit à l'étage, coupant court à toute discussion ou remontrance sur son étrange conduite.

Elle ferma la porte à clé et s'approcha du joli secrétaire placé dans le grand bow-window. La chaise sur laquelle elle s'assit était jolie, elle aussi. Un haut dossier, étroit : deux lattes droites et une barre transversale en *papier mâché*[1] verni incrusté de nacre. Un coussin de soie ambre orné de *fleurs de lis*[1] était attaché au siège par de fins rubans de velours. Devant elle, sur la tablette, était posé un vase d'œillets cramoisis.

Elle prit une minuscule clé en or dans une boîte couverte de coquillages, ouvrit le secrétaire et repoussa le cylindre. Elle retira un grand livre en peau de chagrin, sur lequel était marqué *Journal,* aux feuillets d'un jaune crémeux. À l'intérieur de la couverture, était scotchée une photo d'Alan Hollingsworth, qu'elle s'était procurée au printemps de l'année précédente.

---

1. En français dans le texte.

Un dimanche après-midi, quand Reg et Iris étaient sortis acheter une grande quantité de désherbant à la jardinerie la plus proche, Brenda, qui s'était donné du courage avec un grand verre de xérès doux, aborda les Hollingsworth à travers la séparation. Elle expliqua qu'il lui restait une photo à prendre, que ça n'avait plus l'air d'intéresser Shona, et demanda si elle pouvait les photographier. Ils acceptèrent, quelque peu surpris.

Brenda avait réglé son viseur avec le plus grand soin et obtenu exactement le cliché qu'elle voulait. La tête et les épaules d'Alan, pas la moindre trace de Simone.

Brenda aurait aimé mettre la photo dans un beau cadre en argent, comme ceux qu'elle avait vus chez des antiquaires, ruisselant de feuilles d'acanthe et de guirlandes de lis. Mais elle craignait d'oublier, un jour, de l'enfermer dans son secrétaire. Et si à ce moment-là, l'un ou l'autre de ses parents passait une tête par l'entrebâillement de la porte, pour jeter un rapide coup d'œil, pendant qu'elle mangeait en bas ou qu'elle prenait un bain…

Elle n'écrivait dans son journal que le week-end, quand elle avait assez de temps devant elle pour lui faire honneur. Parfois, et c'était de loin ce qu'il y avait de plus palpitant, elle parlait vraiment à Alan. Une petite fenêtre de sa chambre donnait sur la cour des Rossignols et, quand c'était l'heure de son retour, elle l'ouvrait avec des doigts tremblants, se penchait et criait : « Bonsoir. »

Brenda avait médité longuement sur la fréquence de ces saluts et s'était finalement décidée, après d'atroces interrogations, à dire bonsoir une fois sur dix. Plus souvent, il risquait de deviner que son apparition ne devait rien au hasard. Moins souvent, elle serait incapable de supporter l'attente.

Chaque fois qu'elle le saluait ainsi, elle l'indiquait soigneusement dans son livre de chagrin d'un astérisque dessiné avec un stylo spécial, de ceux dont on se sert à Noël pour marquer les étiquettes sur les paquets. Rempli avec une encre à l'odeur forte, il séchait en argent brillant, comme la trace laissée par un escargot.

Une fois par mois, ils se parlaient pour de bon, Alan et elle. Ces rencontres bouleversantes étaient marquées au stylo doré, de la même sorte, avec un astérisque surmonté d'un cœur dessiné au feutre rouge.

Elle devait feindre de flâner, pour provoquer les conversations, ce qui impliquait se balader dans le jardin en faisant semblant de humer les roses ou de désherber ou de jouer avec le chien. Quand Alan fermait la porte du garage, Brenda, au bord de la nausée, les nerfs à fleur de peau, lançait un « Bonjour » d'un ton détaché.

Il répondait, bien sûr, mais les conversations qui s'ensuivaient étaient forcément brèves. Combien de réponses pouvait-on fournir, après tout, à la remarque qu'aujourd'hui, le temps avait été incertain/affreux/merveilleux/changeant ? Ou que les nouvelles ne s'amélioraient guère. Elle continuait avec un : « Et comment ça va, aux Rossignols ? »

Alan lui affirmait alors que tout allait bien. Bien qu'il demandât rarement comment ça allait aux Mélèzes, Brenda avait une réponse toute prête.

Consciente que ses répliques devaient être tout à la fois légères, primesautières et, espérons-le, amusantes, elle se les répétait jusqu'à la dernière minute, pour parvenir au ton désinvolte, presque négligent qu'elle visait.

Elle n'avait personne à qui raconter son amour. À son travail, où on prenait sa timidité pour de la sournoiserie, elle n'avait pas d'amis. Et l'idée de se confier à ses parents était tout simplement épouvantable.

Les pensées de Brenda, comme celles de tout le village, étaient passionnément occupées par la disparition de Simone. Manifestement, elle avait été enlevée de force. Ou attirée au loin, peut-être par un faux message supposé venir de son mari. Car il était évident qu'aucune femme ayant la chance d'être mariée à Alan Hollingsworth ne quitterait la maison de son plein gré.

On aurait pu penser que la nouvelle situation d'Alan, homme libre désormais, remplissait Brenda d'un fol espoir et l'enchantait mais il n'en était rien. C'était le caractère impénétrable de la vie des Hollingsworth qui cimentait les rêves de Brenda. Maintenant que le fond s'était déchiré, la tapisserie tout entière semblait sur le point de se défaire. Elle redoutait ce que l'avenir lui réservait. Elle redoutait surtout, si Simone ne revenait pas, qu'Alan ne puisse plus supporter de vivre aux Rossignols, qui lui rappelleraient trop de souvenirs douloureux.

Brenda soupira et revint à l'inquiétant présent. Elle dévissa le capuchon de son stylo, en écaille avec une plume en or. Elle l'avait acheté spécialement, et fort cher, pour écrire ses pensées personnelles et elle ne s'en servait jamais pour autre chose.

Elle réfléchit avec circonspection à sa première phrase, car le texte était sacro-saint. Ni correction ni rature. Elle aurait considéré pareilles mutilations comme de mauvais augure.

Du mouvement dans le jardin voisin attira son attention. Alan ! Première apparition depuis qu'il avait été si cruellement abandonné. Il tournait le dos à la maison, et portait une bêche. Sous le regard avide de Brenda, il l'enfonça dans un grand carré de terre humide, près du patio.

Brenda était restée ainsi des centaines de fois, à regarder et à languir. Elle croyait posséder une sensibilité exceptionnelle pour tout ce qui concernait Alan et elle était sûre que, s'il levait les yeux, elle pourrait se détourner à temps. Ce qu'elle avait fait jusqu'à présent.

Mais il se produisit un événement qui fit mentir cette belle assurance. D'un geste brutal, il planta la bêche dans une touffe d'hémérocalles, la retira puis s'écarta, apparemment dégoûté. Ce faisant, il leva la tête droit vers la fenêtre de Brenda. Prise sur le fait, il ne lui restait qu'à soutenir son regard.

Leurs yeux se rencontrèrent, comme cela arrivait si souvent dans ses rêves. Mais, dans la vie réelle, ce fut tout différent. Le regard d'Alan était sombre, inamical, presque furieux, et la transperça comme une flèche. Il eut un geste violent de sa main libre et, l'espace d'un terrible moment, Brenda crut qu'il la menaçait du poing. Puis il balança la bêche qui atterrit avec fracas sur les dalles du patio et regagna la maison à grandes enjambées.

Brenda était anéantie. Que devait-il penser ? Que doit-on penser quand on vaque à ses affaires avec toutes les raisons de se supposer à l'abri des regards indiscrets, et qu'on découvre qu'on est espionné ? Pas étonnant qu'il soit en colère. Brenda se sentit complètement retournée, comme s'ils venaient d'avoir une querelle d'amants.

Elle referma son livre, reboucha son stylo et se moucha bruyamment. Cela ne servirait à rien de pleurer. Pas plus que de s'abandonner à un morbide examen de conscience. Les disputes, c'était fait pour se réconcilier. À elle de trouver un moyen.

*
* *

— Je me suis donné beaucoup de mal pour venir. (Mme Molfrey secoua avec tant de vigueur ses anglaises blondes, qui lui arrivaient aux épaules, que son chapeau faillit tomber.) J'espère qu'on ne m'a pas mal renseignée sur votre grade et le commissariat.

L'inspecteur divisionnaire Barnaby essaya de maintenir le masque d'interrogation courtoise qu'il affichait invariablement quand il était confronté à une visite spontanée mais il était difficile, très difficile même, de ne pas la dévisager.

Une vieille dame excessivement fardée était assise en face de lui. Elle paraissait perdue dans une volumineuse robe de fillette aux manches bouffantes, confectionnée dans une sorte de tissu d'ameublement : un chintz glacé semé de roses choux ébouriffées. Elle portait aussi des gants de dentelle blanche et des chaussures plutôt boueuses, à élastiques, en cuir ivoire à trous. Son visage était enduit d'une couche si épaisse de fard rose et blanc que, quand elle fronçait les sourcils ou qu'elle s'animait avec quelque vivacité, des paillettes se détachaient et flottaient en l'air comme des pellicules parfumées. Ses paupières étaient de ce bleu dur et éblouissant qu'on appelait jadis électrique. Si Mary Pickford[1] était encore en vie, pensa Barnaby, voilà sûrement à quoi elle ressemblerait.

— À la réception, ils ont essayé de me refiler à un constable. En manches de chemise. (Mme Molfrey baissa des cils si noirs et si recourbés qu'on les eût crus enduits de poix.) Mais j'ai insisté pour parler à quelqu'un de haut placé.

Le sergent Troy, qui passait par là, avait entendu le discours véhément de Mme Molfrey à la réception. Il avait pigé la situation, avait fourré la vieille dame dans l'ascenseur, l'avait propulsée au troisième étage et laissée sur le paillasson de Barnaby. Restait à savoir si le sergent avait agi par pure rosserie ou parce qu'il subodorait qu'une distraction serait la bienvenue.

— Eh bien, madame, qu'est-ce qui vous tracasse ? demanda Barnaby, conscient, en prononçant ces mots, qu'il avait adopté un ton protecteur, presque condescendant.

Pour rétablir l'équilibre, il ajouta, plus cérémonieusement :

— Que puis-je faire pour vous ?

— C'est moi qui peux faire quelque chose pour *vous*, répliqua Mme Molfrey, en retirant son gant gauche. Un de mes voisins a disparu. Je pensais que vous aimeriez être au courant.

— Il s'appelle ?

— Elle s'appelle. Lui est toujours là à mon avis, c'est toute une histoire !

Barnaby, qui s'attendait à ce que le discours de Mme Molfrey soit aussi farfelu et incohérent que son apparence, fut content de s'être trompé. Même si ses phrases étaient alambiquées et excentriques, leur sens était parfaitement clair.

— C'est Simone Hollingsworth, commença Mme Molfrey. (Elle s'interrompit quelques instants, en fronçant les sourcils d'un air sévère en direction d'une affiche contre le vol, ce qui décolla quelques flocons de plâtre pastel.) Vous ne prenez pas de notes ?

---

1. Mary Pickford, de son vrai nom Gladys Mary Smith (1893-1979), actrice américaine du cinéma muet. (*N.d.T.*)

— Pas pour le moment, madame. Je vous en prie, poursuivez.

— Elle s'est évaporée jeudi dernier. Déguisée en courant d'air, comme on dit. Bien que je n'aie jamais compris l'expression : si on veut se cacher, il vaut mieux que ce ne soit pas dans l'air. Ou alors dans de l'air très épais, comme notre bonne vieille purée de pois.

— Si vous pouviez...

— Soyez un brave garçon, ne mettez pas votre grain de sel ! Quand j'aurai fini, je vous ferai signe. J'agiterai mon mouchoir. Ou je crierai.

Barnaby ferma les yeux.

— J'ai eu des soupçons dès le premier soir. Je m'en souviens avec précision et je vais vous dire pourquoi. Le coucher du soleil, qui d'habitude me procure un grand délassement, était très décevant. Une couleur horriblement commune, comme du saumon en boîte. Cubby donnait de l'engrais à mes oignons – renommés, soit dit en passant, pour leur splendeur – et moi, je binais par-ci par-là, en m'attendant à deux ou trois mots avec Simone. Elle sort d'habitude à cette heure-là pour appeler son chat et nous échangeons quelques plaisanteries, les derniers potins du village, par-dessus la clôture et moi je commente les progrès de mes plantes, je maudis tous les prédateurs ailés ou rampants, je fulmine contre le temps, comme tous les jardiniers passionnés.

Barnaby hocha la tête. Lui aussi était un jardinier passionné et il était connu pour fulminer contre le temps, et ceci de façon si vigoureuse que sa femme en claquait les portes-fenêtres.

— Mais qui s'est montré à sa place ? Alan – c'est M. Hollingsworth – qui appelait « Nelson, Nelson », en agitant une boîte de croquettes, alors qu'il se moque du pauvre animal comme d'une guigne. (Mme Molfrey se pencha en avant.) Et ce n'est pas tout.

Ces derniers mots vibraient d'une tension sous-jacente qui frisait le mélodrame. Barnaby connaissait l'intonation ; il l'avait souvent entendue. Elle indiquait presque toujours qu'on s'inquiétait sincèrement du sort d'un semblable parce qu'on était persuadé qu'une épouvantable et sinistre menace pesait sur lui.

— J'ai découvert trois pièces encore plus troublantes de ce mystérieux puzzle. L'après-midi de la disparition de Mme Hollingsworth, Sarah Lawson, notre artiste à demeure, si je puis dire, avait été invitée à prendre le thé. Une demi-heure après, Salon Becky est arrivée sur sa bicyclette volante avec tous ses *tralalas à coiffure*[1], pour son rendez-vous. Mais Simone avait pris l'omnibus de douze heures trente pour Causton, sans en avertir personne !

Mme Molfrey, qui avait souligné l'intensité dramatique de ses paroles en agitant ses doigts noueux aux ongles vermillonnés, conclut par :

— Il n'y a pas plus surprenant de sa part.

Le procédé qui consiste à transformer un fait un peu inhabituel ou vaguement inexplicable en un événement digne du *Grand Guignol*[1] était lui aussi très familier à Barnaby. Il maîtrisa son impatience.

— Et si vous trouvez tout cela déconcertant... (Ici, Mme Molfrey marqua une pause et lança à l'inspecteur divisionnaire un regard chargé d'une attente si passionnée, d'une telle complicité qu'il n'eut pas le cœur de la décevoir. Une expression de curiosité tempérée anima brièvement ses traits taillés à la serpe.) Attendez un peu *le mot juste*[1]. (Elle se pencha en avant, en broyant sans pitié, dans son excitation, le grand sac de raphia posé sur ses genoux.) Interrogé par le pasteur, qui était naturellement inquiet de manquer d'un campanologue pour l'enterrement, Alan Hollingsworth a dit que sa femme était partie rendre visite à sa mère. Ah !

Ignorant si l'exclamation énergique exprimait l'incrédulité ou le cri signalant qu'il était libre de mettre son grain de sel, Barnaby s'éclaircit la voix et, constatant qu'on n'avait pas l'intention de le réprimander, il demanda :

— Et c'est quelque chose d'extraordinaire, madame ?

— Vous pouvez le dire. Elle est morte depuis sept ans.

---

1. En français dans le texte.

— Alors, il est évident que c'était une excuse inventée sur le moment, dit l'inspecteur. Les gens ne disent pas toujours la vérité sur leurs affaires personnelles. Ils ne sont pas obligés.

— Moi, si, répliqua Mme Molfrey, avec la simplicité d'un enfant.

Il n'y avait rien à répondre à cela et Barnaby eut la sagesse de s'abstenir.

— Vous ne trouvez pas, poursuivit Mme Molfrey, que tout cela a l'air plutôt… (Elle chercha l'adjectif qui résumerait de la façon la plus adéquate les sombres, les terribles complexités de l'affaire en cause.) Sicilien ?

Barnaby trouva que cela avait l'air aussi sicilien qu'un bâton de sucre d'orge de Blackpool[1].

— Vous vous attendez à avoir des nouvelles de Mme Hollingsworth si elle s'est absentée pour quelque temps ?

— Probablement pas. Elle était plus une connaissance qu'une amie. Mais cela ne veut pas dire qu'on ne s'inquiète pas.

— Bien sûr. Et en avez-vous discuté avec quelqu'un ?

— Seulement avec Cubby, mon *inamorato.* (L'inspecteur, par un suprême effort de volonté, parvint à garder un visage impassible.) Il trouve que cela ne nous regarde pas mais il faut vous dire qu'il se fait un peu vieux et qu'il ne supporte pas le chambardement. Les fruits en conserve, les fagots, la broderie d'application, il n'est plus bon qu'à ça. Un mâle typique. C'est une mauvaise toux que vous avez là, inspecteur.

— Non, non. (Barnaby s'essuya les yeux.) Je vais très bien.

Il se leva alors et Mme Molfrey l'imita, en prenant appui sur les accoudoirs en acier de sa chaise, et en jetant un regard aigu autour d'elle.

— Merci d'être venue, madame…

— Je n'ai pas de formulaire à remplir ?

---

1. Blackpool : station balnéaire de la côte nord-ouest de l'Angleterre, surtout fréquentée par les ouvriers. (*N.d.T.*)

— Si vous pouvez seulement laisser l'adresse des Hollingsworth au sergent, à la réception.

— Pourtant, ils font ça dans le *Bill*[1].

— Je peux vous assurer, madame, qu'on va examiner l'affaire.

Il donnerait un coup de fil au policier du secteur. Il lui demanderait de se renseigner discrètement. Elle avait l'air raisonnablement *compos mentis* mais elle pouvait avoir mal compris. C'était bien la dernière chose dont ils avaient besoin, au commissariat: plaintes en diffamation!

Barnaby contourna son bureau pour aller ouvrir la porte. Mme Molfrey lui tendit la main. L'inspecteur divisionnaire prit la minuscule patte décharnée dans sa paume. La vieille dame était très petite, le bord ondulé de sa capeline était au niveau de la pointe de sa cravate. Ses lèvres barbouillées de framboise s'ouvrirent dans un sourire d'une grande douceur tandis qu'elle levait les yeux voilés de ces cils grotesques.

— Je suis sûre que nous allons faire du bon travail ensemble, dit-elle.

Quand elle fut partie, il resta un moment à secouer la tête, d'un air amusé et incrédule, puis rebrancha son téléphone, qui se mit à sonner et la vie de tous les jours l'engloutit.

---

1. *The Bill*: émission de télévision très populaire, sur un commissariat de police londonien. (*N.d.T.*)

2

Le secteur du constable Perrot, où il était en poste depuis sept ans, couvrait trois villages : Ferne Bassett, Martyr Longstaff et Fawcett Green. Des trois, c'était le dernier qu'il préférait, et de loin.

Ferne Bassett était surchargé de cottages de week-end, de maisons de vacances et de gens qui allaient travailler à Londres tous les jours. La plupart du temps, il y régnait une tranquillité de tombeau. Cette tranquillité n'était peut-être que superficielle mais, du moment que la pourriture souterraine n'apparaissait pas au grand jour, et qu'il n'y avait pas de délits, Perrot considérait que cela ne le regardait pas. À Martyr Longstaff, une vieille querelle opposait un marchand de ferraille qui, contrairement à tous les règlements de la municipalité, travaillait chez lui et un voisin furieusement déterminé à lui mettre des bâtons dans les roues.

Mais Fawcett Green – ah ! Fawcett Green ! Le constable Perrot soupirait d'aise quand il le contemplait. Assoupi dans la chaleur du soleil, l'endroit semblait remarquablement préservé. Une grande partie des terrains appartenaient à un château, racheté par un conglomérat d'Extrême-Orient. Ils avaient planté beaucoup d'arbres, beaux et plutôt exotiques, créé un grand lac et laissé le reste en l'état. Et, à deux ou trois exceptions près, les fermiers du coin avaient vaillamment résisté aux carnets de chèques brandis par Bovis et Wimpey[1]. Durant ces

1. Bovis et Wimpey : grande entreprise britannique de construction, correspondant à peu près aux maisons Phoenix, en France. (*N.d.T.*)

quinze dernières années, l'endroit avait à peine changé.

Le constable Perrot avait garé sa Honda à l'entrée du village, bien que sa destination fût encore à une bonne dizaine de minutes de marche. Les habitants, avec raison, attendaient de « leur » *bobby* qu'il flâne, s'arrête pour bavarder un peu, écoute les plaintes et, plus généralement, qu'il soit à leur disposition. En conséquence, il mit près d'une demi-heure pour atteindre Les Rossignols. Les directives étaient simples mais manquaient de précision. Il pouvait aller aussi loin, dans son interrogatoire d'Alan Hollingsworth, que l'occasion lui paraîtrait l'exiger. L'opinion personnelle du constable était qu'un voisin fouineur, désœuvré, s'était laissé un peu emporter par son imagination. Il n'avait pas été informé de l'identité de ce dernier et ne désirait pas le connaître à moins que cela devînt absolument nécessaire.

Perrot avait délibérément choisi ce dimanche en milieu de matinée pour faire sa visite. L'homme aurait, à cette heure, fini son petit-déjeuner et ne serait pas encore sorti pour déjeuner.

L'arrivée du constable ne passa pas inaperçue. La vieille Mme Molfrey, qui coupait des branches d'oranger en fleurs dans son jardin, lui sourit et agita son sécateur. Dans la maison voisine, un caniche blanc, les pattes antérieures sur le rebord de la fenêtre, aboya à son approche et fut rapidement tiré hors de vue.

Les abords du perron et du garage auraient eu bien besoin d'être désherbés. Des chardons pointaient la tête dans une bordure de pensées dégarnies et d'aubriète enchevêtrée. Et les tabacs sur le perron vous avaient un petit air sec.

Ne trouvant pas de sonnette, le constable Perrot frappa sèchement avec la queue de la sirène. Remarquant que les rideaux étaient fermés, il attendit quelques minutes au cas où Hollingsworth dormirait encore puis recommença à frapper.

Perrot avait chaud, même dans son uniforme d'été de coton bleu : il roula ses manches de chemise et s'épongea le front avec un mouchoir. Puis il s'accroupit pour se mettre au niveau de la boîte aux lettres, souleva le rabat et jeta un coup d'œil à l'intérieur.

Il apercevait l'escalier et le sol de l'entrée jonché de lettres et d'un journal gratuit. Au fond, il y avait une porte fermée que Perrot supposa être celle de la cuisine. Une deuxième porte était entrouverte. En se tordant le cou, le policier put distinguer un bout de moquette, un coin de table, le bras d'un fauteuil et une paire de mules en cuir, dûment habitées.

Il appliqua la bouche contre la fente et cria:

— Monsieur Hollingsworth? (Puis se sentant un peu ridicule:) Je vous... hum... je vous vois, monsieur. Si vous pouviez venir jusqu'à la porte, s'il vous plaît. Constable Perrot, police de la Vallée de la Tamise.

Perrot se redressa et attendit. Une plainte aiguë toute proche le fit se retourner. Près du portail se tenait un gamin d'à peu près huit ans. Il était penché sur un vélo à haut guidon et tenait un chien au bout d'une ficelle. Le policier sourit et leva la main. Le chien bâilla à nouveau et le garçon ne baissa pas les yeux.

Perrot agita de nouveau la sirène, encore plus embarrassé, et se demanda s'il devait prendre la responsabilité d'entrer de force. Avec nervosité, il récapitula les circonstances dans lesquelles une telle procédure pouvait se justifier. Poursuite d'un criminel, prévention d'une atteinte à l'ordre public ou assistance à personne en danger. Individu inconscient ou ayant besoin d'assistance médicale. Il lui sembla que le dernier cas pouvait s'appliquer.

Il fit une dernière tentative pour s'adresser aux pieds, qu'il supposait appartenir au propriétaire des lieux. Cette fois, vivement conscient de se voir attribuer une note sur dix pour la qualité de son divertissement, il resta bien droit et parla très fort au panneau de verre opaque.

— Je vais forcer la porte, monsieur. Si vous êtes capable de...

Il y eut un bruit sourd à l'intérieur puis une ombre se profila derrière le verre. La chaîne de sécurité fut agitée frénétiquement, à grand renfort de jurons et de malédictions. Deux verrous ; une serrure encastrée. La porte s'ouvrit à la volée. Quelqu'un sur le seuil se mit à crier : « Bon Dieu ! » au nez du policier ahuri puis il le tira à l'intérieur et claqua la porte.

L'air était suffocant, oppressant, aigre, lourd. Perrot se sentit immédiatement étouffer et légèrement nauséeux. Il fourra son casque sous son bras et évita de respirer trop profondément. L'homme criait :

— Qu'est-ce que vous foutez ici ?

— Monsieur Hollingsworth ?

L'homme répéta « Bon Dieu ! » puis se tourna en chancelant. L'espace d'un moment, le constable crut qu'il allait s'effondrer sur le seuil du salon. Il tangua vers un fauteuil. D'après sa position, Perrot supposa que c'était celui dans lequel il était assis quand ses mules étaient visibles à travers la fente de la boîte aux lettres. Le coussin était profondément enfoncé comme si un grand animal s'y était blotti pendant pas mal de temps. Hollingsworth parvint à atteindre le fauteuil, tourna une ou deux fois autour, vaguement, comme incertain de la façon de l'aborder puis s'y laissa tomber.

Perrot jeta autour de lui un regard hésitant. Une lumière chiche filtrait à travers les rideaux de velours mais une lampe, en forme d'ananas doré, avec un abat-jour en lin crème, était allumée. Une odeur désagréable émanait d'un vase de roses fanées, aux feuilles brunes, crispées, odeur qui se mêlait à celle d'alcool, de tabac, d'ail et de quelque chose que le policier reconnut, sans pouvoir le nommer : du glutamate. Des couverts sales et plusieurs barquettes d'aluminium jonchaient une splendide table marquetée, sans nappe. Quelques barquettes contenaient encore des os et des restes de nourriture. Avec beaucoup de mouches autour.

Comprenant qu'il devrait probablement attendre un bout de temps qu'on l'invite à s'asseoir, le constable tira une chaise et prit place à une distance salubre de la table. Il déposa son casque par terre et rajusta sa radio qui s'enfonçait dans sa petite bedaine. Puis, avec un hochement de tête poli en direction des barquettes d'aluminium, il dit :

— Des repas tout préparés, à ce que je vois, monsieur.

Alan Hollingsworth ne répondit pas. Il regardait l'horloge, un soleil géant aux rayons de cristal, à cadran et chiffres dorés. L'homme n'avait pas l'air bien du tout. Ses cheveux emmêlés pendaient en écheveaux graisseux autour du visage. Il avait une barbe de plusieurs jours et, d'après l'aspect – et l'odeur –, il ne s'était pas lavé non plus. Des auréoles sombres, comme des lunes pleines, imprégnaient sa chemise sous les aisselles. Les bords de ses paupières et les coins de sa bouche étaient incrustés de chassie blanchâtre.

Perrot, qui aurait donné six mois de sa retraite pour qu'on ouvre les fenêtres, eut la témérité de le suggérer. Sur ce, Hollingsworth se remit à crier, la teneur de ses cris étant, pour l'essentiel, que Perrot lui dise ce qu'il avait à dire et qu'il s'en aille.

— Très bien, monsieur, dit le constable, en chassant une mouche particulièrement ballonnée. Nous avons eu connaissance d'une ou deux... hum... (Il allait dire « rumeurs » mais se ravisa, trouvant le mot un peu trop cancanier.)... questions alarmées à propos de votre femme. Comme je suis sûr que vous le constatez, cette visite n'implique nullement une accusation ni des soupçons de notre part quant au bien-être de la dame en question. Mais c'est une procédure normale...

C'est alors que Hollingsworth enfouit la tête dans ses mains. Ses épaules se mirent soudain à tressaillir puis à tressauter violemment. Des sons bizarres, hystériques sortaient de sa gorge. De gros sanglots. Ou de gros éclats de rire. Puis il rejeta la tête en arrière avec une brusquerie à se casser le cou. Perrot vit le visage strié de larmes, mais il ne savait toujours pas si l'homme était en train de rire ou de pleurer.

— Vous voulez quelque chose, monsieur ? Une tasse de thé, peut-être ?

— Non.

Les manchettes crasseuses de sa chemise pendaient et recouvraient le dos de ses mains. Il s'essuya le visage et se moucha avec.

— Vous n'avez pas l'air bien, monsieur.

— Je suis bourré, espèce d'abruti !

Paradoxalement, cette insulte, loin de fâcher le constable Perrot, fit naître en lui une tranquille assurance. Pour lui, l'occupant de cette splendide propriété, qui se conduisait comme n'importe quel voyou de HLM, avait réarrangé l'équilibre à la fois social et psychologique de l'entrevue à son profit. Le policier déboutonna le rabat de sa poche de chemise et en sortit un carnet et un Bic.

Hollingsworth s'empara de la bouteille la plus proche, se versa une rasade dans un verre sale et l'avala cul sec. L'odeur de sa sueur devint plus prononcée et plus âcre. Pour la première fois, le constable Perrot songea que Hollingsworth n'était pas seulement désespéré mais peut-être effrayé.

— Je me trompe en pensant que Mme Hollingsworth est en visite chez sa mère ?

Pas de réponse. Le constable répéta la question, sans plus de résultat. Il attendit quelques instants puis reprit :

— Si vous refusez de m'aider ici, monsieur, je crains de devoir vous demander de vous présenter…

— Je ne sors pas d'ici ! (Hollingsworth bondit et se recroquevilla dans le fauteuil comme pour prévenir toute tentative de l'en arracher.) Je ne peux pas quitter la maison !

— Je vous en prie, calmez-vous, monsieur. Ce n'est que de la routine. Il n'y a pas de quoi s'énerver.

Même Perrot, dénué d'imagination au point d'en être flegmatique, savait qu'il y avait de quoi, au contraire. La procédure pouvait être de routine mais la situation, il le sentait, se révélait plus qu'anormale. Il ouvrit son calepin, fit cliquer son Bic et eut un sourire encourageant.

— J'ai raison de penser que votre femme est en visite chez sa mère ?

— Oui.

— Je peux avoir l'adresse, s'il vous plaît ?

— Pour quoi faire ?

— Pour vérifier qu'elle se trouve bien là-bas, monsieur.

— Ce n'est pas la peine, je vous assure.

Perrot attendit, le stylo en l'air, statue de la patience. Quand il devint évident que les débats ne se poursuivraient pas tant qu'il n'aurait pas fourni de réponse satisfaisante, Hollingsworth se pencha soudain vers le policier qui dut se retenir pour ne pas reculer.

— Écoutez, est-ce que tout ceci est confidentiel ?

— Certainement, monsieur. Même si je décide de faire un rapport, dit-il en espérant que Hollingsworth ne devinerait pas que c'était inévitable, cela restera l'affaire de la police. À moins bien sûr que des circonstances ultérieures n'imposent une autre action.

— Ma femme n'a pas de mère. En fait, le pasteur est venu poser des questions. Il était plutôt tenace, vous savez comment sont ces bonnes âmes.

Le constable, qui avait une vieille expérience des bonnes âmes, hocha aimablement la tête.

— J'ai dit la première chose qui me venait à l'idée, pour me débarrasser de lui. Mais la vérité, c'est que… (Sa voix se brisa et Perrot eut l'impression qu'il luttait pour ne pas pleurer.)… elle m'a quitté.

— Je suis désolé, monsieur.

Et il était sincère. Colin Perrot, extrêmement satisfait de sa situation conjugale, qui était une bonne affaire (une femme aimable, jolie, une fille adolescente épatante et deux fils pleins d'entrain), sentit brièvement, par procuration, un peu de l'angoisse qui dévorait le pathétique personnage qui lui faisait face. Pas étonnant qu'il jure, qu'il boive et qu'il s'agite comme un dément. Sans en avoir conscience, le policier fit courir ses doigts sur le bâti de la chaise et pressa le bois.

— Et avant que vous me demandiez, je n'ai aucune adresse.

— Cela fait combien de temps que Mme Hollingsworth est partie ?

— Je ne sais plus. (Il remarqua l'incrédulité de Perrot et ajouta :) Les jours et les nuits se suivent et se confondent. Trois, peut-être quatre jours.

— Vous ne pourriez pas être un peu plus précis, monsieur ?

— Bon Dieu, c'est quelque chose que j'essaie d'oublier, mon vieux ! N'appuyez pas sur le champignon !

— Elle ne vous a pas contacté ?

— Non.

— Alors vous n'avez aucune idée de l'endroit où elle se trouve ?

— Non, pourquoi je le saurais ?

— A-t-elle laissé un message ?

— Sur mon répondeur. Et avant que vous le demandiez, je l'ai effacé.

Très commode, pensa Perrot. Il fut lui-même surpris de ce glissement vers le cynisme et se demanda ce qui l'avait provoqué. Peut-être l'idée que, si Hollingsworth avait été aussi désespérément amoureux de sa femme, il aurait sûrement voulu conserver le son de sa voix.

— Elle était dans quel état d'esprit quand vous l'avez vue pour la dernière fois ?

— Comme d'habitude.

— Avez-vous une idée des raisons qui l'ont poussée à partir ?

Hollingsworth secoua la tête. Ou plutôt la fit rouler de droite à gauche dans ses mains.

— Y a-t-il un autre homme ? Une liaison ?

— Je trouve ça difficile à croire, et pas seulement par vanité. Où se seraient-ils rencontrés ? Elle n'allait jamais nulle part sans moi et les chances d'avoir une histoire secrète dans un endroit comme celui-ci sont presque nulles.

— Vous avez raison sur ce point, monsieur. (Cela ne semblait pas gentil d'ajouter, comme il aurait pu le faire sans mentir, qu'il en aurait été le premier informé.) Que disait le message sur le répondeur ?

— Simplement qu'elle s'en allait et qu'elle ne reviendrait pas.

— Elle est partie en voiture ?

— Non, elle ne conduit pas.

— Vous pensez qu'elle peut être chez une amie ?

— J'en doute. Elle les a toutes laissées tomber quand on s'est mariés.

— Des amis communs ?

— On ne fréquente personne. Je travaille beaucoup, l'argent est terriblement important pour Simone. Je ne veux pas dire qu'elle est égoïste ou avide. Non. Mais elle a eu une vie dure avant de me rencontrer. Une vie très dure. Enfant et jeune femme. Je pensais des fois que, quelle que soit la somme d'argent sur le compte en banque, elle ne se sentirait jamais vraiment en sécurité.

Pendant ce discours, le plus long qu'il ait prononcé, Hollingsworth semblait avoir commencé à dessoûler. Il se concentrait avec une relative précision sur son interlocuteur et retrouvait manifestement ses esprits. Perrot ignorait si cela déboucherait sur des renseignements plus intelligibles ou sur une prudence accrue. Et, de nouveau soupçonneux, il se demanda pourquoi Hollingsworth aurait besoin de surveiller ses paroles.

— Vous avez fait allusion à la banque, monsieur. Votre femme était à la même ?

— Non.

— Où avait-elle son compte, je vous prie ?

Il y eut une brève pause avant que Hollingsworth ne lâche sa réponse qui sentait un peu son improvisation.

— Lloyds.

Perrot eut la conviction que l'homme avait dit le premier nom qui lui était passé par la tête. Pourtant, cela paraissait stupide de mentir sur quelque chose d'aussi anodin, outre que c'était si facilement vérifiable. Pourquoi ne pas dire tout simplement la vérité ?

— Vous en êtes sûr, monsieur ?

Hollingsworth regardait de nouveau l'horloge, ses yeux glissaient, fuyaient par-dessus l'épaule du constable. Puis, prenant conscience un peu tard qu'on lui avait parlé :

— Quoi ?

Le policier laissa tomber. Mais il nota sur son carnet que Hollingsworth se montrait délibérément évasif. Les rapports du constable étaient des modèles du genre, quoiqu'un tantinet verbeux. Plus d'une fois, au commissariat, on avait commenté les mini-feuilletons de Perrot qui en disaient plus long sur le sujet en question qu'il était raisonnablement souhaitable.

— Donc, monsieur, je suppose…

— Écoutez, vos suppositions ne m'intéressent pas. J'ai répondu à vos questions de mon mieux et je n'ai rien à ajouter.

Il se leva d'un mouvement leste et se tint sur ses pieds avec une relative aisance.

Perrot se demanda s'il était aussi soûl qu'il en avait l'air ou si son manque apparent de sobriété n'était qu'un simple stratagème, un prétexte derrière lequel il s'abritait pour mal comprendre les questions qu'on lui posait. Mais même si c'était d'une manière un peu hébétée, il avait répondu à toutes sauf à la dernière.

Perrot commençait à perdre pied. Naturellement, en tant que policier, il avait l'esprit un peu soupçonneux mais il n'avait pas l'habitude d'être mêlé à des affaires d'une telle complexité psychologique. Il conclut qu'il n'irait pas plus loin avec Hollingsworth, dans son état actuel, et décida qu'il en avait fini. Il rangea son carnet, reprit son casque et se leva à son tour pour se diriger vers la porte.

— Merci de vous être montré si coopératif, monsieur.

— Oui, oui.

L'homme était manifestement impatient de se débarrasser de lui. Dans l'entrée, le constable Perrot, sur le point de coiffer son casque, fit une halte et, sur un ton qui aurait paru ridiculement théâtral même à l'amateur le moins doué, demanda :

— Oh ! là, là ! Hum, me serait-il possible d'utiliser vos toilettes, monsieur ?

— Eh bien, je vous… C'est un peu en désordre.

— Pas de problème. (Perrot avait déjà un pied sur la première marche.) C'est par là ?

— Il y en a dans l'entrée.

— Merci beaucoup.

Et il grimpa. La salle de bains donnait dans la chambre principale. Le constable souleva le couvercle des toilettes avec bruit puis inspecta la coiffeuse, l'armoire à pharmacie, les pots et flacons sur le rebord de la baignoire, tout en se félicitant de cette inspiration subite. Il toussa bruyamment pour montrer qu'il était toujours là et tourna le robinet d'eau chaude. Alors, en bas, le téléphone se mit à sonner et on décrocha immédiatement.

Perrot profita de sa chance. Rapide et silencieux, il pénétra dans la chambre. Il ouvrit et referma les tiroirs, inspecta une grande penderie encastrée, blanche à dorures. Puis il revint dans la salle de bains, tira la chasse d'eau et ferma le robinet.

Il s'arrêta au milieu de l'escalier et tenta d'intercepter la conversation téléphonique. Malheureusement, le bruit de la tuyauterie rendait la chose difficile. Mais bien que Hollingsworth s'exprimât à voix basse, à un moment son ton devint féroce, presque sifflant.

— Quel problème ? *Bon Dieu, Blakeley*. Non, ça n'ira pas. J'ai besoin de tout, je vous l'*ai dit*...

Suivirent quelques bruits sourds de désespoir, puis le récepteur fut reposé avec une précision d'une douceur inattendue.

Perrot estima que ce geste s'expliquait par la présence d'un tiers dans la maison ; peut-être même l'homme pourrait-il prétendre qu'il n'y avait jamais eu d'appel. Il força sur le bruit, en descendant les dernières marches.

— C'est très gentil à vous, monsieur. (Il s'exprimait sur un ton vif, comme soulagé.) Je m'en vais maintenant.

Hollingsworth regardait dans le vide. L'expression de son visage était terrible, la peau tirée sur les pommettes comme sur un tambour, les yeux exorbités. Ses lèvres s'étiraient en cette sauvage grimace de douleur qui, sur les photos des victimes d'une tragédie, semble si cruellement mimer la joie radieuse.

Le constable Perrot hésita sur le seuil.

— Est-ce que je peux faire quelque chose ? demanda-t-il et il fut soulagé de ne pas obtenir de réponse.

Tout en sachant qu'il aurait dû insister car Hollingsworth était réellement dans un sale état, Perrot se donna une bonne excuse (le type avait plus besoin d'un toubib que d'un flic) et s'en alla.

Comme d'habitude, il n'omit rien dans son rapport. Une pléthore de faits. Des descriptions quasi proustiennes. Son opinion sur la bonne foi de son interlocuteur. Les heures d'arrivée et de départ à la minute près. Le résultat, Perrot en était sûr, conduirait à un interrogatoire ultérieur plus rigoureux d'Alan Hollingsworth.

Malheureusement il s'écoula encore quarante-huit heures avant que les autorités compétentes prennent connaissance du rapport, et le propriétaire des Rossignols n'était plus alors en état de répondre à la moindre question.

*
* *

Le lendemain matin à onze heures, Sarah Lawson vint chercher ses œufs. Avis Jennings, la femme du médecin, avait un cousin qui possédait une petite exploitation où il élevait des poulets et des canards en plein air.

Sarah avait accepté le café, ce qui était rare, bien qu'Avis proposât toujours, car elle trouvait que Sarah était de loin la personne la plus intéressante du village et elle avait envie de la connaître davantage. Mais le plus souvent, Sarah se contentait de régler ses œufs, avec l'appoint. Comme si échanger quelques mots, même brefs, en attendant qu'on lui rende la monnaie l'ennuyait ou lui faisait perdre son temps.

Mais, aujourd'hui, Avis supposa qu'elle avait été intriguée par son entrée en matière: « Vous ne devinerez jamais qui je viens de voir ! » Sarah se balançait doucement près de la cuisinière Aga, froide comme la pierre, dans la cuisine des Jennings. Elle était comme toujours vêtue de bleu, un gilet brodé de fils de soie multicolores et une longue jupe indigo délavé. Et un collier de bleuets assemblés comme une guirlande enfantine de pâquerettes.

— Ce n'est pas difficile de deviner quelle est votre couleur préférée, dit Avis. (Elle hésita à citer un des rares vers qu'elle avait gardés en mémoire depuis l'école. C'était certainement à propos. Elle s'éclaircit la voix:) « Mais jamais homme n'avait regardé / avec ces yeux pleins de passion[1]... »

— Ah non ! (Sarah interrompit son balancement et ses pieds heurtèrent les dalles.) Je déteste ce poème.

— Je suis... désolée.

Au lieu d'être satisfaite d'avoir enfin réussi à égratigner la surface lisse des émotions de Sarah, Avis se sentit maladroite et rustre. Elle allait changer de sujet quand Sarah poursuivit :

— Il y a un tableau de Van Gogh. Une cour de prison, des murs immenses. Presque circulaires, comme une tour. Les hommes marchent d'un pas lourd, tête baissée. Tout est gris, lugubre. Mais, tout en haut du tableau, si petit qu'on peut ne pas le remarquer, il y a un papillon.

— Je le connais, je crois, mentit Avis. Il n'est pas à la National Gallery ?

— Je deviendrais folle si je ne pouvais plus voir le ciel.

— Eh bien, je ne crois pas que vous ayez à vous inquiéter pour ça. (Un rire guilleret qui sonna un peu faux.) Il ne va pas disparaître d'un coup. Enfin, il n'y a rien qui puisse disparaître dans le ciel, bien sûr, bafouilla-t-elle. C'est seulement du vide. Mais... très... hum... beau.

— Oui. On comprend pourquoi les gens qui croient au paradis pensent qu'il se trouve là-haut.

Avis, contente d'être occupée, s'affairait à préparer le café.

— C'est un peu bruyant, malheureusement, cria-t-elle pour couvrir le bruit strident de la machine.

Elle se dit qu'elle aurait dû parler avant de brancher le moulin mais la situation, une tempête dans un verre d'eau en fait, l'avait énervée. Non que Sarah ait l'air de la critiquer. On ne l'avait jamais entendue proférer le moindre mot désobligeant, la plus petite allusion, sur qui que ce soit. Non par indifférence, bien au contraire. Sarah semblait plus intéressée par la personne avec

---

1. Vers extrait de *La Ballade de la geôle de Reading* d'Oscar Wilde (1854-1900). La suite est : « Ce petit pan de bleu que nomment ciel / les détenus de la prison. » (*N.d.T.*)

laquelle elle se trouvait et son environnement que la plupart des gens qu'Avis connaissait. Le degré et la qualité de son attention, une fois qu'elle avait daigné l'accorder, étaient remarquables. Pourtant, cette attention, qui n'était pas entièrement dénuée de chaleur, restait profondément impersonnelle.

Le mari d'Avis, qui ne péchait pas par excès d'imagination, avait dit une fois qu'être en compagnie de Sarah, c'était comme se trouver devant un miroir, elle vous observait avec une telle précision, une telle clarté. Avis pensait pour sa part que c'était plutôt comme si on vous regardait dans l'objectif d'une caméra.

Avis sortit ses plus belles tasses. Sarah s'était installée à la vieille table de bois, sous la fenêtre et transvasait les œufs de leur carton gris dans un bol marbré de bleu et blanc. Elle garda un moment un œuf brun moucheté dans sa paume. Il y avait encore une petite plume accrochée à la coquille et les taches brun sombre étaient rêches à sa peau.

— Ils sont beaux, n'est-ce pas ? (Elle déposa avec précaution l'œuf en équilibre sur les autres.) J'adore les regarder. Qu'on les mette au frigo, ça me dépasse.

— Absolument, approuva Avis, en se jurant que, désormais, elle ne le ferait plus.

— Et en plus, ils sont si froids que la coquille se craquelle quand on les met à cuire.

— C'est vrai ? (Avis servit le café. Ce n'était qu'un simple café de supermarché mais il avait un lustre ravissant, huileux, et son arôme était divin.) Vous voulez quelque chose avec ? Un biscuit, du gâteau ?

Sarah dit : « Non, merci » et sourit à demi. Elle ne s'empressa pas d'expliquer ni de commenter son refus, comme la plupart des gens l'auraient fait. Pas plus qu'elle ne demanda, ce qui était plus étonnant, ce que son hôtesse avait vu de tellement intéressant avant son arrivée. Avis trouva cela très impressionnant. Elle admira énormément la maîtrise de Sarah, ainsi que la sienne propre, à un moindre degré, car elle mourait d'envie de prendre un morceau de baba au rhum. Pendant un instant, elle se demanda si ce n'était pas par manque d'intérêt que Sarah ne témoignait d'aucune curiosité. Mais non, sûrement pas. Elle voulait probablement montrer qu'elle était au-dessus de l'indiscrétion ordinaire. Compréhensible.

Alors, comme pour infirmer ce raisonnement, Sarah dit d'un ton d'indulgence amusée :

— Eh bien, allez-y. Dites-moi.

— Une voiture est arrivée aux Rossignols, il y a une demi-heure. Une Mercedes noire.

— Simone est rentrée ?

— Non. C'était un homme avec un attaché-case. Alan l'a fait entrer. Il n'est resté que quelques minutes mais, quand il est parti, *il n'avait plus son attaché-case* !

Sarah éclata de rire.

— Je ne me risquerais pas à cacher quoi que ce soit, dans un endroit pareil !

— Je passais par là, par le plus grand des hasards. (Avis rougit, d'un air de défi.) J'allais chercher l'ordonnance de la vieille Mme Perkins, pour son arthrite. Cela lui évite de venir au cabinet médical.

— Vous avez relevé le numéro de la voiture ?

— Très bien, très bien. (Vexée de se sentir ridicule, Avis ne s'inquiéta plus de paraître gourmande : elle prit la boîte à gâteau et se coupa un gros morceau de baba.) Mais vous ne pouvez nier que tout ça est très mystérieux. Par exemple, Alan n'a pas quitté la maison depuis la disparition de Simone. Il aurait dû partir à sa recherche, non ?

— Peut-être qu'il ne sait pas par où commencer.

— Et son travail ?

— Et son travail ? répéta Sarah, insistant sur le dernier mot de sa voix tranquille.

— Tout le monde dit qu'il est en train de craquer.

— Comment sait-on qu'il n'est pas sorti de chez lui ?

— Ohhh ! (Avis s'emporta. Elle avala son gâteau et lâcha la fourchette qui heurta l'assiette avec un bruit sec.) Pourquoi êtes-vous toujours aussi... rationnelle ?

— Parce que l'irrationalité m'inquiète.

Les deux femmes se regardèrent. Avis déglutit de nouveau, cette fois d'excitation nerveuse. Jusque-là, Sarah n'avait jamais fait la moindre révélation personnelle, même la plus innocente. Et maintenant, deux coup sur coup. Avis considéra cela comme une invite à l'amitié et son esprit se projeta dans l'avenir. Elles se raconteraient mutuellement leur vie et discuteraient de tout, de choses à la fois triviales et profondes. Sarah parlerait de son travail et Avis apprendrait des choses sur l'art, la musique, la littérature. Elle vit son horizon s'élargir, son univers simple se transformer en quelque chose de complexe et d'extraordinaire. Son esprit allait s'épanouir comme une fleur.

Sarah, qui avait bu son café, se levait avec les mêmes gestes lents, calmes qu'à son arrivée. Elle prit son joli bol marbré rempli d'œufs et se dirigea vers la porte.

— Je vous vois la semaine prochaine ? s'écria Avis, déjà impatiente.

— J'en doute. Ils vont me durer un petit moment.

*
* *

— Cette vieille toquée d'à côté est allée voir la police.

— Comment le sais-tu ?

— Teddy Grimshaw l'a vue. Il en parlait dans la queue pour les pensions.

Reg n'avait pas fait la queue. Les pensions des Brockley étaient directement versées sur leur compte en banque. Mais la poste faisait aussi office de marchand de journaux et il avait dû s'y rendre pour régler sa note mensuelle de *The Daily, Sunday Express, Radio Times* et le *Lady,* pour Iris. *Green Fingers* [1], le journal de jardinage qu'ils avaient acheté pendant des années, avait été récemment rayé de la liste, après qu'une espèce de pigiste à la manque (une femme) s'était permis d'insinuer qu'un entretien excessif du jardin était non seulement nocif pour les plantes mais dénotait chez le jardinier une personnalité sérieusement névrotique.

---

1. *Green Fingers* : Les Doigts verts.

— Qu'est-ce qu'il fabriquait, M. Grimshaw, au commissariat ?

— Il faisait une réclamation pour la balise désaffectée.

— Celle contre le mur, derrière la cabine téléphonique ?

— Ne me dis pas qu'il y en a une nouvelle ?

— Pas étonnant que le prix des maisons s'effondre !

Les Brockley prenaient le thé sur le patio. Reg se leva de sa chaise en plastique vert et descendit les marches. Il contempla sa pelouse, rasée de près en lignes droites comme des barreaux de prison et ses lèvres pincées se pincèrent davantage en un petit sourire de satisfaction.

Il descendit l'allée, en roulant des yeux à la recherche de la moindre plantule indésirable ou d'une espèce téméraire, qui aurait oublié de garder ses distances. Il détecta une chrysope accrochée à un floribunda d'un orange violent, arracha la feuille, écrasa l'insecte en infraction et jeta à la poubelle le cadavre dans son linceul de feuilles.

Les Brockley n'avaient pas de tas de compost, ils n'arrivaient pas d'ailleurs à comprendre qu'on en eût. Pour eux, à quoi bon avoir un jardin si on ne le maîtrisait pas, si on ne l'empêchait pas de bourgeonner à tort et à travers ?

— Encore un petit biscuit, chéri ?

Ne recevant pas de réponse, elle prit une rangée d'allumettes au hareng et se dirigea vers son mari, ses petits pieds épais évitant prudemment les espaces entre les dalles irrégulières. Pas la peine de tenter le sort.

Reg s'était frayé un chemin jusqu'à un céanothe et regardait la bordure de vivaces indisciplinées des Hollingsworth. Dans le silence de ce début de soirée, des grenouilles sautaient dans une mare minuscule. Ce qu'il vit le troubla profondément. Tandis qu'il se tortillait pour reprendre sa position initiale, Iris claqua de la langue.

— Tu as fait un accroc à ton gilet.

— Iris...

— Ton plus beau shetland !

Ce vêtement était la seule concession que Reg avait faite à la retraite. En dessous, il portait une chemise au col et aux poignets empesés, une cravate unie bien serrée et un pantalon sombre aux plis si coupants qu'on aurait pu ouvrir une huître avec.

— Il est en train de creuser, Iris.

— Creuser ?

— Un trou.

— Mais il ne touche jamais au jardin. Il déteste jardiner.

— Et pourtant...

— Et la terre est dure comme de la pierre.

— Il a arrosé avant.

Iris se tordit le cou, à son tour, derrière le céanothe pour voir l'excavation et ils s'en retournèrent discrètement à la maison juste à temps pour les informations de six heures, sur lesquelles, pour la première fois depuis des temps immémoriaux, Reg eut le plus grand mal à se concentrer.

Iris fut distraite au point de laisser Shona sortir de son panier et rester au beau milieu de la pièce sans se faire rembarrer. De gratitude, elle remua la queue.

— Il doit être en train d'enterrer quelque chose, suggéra Reg.

Sa femme, qui rinçait la vaisselle à l'eau claire pour la deuxième fois, prit une longue inspiration, que l'excitation rendait sifflante.

— Tu ne crois pas que...

— Quoi ?

— Nelson ?

Le chat n'avait toujours pas réapparu et l'on n'entendait plus Alan l'appeler. Iris ajouta, avec un tressaillement dans la voix :

— Le trou, il est grand comment ?

— Impossible à dire, à première vue. Il faudrait que je regarde par la fenêtre de Brenda.

— Il faudrait tenter le coup.

Iris posa son torchon et s'assit en face de son mari. La découverte du trou pouvait bien présager d'un bouleversement imminent et les Brockley étaient déchirés entre la perspective plaisante d'un scandale passionnant et l'inquiétude quant au chaos qui pouvait en résulter, chaos qui pouvait fausser l'équilibre stable de leur univers et introduire pour de bon ces fameuses « trépidations ».

— Je ne peux m'empêcher de penser à cette terrible affaire de Gloucester, l'année dernière.

— Ohhh ! s'écria Iris.

Ses mains, deux petites boules de pâte rose, voletèrent et se rejoignirent en une grosse boule de pâte rose. Ses traits rutilèrent sous une vague déferlante d'émotion. L'inquiétude, le plaisir, l'excitation, la crainte.

— Mais ça fait cinq jours qu'elle a disparu. Sûrement…

Iris hésita, incapable de prononcer le mot « enterrer ». « Se débarrasser » semblait trop dégradant, Simone n'était pas une chose. « Dissimuler » suggérait l'inefficacité de la part d'Alan. « Cacher », c'était trop léger et réduisait toute cette terrible affaire à un macabre jeu de salon. Iris décida de passer et conclut lâchement : « … à l'heure qu'il est. »

C'est alors que Brenda rentra du bureau. Après ses ablutions, elle vint s'asseoir, avec une bonne tasse de thé, qu'elle laissa refroidir, picora un oignon dans le pâté en croûte et Reg s'éclipsa.

La porte de la chambre de sa fille était entrebâillée. Il la poussa suffisamment pour se glisser dans la pièce : heureusement, les gonds ne grinçaient pas. Il marcha sur la pointe des pieds jusqu'à la fenêtre qui ouvrait sur le jardin de derrière. De là, il voyait le trou assez distinctement. D'après son estimation, il mesurait environ un mètre vingt de large sur soixante centimètres de profondeur. Pas assez grand pour y loger un corps, même plié en deux. D'un autre côté, Hollingsworth n'avait pas fini de creuser, à l'évidence, car la bêche était restée fichée dans le sol.

Reg, qui nettoyait toujours ses outils avec du papier journal avant de les suspendre à leur crochet dûment étiqueté, laissa échapper un « tss » de désapprobation. Bien qu'il eût été scandalisé si on le lui avait dit, Reg réprouvait sûrement davantage cette preuve de laisser-aller que s'il était tombé pour de bon sur Alan en train d'ensevelir sa femme.

Alors l'homme en personne apparut. Tout à coup, là, sur la terrasse. Reg fit un bond en arrière. Au bout d'un moment, il entendit le bruit de la bêche qui grattait, qui coupait quelque chose et de grands coups répétés, comme si on tassait la terre. Il risqua un coup d'œil derrière le rideau et constata que le trou avait été comblé.

Reg se précipita en laissant la porte entrebâillée comme il l'avait trouvée.

Quand il se rassit, Iris leva ses sourcils soulignés au crayon en désignant les plats qui attendaient sur la table.

— Elle n'a presque rien mangé.

Elle versa les restes du dîner de Brenda dans une écuelle marquée CHIEN.

— Bon, Iris. J'ai surveillé le...

— Je lui ai dit qu'il avait bêché, alors qu'il ne le faisait jamais avant. Elle a dit, de ce ton froid qu'elle prend depuis quelque temps: « On peut changer, mère, du moins j'espère. » Et moi, j'ai pensé: il n'y a pas que lui qui change.

— Tu m'écoutes ?

— Bien sûr que je t'écoute ! Ce n'est pas parce que je parle que je ne t'écoute pas.

— Je dirais que le trou est assez grand pour contenir un carton de dossiers de taille moyenne.

— C'est bien.

— Quoi qu'il en soit, la situation se présente un peu différemment maintenant...

Brenda était assise sur le canapé du salon. Apparemment médusée par *Watchdog*, elle était en réalité tout entière plongée dans son propre malheur. Elle entendait confusément les discours monotones de ses parents, comme le murmure des vagues sur une plage lointaine. Saisie de nausée à la pensée d'Alan Hollingsworth, elle avait les yeux rivés sur l'écran sans rien enregistrer de la saga quotidienne des escrocs et de leurs inventives arnaques.

Depuis ce moment atroce où leurs regards s'étaient croisés, à la fenêtre de sa chambre, il n'avait pas un instant quitté ses pensées. Son travail s'en était ressenti. On lui avait demandé, le matin même, de prendre une caisse, privilège rare et peu convoité, et elle était si absorbée dans un dédale de remords, d'arguments et de contre-arguments qu'elle n'avait même pas remarqué les regards pleins de compassion – ou de dégoût – que provoquait toujours son apparence. « Si seulement... » constituait l'essentiel de son raisonnement angoissé. Si seulement elle n'avait pas regardé juste à ce moment-là. Si seulement il n'avait pas levé les yeux. Mais à présent, deux jours à peine après l'événement, ces réflexions fébriles avaient transformé l'incident en tragédie de Sophocle.

Supporter l'insupportable l'avait exténuée. Elle n'avait pas dormi et, bien que fatiguée au point de ne pouvoir se concentrer, elle savait qu'elle ne dormirait que par intermittences, ou même pas du tout, cette nuit-là.

Consciente, jusqu'à un certain point, d'être ridicule, Brenda s'était efforcée de considérer l'incident d'un point de vue objectif, pour se convaincre de sa banalité essentielle. Mais ses efforts n'avaient fait apparemment qu'empirer les choses. Comme un nageur qui lutte contre un fort courant, elle s'enfonçait de plus en plus. Elle comprit que, désormais, et jusqu'à ce qu'une explication entre eux ait eu lieu, son noir tourment se prolongerait. Elle se vit tomber malade pour de bon.

Brenda se leva brusquement avant que la peur n'ait atrophié ses membres, se précipita dans l'entrée, attrapa ses clés au passage et enfila son manteau. Le : « Où vas-tu ? » de sa mère fut happé par le claquement de la porte.

Brenda descendit l'allée en courant, atteignit la grande grille noir et or des Rossignols et l'ouvrit d'un geste brusque. Elle y arriverait si elle continuait à ne pas penser. Ses entrées en matière – Vous ne pouvez savoir à quel point je suis désolée. Que devez-vous penser ? Je ne pourrais supporter de... – flottaient dans sa tête, crevaient comme des bulles, pour être immédiatement remplacées par d'autres.

Ces répliques théâtrales, qui la soutenaient, l'amenèrent devant la porte d'entrée. Désespérée, sur le point de fondre en larmes, elle frappa avec force.

La porte s'ouvrit immédiatement. Alan Hollingsworth sortit et s'avança d'un pas décidé. L'espace d'un terrible instant, Brenda crut qu'il allait la pousser vers les marches. Ou même l'assommer. Mais il claqua la porte derrière lui et se dirigea vers le garage.

Aussi incroyable que cela parût, Brenda fut persuadée qu'il ne l'avait pas vue. Ses yeux semblaient fixés au loin, sur quelque objet indéfini. Il était presque en transe. Son visage était livide, d'une pâleur grisâtre, avec de petites coupures aux joues et au menton. Avec du coton maculé de sang accroché encore à une ou deux. Ses gestes étaient mécaniques et étrangement appliqués.

Brenda, horrifiée, vit la voiture reculer. Il n'allait quand même pas conduire dans cet état de zombie ! Il allait avoir un accident, tuer quelqu'un. Ou bien, mille fois pire, se tuer lui-même !

Elle courut sur le gravier en criant :

— Attendez !

Mais la voiture tournait déjà au coin de l'allée. Brenda agita les bras, croisant et décroisant les poignets comme si elle indiquait une trajectoire de vol.

Maintenant, il disparaissait. Elle le vit incliner l'épaule tandis qu'il changeait de vitesse. Elle se rua vers Les Mélèzes, en se bénissant d'avoir pris ses clés, et s'engouffra dans la Metro. Le moteur démarra du premier coup. Brenda, vaguement consciente des visages ahuris de ses parents derrière la vitre de la cuisine, érafla une aile au pilier du portail. Puis elle déboucha dans l'allée et s'éloigna.

Au croisement, là où St. Chad's Lane coupait la rue principale, Brenda s'arrêta et regarda avec inquiétude des deux côtés. À la sortie de Fawcett Green à main droite, on réparait la route et des feux avaient été installés. Rouges. Deux voitures attendaient mais aucune des deux n'était celle d'Alan.

Devinant qu'il n'avait pas eu le temps de passer avant, priant d'avoir raison, Brenda tourna à gauche, le pied au plancher. D'habitude, elle conduisait timidement, prudemment, mais elle grimpa jusqu'à quatre-vingt-dix à l'heure en traversant le village et jusqu'à plus de cent sur la route. Au bout de quelques minutes, elle repéra l'Audi.

Elle roulait assez lentement. Brenda ralentit un peu pour pouvoir la suivre en laissant un véhicule, une camionnette électrique, entre elle et l'Audi. Quand la camionnette bifurqua, Brenda ne s'en inquiéta pas, en déduisant que, si Alan ne l'avait pas remarquée alors qu'elle était sous son nez sur le perron des Rossignols, il était peu probable qu'il la repère dans les circonstances présentes.

Il traversa Causton et Uxbridge avant de prendre la route en direction de Drayton Ouest. Ils passèrent devant le manoir qui abritait l'école Montessori, à demi dissimulé derrière de grands arbres, et le château beaucoup moins ancestral de Holiday Inn. À un moment, un grand camion blanc et bleu, des Transports frigorifiques européens, la doubla en vrombissant. Quand il se rabattit, Brenda perdit Alan de vue et dut agripper le volant pour arrêter le tremblement soudain de ses mains. Incapable de doubler le camion, elle dut se résigner à le suivre et à prier que l'Audi ne passe pas brusquement dans la voie du milieu, car elle savait qu'elle n'aurait ni la dextérité ni le cran de la suivre.

Puis surgit un carrefour cauchemardesque : quatre voies, des panneaux qui indiquaient Heathrow, Londres-Centre et Slough. Elle aperçut Alan dans la seconde voie. Grinçant des dents, les traits tordus par l'effort et l'angoisse, elle doubla l'énorme camion, en remarquant machinalement deux grands cercles bleus entrelacés sur son châssis d'un kilomètre de long. Plusieurs coups de Klaxon l'avertirent qu'elle avait commis une infraction.

Alan suivait le panneau de Heathrow. De nouveau bien placée derrière lui, Brenda se détendit un peu. Elle commençait à se sentir heureuse, ou du moins agréablement excitée, et prit conscience que, pour la première fois de sa vie, elle vivait une aventure. Elle se redressa sur son siège, releva le menton d'un air de défi et s'essaya même brièvement à conduire d'une seule main. Un immense Concorde fila comme une flèche blanche, sur sa droite, et elle se retrouva dans le tunnel qui menait à l'aéroport.

Un bruit assourdissant, des hurlements de sirène alors que deux voitures de police fonçaient, suivies de près par une ambulance. Un car Sheraton lui bouchait la vue et, une fois sortie du tunnel, Brenda découvrit qu'Alan se dirigeait vers le parc de stationnement. Confuse, hésitante, craignant désespérément de le perdre de vue, elle klaxonna et donna un brusque coup de volant pour se retrouver en face d'un taxi noir. Le chauffeur klaxonna furieusement en retour et continua à manifester sa colère en déversant un flot de mots pittoresques.

Alan tendit le bras pour prendre le ticket de parking. Brenda fit de même, en se demandant comment elle ferait pour payer, puisqu'elle n'avait pas pris son sac. Heureusement qu'elle avait fait le plein d'essence, en revenant du bureau. Alan se dirigeait vers le niveau supérieur. Brenda suivit. Il descendit de voiture, une petite valise à la main, et s'éloigna vers les ascenseurs.

Elle s'extirpa de sa voiture par la portière du passager. Ayant laissé une douzaine de véhicules entre elle et l'Audi, elle avança accroupie, prête à se cacher si d'aventure sa proie revenait sur ses pas. En appuyant sur le bouton de l'ascenseur, Alan jeta un coup d'œil autour de lui, Brenda s'immobilisa, sans avoir conscience d'être la risée d'un couple à l'intérieur d'une Saab voisine.

Dès que les portes de l'ascenseur se furent refermées, elle s'élança et appuya sur la flèche, bouillant d'impatience. Elle n'était jamais allée dans un aéroport mais son imagination galopante se représentait déjà un hall grouillant de monde où Alan serait avalé sans laisser de trace, à la seconde où il y mettrait le pied.

L'ascenseur arriva et, parvenue au rez-de-chaussée, Brenda comprit que ses pires craintes s'étaient réalisées. Des larmes de frustration emplirent ses yeux tandis qu'elle esquivait des voitures et des minibus, traversait deux voies pour gagner la porte à tambour automatique qui donnait sur le terminal.

À l'intérieur, elle sut immédiatement qu'elle était vaincue. Plantée entre les comptoirs de Aer Lingus et British Midland, elle parcourut du regard l'immense hall où des milliers de gens, semblait-il, faisaient la queue, poussaient des chariots, grognaient, transpiraient, traînaient des valises, houspillaient les enfants ou étaient simplement affalés, en train de s'empiffrer.

Maintenant que la discrétion n'était plus sa préoccupation, Brenda s'avança avec témérité, malgré sa détresse, fixant des yeux les écrans multicolores au-dessus de sa tête et la zone illuminée des boutiques. Austin Reed, Tie Rack, The Body Shop, c'était comme dans la Grand-Rue d'Uxbridge.

Si seulement elle avait su ce qui avait amené Alan à Heathrow, elle aurait eu une orientation pour commencer ses recherches. Il portait un sac mais si petit, genre attaché-case, qu'on ne pouvait le qualifier de bagage. Ce qui lui avait fait supposer qu'il ne partait pas. Mais si elle se trompait ? Alors la situation était sans issue car, sans connaître sa destination, elle n'avait aucun moyen de découvrir dans quel endroit il attendait.

Mais il était peut-être venu chercher quelqu'un ; Brenda s'immobilisa alors, la main sur son cœur battant, les joues glacées, comprenant enfin la folie de son comportement. Pas étonnant qu'il se soit précipité dehors, qu'il se soit engouffré dans sa voiture, qu'il ait filé comme le vent. Simone était de retour !

Oh mon Dieu ! Et si elle tombait sur eux ? Main dans la main, riant, s'embrassant, enlacés. Rattrapant le temps perdu. À dire vrai, ils ne devineraient pas la raison de sa présence ici, mais Brenda savait qu'elle ne pourrait le supporter. Elle se hâta vers l'entrée principale. Elle passa devant un fast-food, des boutiques, sans même regarder où elle allait, désirant seulement trouver un endroit où se cacher.

C'est ainsi qu'elle faillit le manquer.

Alan faisait la queue avec d'autres gens, sur des marches menant à un niveau inférieur. Brenda recula aussitôt de quelques pas, jeta un coup d'œil à l'enseigne ambre et noir, brillamment éclairée, au-dessus de sa tête. La consigne. L'escalier formait un coude ; aussi, quand Alan fut descendu d'une marche, elle put rejoindre la queue sans risquer d'être vue. Il y avait sept personnes entre eux.

Quand elle pénétra dans la zone des bagages, elle se rapprocha du mur du fond, comme si elle attendait quelqu'un. De là, elle pouvait observer Alan qui devait passer par la machine à rayons X. La première chose qu'elle remarqua, c'est qu'il avait l'air encore plus malade, si c'était possible, que tout à l'heure.

Il regardait fixement une femme coiffée d'un sombrero voyant. On lui avait demandé d'ouvrir ses bagages, qui étaient minutieusement fouillés. Ignorant que le personnel procédait ainsi tous les dix passagers, Brenda s'émerveilla de la perspicacité des employés, car la femme avait l'air d'une simple touriste. Elle avait même pensé à amener deux petits enfants.

Alan déposa son attaché-case sur le tapis roulant ; un contour sombre enfermant une masse grisâtre et confuse glissa sur l'écran. Brenda, remarquant un exemplaire du *Evening Standard* qui dépassait d'une poubelle, s'en saisit. Alan tendit la valise, prit le ticket jaune qu'on lui remit et se retourna. Elle se cacha derrière le journal jusqu'à ce que les chaussures avachies et poussiéreuses eussent disparu dans l'escalier.

Elle suivit aussitôt, bien décidée à ne plus le perdre de vue. Mais il n'alla pas loin. À quelques mètres, au-dessus de la foule, on apercevait un pub et plusieurs restaurants. Elle vit Alan grimper les marches puis, rassurée de le savoir à sa portée au moins pendant quelques minutes, elle se détendit pour la première fois depuis qu'elle avait quitté la maison.

Elle pensa tout à coup à ses parents et à leur inquiétude devant son départ si brusque. Elle avait quelques pièces de monnaie dans sa poche de manteau et il y avait tout près une rangée de téléphones. Brenda mit dix pence dans la fente, appela chez elle et eut à peine le temps de bredouiller une histoire inventée avant que la ligne soit coupée.

Puis, prudemment, elle se dirigea vers l'escalier. Elle se tenait près d'une console de jeu, manipulée furieusement par un jeune homme à la peau sombre, vêtu d'un tee-shirt trop large. Il n'arrêtait pas de crier : « Oui ! Oui ! » et de donner des coups de poing sur la machine. Il buvait sans arrêt à une bouteille d'eau et tirait sur son tee-shirt, l'agitait pour s'éventer, car il transpirait dans le feu de son combat par procuration.

Brenda monta lentement. Elle ne craignait pas trop de croiser Alan, en se disant que probablement il était installé à un bar, avec une assiette de quelque chose ou, en tout cas, une boisson. Elle jeta un regard hésitant pardessus la rambarde.

C'était une grande plate-forme. Il y avait une devanture de pub, le *Garfunkel's café*, un Häagen-Dazs, et un libre-service « fish and chips », sans cloisons de séparation.

Brenda parcourut des yeux la salle du glacier. Des tables noires, chaises assorties, d'autres, en malachite mouchetée, à un pied, entourées de tabourets en plastique beige. Beaucoup de palmiers en pot. Alan réglait une tasse de café au comptoir.

Dissimulée derrière un grand écriteau engageant les clients qui désiraient être servis à leur table à faire la queue, elle le vit qui s'asseyait près d'une immense photo, en noir et blanc, d'un couple lascif, l'air radieux et glouton. Même de là où elle était, Brenda les apercevait distinctement qui se léchaient les lèvres, à moins qu'ils ne soient en train de se dévorer la langue. Elle s'avança jusqu'à l'entrée du libre-service et fit semblant de lire toutes les bonnes choses proposées au menu. Quand elle jeta un coup d'œil par-dessus son épaule, quelques secondes plus tard, Alan avait disparu.

Comme une folle, ne se souciant plus maintenant d'être repérée, Brenda s'élança à sa poursuite dans l'escalier. Au bas des marches, quelqu'un lui barra le chemin.

— Excusez-moi. (C'était le garçon des machines de guerre.) Vous avez de la monnaie, chérie ?

— Quoi ? (Désorientée, elle le dévisagea avec ahurissement.) Non, non, je n'ai pas de monnaie.

Elle le repoussa et regarda autour d'elle d'un air égaré. Puis remonta les marches pour avoir une meilleure vue du hall. Mais c'était inutile. Une masse mouvante de gens impossibles à identifier.

— Qu'est-ce que je vais faire ? Mais qu'est-ce que je vais faire ?

Brenda n'avait pas conscience d'avoir parlé tout haut. Le garçon des machines de guerre se mit à rire mais elle ne l'entendit pas.

Alan était-il rentré chez lui ? Devait-elle courir au parking et essayer de le surprendre là-bas ?

Mais s'il avait enregistré son bagage, il aurait sûrement besoin de le retirer. Auquel cas il devait encore être dans le hall. À moins… à moins que…

Le visage blême, crispé, de Brenda se tordit en une grimace, tandis qu'elle tâchait de prendre une décision.

Dans son dos, quelqu'un se tenait maintenant sous les amants gloutons et baveux, en noir et blanc. Quelqu'un dont le regard s'aiguisa en la reconnaissant. Non sans inquiétude.

3

Sauvagement arraché à son habitat naturel, le constable Perrot était assis, mal à l'aise, dans le bureau de la réception, au commissariat de Causton. Il ruminait dans sa tête tout ce qu'il avait entendu dire de l'inspecteur divisionnaire Tom Barnaby, et il n'était pas ravi.

Juste, disait-on, mais pas commode. Il soutenait bien son équipe mais ne lui passait pas la moindre distraction. N'hésitant jamais à se mettre en avant, à s'attribuer tout le mérite – ce qui est assez courant –, il était aussi connu pour ne jamais refiler ses responsabilités aux autres. Il pouvait être l'amabilité incarnée mais appelez-le un jour de congé et... ici, l'informateur de Perrot avait eu un large sourire, en se passant très graphiquement un doigt sur la gorge.

Bien sûr, se disait Perrot, tout en s'agitant sur une dure chaise en bois, tout ça, c'est des « on-dit ». Sans compter qu'on était toujours tenté d'exagérer les tendances machistes. Qu'on était plutôt porté à admirer les durs, à les révérer même.

Dans sa tête, Perrot repassa le rapport écrit sur Alan Hollingsworth, en essayant de se rappeler jusqu'au moindre détail. Il lui avait semblé aussi bref et scrupuleux que la précision l'exigeait et sans bla-bla, comme on l'avait requis, à ce qu'il avait cru comprendre. Il se demandait maintenant s'il n'avait pas dépassé les bornes en concluant qu'il serait judicieux d'approfondir l'enquête. S'il avait su que tout ça atterrirait sur le bureau d'une huile de la PJ...

Le constable sortit un mouchoir d'un blanc immaculé, essuya les gouttes de sueur qui perlaient à son front, puis le rempocha. À ce moment, un très joli sergent aux cheveux blonds passa une tête dans l'encadrement de la porte. Un regard, et elle lui adressa le genre de sourire qu'on voit aux secrétaires des dentistes, quand elles ont affaire à des patients particulièrement nerveux.

— Constable Perrot ?

Il la suivit dans un long couloir, en passant devant des portes vert-de-gris, portant des cartes imprimées encadrées de métal, descendit un escalier de pierre, sans tapis, parcourut un deuxième couloir sans fin, qui faisait deux coudes successifs. Il pensa qu'il n'en sortirait jamais vivant.

— On vous reconduira.

— Oh, merci.

Il commençait à se dire qu'ils avaient fait au moins deux fois le tour du bâtiment quand ils tournèrent dans un corridor beaucoup plus court, avec une porte en verre au bout. Le sergent Brierley frappa. Et elle lui sourit encore.

— Ça va aller, vous verrez, c'est un vrai minou.

Ce qui ne consola guère le constable Perrot. Selon lui, il y avait minou et minou. Les tigres, c'étaient des minous. Les lions aussi.

De l'intérieur parvint un son rauque. Qui tenait plus de l'aboiement que du rugissement mais pas très aimable quand même. Le sergent Brierley ouvrit la porte.

— Le constable Perrot, monsieur.

L'homme imposant, derrière son bureau, était en train de feuilleter le rapport, Perrot le reconnut, il faisait voler les pages – il semblait maintenant y en avoir une quantité faramineuse – en fronçant les sourcils.

Dans un coin de la pièce, perché sur l'appui de la fenêtre, il y avait un type mince, assez jeune. Pâle, visage de fouine. Roux. Une bouche méchante.

L'air ambiant était une vraie soupe. Un grand ventilateur tournait nonchalamment. Perrot ne fut pas invité à s'asseoir. Finalement, l'inspecteur lâcha sans le regarder :

— Vous n'avez jamais pensé à écrire un roman, constable ?

— Monsieur ?

— Avec votre œil pour le petit détail et votre sens du suspense, vous feriez une fortune.

Ne sachant s'il s'agissait d'une insulte, d'un compliment ou d'une plaisanterie, Perrot garda le silence. Il regardait droit devant lui, les yeux légèrement baissés, évitant le plus jeune officier qui, il en était sûr, accueillerait tout ce qu'il pourrait dire ou faire avec une froide antipathie.

Près d'un tas de casiers remplis de papiers, sur le bureau du grand type, Perrot remarqua, dans un cadre d'argent, la photo d'une femme séduisante aux cheveux bouclés, qui tenait sur ses genoux une petite fille d'une beauté assez frappante. Elle était comme sur les publicités. Légèrement réconforté par ce signe de normalité domestique, il la garda dans son champ de vision jusqu'à ce que l'un ou l'autre juge bon de briser le silence.

— Pourquoi ce rapport n'était-il pas marqué urgent ?

— Eh bien... je...

— Voici un homme dont la femme a disparu. Il refuse d'ouvrir la porte jusqu'à ce que vous menaciez de l'enfoncer. Vous le trouvez ivre et dans un état mental très déséquilibré. Il vous ment sur les raisons du départ de sa femme, il se contredit, il refuse de donner le nom d'un seul ami ou parent qui pourrait confirmer l'endroit où elle se trouve. Il ne peut produire ni mot ni message d'elle. Après avoir jeté un coup d'œil en haut – le seul moment, soit dit en passant, où vous avez fait preuve d'un minimum d'intelligence, sans même parler d'esprit d'initiative – vous découvrez que Mme Hollingsworth est partie sans emporter ni vêtements ni objets personnels. (Barnaby s'interrompit et lança le rapport dans un panier grillagé.) Diriez-vous que c'est un résumé fidèle de ce que je viens d'essayer de tirer de tout ça ?

— Oui, monsieur.

— On a remué des planchers de caves pour moins que ça.

— Monsieur...

— Je crois qu'il n'y a pas un seul officier de ma boîte qui aurait manqué de déposer quelque chose comme ça (et Barnaby balaya le panier d'un geste vigoureux du plat de la main) sur le bureau de son supérieur dans la demi-heure qui suivait. Et un bon nombre d'entre eux auraient amené Hollingsworth pour un interrogatoire plus sérieux.

Le visage écarlate de honte et d'humiliation, le constable Perrot se cramponna à son casque et baissa les yeux vers le tapis. Il aurait donné n'importe quoi pour le voir s'ouvrir, révéler des planches disjointes entre lesquelles il aurait pu se glisser et mourir. Le terrible silence se prolongea.

— Bon, ce qui est fait est fait. Dites-moi ce que vous avez découvert depuis.

— Je vous demande pardon, monsieur ?

— Ceci est daté de dimanche. Je présume que vous avez eu le temps, depuis, de faire votre enquête dans le village ? Est-ce que Mme Hollingsworth a parlé de son départ à quelqu'un ? Que pensent les gens de leur couple ? Est-ce que quelqu'un sait qui peut être ce Blakeley auquel le mari parlait ? Comment les considère-t-on, lui et elle ? Le truc habituel.

Barnaby fit une pause pour permettre à Perrot de répondre. Il regardait fixement le policier qui n'avait pas encore levé les yeux. Son teint avait viré à un violet coquin et la transpiration lui inondait la figure et le cou. Il rajusta son casque, laissant des traces de sueur sur le tissu de velours bleu marine.

— Ça dépasse l'entendement ! dit l'inspecteur. Est-ce que vous avez fait quelque chose, Perrot, depuis que vous avez interrogé Hollingsworth ?

— Oui, monsieur.

— Alors, allez-y !

— Et vous nous la faites courte, ajouta l'homme sur l'appui de la fenêtre. Notre congé annuel commence le mois prochain.

— J'étais inquiet au sujet de l'état de santé de M. Hollingsworth. (Le policier parlait comme quelqu'un qu'on force à prononcer un discours en public.) Alors j'ai téléphoné au médecin, le Dr Jennings, et lui ai suggéré de passer le voir. Ce qu'il a fait. Mais M. Hollingsworth n'a pas répondu.

— Hollingsworth est un de ses patients ?

— Oui.

À ce moment, refusant de rajouter la servilité à la piètre impression qu'il donnait déjà, Perrot se ressaisit, leva la tête et affronta le feu furieux du regard de l'inspecteur. Un air rien moins qu'aimable. Des sourcils féroces, comme des petits tapis de crin noir. Rubicond. Des yeux marron. Perrot avait toujours pensé que les yeux marron ne pouvaient qu'être chaleureux. Eh bien, on apprend à tout âge !

— Tous les deux, Alan et sa femme, ont un dossier chez lui mais je crois que le Dr Jim ne connaît que Simone.

— Le Dr Jim ? ricana l'homme roux. Bon Dieu !

— Vous n'avez rien d'autre à ajouter à cette triste histoire ?

— Non, monsieur.

— Ça fait trop longtemps que vous êtes enterré dans votre cambrousse, mon vieux. Bon, je serai à Fawcett Green dans une heure. Arrangez-vous pour y être aussi.

— Oui, monsieur.

Perrot pria en lui-même que ceci marque la fin de son épreuve. Il fit le vœu de rattraper ses erreurs. D'être vif, alerte, observateur. De leur montrer qu'un flic de campagne n'était pas nécessairement un flic nul.

— Vous savez certainement vous débrouiller avec le règlement. (Barnaby hocha la tête en direction du rapport débordant de détails et se leva. Perrot déglutit en prenant la mesure de l'homme.) Mais si vous voulez réussir dans ce métier, il faudra apprendre aussi à improviser.

Profondément satisfait de son sort, sans la moindre ambition, pas même celle de passer sergent, surtout si cela impliquait de fréquenter des salauds aux lèvres mesquines et aux yeux comme des grêlons, Perrot marmonna :

— Merci beaucoup, monsieur.

— C'était une réprimande, Perrot, pas un compliment.

L'homme sur l'appui de la fenêtre éclata de rire puis feignit hypocritement de tousser.

— Vous êtes depuis quand dans la police ?
— Treize ans.
— Et dans votre présente affectation ?
— Sept, monsieur.
Oui, beaucoup trop long, pensa Barnaby. Dans ces antennes rurales, ils sont trop bien établis dans leur petit confort. Une sortie de temps en temps pour un cours de recyclage ou une remise à niveau juridique ou ethnique et retour à leur doudou. Comment les en blâmer ? Leur mission, après tout, était de s'insérer dans la communauté. Souvent, ils étaient si bien insérés qu'il y avait du grabuge quand ils étaient mutés. Surtout si les gens du coin s'étaient entichés de leur *bobby*. Il était certainement grand temps de muter celui-là. Barnaby imaginait aisément le style de Perrot. Paternaliste, gentil mais ferme. Humain, quel que soit le sens donné aujourd'hui à ce mot dévoyé. Tout ça, c'était très bien, mais à condition d'être capable de s'occuper d'autre chose que d'un simple délit. L'homme ne paraissait pas être d'un grand secours.
Perrot devina les pensées de son supérieur et son cœur chavira.
— C'est bien, Perrot. Vous pouvez aller.
— Monsieur.
Tant bien que mal, Perrot franchit la distance qui le séparait de la porte. Quand il voulut tourner la poignée, elle glissa dans ses doigts moites de sueur. Et plus il la serrait, et plus elle glissait. Il dut prendre son mouchoir. Un siècle s'écoula avant qu'il se retrouve dans le couloir. Il demeura quelques instants, raidi dans l'attente de petits rires goguenards s'échappant de la pièce qu'il venait de quitter, mais il n'y eut que le silence.

Mis en joie par la scène avec Perrot, Troy conduisait rapidement la Rover 400 de Barnaby le long de l'A4020 vers Chalfont St. Peter, les fenêtres grandes ouvertes à cause de la chaleur oppressante. Rien ne le divertissait davantage que la déconfiture d'autrui. Elle était bien bonne, la blague du patron sur le roman. Les remarques cinglantes ou humiliantes ne venaient à Troy que des heures, parfois des jours après qu'était passée l'occasion de leur insertion judicieuse dans un dialogue.

— Y a pas à dire, quel tocard ! Je parie que ce mec-là à la télé, il y a des années, il était comme Perrot. À ce qu'il paraît, il filait une petite tape sur la tête des méchants, il les grondait sévèrement puis leur donnait une sucette pour les consoler. Ma mamie n'arrête pas d'en parler.

— Dixon de Dock Green[1].

— C'est ça. Un vrai anachronisme.

De temps en temps, Troy, qui tombait toujours sur des mots qu'il ne comprenait pas, prenait la peine de les chercher dans le dictionnaire de sa fille. Une fois familiarisé avec leur signification, il frimait avec jusqu'à ce qu'il finisse par s'en lasser ou qu'il découvre une nouvelle énigme. Le mois dernier, c'était « cognition ». Avant ça, « pachyderme ».

Barnaby passait sur ses joues, dans l'espoir de les rafraîchir, une canette de Fanta Orange, prise au distributeur juste avant de partir.

— J'espère que vous savez où vous allez.

— Vaguement. Ce n'est pas loin de Compton Dando.

— Jamais entendu parler.

— Mais si, dit le sergent Troy. C'est ce secteur rempli de louftingues *new age*. Là où le vieux schnock en chemise de nuit s'est fait poignarder.

— Ah oui !

— Ça me rendrait dingue de vivre là.

Troy regarda par la vitre ouverte et tordit le nez d'un air méprisant. C'était un nez pâle, étroit. Légèrement saillant, il descendait en une élégante ligne droite, comme un nasal de casque romain.

— Non mais, regardez-moi ça !

« Ça », c'était un cottage au toit de chaume d'une perfection si irréelle qu'il était presque impossible de le

1. Dixon de Dock Green : émission de télévision très populaire diffusée de 1955 à 1976, sur un officier de police londonien, le brigadier Dixon. Celui-ci était un *bobby* typique, amical et honnête, toujours prêt à aider les gens. Son nom est souvent utilisé pour désigner un policier vieux jeu. (*N.d.T.*)

croire occupé par des êtres humains télé-collés, carte-de-crédités et code-barrés. Une famille en pain d'épices eût davantage été dans le ton. Ou un bonhomme de la météo en carton peint, avec sa femme, qui entreraient et sortiraient à intervalles réguliers, aussi impeccables et inexpressifs que leur décor de livre d'images.

— Comment est-ce qu'on peut vivre dans une maison à perruque ?

La remarque de Troy était empreinte de frustration et de dépit. Il avait horreur d'avoir sous les yeux les signes de richesse des autres, surtout quand ils jetaient leur argent par les fenêtres pour des bricoles insensées de ce genre.

Le sergent était l'esprit urbain incarné, nourri aux gaz d'échappement, accro des parkings multiniveaux, des cinémas multisalles, moquettés de pop-corn, des centres commerciaux-ziggourats sillonnés d'ascenseurs en verre vibrant aux pulsations du hard rock, des pubs à jeux électroniques.

— Plutôt mourir, ajouta-t-il, car il n'hésitait jamais à enfoncer le clou.

Ils arrivaient à Fawcett Green et Barnaby indiqua que St. Chad's Lane était la prochaine petite rue sur la droite.

La moto Honda de Perrot était garée derrière la grille des Rossignols, grande ouverte. Son gilet de sauvetage jaune et son casque blanc marqué POLICE étaient posés sur la selle. Le constable, quant à lui, restait invisible.

La voiture s'engagea dans l'allée ; les deux hommes descendirent du véhicule. Malgré la chaleur, le sergent enfila sa veste en coton, mouchetée gris argent, impeccablement repassée, après avoir donné une chiquenaude au col et retiré un cheveu roux.

Barnaby frappa fermement à la porte mais personne ne répondit. La maison avait un air désolé, comme abandonnée depuis peu, bien qu'on puisse apercevoir des vases et des bibelots sur les rebords des fenêtres, entre les rideaux à demi tirés.

— Très chic, le plateau, dit le sergent Troy, en jetant un coup d'œil par la vitre.

Une petite allée de galets menait du garage à l'arrière de la maison. Barnaby et Troy l'empruntèrent et débouchèrent dans un jardin mal entretenu, empiétant sur le patio, assemblage agréable quoique peu original de dalles multicolores. On y voyait des bégonias desséchés dans d'élégantes poteries chinoises, un barbecue, encore plein de cendres, et un grand hamac bleu et blanc décoré de marguerites.

Barnaby, jardinier jusqu'au bout des ongles, grimpa les marches du perron et regarda autour de lui d'un air irrité. Une belle touffe d'hémérocalles assiégée par le chiendent, un rhododendron George Reynolds récemment planté qu'on n'avait pas arrosé, une pauvre vieille véronique toute triste qui aurait eu bien besoin, elle aussi, de boire un petit coup. Un carré de terre attira son attention, le sol paraissait plus mou que le reste et avait été récemment retourné. Peut-être Hollingsworth s'était-il décidé à commencer de nettoyer un peu mais il n'était pas allé plus loin. Étant donné l'état d'esprit de l'homme, tel que décrit par Perrot, cela semblait peu probable.

— Monsieur ! Par là !

Barnaby entendit le sergent qui secouait et faisait vibrer les portes-fenêtres. Avant qu'il ait eu le temps d'escalader, Troy s'était précipité vers le barbecue, avait saisi des pincettes et brisé les vitres. Il passa la main à l'intérieur, tourna la clé puis brisa deux autres vitres pour pousser les verrous. Le temps que Barnaby le rejoigne, les fenêtres étaient grandes ouvertes.

Un homme était étendu sur un tapis aux couleurs vives devant une cheminée vide. Barnaby traversa rapidement la pièce et s'agenouilla près de lui. Troy resta sur le seuil, sa nature délicate offensée par le mélange d'odeurs nauséabondes, dont celle dégagée par la mare d'urine s'étalant sous le corps allongé. Troy remarqua un verre renversé près de la main droite de l'homme.

— Il est foutu ?

— Oui. Contactez les secours, voulez-vous ?

— OK d'ac ! !

Troy se dirigea vers une table aux dorures tarabiscotées où trônait un téléphone rétro.

— Ne touchez pas à ça, dit l'inspecteur sèchement. Prenez la radio de la voiture. Demandez-leur d'envoyer un photographe. Et une équipe de surveillance.

— D'accord, d'accord. (« T'excite pas ! », phrase qu'il n'aurait jamais osé prononcer, en guise de sous-titre. Arrivé aux portes-fenêtres, il hésita.) Vous ne croyez pas qu'il est seulement... dans les vapes, Hollingsworth ?

— On ne sait pas encore s'il s'agit de Hollingsworth. Tâchez de voir ce qui est arrivé au Limier de Scotland Yard. S'il n'est bon à rien d'autre, il pourra au moins identifier provisoirement le corps.

Quand le sergent eut disparu, Barnaby se redressa et regarda autour de lui. Il aurait reconnu l'endroit entre mille, grâce à l'œil aiguisé du constable Perrot. Quelle perte pour la littérature de gare, ce type ! Mais la perte n'était pas forcément définitive. S'il persistait dans son manque vertigineux de sagacité et de prévoyance, il se pouvait très bien qu'un changement de carrière intervienne sous peu.

Barnaby fit le tour de la pièce, en se tenant le plus près possible des murs, avec la même rigueur que si l'homme avait été trouvé la tête fracassée. Pourquoi précisément, il aurait été bien embarrassé de le dire. Bien qu'il s'agît à l'évidence d'une mort inexpliquée, rien ne permettait encore de la qualifier de suspecte. Peut-être les trente ans passés au contact de sales affaires avaient-ils développé son flair ?

L'inspecteur examina les vitrines de porcelaines, les étagères de livres, les photos et tableaux. Il marchait les bras pendants. Des années auparavant, il les aurait tenus écartés, peut-être même légèrement levés pour se rappeler de ne rien toucher.

Tout jeune policier, il avait été l'assistant d'un inspecteur belliqueux qui l'avait tout simplement terrifié. Une fois, il était arrivé sur les lieux d'un crime, avait découvert le corps d'une pauvre jeune femme à demi nue gisant dans un fossé boueux. Barnaby, sans réfléchir, avait bondi pour lui baisser sa robe. Il s'était tellement fait remonter les bretelles qu'il en avait presque eu les larmes aux yeux. (Qu'est-ce que vous croyez qu'elle préfère ? Avoir le cul couvert ou qu'on coffre le salaud qui a fait ça ?) Pendant des mois, il avait été obligé de garder les mains dans les poches jusqu'à ce que les premières étapes de l'enquête soient achevées. L'humiliation avait porté ses fruits, car il n'avait plus jamais recommencé.

Devant la maison, son propre factotum, après avoir passé ses différents appels, descendait de voiture. En apercevant le génie local qui arrivait en soufflant comme un bœuf, Troy attendit que Perrot ne soit plus qu'à quelques mètres puis il se retourna et s'éloigna d'un pas vif. Le constable, écarlate, en nage, le rattrapa sur le patio.

— Euh, bonjour, sergent.

— Ah, salut, Jacquot[1].

Perrot, consterné, regarda les vitres brisées.

— Qu'est-ce qui s'est passé ?

Troy eut un large sourire, haussa les épaules et répondit :

— On a cru que vous aviez pris votre journée.

— Un besoin naturel, sergent, dit Perrot.

En réalité, après avoir joué à la sentinelle pendant plus de deux heures, et pris d'une faim de loup, il avait fait un saut chez Ostlers pour s'acheter un double Twix et une boisson fraîche. Le chocolat était en train de fondre dans sa poche et il avait lancé la canette dans les buissons quand il avait aperçu la voiture de l'inspecteur.

— Et ça, vous croyez que c'est fait pour quoi ? (Troy montra d'un mouvement de tête le charmant petit bassin à poissons puis il ajouta :) Vous êtes un peu dans le caca, Jacquot. Et pas seulement parce que vous avez laissé l'endroit sans surveillance.

Ne sachant que répondre mais déjà résigné à la perspective de subir d'innombrables plaisanteries sur les per-

1. *Parrot :* perroquet. Jeu de mots (*parrot* et Perrot) sur le nom du constable. (*N.d.T.*)

roquets, le policier garda le silence. Troy se dirigea vers les portes-fenêtres. Son ombre noire se profila sur la moquette crème, et Barnaby leva les yeux.

— Il est revenu sans se presser, monsieur.

Troy s'écarta et fit signe à Perrot qu'il devait entrer dans la pièce.

Le constable franchit le seuil et s'arrêta net. Les yeux ronds, il fixait l'homme étendu sur le tapis. Barnaby vit la couleur se retirer de son visage et il comprit qu'il n'avait pas besoin de lui faire un dessin : le constable était dans de sales draps.

— S'agit-il de Hollingsworth, Perrot ?

Le policier avança de quelques pas sur la gauche, de façon que le profil de l'homme se trouve dans son champ de vision.

— Oui, monsieur.

Perrot ne s'était pas évanoui depuis l'âge de douze ans. Une journée caniculaire, comme celle-là, où il avait dû subir une injection antitétanique parce qu'il s'était écorché la jambe à une clôture rouillée. Debout à attendre, étourdi par la chaleur, effrayé par la piqûre, il était tombé dans les pommes. Mais maintenant, il ne fallait pas, même s'il se sentait mille fois plus mal. Pas avec ce ricaneur de sergent dans son dos et, en face, le froid silence qui le condamnait.

Comment allait-il faire face à cette épouvantable situation, en admettant qu'il y survive ? Comment peut-on être assez abruti, se demanda le stupide Perrot, pour rester planté pendant des heures devant une maison uniquement parce que personne ne répond quand on frappe à la porte ? Sans aucun doute, il aurait dû jeter un coup d'œil alentour. Et il aurait trouvé le mort. Ou peut-être, ce qui était proprement insupportable, un homme qui n'était pas tout à fait mort. Un mourant qui aurait pu être sauvé.

Perrot, pour se flageller davantage, repensa au rapport qu'il n'avait pas marqué comme urgent ni déposé sur le bureau d'un supérieur. Cela aurait-il changé les choses ? Il se convainquit immédiatement que oui. Après tout, la bande de la PJ s'était déplacée presque tout de suite à Fawcett Green.

En vérité, sa faute était monstrueuse. Perrot tenta de raidir les muscles de son visage, pour les empêcher de trembler. Il baissa la tête. Ses oreilles bourdonnaient. L'air fétide était lourd d'accusation.

Au moment où il se disait qu'il serait incapable de rester une minute de plus sur ses jambes, l'inspecteur ordonna :

— Vous, dehors ! Moins on piétine ici, mieux ça vaut.

— Monsieur.

Une voiture s'arrêta devant la grille. Deux portières claquèrent, des pas crissèrent sur le gravier. On frappa à la porte et le sergent Troy cria : « Par ici. »

Médecin légiste depuis des années, désormais rebaptisé mystérieusement Examinateur médical de la police, le Dr George Bullard avait fait remarquer d'un air narquois, quand on l'en avait informé, que, malgré le changement de désignation, la matière première avait une fâcheuse tendance à rester aussi rebutante qu'auparavant. Il était accompagné d'un jeune homme en tee-shirt, en jean et en baskets crasseuses, avec un appareil photo autour du cou, un sous le bras, des objectifs et un posemètre.

Tandis que le photographe était occupé à prendre des clichés sous tous les angles, en se balançant sur la pointe des pieds au bord du foyer de la cheminée, Perrot s'était retiré sur le patio, comme on le lui avait ordonné, et attendait les prochaines persécutions. Barnaby et George, vieux collègues et amis, se racontaient, un peu à l'écart, les derniers potins du commissariat, refaisaient le monde, discutaient de leurs familles. Le toubib venait d'avoir son premier petit-enfant. Barnaby et sa femme rêvaient aussi d'être grands-parents mais sans beaucoup d'espoir. Récemment, leur fille Cully avait fait remarquer que Juliet Stevenson, une actrice qu'elle admirait énormément, venait d'avoir son premier bébé à trente-huit ans. Seulement treize ans à attendre, s'étaient dit tristement les parents après le départ de Cully et Nicholas, son mari.

On sera trop vieux pour les prendre dans les bras, avait ajouté Joyce. Et elle ne plaisantait qu'à moitié.

— Seulement le macchabée, hein ? demanda le photographe, indiquant qu'il avait presque fini.

— Pour le moment, dit l'inspecteur.

S'il avait l'air sûr de lui, c'est qu'il était sûr de lui. Peut-être parce que Les Rossignols paraissaient déjà être au cœur d'un mystère, Barnaby était certain qu'Alan Hollingsworth n'avait pas succombé à une attaque ni à une crise cardiaque. Ni à une intoxication due à l'alcool même si, selon Perrot, il en avait descendu à gogo ces derniers jours.

Mais Barnaby jugeait plus prudent d'attendre les résultats de l'autopsie avant de faire venir l'Identité judiciaire. Restrictions budgétaires, et encore restrictions budgétaires, c'était l'ordre du jour et même une simple enquête avec une modeste équipe coûtait cher. Ce n'était qu'une goutte d'eau dans l'océan du budget de la Vallée de la Tamise, mais il serait réprimandé, à juste titre, si cet argent était dépensé inconsidérément.

D'un autre côté, si le meurtre s'avérait et que les indices aient disparu ou aient été brouillés quand on ferait le ménage et qu'on rangerait les affaires de Hollingsworth, alors il allait au-devant d'ennuis beaucoup plus sérieux. Le pire, en fait, c'est qu'à cause d'une erreur pareille, un assassin pouvait s'en tirer.

L'inspecteur se rendit compte, soudain, qu'on lui parlait.

— Pardon, George.

Le Dr Bullard était agenouillé sur le tapis, avait déballé ses affaires, étalé les outils de son commerce et enfilé des gants de latex. Il répéta obligeamment.

— Je disais que, d'après l'aspect des pupilles, il a pris une fameuse surdose de médicaments !

Il déboutonna le pantalon du mort. Quand il prit son thermomètre rectal, Barnaby détourna la tête, par respect.

Il aperçut le sergent, qui se balançait dans le hamac aux marguerites, le visage tourné vers le soleil. Il savait que son assistant aurait été ahuri par son attitude. Le respect pour les morts avait toujours paru absurde à Troy. Barnaby se demandait si c'était une question de génération ou de tempérament et penchait plutôt pour la deuxième hypothèse.

Il médita sur la différence séparant les gens qui avaient assez d'imagination pour se mettre à la place d'autrui, et ceux qui en étaient dénués. Selon lui, c'était un fossé sans doute infranchissable. Toutes les autres différences, pourvu que les gens soient de bonne volonté, pouvaient être aplanies. Mais comment pourvoir quelqu'un d'un don que la nature, dans sa rigueur (d'aucuns diraient dans sa grande bonté), lui avait refusé ?

— Je dirais qu'il est mort depuis deux jours. Peut-être un peu moins.

Le médecin déboutonnait la chemise du mort. Soudain ennuyé par ce rituel lugubre, l'inspecteur sortit. Il pensa à transmettre l'information consolante au constable Perrot mais l'homme avait de nouveau disparu. Le sergent Troy arrêta de se balancer et tâcha de prendre un air plus présent tout en savourant manifestement le soleil.

— C'est la vie, hein, patron ?

Barnaby s'émerveilla de pareil détachement. Si peu de temps après avoir découvert un être humain qui ne verrait jamais plus le soleil se lever ! Il paraît que c'est la vie. Il arrivait à l'inspecteur, rarement et le temps d'un battement de cœur, d'envier son sergent. Mais aujourd'hui, ce n'était pas le cas.

Au bout de dix minutes environ, George Bullard les rejoignit. Il ne dit pas « c'est la vie » mais inspira et expira l'air parfumé avec une immense jouissance. Barnaby commençait à se sentir un peu hors circuit.

— La camionnette sera là d'un moment à l'autre, Tom.

— On a une chance d'avoir bientôt l'autopsie ?

— Toutes les chances. En fait, je n'ai rien pour aujourd'hui.

— Voilà qui fait plaisir à entendre. (L'inspecteur jeta un coup d'œil alentour.) Où est votre poulet, Gavin ?

— Je l'ai mis à l'entrée pour faire circuler les gens. La dernière fois que j'ai vérifié, il admirait le dessin d'un petit gamin.

Barnaby rugit de rire.

— Il est bien, Colin Perrot, protesta le médecin. J'ai habité dans son secteur. Il est toujours disponible.

— Je suis sûr que c'est quelqu'un de chaleureux et de parfaitement sympathique, dit Barnaby. Mais je commence à croire que, comme flic, c'est un bon à rien.

L'enquête sur la mort de Hollingsworth étant nécessairement retardée jusqu'au rapport d'autopsie, pour l'heure, c'était la disparition de Simone qui préoccupait Barnaby.

Une demi-heure s'était écoulée depuis que la fourgonnette de la morgue était partie. Des policiers en uniforme avaient été postés devant et derrière la maison.

Il était une heure et demie. Quel meilleur endroit que le pub du village pour déjeuner et glaner des informations ? Sur le chemin, ils furent dépassés par le constable Perrot, qui s'arrêta brièvement près du carrefour, plongea dans la haie et en sortit une canette.

— Gentil Monsieur Propre, dit le sergent Troy.

Le *Goat and Whistle*, qui allait fêter son cent cinquantième anniversaire, avait été récemment rénové par les brasseurs. Son plafond, d'un riche brun jaune, culotté par des années de fumée de tabac, avait été décapé et repeint d'un vernis sombre, d'un riche brun jaune. Son comptoir plein de cicatrices, son carrelage usé en terre cuite et son vieux foyer avaient été mis en pièces et remplacés par un comptoir vieilli artificiellement, des dalles de pierre artistiquement craquelées, saupoudrées de fausse sciure et un coin de feu en aggloméré élisabéthain. La vieille cible avait disparu, était arrivé le jeu électronique, Astaroth contre les ténébreuses meutes infernales de Erewhon.

Cette transformation pleine d'imagination, qui n'avait été ni demandée ni voulue par nos hôtes ni leur clientèle, avait coûté trente mille livres. On avait assuré au gérant que, quand la rumeur d'une rénovation aussi saisissante se serait répandue, ses recettes crèveraient le plafond.

Jusque-là, ce n'était pas évident. Il avait remplacé la cible sur ses propres deniers.

Quelques têtes se tournèrent à l'entrée de Barnaby et de Troy et les conversations s'interrompirent. L'inspecteur commanda une salade au jambon et une Guinness, Troy un corned-beef, un sandwich-baguette au chutney et un demi de bière brune. Il apporta son repas à une table près du jeu électronique et commença à jouer.

En attendant sa salade, Barnaby engagea la conversation avec le patron, Daniel Carter.

— C'est à vous, non ? La Rover en bas de l'allée ?

Barnaby admit que oui.

— Tout va bien ?

La question était posée par une femme d'âge mûr qui était venue au comptoir pour un autre gin-menthe. Personne ne bougeait mais Barnaby se rendit compte que l'attention générale était fixée sur sa réponse.

— En fait, nous nous occupons de la disparition de Mme Simone Hollingsworth.

— Qu'est-ce que je t'avais dit, Elsie ! s'exclama le gin-menthe par-dessus son épaule.

— Merci, Bet. Je prendrai une goutte de White Satin.

— Sourde comme un sonneur de cloches, soupira Bet, qui fit un geste de la main. Vous en avez mis, du temps !

— Vous les connaissiez tous les deux ? demanda Barnaby.

Il s'adressait à la vieille femme mais il regarda dans la salle. Les vannes s'ouvrirent.

Le temps qu'il ait fini sa salade fatiguée, sans assaisonnement, et ses lamelles de jambon transparentes, il avait découvert que M. H travaillait tous les jours que Dieu fait, que Mme H était toujours attifée comme pas possible. Il ne se mêlait jamais aux autres, elle si mais elle s'ennuyait au bout de cinq minutes. Ils donnaient mais pas autant qu'on pourrait croire, vu leur propriété. La dernière fois qu'on avait vu la pauvre Simone, c'était dans le bus de Causton. Et, conclut Elsie, ne me dites pas qu'on quitte son vieux avec seulement un sac à main et une veste légère. Surtout quand il est plein aux as.

Jusque-là, rien d'étonnant. Barnaby allait se résigner. Mais Daniel Carter se pencha en avant. Il jeta un coup d'œil de droite à gauche, comme s'il allait traverser une rue animée, et parut sur le point de tapoter l'aile de son nez rouge et luisant.

— Et si c'était Alan qui avait disparu, vous n'auriez pas à chercher bien loin.

— Vraiment ? Et pourquoi ça ? rétorqua l'inspecteur.

— Vous devriez le savoir, dit Elsie. C'est vous, les flics !

— Il est passé en jugement pour ça.

— Gray Patterson.

— Coups et blessures.

— Simple voie de fait, non ?

— C'est du pareil au même.

— Tout ça, c'était à cause d'un vol ou un truc dans le genre, dit le patron. Ils travaillaient ensemble, vous voyez, lui et Hollingsworth. Soi-disant des associés, dans leur affaire d'ordinateurs. Pen quelque chose.

— Penstemon, cria Elsie la sourde.

— C'est ça. Alors, d'après le compte rendu de l'audience, Patterson avait inventé un nouveau programme, comme ils appellent ça. Quelque chose de vraiment spécial qui lui aurait rapporté des millions. Et Alan l'a arnaqué.

— Il lui a piqué son truc, intervint un gros homme, qui venait de terminer son pâté à la viande.

— Je ne connais pas tous les tenants et aboutissants, poursuivit Daniel Carter, mais ça a fait du grabuge. Alors, Patterson a piqué sa crise.

— C'est vrai ? demanda Barnaby.

— Il a tabassé M. H, dit la vieille dame, qui inclinait délicatement son verre.

— Maintenant, il est complètement fauché, Gray. Il doit de l'argent sur sa maison, il ne peut pas la vendre, il ne peut pas déménager. Il est pas dans la mouise, comme on dit !

— J'ai entendu dire qu'il essayait de louer.

Barnaby finit sa bière. Il l'aurait trouvée excellente s'il n'avait pas connu la douce amertume veloutée de la version irlandaise. Un an plus tôt, Joyce et lui étaient allés à Sligo pour le festival de musique et la Guinness avait été une révélation. La différence, lui avait-on dit, résidait dans la qualité de l'eau.

Troy, qui avait fini de cogner, de bourrer de coups et de maudire Astaroth et Cie, était penché au-dessus de la machine en train de bavarder avec un jeune qui cognait, bourrait de coups et maudissait à son tour. Il intercepta l'œil du chef.

— Salut, vieux, murmura-t-il et il se dirigea vers la porte.

— Vous avez appris quelque chose ? demanda l'inspecteur en remontant l'allée.

— Seulement que Mme Hollingsworth était une sacrée nana mais qu'elle se gardait pour son mari. Le mec à qui je parlais est le frère de la fille qui fait le ménage chez la vieille.

— Quelle vieille ? Ça grouille de vieilles dames, par ici.

— La toquée qui est venue vous voir.

— Pas si toquée que ça, finalement.

Depuis qu'il avait lu le rapport de Perrot, Barnaby avait repensé plus d'une fois à Mme Molfrey, avec ses vêtements excentriques et sa perruque supersonique. Le souvenir qu'il gardait de leur entrevue s'était enrichi d'un piquant plein de charme qui, malheureusement, avait manqué sur le moment. Il n'avait pas vraiment envie de lui reparler, craignant qu'elle ne se révèle simplement une vieille raseuse un peu dérangée.

— Et vous, chef ? demanda Troy. De la veine ?

— S'il s'avère qu'on a affaire à un meurtre, j'ai un joli petit suspect. Quelqu'un qui a tabassé Hollingsworth, après que l'homme lui a escroqué beaucoup d'argent.

— Ce n'est plus le Gentil Monsieur, alors, notre Alan, dit Troy en sifflant.

— S'il l'a jamais été.

Ils étaient arrivés aux Rossignols. Il y avait quelques personnes dehors mais, devant les grilles fermées et le constable posté sur le perron, qui était un étranger peu communicatif, personne ne s'attardait.

— Un message pour vous, monsieur, dit le constable. La dame, de la maison d'à côté, à gauche, voudrait parler à un responsable.

Le constable Ramsey avait reçu cette information de son collègue posté à l'arrière. Apparemment, Kevin avait entendu du bruit derrière la clôture, il était allé voir et avait trouvé un visage qui l'épiait à travers un fouillis de trucs verts. La requête murmurée, le visage avait disparu, comme si son propriétaire avait été brusquement tiré en arrière.

Barnaby, qui présumait à tort qu'il s'agissait d'un intérêt irrépressible pour les événements qui se déroulaient chez les Hollingsworth, se dirigea vers Les Mélèzes. Troy frappa aux panneaux acidulés. Ils s'ouvrirent, comme par magie.

— Ohé ? s'écria Barnaby.

— Entrez.

Les mots, chuchotés derrière la porte, étaient à peine audibles. Les deux policiers franchirent le seuil.

Dix minutes plus tard, alors que la tension dans la pièce vibrait comme une harpe, Barnaby n'avait toujours pas compris exactement pourquoi on les avait fait venir. Il était assis sur le canapé et mangeait un sandwich si fin qu'il se dissolvait dans la bouche comme une hostie. Il était fourré d'un fromage blanc sans saveur et d'une feuille de cresson fanée. En plus, il était glacé. Mme Brockley devait conserver son pain dans le frigo. Barnaby commençait à avoir mal aux dents et il but un peu de thé pour se les réchauffer.

Les Brockley se regardaient. Non pas le silencieux : « Vas-y, toi ! Non, toi ! », plaisanterie de copains que se font parfois les couples. Leurs regards ne se rencontraient pas vraiment. Celui du mari semblait dire « Tu n'as pas intérêt ! » tandis que celui de la femme était plus difficile à déchiffrer. Elle était bouleversée, de toute évidence, et très tendue mais elle était aussi en colère. Ses yeux étincelaient.

— Vous nous avez demandé de venir, madame ? répéta l'inspecteur, pour la énième fois.

— Oui. (Elle le regarda fixement et il se rendit compte que ses yeux étincelaient non de colère mais de larmes.) Quelque chose de...

— Iris !

— Il faudra bien le leur dire, tôt ou tard.

— Tu n'avais pas besoin de les faire venir. Tout le monde va savoir.

Barnaby, qui commençait à perdre patience, tâcha de se montrer rassurant.

— Monsieur, nous allons effectuer une enquête de voisinage bientôt, au sujet de la disparition de...

— Quoi ? de voisina... ?

— Ce qui signifie qu'on rendra visite à tout le monde dans le village. Je suis sûr que, quand tout cela sera en route, les gens croiront tout simplement qu'on a commencé par vous.

— Tu vois ! s'écria Iris.

Reg ne parut pas convaincu. En les regardant tous les deux, Barnaby songea au mot « corseté ». Pratiquement obsolète en ces temps de teddies et de bodies, de Lycra et Spandex, mais un mot qu'incarnaient sûrement ces deux personnes rigoureusement coincées. Ficelées solidement, poussées et tirées et baleinées dans une vie respectable, au-dessus de tout soupçon. Une vie qui avait sûrement du mal à respirer comme il faut.

— Notre fille a disparu.

C'était Iris qui venait de parler. Reg se couvrit la figure de ses mains, comme si on l'exposait brutalement à l'opprobre public.

— Brenda est sortie lundi soir avec la voiture. Plutôt soudainement, en fait. Comme elle n'avait pas réapparu, vers dix heures...

— Elle a appelé, inspecteur, interrompit le mari.

— C'était il y a deux jours, cria Iris.

Le sergent Troy, pigeant qu'il allait participer au plus ennuyeux des non-événements de toute l'histoire de l'humanité, engloutit son quatrième scone, cueillit une poignée de biscuits au chocolat et son esprit se mit à battre la campagne. Il jeta encore une fois un coup d'œil à l'horloge.

Il était difficile de ne pas remarquer cette splendide antiquité. Où que l'on regarde dans la pièce, elle attirait les yeux. Des chiffres en strass sur un cadran en velours noir et des aiguilles dorées. Au bout de l'aiguille des minutes était perché un grand papillon rose et jaune avec des ailes à sequins et de longues antennes trémulantes. Toutes les soixante secondes, il faisait un bond en avant et les nerfs de Troy commençaient à l'imiter.

— Est-elle rentrée d'habitude à dix heures, madame ? interrogea Barnaby.

— Non, dit Reg. Elle ne sort pas, vous comprenez.

— Je vous demande pardon ?

— Eh bien, pour travailler, bien sûr. Et pour faire quelques courses.

— Mais pas le soir.

— Quel âge a Brenda ?

— Vingt-neuf ans. (Bien que le visage de Barnaby restât imperturbable, Iris avait dû sentir son incrédulité car elle ajouta :) Je comprends bien qu'elle n'est plus une enfant mais elle n'a jamais, jamais fait une chose pareille avant.

— De toute sa vie.

— Alors quand a-t-elle téléphoné ?

— À neuf heures, environ. En disant qu'elle restait avec un ami.

— Pas qu'elle restait avec, corrigea Reg. Elle était avec. Comme être avec. À parler.

— On ne savait même pas qu'elle avait un ami, dit Iris avec un ton inconsciemment pathétique.

Même si elle n'avait pas eu vingt-neuf ans, Troy, qui avait regardé le portrait dans son cadre tarabiscoté, trouvait qu'elle valait son pesant de moutarde. Tu parles d'un cageot ! Elle méritait de figurer à une exposition canine, et encore, ça serait insultant pour les chiens. Pas besoin d'accorder son instrument pour celle-là.

— Ça lui va bien de dire de ne pas s'inquiéter, ajouta Iris. Mais bien sûr qu'on s'est inquiétés.

— Toute la nuit.

— Et, le matin…

Ils avaient discuté pendant près de deux heures pour savoir s'il fallait appeler le bureau de Brenda. Iris, des cernes noirs sous les yeux, était pour à cent pour cent ; Reg, d'abord totalement contre, avait hésité devant l'extrême agitation de sa femme. Ils s'étaient affrontés à la table vide de la cuisine – le petit-déjeuner ne serait pas passé – écartelés entre l'obligation d'agir de manière socialement acceptable et correcte et le besoin de lever l'incertitude qui les rendait malades.

— Mais qu'est-ce qu'ils vont penser ?

— On s'en fiche de ce qu'ils pensent.

— Cela ne se fait pas, dans les affaires, Iris.

— Je m'en fiche !

— Les appels personnels sont mal vus. Brenda a toujours été très à cheval là-dessus.

— Tu n'as pas besoin de parler à...

— On va lui attirer des ennuis.

— Demande seulement si elle est là. Dis que c'est pour affaires. Fais-toi passer pour un client.

— Elle sera à la maison à six heures et demie.

— Je ne peux pas attendre neuf heures, hurla Iris.

Alors, accompagné des gémissements de sa femme et des aboiements du caniche, Reg avait téléphoné à Coalport and National Building Society. On lui avait demandé de patienter, en lui infligeant de la cornemuse et un orgue électrique qui jouaient le *Ye Banks and Braes*, mélodie que, pour le restant de sa vie, il ne pourrait jamais entendre sans être envahi d'une froide épouvante.

On finit par lui passer le service du personnel où on l'informa que Mlle Brockley ne s'était pas présentée à son travail ce matin-là et qu'il n'y avait pas de message. Quand Reg eut raccroché, ils restèrent assis, en silence, pendant un très long moment. Même Shona rampa dans son panier sans qu'on le lui dise.

Les vingt-quatre heures qui suivirent se traînèrent. Les Brockley ne pouvaient rien avaler. Des tasses de thé furent préparées et restèrent, sans soucoupes, sur les meubles jusqu'à complet refroidissement.

C'était Iris qui, devenue presque folle le mercredi matin, avait aperçu le policier dans le jardin des Hollingsworth et lui avait impulsivement adressé la parole. Reg s'était précipité pour l'en empêcher mais une seconde trop tard.

— Croyez-vous qu'elle ait fait allusion à un petit ami ? demanda Barnaby.

Les Brockley repoussèrent cette suggestion avec une conviction que l'inspecteur ne put s'empêcher de trouver ridicule.

Après tout, leur fille avait presque trente ans et, même si sa vie sociale était quelque peu limitée, elle devait rencontrer beaucoup d'hommes à son travail. La photo de Brenda était à la limite du champ de vision de Barnaby, il ne l'avait pas distinguée du décor.

— Absolument pas, disait Reg.

— Brenda est quelqu'un de très particulier.

— Elle est très difficile dans ses fréquentations, nous l'avons élevée comme ça.

— Reparlez-moi encore de cet appel téléphonique. Redites-moi ses mots exacts, si vous vous en souvenez.

S'ils s'en souvenaient ! Les phrases impatientes, hachées étaient gravées à jamais dans leurs cœurs.

« Papa, il se pourrait que je ne rentre pas avant un petit moment. J'ai rencontré un ami. On va manger quelque chose. Ne t'inquiète pas si je rentre un peu tard. À bientôt. Au revoir. »

— Le plus bizarre c'était...

— Mis à part le fait de recevoir un message pareil, intervint Iris.

— C'était qu'elle paraissait appeler d'une gare.

— Ah oui ? dit Barnaby.

Troy jeta un coup d'œil discret à sa montre et bâilla intérieurement, en étirant les lèvres sans les séparer et en soulevant le palais. Il eut un regard concupiscent vers les gaufrettes au chocolat. C'est curieux, quel que soit l'état dans lequel les gens se trouvent, ils vous font toujours du thé et font sauter le couvercle de la boîte à biscuits.

— Il y avait beaucoup de bruit de fond, expliqua Reg.

— Des annonces.

— Eh bien, monsieur (Barnaby se leva et sa forte carrure intercepta la lumière qui venait de la fenêtre), je vous suggère, si vous n'avez pas de nouvelles de Brenda d'ici demain matin, de venir au commissariat pour la signaler comme disparue.

— Le *commissariat* ?

— C'est ça.

— Vous ne pourriez pas le faire pour nous, monsieur ? dit Iris.

— Malheureusement non. Il y a une certaine marche à suivre. Des formulaires à remplir.

Barnaby n'ajouta pas, comme nombre de ses collègues le faisaient couramment, « Je suis sûr que tout ira bien ». Il avait trop souvent frappé à la porte de gens pour leur annoncer qu'en ce qui concernait leur enfant, ça n'allait pas bien du tout.

On les fit sortir par la cuisine. Troy s'arrêta devant le panier du caniche, se pencha et caressa le chien. Lui frotta les oreilles, qu'il avait en arrière.

— Elle va bientôt rentrer, dit-il avec entrain. Te laisse pas abattre !

*
* *

Les étapes préliminaires de l'autopsie furent achevées vers six heures. Le rapport complet ne serait pas sur le bureau de l'inspecteur avant le lendemain, dans l'après-midi mais George Bullard téléphona immédiatement pour donner les premiers résultats.

Alan Hollingsworth était mort d'un surdosage d'Halopéridol dans une solution de whisky. Pas de nourriture dans l'estomac. Le tranquillisant n'était délivré que sur ordonnance, commercialisé sous différents noms, habituellement conditionné en gélules de 0,5 mg. Aucune capsule n'avait été retrouvée. Il n'y avait aucune marque suspecte sur le corps. Le cœur, les poumons et autres organes étaient intacts.

— Il en avait bien encore pour quarante ans, conclut le Dr Bullard.

— Et les heures ?

— Lundi tard dans la nuit, je dirais. Ou tôt le mardi. Difficile d'être plus précis après quarante-huit heures.

— Allez, George !

Il maudit silencieusement le constable Perrot.

— Désolé.

Barnaby soupira.

— Une dose comme celle-là, ça suffirait pour tuer ?

— Probablement. Surtout avec toute cette gnôle. D'après la position du corps, je dirais qu'il a pris le truc assis sur le canapé puis, il a roulé après avoir perdu conscience. Le tapis est très épais et, regardons les choses en face, on ne peut pas être plus détendu physiquement que quand on meurt. Ce qui explique pourquoi il n'a pas de bleus.

— Et ce truc de capsules ? Tu veux dire qu'il a pris ça sous forme de cachets ?

— Impossible. On ne le trouve qu'en gélules.

— Attends un peu. (Barnaby fit une pause et ressentit à nouveau cette conviction étrange, que rien ne venait corroborer, qu'il avait éprouvée en découvrant le corps d'Alan Hollingsworth.) Ce n'est pas amer ? Le truc, dans ces tranquillisants ?

— Parfois. Mais pas dans ce cas. L'Halopéridol n'a pas de goût.

— Et les capsules ne se seraient pas dissoutes de toute façon ?

— Peut-être. Mais il y aurait quand même des traces de gélatine dans l'estomac.

— Bon. Merci, George.

Nous y voilà. Une histoire plutôt banale. Un type se fait plaquer par sa femme. Il essaie de noyer son chagrin dans l'alcool. Mais l'alcool, ça se dissipe. Il faut en prendre plus, et ça se dissipe encore. Et ainsi de suite, lamentablement. Beaucoup mieux d'en finir, une bonne fois pour toutes.

Donc, après être parvenu à cette déplorable conclusion, que fait Hollingsworth ? Il se fourre des cachets dans la bouche, les fait passer avec un coup d'alcool et en finit comme ça ? Non, il s'assoit sur le canapé, il épluche soigneusement les quelque seize gélules, en verse le contenu dans son verre et remue pour dissoudre. Puis il jette soigneusement les capsules. C'était possible, bien sûr. Il y a des gens qui agissent ainsi, avec netteté et précision même *in extremis*, les Brockley par exemple. Mais ce n'était pas ainsi que le mort s'était comporté jusque-là. Il avait surtout fait preuve d'un désespoir anarchique.

Bien qu'hésitant encore à engager une investigation de grande envergure, Barnaby ne voyait pas le moyen d'éviter la prochaine étape. Aussi est-ce tôt, le lendemain matin, qu'une camionnette Sherpa tourna dans St. Chad's Lane. Peu de temps après, les techniciens de l'IJ déchargèrent leur matériel, à la grande excitation et à l'intense satisfaction du village, et l'austère et impersonnelle machinerie d'une enquête se mit en route.

4

Prévenu que sa voiture était prête, Barnaby dévala l'escalier, sans attendre l'ascenseur. Monter et descendre de la voiture à son bureau en soufflant comme un bœuf, c'était pratiquement son seul exercice physique, depuis quelque temps. Il ne comptait pas le jardinage, nécessairement intermittent et qui, maintenant que son terrain était vieux et bien établi, ne lui demandait plus de gros efforts de bêchage.

Il avait une certaine distance à parcourir, pour souffler comme un bœuf. À l'instar des bureaux d'affaires civiles, plus le grade était élevé dans la hiérarchie, plus le bureau était éloigné du rez-de-chaussée. On disait que le superchef résidait dans un nid de corneille, un engin d'acier et de plastique, antifoudre, vissé à mi-hauteur du pylône de la radio, sur le toit du bâtiment principal.

En passant devant la réception, Barnaby reconnut les Brockley et s'aperçut immédiatement que les corsets de leur vie s'étaient encore desserrés. Ils étaient assis côte à côte sur d'inconfortables coquilles en polystyrène. Manifestement, leur fille n'avait pas réapparu. Un triste renversement s'était opéré dans leur attitude. Reg paraissait maintenant aussi souffrant et bouleversé que sa femme, la veille. Iris, elle, était comme un roc. Dans ses bras croisés, elle serrait une photographie encadrée. Son visage, bien que sans expression, paraissait s'étaler vers l'extérieur, comme férocement comprimé. Elle ressemblait au citron sur la vieille réclame de sirop : Idris quand c'est sec.

Ils avaient attendu, en effet, comme l'avait suggéré Barnaby, presque une journée entière avant de signaler la disparition de Brenda. Une telle sujétion à l'autorité dans une situation pareille lui parut presque incroyable. Ridicule, même. Il allait passer quand une femme policier fit le tour de son bureau et s'approcha d'eux.

La vague de chaleur, promise par la météo pour plusieurs jours, était en bonne voie, maintenant. La voiture était un four. Barnaby sentait le cuir lui brûler les jambes. Sa chemise avait perdu sa fraîcheur et collait déjà à son dos. Troy, vêtu d'une impeccable chemise Lacoste vert pomme (avec le vrai crocodile, trois livres sur un marché), avait l'air de sortir d'un frigo, pas la moindre goutte de sueur, nulle part. Il était en train de gémir, comme d'habitude, cette fois à propos de sa vie sexuelle.

— C'est vrai, quoi, si j'avais envie de baiser une statue en marbre, je me serais trouvé un boulot au British Museum.

Barnaby baissa toutes les vitres.

— À la fin, je lui ai dit : « Te réveille pas, si je te dérange ! »

— Et elle s'est réveillée ?

— Difficile à dire. Elle est pas très démonstrative, Maureen.

L'inspecteur songea que le sabre de son sergent, quoi qu'il fît avec, ne devait certainement pas sommeiller puis ses pensées se tournèrent vers l'enfant unique des Brockley.

Jusque-là, Brenda avait à peine effleuré sa conscience. Avec un cadavre et une disparition sur les bras, il avait largement de quoi s'occuper. Le fait que les parents aient reçu un appel rassurant laissait à penser qu'il n'y avait pas eu de plan concerté. Mais, plus de quarante-huit heures après, elle n'était toujours pas rentrée. Et malgré l'insistance des Brockley à affirmer qu'ils ne s'occupaient pas du tout des affaires de Simone et Alan Hollingsworth, on ne pouvait nier qu'ils vivaient pratiquement porte à porte. Brenda avait-elle vu ou entendu quelque chose qui ait pu la mettre en danger ? Plus il y réfléchissait, plus Barnaby était mal à l'aise.

Troy continuait toujours à débiter son discours. Ils allaient entrer dans Fawcett Green quand Barnaby se remit au diapason. Cette fois, la victime de la vindicte du sergent était Mme Milburn, sa belle-mère.

— Elle est grave, cette bonne femme. Elle a une carte de donneur qui dit qu'à aucun prix, on ne dispose de ses organes après sa mort. Parce qu'ils sont vachement toxiques.

— N'importe quoi !

— Je l'ai vue, la carte. Il y a un crâne dessus avec des os en croix.

Troy se gara dans la cour du pub à onze heures moins dix. Barnaby avait rendez-vous à onze avec le Dr Jennings. Troy devait dénicher l'adresse et le numéro de téléphone de la coiffeuse à domicile, Becky Latimer. Et aussi ceux de Sarah Lawson, l'autre personne mentionnée par Mme Molfrey pendant sa visite au commissariat de Causton. Les deux hommes étaient convenus de se retrouver aux Rossignols.

L'allée était déjà remplie de monde, ainsi que le petit terrain à l'arrière du jardin des Hollingsworth. Les joues empourprées par la colère, le sentiment de culpabilité et l'appréhension (car il craignait que, devant son incapacité flagrante à maîtriser quoi que ce soit, les autorités décident de s'occuper de lui), un Perrot excédé essayait de dégager la route pour une Land Rover boueuse. Le conducteur klaxonnait en vain, accentuant les aboiements hystériques de ses deux golden retrievers. À peine le véhicule avait-il réussi à se faufiler que la foule se refermait derrière lui.

Barnaby manqua presque tout le spectacle car il devait couper par le cimetière pour gagner la maison du médecin. Troy décida qu'avant d'aller au bureau de poste il allait s'amuser un peu aux dépens de Perrot. Il se fraya un passage dans la foule à grands coups de coude, avec une détermination de brute.

— Si j'étais vous, je les ferais bouger un peu, Jacquot.

— Oui, sergent.

— Où est la barrière ?

— Elle arrive.

— Par là, fit Troy avec un signe de tête qui exprimait un désir d'intimité.

Le cœur dans les talons et l'estomac noué, Perrot s'approcha.

— Je pensais que vous aimeriez connaître les résultats de l'autopsie. Il est mort dix minutes environ avant que le chef et moi entrions dans la maison. Il s'en est fallu de peu. C'est triste, hein ?

Puis il repartit à grandes enjambées, laissant le policier livide, les yeux écarquillés, complètement anéanti.

Lassé du monde et disposant d'un peu de temps, Barnaby flâna dans le cimetière, lut les inscriptions des pierres tombales rongées de lichen vert et jaune, admira une dalle toute simple et un grand mausolée entouré de grilles ornées. Sur une tombe nue, on avait déposé des fleurs sauvages dans un bocal en verre. Sur une autre, des gravillons de granit vert et un vase vide en métal. Imposant monument ou croix de bois, au bout du compte, quelle importance ? Le monde est un théâtre, la vie est un passage. Tout cela ne sert qu'à satisfaire et consoler la famille du mort. Les os solitaires, en dessous, s'en fichent complètement. Dans les ormes alentour, croassaient des freux, qui déchargeaient ainsi l'agressivité de leurs cœurs.

Le révérend Bream apparut, referma la porte de la sacristie derrière lui et descendit l'allée dans un bruissement de soutane. Bien qu'il marchât les yeux baissés, plein d'onction, les mains croisées sur les opulentes rondeurs de son ventre, Barnaby devina chez le pasteur un certain attachement aux choses de ce monde. Son visage rubicond était encadré par une masse de cheveux châtains ondulés qui effleuraient son col. Il sortait tout droit de ces émoustillants tableaux du XIXe siècle représentant deux cardinaux pompettes.

— Bonjour, dit le révérend Bream. (Il sourit en découvrant plein de dents d'une blancheur étincelante.) Faites-vous partie de notre excellente maréchaussée ?

— C'est exact, monsieur. Inspecteur divisionnaire Barnaby.

— C'est pour Les Rossignols, n'est-ce pas ? (Barnaby acquiesça d'un signe de tête.) Une triste affaire. Pauvre Alan.

— Vous connaissiez les Hollingsworth ?

— Simone, un peu. Elle était dans mon groupe de carillon. La seule fois où j'ai parlé à son mari, c'était le jour de sa disparition. Elle n'est pas venue à la répétition, alors je suis passé pour voir si tout allait bien.

— Écoutez, dit Barnaby en indiquant un banc, nous pourrions peut-être nous asseoir ?

— Eh bien, je vais à un baptême à Hellions Wychwood.

— Cela ne prendra qu'un moment. Ou on peut se retrouver plus tard.

— Oh, je crois que ça ira. (Le pasteur consulta sa montre.) Je suis toujours un quart d'heure en avance et eux, ils devraient être en retard. Les gens sont toujours en retard aux mariages et aux baptêmes. Jamais aux enterrements. Tellement impatients de se débarrasser du mort et de rentrer se cuiter.

— Vous connaissiez bien Mme Hollingsworth ? demanda l'inspecteur quand ils se furent assis.

— Pas vraiment. Elle est venue à quelques réunions, en a manqué plusieurs, est revenue vaguement, sans conviction. Elle cherchait à s'occuper, je pense.

— Vous ne la voyiez pas en dehors des séances de carillon ?

— Mon Dieu, non ! dit-il en riant puis il leva brièvement les yeux au ciel, comme pour se dédouaner de cette innocente exclamation. Ni l'un ni l'autre n'allait à l'église. Mais, de nos jours, qui va à l'église ? À moins d'avoir besoin d'un décor pour la vidéo de mariage.

Le révérend Bream parlait sans amertume. Il paraissait se résigner de bon cœur à l'ampleur de l'indifférence générale. Peut-être, comme en témoignait son teint haut en couleur, se réconfortait-il de temps en temps avec un petit verre de bordeaux. Un petit coup, pour faire plaisir à son estomac. Il devint fort sympathique à Barnaby.

— Que pensiez-vous d'elle ?

— De Simone ? Un peu bouchée… non, pardon. Ce n'est pas gentil. Il serait plus juste, je crois, de dire sans malice. Et plutôt crédule. On a l'impression qu'elle croit tout ce qu'on lui dit. Une douce nature, autant qu'on puisse en juger. Très petite, un mètre cinquante-deux environ, je dirais, et très mince. Petites mains, petits pieds. Blonde, teint ravissant. Étonnamment jolie.

Encore un romancier. Ils étaient partout. Barnaby demanda au pasteur s'il se souvenait à quelle heure il était passé chez eux.

— Vers six heures, dès qu'on a eu fini. J'ai frappé plusieurs fois, en insistant parce que la voiture d'Alan était là. Il a fini par ouvrir la porte et il n'avait pas l'air bien du tout.

— Malade, vous voulez dire ?

L'inspecteur se rappela que Perrot avait mentionné un message d'adieu sur le répondeur de Hollingsworth. Apparemment, il l'avait déjà découvert.

— Terriblement bouleversé, je dirais. Presque incohérent. Je suis entré, sans y être invité, mais il y a des moments où les bonnes manières doivent passer au second plan. J'ai demandé si je pouvais faire quelque chose. Si Mme Hollingsworth allait bien. Il a dit qu'elle était partie voir sa mère qui avait eu une attaque. Avant qu'il ait fini de parler, je me suis retrouvé sur le perron.

— Vous êtes revenu ?

— À quoi bon, puisque j'étais visiblement de trop ? J'en ai parlé à Evadne et elle a mis en branle le système d'entraide du village, sans grand résultat, malheureusement. Je me sens plein de remords, maintenant. Peut-être que si j'avais insisté...

— Je doute que cela eût changé quoi que ce soit.

Le révérend Bream se leva et lissa sa soutane. Barnaby remarqua qu'à la lumière éclatante du soleil, elle avait une nuance verdâtre.

— J'imagine que vous ne pouvez pas me dire comment... s'interrompit le pasteur, avec délicatesse.

— Malheureusement, non, monsieur. L'enquête est en cours.

Le révérend Bream partit arroser la tête du bébé et Barnaby poursuivit son chemin vers la maison du Dr Jennings. Celle-ci était un très joli bâtiment à un étage, en pierre dorée, flanqué d'un beaucoup moins joli cabinet médical en parpaings qui saillait d'un côté.

Mme Jennings l'introduisit dans un confortable salon et sortit pour faire du café. En attendant son retour, Barnaby employa son temps à regarder les livres et les photos de famille. Des clichés heureux, des photos de classe, dans des cadres dorés ovales, montées sur des passe-partout marron foncé, deux garçons et une fille. Des gens d'âge mûr, des vieux. Une fille d'environ dix-huit ans avec un gros patapouf de bébé, tous deux tordus de rire. Un paterfamilias avec des favoris.

— Une grande famille, madame, dit-il en s'approchant pour l'aider quand elle entra dans la pièce car le plateau paraissait très lourd.

— J'aimerais qu'ils s'en aillent, affirma Avis. Pas pour toujours, bien sûr. Ni même pour longtemps. Seulement des fois.

— La mienne est partie, confia l'inspecteur. Je ne vous le recommande pas.

— Pour les hommes, c'est différent, répliqua-t-elle en attaquant le gâteau avec un redoutable couteau, long et incurvé comme un kriss malais.

— Pas pour moi, merci... dit Barnaby.

— C'est vrai, ce n'est pas aussi contraignant pour vous.

Animée par son sujet, elle versa le café d'une cafetière au ventre rebondi, en séparant des petites tables gigognes.

— Combien de fois, par exemple, avez-vous abandonné la poursuite d'un criminel sur la route parce que vous deviez aller chercher un de vos enfants au basket ?

— Pas souvent. (Il la remercia pour la table, puis pour le café.) En fait, jamais.

— Exactement. (Elle déposa le gâteau, une fourchette en argent et une jolie serviette amidonnée.) Je suis renommée pour le moelleux de mon gâteau-mousseline. Qu'en pensez-vous ?

Barnaby pensa qu'un morceau ne pourrait pas lui faire de mal. Par pure courtoisie. Et il n'avait pas besoin de tout manger.

Grave erreur d'appréciation. C'était divin. Il prit une seconde cuillerée, l'avala puis sourit à la femme qui avait engagé la conversation avec tant d'ingénue franchise. Il y a des gens qui ne pensent pas une seconde qu'ils peuvent embarrasser les autres en parlant à cœur ouvert et Avis Jennings, comme Mme Molfrey, en faisait manifestement partie. C'était peut-être une spécialité de Fawcett Green, ce qui se révélait une excellente nouvelle, du point de vue d'un enquêteur.

— Alors, dit-elle en prenant une longue gorgée de café, je suppose que c'est à propos d'Alan.

— Nous enquêtons aussi sur la disparition de Mme Hollingsworth.

— Ah ?

— Vous la connaissiez bien ?

— À peine. Elle est venue au Club des femmes un peu. Et au carillon. On a fait un brin de causette.

— De quoi avez-vous parlé ?

— Oh, de tout et de rien.

Barnaby refréna son impatience. Ce qui n'était pas difficile car l'exquis fourrage du gâteau lui fondait sur la langue. Chocolat amer, amandes, caramel, un soupçon d'eau de fleurs d'oranger.

— Vous a-t-elle parlé de sa vie avant son mariage ? demanda-t-il en sortant un calepin et un stylo.

— Un peu. Elle avait l'air d'avoir ramé. Vous savez, des petits boulots, sans beaucoup d'avenir.

— Par exemple ?

— Vendeuse chez un fleuriste, des cours de maquillage, démonstration de robots ménagers. (Les sourcils froncés, Avis fouillait dans ses souvenirs.) Hum, elle a travaillé à la télévision un moment. Puis comme caissière dans une espèce de club. Elle a été plutôt évasive là-dessus. Je me demande si ce n'était pas un peu « Soho ». Des étincelles et des plumes et de vieux messieurs tristes en gilet.

Elle voulait sûrement dire en « imperméable ».

— C'était à Londres, ça ?

— J'en ai eu l'impression.

Avis fouilla encore dans sa mémoire mais rien d'autre n'en sortit. Barnaby lui demanda si elle savait avec qui Mme Hollingsworth était amie. Avis secoua la tête.

— Simone n'était pas du genre à avoir des amies femmes. C'était une femme à hommes, comme on disait, il y a des années de ça. (L'expression était entre guillemets.) Elle a peut-être parlé davantage à Sarah Lawson. Elle a fréquenté quelque temps son cours d'art.

Cela peut être utile, pensa l'inspecteur tandis qu'une sonnerie distante s'éteignait.

— C'est le dernier patient qui est parti, dit Mme Jennings. Venez, inspecteur. Je vais vous conduire.

Le Dr Jennings, qui était en train de se laver les mains, sourit gaiement en tournant la tête. Une odeur de savon et d'antiseptique flottait dans la pièce. Il indiqua d'un signe une chaise placée près de son vaste bureau encombré d'un tas de papiers. Son visiteur s'assit.

— Je n'aime pas que trop de bois me sépare de mon patient, dit le Dr Jim, en s'asseyant à son tour. Ça met de la distance. Ça fait de moi un personnage d'autorité.

L'inspecteur, comme la plupart des gens, aimait à penser que son généraliste possédait justement une sorte d'autorité supérieure. Au moins en matière médicale. Jennings fit tourner sa chaise en cuir et les deux hommes s'installèrent confortablement, presque à se toucher les genoux. Barnaby se déplaça légèrement pour éviter d'avoir sous les yeux une grande affiche de la Femme bien portante énumérant en détail tous les maux auxquels la chair féminine est susceptible de succomber.

— Je crois que les deux Hollingsworth avaient un dossier chez vous, docteur.

— C'est exact.

— Malheureusement, M. Hollingsworth est mort d'un surdosage de médicaments…

— Ah, alors c'est ça ! Tant pis pour les rumeurs. Qui se sont déchaînées, je peux vous le dire.

— Si je ne me trompe, d'après le constable Perrot, vous êtes passé le voir l'autre jour ?

— Oui, lundi, à l'heure du déjeuner. J'ai un peu tapé à la porte mais pas de réponse. Qu'est-ce qu'il a pris ?

— De l'Halopéridol. Avez-vous prescrit des médicaments qui en contenaient, à l'un des deux ?

— À vrai dire, oui. (Il lui tendit un grand dossier rigide, marron, en disant :) Je l'avais sorti en prévision, quand vous avez appelé. (Il en tira une liasse de notes.) Mme Hollingsworth – je n'ai jamais rencontré son mari – est venue au cabinet il y a deux mois à peu près.

— Quand exactement ?

— Le 9 mars, si c'est important. Elle s'est plainte d'insomnie. Je ne suis pas du genre à donner des cachets sur demande, inspecteur, parce que, assez souvent, ce que le patient décrit peut cacher d'autres symptômes beaucoup plus importants. Alors j'ai posé une ou deux questions, sans trop insister, et elle s'est beaucoup troublée. Elle a admis qu'elle se sentait seule et malheureuse. Que Londres lui manquait. Alors je lui ai demandé si tout allait bien à la maison. Il y a eu un grand silence et j'ai pensé qu'elle n'avait pas entendu ou qu'elle ne répondrait pas. Puis, très vite, comme si elle avait décidé de se jeter à l'eau, elle a retiré sa veste. Ses bras étaient couverts de vilaines ecchymoses. Elle a eu un mouvement de recul quand j'ai voulu les examiner et a éclaté en sanglots. J'ai bien vu qu'elle regrettait son premier geste. Elle ne voulait pas s'étendre sur le sujet, alors plutôt que de la pousser dans ses retranchements et de risquer qu'elle ne revienne plus, si par hasard elle en avait besoin, j'ai laissé tomber.

— Et elle est revenue, docteur ? demanda l'inspecteur, qui prenait des notes en espérant que son Bic n'allait pas le lâcher.

— Oui. Je lui avais donné une ordonnance pour un mois.

— Quand était-ce ? Et quel était le dosage ?

Le Dr Jennings jeta un coup d'œil à ses notes.

— Trente cachets d'un demi-milligramme.

— Et elle est revenue… ?

— Le 17 avril. Elle a dit que les cachets lui avaient fait beaucoup de bien, ce qui m'a surpris car elle avait l'air complètement lessivée. Et encore plus malheureuse. Je lui ai renouvelé l'ordonnance.

— La même quantité ?

— Oui, mais je l'ai prévenue que je ne lui en redonnerai pas indéfiniment, que ce ne serait pas dans son intérêt. Alors, quand elle est revenue, une semaine après...

— Une *semaine* ?

— Elle a raconté une histoire, les cachets avaient disparu, s'étaient envolés de l'armoire à pharmacie, je ne l'ai pas crue une minute.

— Que pensez-vous qu'il se soit passé ?

— Pour être franc, je crois malheureusement qu'elle était sur le point de faire une bêtise et qu'elle voulait un autre flacon pour être sûre de ne pas se rater.

— Alors vous avez refusé ?

— C'est exact. Elle en a été désolée. Elle a commencé à pleurer. Je dois dire qu'à ce moment-là je me suis demandé si elle ne disait pas la vérité. Et donc, je lui ai donné une douzaine de tranquillisants à faible dosage pour la dépanner. Et le numéro de téléphone de SOS-Amitié ainsi que celui de *Relate*.

— Qu'est-ce que c'est ?

— Conseil conjugal. Je lui ai suggéré de discuter de ses problèmes avec quelqu'un. Et je lui ai expliqué, bien sûr, qu'elle pouvait toujours venir au cabinet me parler.

Barnaby, qui s'étonna brièvement qu'il existe encore un médecin encourageant ses patients à venir simplement lui parler, demanda ce qui s'était passé ensuite.

— Rien. Elle est partie. Je ne l'ai plus revue.

— Avez-vous été surpris quand elle a quitté son mari ?

— Je dois admettre que oui. J'ai horreur du jargon sociologique, inspecteur, mais, dès le début, cette fille m'est apparue comme la victime-née. Pas seulement parce qu'elle était petite et fragile, elle avait quelque chose de très soumis. Elle était comme un enfant à son premier jour d'école, vous voyez ? À attendre qu'on lui dise ce qu'il fallait faire.

— Et sa santé en général ?

— Excellente, je suppose. En fait, les deux visites dont j'ai parlé ont été les seules au cabinet.

— Eh bien, merci, docteur. (Barnaby se leva tandis que le médecin replaçait les papiers dans le dossier.) Une dernière chose : de quelle couleur étaient ces gélules ?

— Celles d'un demi-milligramme ? (Il parut curieux et intrigué à la fois.) Turquoise et jaune. Pourquoi ?

— Pour me faire une idée générale.

— S'il s'est suicidé, je ne vois pas quelle différence...

Mais il parlait dans le vide. Un murmure courtois et l'inspecteur avait disparu.

*
* *

Dans l'allée, les choses s'étaient un peu arrangées. Les techniciens de l'IJ ne travaillaient qu'à l'intérieur, il n'y avait pas grand-chose à voir. Beaucoup de gens avaient renoncé et ceux qui étaient restés avaient l'air de vouloir s'en aller aussi.

Le visage altéré par une détresse qu'il commençait seulement à maîtriser, Perrot se tenait derrière les grilles de fer forgé. Il bondit pour les ouvrir à l'approche de l'inspecteur. En jetant un coup d'œil aux traits tirés du gendarme, Barnaby fut surpris d'y lire un tel désespoir. Si Perrot avait pris tellement à cœur une petite remontrance, comment diable réagirait-il s'il se trouvait confronté à de vrais ennuis ?

— Qu'est-ce qui se passe ?

— Rien, monsieur. Merci.

— Vous en faites, une tête d'enterrement !

— Oui, monsieur.

— Accouchez, vieux. (Silence.) Vous croyez que je n'ai que ça à faire de toute la journée ?

— Non, inspecteur.

Et Perrot accoucha. Hollingsworth était vivant pendant que lui, Perrot, non seulement stupide mais d'une négligence criminelle, était debout à attendre sur le perron. La vie de cet homme aurait pu être sauvée, si seulement…

— On vous a mal informé, constable. (Pas la peine de demander qui avait donné ces bonnes nouvelles.) Il est mort lundi dans la nuit.

— Ahhh ! s'écria Perrot. Mais…

Sur le visage du policier, la détresse fit place à une expression de totale incrédulité. Incrédulité non tant à l'égard de cette nouvelle information, se dit Barnaby, qu'à la découverte d'une méchanceté aussi délibérée, dirigée contre lui par quelqu'un censé être du même bord. Il n'y a pas à dire, la vie est sacrément moche !

Troy était en train de fumer près des portes-fenêtres récemment réparées. À l'intérieur, deux personnes en combinaison transparente et en bottes vaquaient à leurs occupations. Les bottes ressemblaient à des caoutchoucs d'autrefois, à rabat, fermées sur le côté avec des boutons-pression. Une odeur métallique flottait dans l'air étouffant.

Un des officiers, une femme, était inconnu de Barnaby. Avec une pince à épiler, elle extrayait quelque chose du tapis où Hollingsworth avait, probablement, rendu son dernier soupir. Elle le glissa dans une pochette de plastique, déjà étiquetée.

Aubrey Marine, vingt ans de métier, qui avait aspiré de haut en bas, avec un Hoover portable, le moindre repli des rideaux en velours abricot, s'attaquait maintenant à la doublure.

— Salut, Tom ! Nous revoilà !

— Comment ça va ?

— Pas de surprises, jusque-là. On cherche quelque chose de spécial ?

— Un, peut-être deux flacons au nom de Simone Hollingsworth, probablement vides. Et trente capsules turquoise et jaune, vides elles aussi.

— Comment tu… (Aubrey réfléchit brièvement puis acheva :) Ah, j'y suis ! Ces trucs en forme de torpille, qui s'ouvrent au milieu.

— C'est ça.

— Ça ne te ressemble pas de nous inviter à une soirée-suicide.

— Je ne suis pas du tout sûr qu'il s'agisse d'un suicide.

— Le mot d'adieu dit que tu te trompes.

— Quoi ?

— Adieu, monde cruel ! gémit Aubrey. Première porte à gauche sur le palier.

— Merde alors !

Barnaby fit signe du pouce au sergent Troy. Ils gravirent l'escalier, en évitant de tenir la rampe qui était déjà recouverte d'une couche épaisse d'aluminium en poudre. Troy, qui avait une aversion névrotique contre la plus petite trace ou tache sur sa propre personne ou sur ses habits, était excessivement minutieux.

La pièce en question était petite, inondée d'une lumière blanche éclatante et bourrée d'équipement électronique. Toutes les machines étaient branchées et ronronnaient doucement. Les écrans étaient éteints, sauf un, où des lettres émeraude étincelaient, même sous la poussière argentée des techniciens. Le photographe de la veille, qui portait maintenant un tee-shirt *Parklife* des Blur, un short blanc en lambeaux et les mêmes chaussures crasseuses, était penché sur le clavier. Une femme d'âge mûr prit des brosses dans une valise en acier.

— On se prépare à faire des photos, comme vous voyez. (Sa voix était pleine d'entrain et de bienveillance, elle croyait apparemment annoncer une délicieuse surprise.) Avec de bons agrandissements, on devrait obtenir des résultats.

— Pas très utiles, à première vue, répondit Barnaby, revêche et morose.

— On ne peut pas faire mieux, malheureusement. Les touches de l'ordinateur sont trop enfoncées, pas moyen de relever une empreinte avec de l'adhésif. Ça va plisser, ça sera fichu.

— J'ai déjà assisté à une enquête de l'IJ, je vous remercie.

La femme rougit, referma d'un coup sec sa valise et sortit, en disant :

— Je reviendrai plus tard, Barry. Quand la pièce sera libre.

Barry fit un clin d'œil aux deux policiers et s'écarta avec son tripode pour qu'ils puissent lire le dernier message d'Alan Hollingsworth.

À qui de droit. Je ne peux plus supporter de vivre et j'ai décidé de me supprimer. Je suis pleinement lucide et conscient de mes actes.

Alan Hollingsworth.

Barnaby, en fixant l'écran d'un air indécis, égrena silencieusement tous les jurons et malédictions connus de lui puis en inventa quelques autres.

Troy, qui savait bien reconnaître les humeurs de son chef, vit que les choses étaient actuellement en état de perpétuel changement. Cela pouvait osciller d'un côté comme de l'autre, comme disait le type à qui on avait demandé son avis sur la peine capitale.

— Quel mal y a-t-il, tout d'un coup, à se servir d'un bloc et d'un stylo ?

— C'est le papier qui ne leur réussit pas, aux cyber cinglés.

Troy parlait avec animation et un léger dégoût. Son cousin Colin, qui se moquait de tout ce que la police considérait comme sacré, était plongé jusqu'au cou dans ce qu'il appelait « surfer sur le Net, *flammer* et *spammer* ». Exclu, en bonne tactique, par ce baragouin de spécialistes, Troy réagissait en murmurant « pathétique », soupirait d'un air excédé, regardait tout le temps sa montre et disait à Col de se bouger un peu.

Barnaby était tout aussi ignorant en informatique. Comme beaucoup de gens d'âge mûr, chaque fois qu'il voyait le mot « modem » dans un journal ou une revue, il croyait qu'il s'agissait d'une coquille pour « moderne ». Il avait appris le strict nécessaire pour pouvoir classer, et chercher des renseignements. Si cela devenait plus compliqué, il laissait quelqu'un d'autre s'en occuper.

Pourtant, on n'avait pas besoin d'être un génie en informatique pour s'apercevoir que taper un message d'adieu, complété par ce qu'on ne pouvait, même avec un effort d'imagination, appeler une signature, c'était simple comme bonjour, comparé à l'imitation d'une écriture. Et même si le sergent avait raison, que les cinglés d'informatique méprisaient l'usage du papier, il était sûr que Hollingsworth, dans ces circonstances extrêmes, aurait au moins imprimé son dernier message sur une feuille et l'aurait signé, ne serait-ce que pour l'authentifier, pour ses exécuteurs testamentaires.

Plus l'inspecteur y réfléchissait, plus il se rassérénait. Les mots sur l'écran ne lui paraissaient plus dictés par une décision morne, sinistre, mais comme le résultat d'une improvisation hâtive. Cependant, il ne fallait pas se montrer trop présomptueux. Mieux valait attendre que les photos soient tirées. Elles diraient si Hollingsworth avait été la dernière personne à se servir de son ordinateur.

— Ma fille apprend à lire là-dessus. À la maternelle, fit remarquer Troy.

— Grands dieux ! Ils n'ont pas de livres ?

— Oh si. Mais les gamins préfèrent ces trucs.

En quittant la pièce, Barnaby y jeta un dernier coup d'œil. La machine trônait là, passive, indépendante et, dans l'imagination irritée de l'inspecteur, dotée d'une volonté propre. En tombant dans l'anthropomorphisme, il se demanda combien de temps s'écoulerait avant qu'elle supprime les droits de l'homme. La machine appelle la machine, le temps est venu, pour elle, d'actes de malveillance mécanique. D'organiser – ou plus exactement de désorganiser – la vie de leur propriétaire.

— Eh bien, tu ne m'auras pas, marmotta-t-il, en refermant la porte, espèce de petit cyclope bigleux.

*
* *

Le portail sans gonds du cottage Le Laurier était poussé, laissant un espace étroit. Le sergent Troy, aussi mince qu'un aileron de requin mais d'une nature moins affectueuse que cet animal, s'y faufila sans difficulté.

Il souleva le portail, l'ouvrit en grand pour que son supérieur puisse suivre et frappa à la porte d'entrée.

— Ça aurait besoin d'un bon coup de pinceau, dit Troy.

Il frappa encore plus fermement sur les étroits panneaux de bois et fit sauter quelques écailles d'un bleu Della Robia.

Barnaby avança jusqu'à la fenêtre la plus proche, à petits carreaux enchâssés dans du zinc peint en blanc. Il jeta un coup d'œil à l'intérieur. Aucun signe d'occupation humaine.

Il n'y avait pas de garage mais, sur un carré d'herbe drue, on voyait des marques de pneus et une petite flaque d'essence. Probablement l'endroit où Sarah Lawson garait sa voiture. Le tambourinement sur la porte s'était intensifié.

— Bon Dieu, Gavin ! On va croire qu'on fait une rafle de dealers.

Barnaby regarda son sergent baisser les poings, à contrecœur. L'ennui avec Troy, c'est qu'il était incapable d'observer et d'évaluer une situation telle qu'elle se présentait. Si le drame faisait naturellement défaut, il fallait le créer, une bonne occasion pour lui de jouer les durs. Parfois, c'était plutôt agaçant.

— On rentre à l'écurie, alors, chef ?

— Non, il est midi et demi et j'ai une petite soif. On va manger un morceau.

Cette fois, ils s'assirent dans le jardin du *Goat and Whistle.* Des géraniums flamboyaient dans les jardinières. Il y avait un bac à sable, avec quelques seaux et des pelles et une girafe rockabilly qui s'agitait pendant au moins cinq minutes si on lui donnait cinquante pence. Par bonheur, il n'y avait pas d'amateurs pour le moment.

Il y avait aussi un vieux pneu suspendu par des chaînes à un noyer. Troy s'y balançait machinalement d'avant en arrière, en mâchonnant des amuse-gueules, une chope de bière blonde posée dans l'herbe à côté de lui.

Barnaby s'appliquait à finir son feuilleté à la saucisse. La pâte était dure et la farce, qui ne ressemblait en rien à une saucisse, avait un léger goût de savon. Il décida de laisser l'œuf qui était d'un étrange fauve verdâtre. Bravement, l'inspecteur prit une gorgée de son verre.

L'année précédente, sa fille et son gendre avaient fait une tournée en Europe de l'Est pour jouer *Beaucoup de Bruit Pour Rien*. Cully avait envoyé à ses parents la copie d'un menu polonais, traduit de façon déplorable. La phrase que Joyce avait préférée, c'était : « Nos vins ne vous laissent plus rien à espérer. » Barnaby avait cru jusque-là qu'il s'agissait d'une simple erreur d'interprétation mais il n'avait pas encore bu le Liebfraumilch de Fawcett Green !

— Si ça doit durer, dit-il, il va falloir qu'on se trouve un autre endroit pour manger.

— Ah oui ? (Troy était étonné : un paquet de chips, c'était un paquet de chips qui était un paquet de…) Vous ne finissez pas le feuilleté, chef ?

Il descendit de son pneu et s'approcha sans hâte.

— Ça, non !

— Il est comment, ce pinard ?

— Indescriptible.

Et il repoussa le verre presque intact, le feuilleté et l'œuf.

— Génial !

Troy s'assit et passa à l'attaque. Puis, la bouche pleine, il marmonna :

— Merci.

— Votre estomac doit être en acier galvanisé.

— Ça, pour de la pâte c'est de la pâte. Rien à dire.

Troy continua à mâcher avec satisfaction tout en tendant l'oreille au cas où on aurait besoin de sa contribution. Mais le patron restait silencieux. Il arborait son expression fermée. Impénétrable, comme ces sages orientaux qui entraînent les héros des bandes dessinées à devenir les Maîtres de l'Univers. Pour le moment, il sortait de sa poche une bande d'aluminium avec des cachets antiacides, en fourrait deux dans sa bouche et les croquait.

— Vous êtes bien silencieux, chef, finit par dire Troy.

— Je réfléchis.

Bon, d'accord ! Troy engloutit l'œuf en deux bouchées. Sale boulot mais il fallait bien que quelqu'un se dévoue.

— Cette histoire de coiffure, poursuivit l'inspecteur, Mme Hollingsworth avait rendez-vous le jour où elle a disparu.

— Exact.

— À peu près à la même heure, Sarah Lawson était invitée pour le thé. Vous ne trouvez pas ça bizarre ?

— Non, non.

Le sergent Troy mastiqua, avala puis dit avec une autorité assurée :

— Elles sont comme ça, les femmes.

Les femmes, comme les étrangers, les minorités visibles et les personnes à mobilité réduite, comme tous ceux, en fait, qui ne rentraient pas dans la confrérie du mâle blanc agressivement hétérosexuel de classe moyenne, étaient affublés, dans la catégorisation de Troy, d'un « ils » ou « elles ».

— J'arrive chez moi, la semaine dernière, poursuivit-il. La copine de Maureen lui faisait une permanente. Et toutes ses sœurs étaient là. Tout ce monde était attablé dans la cuisine, les pieds sur la table, à s'empiffrer de frites et à se taper du Coke. Ça hurlait, ça riait, ça racontait des blagues cochonnes. Ça puait la clope et le vinaigre.

Barnaby n'avait pas l'impression que les séances de Mme Hollingsworth avec la fille que Mme Molfrey avait appelée « Salon Becky » devaient se dérouler selon le même schéma mais il lui parut que ce serait un tantinet snob de le faire remarquer.

— Quand vous interrogerez la coiffeuse, tâchez de savoir si c'est déjà arrivé. S'il y avait quelqu'un d'autre, je veux dire, quand elle s'occupait de Mme Hollingsworth.

— OK d'accord.

— Je me demande, commenta l'inspecteur l'air songeur, pourquoi elle n'a pas annulé son rendez-vous quand elle a su qu'elle ne serait pas là.

— Ils s'en fichent, ces richards, expliqua Troy. Ils se fichent complètement de déranger les gens.

Barnaby se dit que son sergent avait probablement raison, en général. Peut-être était-ce aussi simple que cela. Mais ce qu'il avait appris sur Simone jusque-là ne cadrait pas avec cette sorte particulière d'arrogance. Bien au contraire.

— On retourne là-bas maintenant ? demanda Troy.

— Non. Aubrey a dit qu'il leur faudrait encore bien deux heures avant d'avoir fini. Je voudrais aller au bureau de Hollingsworth ou aux locaux d'usine, je ne sais pas comment on appelle ces machins industriels. Pour voir un peu le décor de cette bagarre avec Gray Patterson.

— Il est le suspect numéro un, chef, vous ne croyez pas ? Il hait Hollingsworth, il est connu pour être violent. (Troy hésita avant d'ajouter :) On devrait peut-être faire un saut jusqu'à chez lui d'abord, non ? Avant qu'il ait une chance de ficher le camp.

— Il aurait déjà fichu le camp s'il en avait eu l'intention.

— Ouais, sûrement.

— Et là-bas, on n'aura qu'une version des faits. J'aimerais avoir des éléments de comparaison.

Barnaby se leva du banc en bois maculé de taches, qui était fixé à la table, aussi dut-il s'extirper en l'enjambant maladroitement. Son humeur ne s'améliora pas quand il s'aperçut qu'il avait du chewing-gum collé à son pantalon.

Le sergent Troy s'installa au volant et baissa toutes les vitres.

— Il fera meilleur dès qu'on se mettra à rouler.

— Mon Dieu, j'espère.

De son portable, Barnaby obtint par les renseignements le numéro de Penstemon. Puis il appela et prévint la réception de son arrivée. Il désirait parler à quelqu'un au sujet d'Alan Hollingsworth.

— Malheureusement, M. Hollingsworth n'est pas là pour le moment. (La voix féminine, jeune et un peu stridente ajouta une litote à couper le souffle :) Il est un peu souffrant.

Bien que la police n'eût pas encore fait de déclaration officielle sur la tragédie des Rossignols, Barnaby fut surpris que personne, à Fawcett Green, n'ait eu l'idée de prévenir le bureau de Hollingsworth.

D'une voix qu'il voulait douce, il annonça à la fille de la réception à quel point M. Hollingsworth était effectivement souffrant. Il y eut une assez longue pause, un cri aigu et puis un bruit sourd, comme si quelque chose de lourd heurtait quelque chose de mou.

À l'autre bout du fil, l'inspecteur entendit un bourdonnement confus. Des voix excitées s'élevèrent. Quelqu'un éclata d'un rire aigu. La communication fut coupée.

La société était basée sur un de ces immenses terrains industriels qui s'étendent à la périphérie des villes, à une dizaine de kilomètres d'Amersham.

Bien qu'on leur eût donné des instructions précises que Troy avait soigneusement notées, il se vit passer pour la troisième fois devant Texas Homecare et Allied Carpets, après s'être retrouvé au bout d'une impasse, dans la cour d'un marchand de bois. Il n'y avait pas eu de reproche verbal mais le chef avait commencé à tapoter des doigts sur le rebord de la vitre baissée et lui avait décoché un regard furieux.

Troy conduisait lentement, le front sur le pare-brise, en regardant de droite et de gauche. Si au moins c'était MFI ou DO IT ALL qu'il cherchait ! Ils étaient non seulement extrêmement visibles mais avaient leur propre fanion. Penstemon devait sûrement se trouver dans des bâtiments préfabriqués, à l'écart de la route principale. La chaleur du pare-brise lui brûlait le front.

— Arrêtez !

— Monsieur ?

— Il y a une pancarte.

Troy, qui venait de repérer la pancarte, murmura :

— Eh bien, je n'aurais jamais..., et s'approcha aussi près que possible.

Penstemon était dans la direction opposée. Barnaby soupira et accéléra son tambourinement de doigts. Troy fit demi-tour et quelques minutes plus tard, il repéra le long bâtiment bas. Il avait aussi un emblème. Le fanion flottait à mi-mât.

La réception était d'une banalité insipide. Un mobilier aux pieds tubulaires d'acier, des tables basses avec des piles bien nettes de journaux techniques et beaucoup de plantes artificielles en pot dans de la fausse terre. Sur les murs tapissés de toile de jute, des dessins informatiques étaient encadrés d'aluminium.

Troy refermait la porte en verre quand un jeune homme, vêtu d'un complet en lin pâle, artistiquement froissé, s'avança pour les accueillir.

— Vous êtes de la police ? (Il jeta à peine un coup d'œil sur leurs cartes.) Quelle terrible nouvelle ! Verity s'est allongée, ajouta-t-il comme s'ils l'avaient demandée par son nom. C'est la réceptionniste. Je suis Clive Merriman.

— Je suis désolé d'être porteur de si mauvaises nouvelles, monsieur. (Barnaby déboutonna sa veste pour mieux jouir de l'air conditionné.) Pensez-vous que nous pourrions dire un mot à la personne responsable pendant l'absence d'Alan Hollingsworth ?

— C'est notre comptable, Ted Burbage. Je lui ai dit que vous veniez.

Le bureau de M. Burbage n'était pas loin. En fait, rien n'était loin. Ils passèrent devant trois bureaux seulement. Dans l'un, plusieurs personnes étaient installées devant des écrans d'ordinateurs. Dans le deuxième, il y avait des écrans de contrôle et le nom d'Alan Hollingsworth était inscrit en lettres dorées sur la porte. Le troisième était marqué « *loos.mail@femail* ».

— PJ de Causton ? (M. Burbage, qui était non pas bronzé mais caramélisé, examina la carte de Barnaby d'un œil beaucoup plus attentif.) Que diable se passe-t-il ? Cela a un rapport avec Alan ?

— C'est exact, monsieur.

— Pardon, asseyez-vous, je vous en prie. Cela va être long ?

— Difficile à dire, monsieur.

— Alors, apportez-nous du thé, Clive. Ou... (Il les regarda d'un air interrogateur.) Vous préféreriez peut-être quelque chose de frais ? Nous avons une machine à Coke.

— Ça ferait du bien. Merci beaucoup.

Quand les boissons fraîches furent apportées, et qu'il eut donné des instructions pour qu'on ne le dérange pas, le comptable se leva de sa chaise et fit face à ses visiteurs, manifestement sur la défensive ; penché en avant, il s'appuyait sur le rebord de son bureau. Il ressemblait un peu à un gardien de but qui se prépare à un coup tordu de l'ailier gauche.

— Bon, dit-il en soupirant. On l'a trouvé mort, c'est tout ce qu'on a pu tirer de Verity. Quand on l'a ramenée à elle, bien sûr.

— Le corps de M. Hollingsworth a été découvert hier, dans la matinée, mais nous croyons qu'il est mort lundi, dans la nuit.

— Mon Dieu !

— Une surdose de médicaments.

— Un suicide ? (Il y eut un long gémissement. Il se cacha la tête dans les mains. Sa petite tonsure brunie luisait avec moins d'éclat.) L'assurance ne va jamais payer. Mon Dieu, quel gâchis !

— Il va y avoir une enquête, monsieur. Si j'étais vous, j'attendrais le verdict du coroner avant de tirer des conclusions trop hâtives.

— Nous avons plusieurs salariés à temps plein, ici, vous savez. (Burbage avait foncé avant que l'inspecteur ait fini de parler.) Des gens qui ont des hypothèques, des familles, des personnes à charge. Que va-t-il nous arriver si la société ferme ?

Cette absence d'émotion devant la disparition du patron, on devait la retrouver dans tous les interrogatoires menés à Penstemon. Alan Hollingsworth, qui n'était pas franchement détesté, ne semblait cependant pas susciter beaucoup de sentiments chaleureux chez son personnel.

Après un instant, M. Burbage enregistra la suggestion de Barnaby, concernant le coroner, et se mit à poser des tas de questions étonnées. L'inspecteur perdit quelques minutes à le ramener dans le vif du sujet.

— Je suppose que M. Hollingsworth a contacté le bureau, pendant son absence ?

— Oui, bien sûr.

— Quelle raison a-t-il donnée de son absence ?

— Le rhume des foins.

— Est-ce que ça lui arrivait souvent ?

— Absolument jamais. Il n'a jamais manqué, même cinq minutes, depuis que je suis là.

— Vous lui avez parlé personnellement ?

— Naturellement. On avait différentes choses à voir. Des problèmes en cours.

— Des problèmes d'argent ?

Les yeux pâles et froids de M. Burbage perdirent toute expression.

— Je ne saurais le dire.

— Quelle voix avait-il ?

— Il n'avait pas l'air bien du tout. Et il était aussi plutôt... tendu. Si je ne comprenais pas immédiatement ce qu'il disait, il commençait à crier, ce qui ne lui ressemblait pas non plus. En général, il était très courtois.

— Y a-t-il eu quelque chose de fâcheux, le dernier jour qu'il a passé ici ?

— Il est rentré plus tôt chez lui. Vers cinq heures et demie.

— A-t-il expliqué pourquoi ?

— Cela avait peut-être un rapport avec une communication que Verity lui a passée. Elle a dit que c'était sa femme.

— Je vois. Cela paraît être une petite entreprise, ici, poursuivit l'inspecteur en regardant autour de lui. Ou peut-être y a-t-il des succursales ?

— Non. Tel écran, tel écrit. (Devant la stupéfaction de son interlocuteur, il expliqua :) Jargon informatique. Ce que l'on voit est ce que l'on obtient. Quant à votre question...

Ted Burbage hésita. Barnaby devina que le désir d'être utile se heurtait à la prudence peu communicative, bien enracinée chez l'homme d'argent.

— Petite entreprise mais stable. Dans l'industrie, c'est une période prospère. On n'est pas Bill Gates mais quand les grands marchent bien, il y a toujours de jolis restes pour les petits.

Sa manière d'avoir l'air de dire quelque chose tout en ne disant rien, c'était assez habile. Barnaby hocha la tête. Même lui avait entendu parler de Bill Gates.

Troy hocha aussi la tête, de concert. Mais Burbage ne l'aurait pas remarqué de toute façon. Le sergent était assis dans un grand fauteuil de cuir, dont la position, légèrement en retrait et sur la gauche du comptable, avait été calculée délibérément. Bien que sa façon de noter fût discrète et rapide – il remplissait souvent des pages entières sans presque regarder son carnet –, il savait que certaines personnes pouvaient être déconcertées qu'on écrive leurs paroles ; parfois, cela leur coupait même le sifflet. C'est pourquoi, chaque fois que c'était possible, il jouait l'homme invisible.

Le chef était en train de demander à Burbage s'il connaissait bien le défunt.

— Ce n'est pas facile. Je ne savais pas grand-chose sur lui mais était-ce parce qu'il était dissimulé ou qu'il n'y avait pas grand-chose à savoir, je ne saurais le dire. Il parlait tout le temps travail, mais les hommes sont comme ça, bien sûr. Et ceux qui sont accros à l'informatique sont les pires, pour ça. Je plaignais sa femme.

— Vous l'avez déjà vue ?

— Non. Elle ne venait pas ici et Alan n'était pas très sociable. Du moins, dans l'entreprise.

— Vous n'étiez pas au courant, alors, qu'elle était partie quelques jours avant ?

— Partie… ? Non, je ne savais pas.

— A-t-il jamais témoigné que…

— Écoutez, vous feriez bien mieux de poser des questions sur Alan à…

Burbage bredouilla puis retomba dans le silence et regarda par la fenêtre le panneau de la société, de l'autre côté de la route. Barnaby n'aurait pu rêver enchaînement plus exquis.

— Nous interrogerons Gray Patterson plus tard, monsieur.

— Pardon ? (Le comptable fronça les sourcils comme s'il essayait de se rappeler où il avait déjà entendu ce nom. Barnaby ne lui tendit pas la perche.) Ah, Gray, bien sûr, oui. Il en saura peut-être plus.

— Peut-être pourriez-vous me renseigner un peu sur le contentieux qui existait entre les deux hommes.

— Ohhh, ça ! (Pause.) Plutôt technique, malheureusement.

M. Burbage parlait avec une brièveté froide et dédaigneuse, en regrettant manifestement sa gaffe. À partir de ce moment-là, Barnaby jugea que l'entrevue ne serait pas enjolivée par de petits ragots ou des opinions personnelles sur les personnes impliquées. Tant pis. Avec un peu de chance, il récolterait quelques bribes de ce genre dans les autres bureaux. Affichant un air intéressé, il attendit sans quitter le comptable des yeux. Il était fort pour ça.

— Il s'agissait de créer un nouveau langage, dit M. Burbage avec tant de réticence qu'on aurait cru qu'il dévoilait un secret honteux. Un langage qu'on peut inscrire sur un programme, faire passer sur n'importe quelle machine et transférer directement d'Internet sur votre propre ordinateur.

— Je comprends, approuva l'inspecteur, qui racontait un gros bobard. Ont-ils fondé Penstemon ensemble, Hollingsworth et Patterson ?

— Je n'en suis pas sûr. Mais Gray était dedans depuis le début.

— Quelles étaient leurs relations ?

— Que voulez-vous dire ?

— Étaient-ils amis ?

— Je n'en ai aucune idée.

— Oh, allez, monsieur Burbage, dit Barnaby qui s'autorisa un accès d'irritation, des gens travaillent ici, côte à côte. Vous devez...

— À ma connaissance, il s'agissait seulement de relations d'affaires.

— Comment en est-on venu à ce drame ?

— Vous devriez demander à Patterson.

— Il y a toujours plusieurs aspects, dans une histoire. Et je ne pourrai jamais entendre la version de Hollingsworth.

— C'est vrai. (Par respect pour l'équité, pour un juste équilibre, il poursuivit :) Eh bien, comme je l'ai déjà dit, ils travaillaient sur ce nouveau microsystème. Et, au bout d'un an, les choses en étaient arrivées au stade où Patterson pensait qu'on pouvait commercialiser. Alan disait qu'il voulait développer davantage le programme car il sentait que cela pourrait vraiment les faire passer dans le peloton de tête. « Mondial », c'était le mot qu'il employait. Gray était au point mort et naturellement il a demandé quelle direction allait prendre ce nouveau développement. Alan est resté évasif, en disant qu'il lui fallait encore un peu de temps pour clarifier ses idées. Un mois, à peu près, s'est écoulé et…

— Ce qui nous amène à ?

— Oh, début mars, je crois. En tout cas, Gray est devenu insistant. Vous devez bien comprendre, inspecteur, que c'est un univers très compétitif. Tout le monde cherche désespérément un créneau, le temps est un facteur essentiel. C'est une question de jours, parfois d'heures. Bien qu'il ait eu confiance en son collègue – il n'avait aucune raison de s'en méfier –, l'angoisse de Gray à propos de cette attitude évasive l'a amené à essayer d'accéder au dossier. Vous comprenez ce que je veux dire par là, inspecteur ?

— Vaguement, répondit Barnaby.

Il savait bien sûr que cela n'avait rien à voir avec des classeurs de dossiers, ces encombrants objets métalliques sans lesquels, jadis, aucun bureau n'aurait paru complet.

— Gray n'a pas pu le trouver. Il a vérifié deux fois puis a cherché la copie de sauvegarde. Mais la disquette aussi avait disparu. Alan a fait l'étonné. Il avait l'air embêté mais pas autant que Gray, qui était dans tous ses états. Il s'agissait de mois d'un énorme travail créatif. Peut-être pas d'une originalité transcendante – la plupart des nouveautés sont conçues sur le modèle qui les a précédées – mais, d'après eux, bien en tête de la course.

« Ils ont échangé pas mal de mots hargneux qui n'ont mené à rien puis les choses ont paru se calmer un peu. On croyait que Gray avait fini par accepter le fait que, suite à une terrible négligence, Celandine (c'était le nom de code du projet) avait été accidentellement effacé. Mais on se trompait. La réaction plutôt tiède d'Alan face au désastre avait rendu Gray soupçonneux. Il a emprunté les clés d'Alan sous un prétexte quelconque et a fait copier celle des Rossignols. Un après-midi, alors que Mme Hollingsworth s'était absentée, il a pénétré dans la maison, s'est branché sur l'ordinateur personnel d'Alan et a découvert que Celandine avait été vendu à une compagnie appelée Patellus pour deux cent mille livres.

Barnaby prit l'air impressionné, ce qui n'était pas difficile.

— Patellus fait partie des grands dont vous parliez tout à l'heure ? demanda-t-il.

— Pas qu'un peu ! Pas au niveau de Lotus ou Novell mais en bonne voie. Gray est revenu tout droit ici, a débarqué fou furieux dans le bureau d'Alan, a fermé la porte et ils en sont venus aux mains. Un vrai scandale. Le bruit… (M. Burbage frissonna de dégoût.) J'ai appelé la police. Il le fallait. Je croyais qu'ils étaient en train de s'entre-tuer. Gray a été condamné avec sursis, j'imagine que vous êtes au courant.

— Évidemment. Mais il ne s'est pas arrêté là ?

— Oh non. Il nous a traînés devant les tribunaux pour perte de revenus. Bien que… (Burbage s'interrompit, l'air plutôt gêné. À l'évidence, durant tout son récit, il avait oublié que le propriétaire de Penstemon n'était plus.) Que va-t-il se passer maintenant, je l'ignore.

— Je suppose que la société peut être encore poursuivie ?

— La société, c'était Alan. Nous ne sommes pas une SARL. Nous n'avons pas d'actionnaires. Et je peux vous dire qu'on est incapables de trouver deux cent mille livres, sans compter les frais de justice. Cela dit, ajouta-t-il en toute hâte, strictement entre nous.

— Alors on pourrait dire que la mort de Hollingsworth ne profitait pas du tout à Patterson ?

— À mon avis, non.

— Avez-vous une idée de ce que chacun a mis dans ce projet de Celandine ?

— Pas vraiment. Je doute qu'ils l'aient établi eux-mêmes précisément. Ces choses sont très difficiles à quantifier.

— Et pourquoi Hollingsworth aurait-il soudain eu besoin d'une telle somme ?

— Aucune idée.

— Puis-je vous demander si le nom de Blakeley vous dit quelque chose ?

— Freddie Blakeley ? C'est notre banquier. À Nat West.

— Merci. Et, je me demandais, connaissez-vous le nom de l'avocat de la famille Hollingsworth ?

— Jill Gamble de Fanshawe et Clay. Ce sont aussi les avocats de Penstemon.

— Et, dernière question. On doit informer quelqu'un de la mort de Hollingsworth. En l'absence de sa femme, qui est son héritier présumé ? Vous lui connaissez de la famille proche ?

— Il a un frère en Écosse. Alan en a parlé une fois comme d'un homme très pieux, droit, et pilier de sa communauté. Je crois même qu'il est pasteur. (M. Burbage s'autorisa un sourire de satisfaction glaciale.) Ils n'étaient pas très proches.

— Eh bien, merci, monsieur, dit Barnaby en se levant.

Le comptable l'imita avec un soupir de soulagement.

— Si nous pouvions dire deux mots au personnel, maintenant ?

M. Burbage les escorta hardiment dans les autres bureaux où il resta, comme un chaperon, pendant l'interrogatoire. Il leur donna même sans hésiter les clés du bureau d'Alan. Visiblement inquiet, il sortit pour les saluer de la main.

5

— J'ai besoin de cigarettes, dit le sergent Troy, alors qu'ils passaient juste devant Ostlers. Vous voulez quelque chose, chef?

Barnaby avait une faim de loup. Il était presque quatre heures. Sept heures depuis son dernier repas, car personne ne pouvait raisonnablement qualifier de repas la bouillie qu'il avait avalée au *Goat and Whistle*.

Il suivit Troy dans la fraîcheur de l'épicerie, baissant la tête pour éviter les poutres et jetant autour de lui des regards avides. Il lui fallait quelque chose de nourrissant et de savoureux qui n'aurait pas à être ionisé pour être mangeable.

Le choix n'était pas inspirant. Des fruits, du chocolat, des biscuits bon marché d'une marque inconnue. Sur un plateau de boulangerie couvert d'un papier taché de graisse, quelques petits pains défraîchis et de curieuses tartelettes bombées, saupoudrées de paillettes de noix de coco. Et, à côté, un feuilleté à la saucisse qui avait un aspect malsain hélas familier.

— Hé ! signala Troy. Regardez ça.

Sur la machine à glaces, il y avait un plateau de bois où l'on voyait de petits fromages blancs, délicatement déposés sur un matelas de paille entouré de feuilles de laurier. Un des fromages était caché sous un charmant petit moule en étain en forme de hérisson.

— Qu'est-ce que c'est mignon ! (Il y avait un anneau de métal sur le dos de l'animal. Troy y glissa le petit doigt et souleva le moule.) Ma mère adorerait ça.

Hors de son moule, le fromage s'effondra lentement, et se répandit en une flaque grumeleuse couleur crème.

À ce moment, les lanières de plastique multicolores, au fond de la boutique, claquèrent et volèrent, révélant un personnage extraordinaire.

Une grande femme en robe longue, gris-brun. Les pièces de cuir souple qui lui enveloppaient les pieds étaient attachées par d'étroites lanières. Ses jambes brunes et poilues étaient nues. Elle était coiffée d'un bonnet de coton, comme ceux que portent les laitières dans les comédies musicales, et arborait une large fraise blanche, sortie tout droit d'un portrait de Holbein. Elle se déplaçait sans à-coups, comme évoluent les acteurs dans les drames victoriens à la télévision, qui semblent glisser sur des patins à roulettes invisibles.

Une cinglée, pensa Troy qui ne goûtait guère la singularité.

— Eh bien, mes nobles messieurs. (Elle s'assit derrière la caisse avec un air supérieur, comme si elle venait d'accorder à ses clients une rare faveur.) Que puis-je pour vous ?

Troy, qui s'était placé de façon à cacher le fromage croulant, répondit :

— Un paquet de Rothmans, s'il vous plaît.

— L'ami de sir Walter ? (Elle prit les cigarettes.) La fine fleur de Virginie.

— Merci. (Troy ne pouvait s'empêcher de la dévisager, les yeux écarquillés. Placé d'une façon peu commode pour payer, il fit mine de regarder autour de lui, avec intérêt.) L'endroit est inhabituel.

— Vous aimez la période Tudor ?

— Oh oui, assura avec ferveur le sergent. (Il essaya en vain de se rappeler un événement de l'époque, et se décida pour :) Je suis allé au château de Windsor.

— Mais c'est ancien, ça. À peine le XVIe siècle.

— C'est vrai ? dit Troy en changeant de sujet. Merveilleuse journée.

— Il se peut. Cela fera deux quatre-vingt-quinze, s'il vous plaît.

Le sergent chercha du regard son supérieur qui était en train de frotter une pomme sur sa manche après avoir fait le tour du rayon des boissons fraîches.

— Vous êtes sans doute intrigué par mon accoutrement ?

— Vous pouvez le dire ! acquiesça le sergent.

— Je vais donner une conférence illustrée à la Guilde des Femmes sur la fabrication des fromages à l'époque élisabéthaine, d'où le costume. Regardez derrière vous, vous verrez mes échantillons.

Les mots sonnaient avec une claire assurance. Vraiment touchant, pensa Troy en se retournant docilement. Le truc coulant avait été presque entièrement absorbé par le matelas de paille. Le dos tourné pour cacher ses mouvements, le sergent replaça le moule dans sa position originelle.

— Ah, ah ! s'écria Mme Boast. Il ne faut pas toucher. Ils ne sont pas tout à fait prêts.

— Pardon. (À l'aise maintenant que le risque était passé, Troy s'avança avec nonchalance, sourire aux lèvres, pour payer ses clopes.) Vous faites beaucoup de ce genre de choses ?

— Oh oui. Écoles, clubs, instituts. Mes spécialités sont les recettes d'office, pâtisserie et laiterie. Mon seigneur et maître, lui, fait des conférences sur le maniement des drapeaux et l'armure médiévale. Des leçons de cape et d'épée à la demande.

— C'est vrai ?

— Nous faisons des combats le week-end.

Vous m'en direz tant, pensa le sergent Troy.

— Avec la Civil War Society. Je peux vous donner des renseignements.

Mais Troy fut sauvé par son chef qui déposa sur le comptoir un paquet de cerises, une pomme et une barre Lion et demanda si par hasard il était possible d'avoir une canette de Seven-Up.

— Chez Ostlers, on dit « boîte », le reprit Mme Boast. C'est une petite manie, chez nous. Une petite discipline. Pour perpétuer l'anglais classique.

— Avez-vous une boîte de Seven-Up ? demanda poliment l'inspecteur.

— Nous n'en faisons pas.

Barnaby ajouta un Diet Coke à sa pile et tendit un billet de dix livres. Mme Boast, qui était sans doute déjà entrée dans son personnage et qui n'était familiarisée qu'avec le doublon, parut contrariée.

— Vous n'avez pas plus petit ?

— J'ai de la monnaie, chef.

Tandis que le sergent payait, Barnaby exhiba sa carte de police et expliqua ce qu'ils faisaient dans le village. Il demanda à la commerçante ce qu'elle savait des Hollingsworth.

Mme Boast tendit le cou comme un coq puis se réinstalla dans sa fraise qui la grattait un peu. Sa tête, posée sur les plis en accordéon, rappela à Barnaby ces tableaux religieux, ceux où l'on apporte, à l'issue d'un banquet, avec les fruits et les noix, la tête d'un mécontent sur un plateau.

— Je n'ai jamais rencontré Alan. Il a commandé un tas de plats surgelés quand elle est partie mais c'était par téléphone. Il réglait avec sa carte de crédit et c'était mon seigneur et maître qui livrait. Simone venait de temps en temps ou bien je la voyais aller téléphoner, de l'autre côté de la rue.

Elle hocha la tête en direction de la vitrine par laquelle on apercevait clairement la cabine téléphonique de British Telecom.

— Mais ils avaient le téléphone chez eux ?

— Toujours des ennuis avec la ligne. En tout cas, c'est ce qu'elle m'a dit.

— Quelle impression vous faisait Mme Hollingsworth ? demanda Barnaby.

— Une ribaude mignotée, déclara Mme Boast, glissant de nouveau dans le shakespearien.

Plusieurs personnes étaient entrées dans la boutique et l'une d'elles attendait pour payer. Barnaby en resta là, sachant que, si une enquête était ouverte, il faudrait aller de maison en maison pour interroger tout le monde.

*
* *

Aux Rossignols, la camionnette des techniciens ondoyait dans la chaleur. Les honnêtes bourgeois de Fawcett Green, bien que contenus par une barrière de sécurité, ne montraient aucun signe de mécontentement. Au contraire, l'atmosphère était plutôt bon enfant. Des gens debout, d'autres assis bavardaient sur les talus herbeux, en savourant avec une gaieté absolument naturelle la présence de la mort. Une famille complète avec le chien dévorait des sandwiches et sirotait des boissons avec des pailles. Les cheveux de la femme avaient été savamment ondulés et elle était très maquillée, probablement dans l'attente des caméras de télévision.

Perrot, qui revenait d'une brève pause déjeuner chez lui, comblé par la délicieuse cuisine de sa femme, ouvrit les grilles. Barnaby et Troy pénétrèrent dans la propriété, ce dernier se contentant cette fois de gloussements à demi étouffés. Le gendarme resta distant, froid, les yeux dans le vide jusqu'à ce que l'inspecteur s'adresse à lui.

— Perrot, dans la maison. Demandez à l'homme posté à la porte de vous remplacer ici.

— Monsieur.

Ils trouvèrent Aubrey Marine attablé dans la cuisine, parmi des chopes et des assiettes sales, une poubelle à pédale débordante et un carton de boîtes de haricots bourré de déchets. Sur la plaque de cuisson en céramique, il y avait une poêle qui sentait la graisse rance et une casserole brûlée. L'évier était rempli de vaisselle sale. Des mouches partout. Barnaby se rappela le décor de la dernière production de la société d'art dramatique de Causton, *Le Gardien*, que sa femme avait mise en scène avec beaucoup de succès.

— Qu'est-ce que c'est que cette odeur ?

— C'est l'évier qui pue le whisky.

— Vous avez trouvé les flacons de gélules ?

— Nan !

— Et les capsules ?

— Que dalle ! On a tout ratissé, y compris la poubelle. On les retrouvera peut-être dans l'herbe.

— Je ne crois pas.

— Et s'il les avait jetées dans les toilettes ?

Troy regarda autour de lui, en se bouchant mentalement le nez.

— C'est possible, dit Aubrey. Mais ce n'est pas assez lourd. On aurait dû en retrouver au moins une ou deux qui flottaient.

— Je vais en haut. Jetez un coup d'œil ici, sergent. Vérifiez le bureau. Voyez si vous pouvez mettre la main sur une facture de téléphone.

— Bien, chef.

Barnaby revint dans l'entrée où Perrot attendait, embarrassé, incertain, désireux de plaire. Ils grimpèrent ensemble l'escalier. Barnaby fit une pause pour admirer une gravure, *Les Peupliers au bord de l'Epte*[1]. Encadrée de Perspex transparent, sa beauté sereine charmait l'œil et apaisait le cœur. Pourquoi l'inspecteur ne se distrairait-il pas en songeant à Monet ?

Sur le palier, il demanda à Perrot de vérifier les trois petites chambres.

— Qu'est-ce que je dois chercher, monsieur ?

— Tout ce qui peut éclairer la disparition de Mme Hollingsworth ou la mort de son mari. Je n'ai sûrement pas besoin de vous faire un dessin ?

— Non, monsieur.

La chambre principale était en face de Barnaby. Il ouvrit la porte et se retrouva dans un nouveau décor de théâtre, plus propre et beaucoup plus frivole que la cuisine. Parfait pour *La Veuve Joyeuse*.

Un grand lit était drapé de voilages vaporeux rassemblés dans une couronne de métal doré fixée au plafond. La tête de lit en ivoire était ornée de scènes pastorales dans de délicates teintes pastel. Des nymphes et des bergers batifolaient dans des prairies émaillées de fleurs printanières sous l'œil de leurs olympiens suzerains. Des centaures caracolaient dans les ondes.

Une photo de mariage était posée sur la table de chevet. Barnaby la prit pour l'examiner de plus près. Il y avait

1. En français dans le texte.

un petit quelque chose, dans l'expression du marié, que l'inspecteur reconnut. Son gendre, Nicholas, avait montré le même mélange d'émotions le jour de ses noces. De la fierté, une intense satisfaction, de l'allégresse même. Cet air de chasseur-cueilleur, qui vient non seulement de tomber sur une espèce réputée disparue mais qui, en plus, en rapporte un spécimen pour que tout le monde l'admire. Pourtant, on devinait la tension. L'émerveillement d'avoir été choisi était visiblement grignoté par l'anxiété : en effet, qui ne chercherait à s'approprier pareil trophée ? Pauvre Nico. Il était encore dans les parages mais Barnaby doutait parfois que ce fût pour longtemps. Il reporta son attention sur la mariée, radieuse comme le voulait la tradition.

Le pasteur avait mis dans le mille. En vérité, Simone Hollingsworth était étonnamment jolie, un tantinet artificielle pour le goût de l'inspecteur. Souriante sous les vagues mousseuses de son voile, elle ressemblait à ces créatures habilement laquées qui aspergent de parfum les femmes sans méfiance – et les hommes aussi, s'ils se montrent hésitants – dans les rayons de parfumerie des grands magasins.

Barnaby s'approcha de la fenêtre pour une meilleure lumière et admira en silence la bouche vermeille et brillante. Presque toujours les deux moitiés de la lèvre supérieure sont légèrement dissymétriques mais, là, elles étaient parfaitement égales. La lèvre inférieure était plus pleine qu'il n'aurait cru, donnant une impression de générosité sensuelle. Elle avait d'immenses yeux gris-vert, ombrés de longs cils recourbés, des joues incarnates. En observant de plus près, il se rendit compte que la bouche avait été redessinée adroitement au crayon et il put discerner, sous ses contours voluptueux, une ligne plus étroite et déjà moins séduisante. Ses cheveux, bouclant autour des oreilles, aussi délicates et translucides que de petits coquillages, étaient si blonds qu'ils en étaient presque blancs.

Elle tenait un bouquet de boutons de roses ivoire noué de rubans d'argent et portait une alliance et un très gros solitaire. Pas étonnant qu'elle ait l'air tellement radieuse, tiens ! À peine Barnaby en était-il venu à cette conclusion qu'il se reprocha son cynisme macho. Heureusement que sa famille n'était pas là pour lire dans ses pensées. Cully aurait montré ses griffes.

L'inspecteur ne croyait guère à la physiognomonie et, par conséquent, ne tira sur le caractère de Mme Hollingsworth aucune conclusion de son apparence si gracieuse. Il avait trop vu de comportements malfaisants chez des êtres humains qui auraient pu poser pour Botticelli. Et des actes de grande charité et de bonté de la part d'autres qui auraient pu sortir de l'enfer de Jérôme Bosch.

Il remit la photo à sa place et alla dans la salle de bains. Encore un tas de camelote. Un sol en faux marbre, un plafond étoilé, un miroir en bronze, des murs en verre : tout chatoyait d'une lumière dorée. Une vaste baignoire triangulaire bleu myosotis, avec des robinets dorés aux poignées en forme de chrysanthème. La moindre surface plane était couverte de pots et de flacons, de tubes et d'aérosols. Comme le constable Perrot l'avait conjecturé, elle n'avait pas emporté un seul pot de crème car il n'y avait pas le plus petit espace vide.

Barnaby ouvrit un tiroir du meuble à vasque. Des rangées bien alignées de rouges à lèvres. Agacé contre lui-même de perdre ainsi son temps, il céda à l'impulsion de les compter. Soixante-treize. Grands dieux ! *Soixante-treize !* Il pensa à la modeste collection de Joyce et ne se demanda plus ce que Simone Hollingsworth pouvait bien faire de ses journées. Rien que pour tester tout ça en laboratoire, ça demanderait une vie entière de travail.

Il y avait une douzaine de boîtes de parfums. L'une était ouverte, l'atomiseur se trouvait près de la vasque. Barnaby supposa qu'elle portait ce parfum, appelé *Joy,* quand elle avait quitté la maison. Il prit un mouchoir en papier et en vaporisa un peu. La fragrance était opulente et fleurie, très harmonieuse. L'inspecteur pensa qu'il pourrait en offrir à sa femme pour son anniversaire, qui était dans trois semaines, et il glissa le mouchoir en papier dans sa poche.

Il sortit de la salle de bains, traversa la chambre pour se diriger vers la penderie blanc et or qui occupait tout le mur du fond. Il fit glisser une des portes. Troy entra en flairant l'air.

— Je parie que vous n'arrivez pas à mettre la main sur la Superdrogue.

— Et la facture de téléphone ?

— Non, chef, désolé.

— Ça ne fait rien. On demandera aux Telecom.

— Mais pourquoi ?

— Réfléchissez.

Troy tenta le coup mais renonça rapidement. L'introspection, chez lui, n'était pas de nature constructive ni perceptive. Elle consistait à relancer de vieilles lunes coriaces, à les secouer vigoureusement comme on secoue une salade dans un panier et à les laisser reposer.

Résigné à manquer un épisode, il rejoignit son chef qui était en train d'ouvrir une autre penderie. Les toilettes de bal bruissaient doucement. Des flots de velours et de dentelle, des nuages de crêpe georgette étincelant, les contours nets de la laine et du lin, du tweed apparurent magiquement, se cachèrent, réapparurent. Barnaby vérifiait systématiquement toutes les poches. Les vêtements étaient si serrés qu'un chat n'aurait pu y glisser une moustache.

— Un petit bout de ça, avec mon cacao du soir, ça ne serait pas de refus, dit le sergent Troy qui avait aussi reluqué la photo de mariage. (Puis, n'obtenant pas de réaction à sa remarque salace, il ajouta :) Est-ce qu'on sait si elle est partie avec ce gros bonbon au doigt ?

— Pas encore.

— Ça pourrait expliquer pourquoi il ne manque rien d'autre. Il devrait lui permettre de tenir jusqu'à la fin du siècle.

— Vérifiez-moi ces sacs, voulez-vous ? Et les chaussures. Il peut y avoir quelque chose.

— Tout de suite.

Troy disparut dans la salle de bains. Il se servit des toilettes et s'écria, par-dessus le bruit de la chasse d'eau :

— J'ai toujours eu envie de baiser dans un jacuzzi.

Barnaby farfouillait dans une des deux commodes. Des pulls en cachemire dans toutes les teintes pastel, de la lingerie transparente, des foulards, un châle à motif cachemire. Il y avait aussi des douzaines de sachets intacts avec des caleçons à fleurs, des collants clairs et des bas bordés de dentelle crème ou noire. Nulle part il ne trouva de la lingerie déjà portée. Peut-être ne remettait-elle jamais deux fois les mêmes choses. Il y avait une mallette en cuir pleine de bijoux éblouissants en toc mais pas de diams.

— Maureen dit qu'on peut jouir dans ces trucs-là si on reste assis assez longtemps au bon endroit.

Son ton était à la fois incrédule et mortifié. À croire que, de plus en plus, les femmes se passent des hommes, pour un tas de choses. Si ça continue, décida-t-il, il faudra nous classer comme monument historique pour éviter qu'on disparaisse, faute d'usage.

Assurément, Mme Hollingsworth nourrissait pour les chaussures un goût à la présidente Marcos. Troy glissa les doigts dans nombre de paires à lanières, à talons hauts, dans des chaussures sans lacets de couleur vive, en cuir aussi souple que des gants, des escarpins, des mocassins en daim avec des chaînes dorées sur l'empeigne, des sandales du soir nacrées, étincelantes de strass. Il y avait aussi quelques paires de baskets mais pas de chaussures de marche ni de bottes en caoutchouc. Bien que vivant à la campagne, Mme Hollingsworth n'était sans doute pas du genre amoureuse de la nature. Il passa aux sacs.

Barnaby, qui se tenait près du lit impeccablement fait, se demanda pourquoi Hollingsworth n'y avait pas dormi. Peut-être y avait-il renoncé par superstition, craignant que pareil abandon ne soit interprété comme une soumission aux Parques, comme reconnaissance du départ définitif de sa femme. Peut-être avait-il voulu rester près du téléphone. Peut-être, plus simplement, avait-il été trop soûl pour monter l'escalier.

— Eh bien, s'exclama le sergent Troy, en claquant le dernier fermoir, on ne peut pas dire qu'il lui refusait grand-chose !

Barnaby n'était pas d'accord. Récapitulant tout ce qu'il avait entendu dire de Simone – ses déambulations sans but dans le village, sa participation vague à tel ou tel groupe, les conversations vides pour tuer le temps au lieu d'une véritable amitié, et le traitement sévère infligé, peut-être parce qu'elle avait déjà tenté de filer –, il en concluait qu'elle s'était vu refuser la valeur essentielle qui rend la vie supportable et digne d'être vécue, à savoir la liberté.

— Elle va réapparaître aussi sec, maintenant qu'elle sait qu'il est clamsé.

— Pourquoi dites-vous ça ?

— Une veuve riche. Faut passer à la caisse.

— J'espère que vous avez raison.

— Sûr que j'ai raison. Ça va de soi.

Les choses les plus déraisonnables allaient de soi, pour le sergent Troy, à condition qu'elles confortent ses préjugés.

Sur le palier, Perrot se racla la gorge puis frappa comme si Barnaby avait été dans son bureau, au commissariat.

— Vous avez trouvé quelque chose, constable ?

— Rien d'intéressant, monsieur. Les vêtements de M. Hollingsworth, des chemises, etc. J'ai vérifié toutes les poches et les revers. Deux piles de magazines de mode mais pas de notes ni de bouts de papier cachés dans les pages, bien qu'un journal ait une page arrachée. Plusieurs valises et des sacs de voyage, tous vides. Des draps, des housses de couette, des couvertures, des serviettes, des taies d'oreiller...

— Oui, oui, ça va, Perrot. On n'est pas au premier jour des soldes chez Harrods.

— Non, monsieur.

À présent, tout le monde se retrouvait sur le palier. Troy, en tête de file, descendit l'escalier avec légèreté, sur la pointe des pieds, en savourant sournoisement le contraste entre sa minceur athlétique et la lourdeur de ce balèze de Perrot, aux cuisses de bois. Sans parler du massif pachyderme qui fermait la marche.

En chemin vers la maison de Gray Patterson, Barnaby repensa à sa conversation avec le comptable de Penstemon et au compte rendu de l'audience dans le *Causton Echo*, qui avait été envoyé à son bureau.

C'était plus une victime qu'un coupable, l'ancien collègue de Hollingsworth. Trahi, escroqué d'une grosse somme d'argent puis viré. Était-il possible qu'une bonne bagarre ait assouvi la rage pour le moins justifiée de Patterson ? Et quelles étaient les véritables relations des deux hommes, « qui remontaient à un bout de temps » ?

Barnaby avait hâte d'obtenir des réponses à ces questions et ne doutait pas que, quand il aurait vu l'homme, un autre... genre – quel serait le nom collectif ? –... de questions surgirait. Pour tuer le temps, pendant les quelques minutes du trajet, il essaya de trouver ce nom collectif: casse-tête, devinette, énigme ? Spéculation, colle ? Préoccupation ?...

Le numéro 17, Grand-Rue, était situé aux abords du village à quelques mètres du voisin le plus proche et presque entièrement dissimulé derrière une haie d'épicéas bleus. Une planche peinte en vert indiquait que la propriété était à louer. La maison était basse, crépie à la chaux, dans le style « ferme » ainsi que le qualifient les agents immobiliers et les gens qui connaissent mal la campagne.

Dès que Barnaby ouvrit le portail, un colley noir et blanc se précipita vers eux. Manifestement incertain de ses devoirs de gardien, il aboyait fort et frétillait vigoureusement de la queue.

Il sauta sur Troy qui, déchiré entre son amour pour les chiens et sa passion pour les vêtements impeccables, manifesta les deux en claquant de la langue et en lui demandant son nom puis en brossant les genoux de son pantalon avec son mouchoir. Le colley dansait déjà sur une grande pelouse vaguement tondue, envahie de mauvaises herbes, en jetant de rapides coups d'œil en arrière pour s'assurer qu'on le suivait bien.

Près d'une haie, un homme jetait des déchets de taille dans un vieux bidon d'essence. Barnaby espéra que, par cette canicule, il n'allait pas essayer d'y mettre le feu. Une étincelle et la moitié du village s'embrasait.

Patterson planta sa fourche dans la terre et s'avança à leur rencontre. Le chien, ayant dûment accompli son devoir, regardait tour à tour les visiteurs et son maître, en s'égosillant pour lui faire remarquer sa prouesse.

— Tais-toi, Bess ! ordonna Patterson.

Barnaby présenta sa carte. Troy se pencha, tapota la tête intelligente et anguleuse du chien.

— Bonne fille ! dit-il.

— Je vous attendais. Verity a téléphoné. Du bureau.

L'imagination de Barnaby, qui avait travaillé avec indolence sur un scénario tout prêt, avait évoqué un homme solide et belliqueux. Gray Patterson était grand et mince. Ses épaules étaient légèrement voûtées. Posture d'intellectuel, décida l'inspecteur, avant de se rappeler que l'homme avait dû passer ces vingt dernières années penché sur un clavier. Il avait des cheveux roux doré, aux boucles serrées, des yeux gris-vert et le teint clair, à peine hâlé malgré ses travaux à l'extérieur.

— Laissons tout ce dépotoir, voulez-vous ?

Il se fraya un chemin dans un tas de branches de conifères, en les poussant du pied, et indiqua de la main à ses visiteurs deux chaises longues délabrées. Barnaby, qui se voyait déjà en train de s'en extirper, déclina l'offre. Troy se plia dans la toile à rayures en un seul mouvement d'une grande élégance.

Fixant son subordonné d'un œil sévère, l'inspecteur se dirigea pesamment vers un tabouret de bois qui gisait les pieds en l'air près d'un pommier. Il le redressa et s'assit à l'ombre. Patterson se jucha sur le bord d'une vieille roue à eau. Bess se précipita à ses côtés et s'allongea, haletante dans la chaleur, à demi dissimulée par un nuage de marguerites.

— Vous autres, vous cachez bien votre jeu.

— Vous trouvez, monsieur Patterson ?

— Personne n'a l'air de savoir si Alan s'est suicidé, s'il a avalé ces machins par accident ou si on l'a liquidé.

— Nous ne faisons que poser quelques questions, pour le moment. (Barnaby évita adroitement l'incitation à en dire plus.) Je crois savoir que vous connaissiez bien M. Hollingsworth.

— Pas aussi bien que je le croyais, apparemment.

— Vous faites allusion à l'incident de Penstemon ?

— À quoi d'autre ?

— Peut-être aimeriez-vous me donner votre propre version de l'histoire, monsieur ? dit l'inspecteur.

— Je doute que ce soit très différent de ce qu'on a pu vous raconter.

Ce en quoi Patterson se trompait. Bien que les événements et leur enchaînement se différencient à peine du compte rendu de Burbage, le contexte s'était étoffé et les choses se présentaient sous un jour légèrement différent. Pour commencer, il y avait beaucoup de « je » et de « moi » disséminés dans le récit.

— Dois-je comprendre, demanda Barnaby, que ce projet n'était pas le fruit d'un effort commun avec M. Hollingsworth ?

— Certainement pas. C'est moi qui ai eu l'idée et qui ai fait tout le travail préparatoire. La contribution d'Alan a été minime. Naturellement, le travail était financé par la société et je touchais un salaire correct. D'un autre côté, si Celandine avait décollé, les affaires auraient très bien marché. Et on m'avait promis cinquante pour cent sur l'argent qu'aurait rapporté le programme.

— Par écrit, monsieur ?

— Ah !

C'était un cri sauvage. Bess, sur le qui-vive, dressa ses oreilles triangulaires, blanc et noir.

— Cela faisait dix ans que je le connaissais et que je travaillais avec lui. Il ne m'est jamais venu à l'idée qu'il fallait mettre ça par écrit.

— Alors, moralement, vous pensez que vous avez droit à au moins la moitié des deux cents mi…

— Et pas qu'un peu, j'y ai droit !

Les mains longues et étroites de Patterson étaient serrées sur ses genoux. Il tirait dessus violemment, en faisant craquer les jointures. Il déglutissait avec peine, comme s'il voulait retenir une incoercible nausée. Il s'écoula quelque temps avant qu'il puisse reprendre la parole.

— J'ai demandé conseil à un avocat. Saviez-vous que, si vous êtes dans la dèche, vous avez droit à une consultation gratuite au CIDC[1] ?

— Vous êtes fauché, monsieur ? demanda Troy.

— Pire que ça. J'avais de lourds engagements avant tous ces événements. Je suis endetté jusqu'au cou. Sans parler de la moins-value.

— Que vous a-t-on conseillé au CIDC ? interrogea Barnaby.

— D'intenter un procès. Surtout que je bénéficie de l'aide judiciaire, je ne risque pas de perdre de l'argent en frais de justice. Que va-t-il se passer, maintenant qu'il est mort, je n'en sais rien.

— Avez-vous une idée de la raison pour laquelle il aurait eu besoin d'une si grosse somme d'argent ?

— Aucune idée.

— Quand l'avez-vous vu pour la dernière fois ?

— À l'audience.

— Mais ça fait des semaines, dit le sergent Troy. Dans un endroit comme ici, sûrement…

— Ce n'est pas difficile de l'éviter. Il ne va jamais nulle part à pied. Il ne fréquente pas le pub.

— Et Mme Hollingsworth ?

— Elle, je l'ai vue. Un jour ou deux avant qu'elle se barre. (Il cueillit une marguerite et se mit à chatouiller le chien. Bess roula sur le dos et gigota, au comble du bonheur.) J'allais rendre visite à Sarah Lawson. Vous l'avez déjà vue ? (Barnaby secoua la tête.) Et Simone était dans la cabine téléphonique, qui se trouve juste à côté du cottage.

— Vous n'avez pas entendu la conversation, par hasard ?

— Malheureusement, non. C'est important ? Après tout, son départ n'est pas un mystère, non ?

— Quel jour était-ce, monsieur ?

1. Centre d'information sur les droits des citoyens.

— Voyons, dit-il en fermant les yeux. Sarah n'avait pas de cours donc ça ne pouvait pas être mercredi. Lundi, je ne suis pas sorti, donc c'était mardi.

— Mme Hollingsworth était encore là quand vous avez quitté le cottage ? demanda le sergent Troy.

— Non. Bien que ma visite n'ait pas duré longtemps. Sarah travaillait et ne voulait pas être dérangée. Je peux d'ailleurs vous le dire, poursuivit Patterson d'un air narquois, parce que je suis sûr qu'un fouineur du village vous l'apprendra tôt ou tard, j'ai des vues sur la dame. Pourtant, je n'avance pas beaucoup, hein, Bess ?

Comme on s'adressait directement à elle, la chienne trembla de plaisir. Elle bondit, tout excitée, comme si l'attendait une grande aventure. Elle essaya de poser la tête sur les genoux de Patterson, qui la traita de stupide animal.

— Vous êtes divorcé, n'est-ce pas, monsieur ? demanda l'inspecteur.

Comme Patterson tardait à répondre, le sergent Troy insinua, avec un petit sourire en coin, d'homme à homme, qu'il était un sacré veinard de pouvoir en profiter.

— Je vous demande pardon ?

— Du célibat, tiens !

— Je crois que ça me regarde, non ?

Son ton était un peu excédé, comme si on l'avait forcé à biaiser, contre son gré.

— Et vous connaissiez bien Mme Hollingsworth ? demanda Barnaby après une pause, sous-entendant que Patterson ne devrait avoir aucun mal à répondre à une question aussi anodine.

— À peine. Alan et moi, on ne se voyait pas en dehors du travail. Pour vous dire la vérité, je la trouvais un peu gourde. Le genre idiote froufroutante.

— Mais agréable à regarder ?

— Oh oui. Ravissante.

— Avez-vous été surpris de son départ ?

— On a tous été surpris. Tout le village en a parlé pendant des jours et des jours.

— Alan vous a-t-il fait des confidences sur son couple ?

— Non. Je l'ai connu au temps de son premier mariage, j'étais son témoin et tout. Peut-être pensait-il que je lui portais malheur.

— Je ne savais pas qu'il avait déjà été marié, dit Barnaby qui se redressa sur son perchoir moussu.

— Tous les deux. Miriam, la première Mme Hollingsworth, était géniale. Intelligente, sans détours, pleine d'énergie. Ils n'allaient absolument pas ensemble. Les idées d'Alan sur la manière de traiter les femmes étaient celles d'un homme deux fois plus âgé. Achète-leur une jolie petite maison, offre-leur de belles robes, de beaux bijoux, des joujoux bien clinquants et elles seront contentes comme tout.

C'est quoi, le problème ? se demanda Troy *in petto*. Moi, j'aimerais bien me trouver une nympho riche et un peu sur le retour qui me couvrirait de joujoux bien clinquants.

— Elle venait de finir ses études de médecine quand ils se sont rencontrés et, naturellement, elle voulait pratiquer. Ce qui a déclenché des disputes mais, quand elle a menacé de le quitter, il a cédé. Elle s'est mise à travailler, et ça s'est gâté. Parfois, la maison était vide quand il rentrait. Elle était appelée au-dehors, de temps à autre, naturellement. Ce qui a mis le feu aux poudres, c'est un coup de téléphone une nuit, à trois heures du matin. Alan l'a accusée d'avoir une liaison, on se demande comment la pauvre fille aurait trouvé le temps et l'énergie… Apparemment, il l'a suivie jusqu'à la maison, a tapé à la porte, est rentré de force. Elle était en haut, avec un mourant. Bon, c'était fini. Le lendemain, elle a fait ses valises et elle est partie. Ils ont divorcé un an après. Entre-temps, Miriam était entrée dans un centre médical à Birkenhead. À ma connaissance, elle y est toujours.

— Pensez-vous qu'elle a repris son nom de jeune fille ? demanda Troy, dont le stylo volait.

— Ça ne m'étonnerait pas.

— Et vous le connaissez ?

— Kenton.

— Il paraît avoir choisi avec plus de discernement, cette fois-ci, suggéra Barnaby.

— Il faut bien que vous compreniez qu'Alan manquait complètement d'assurance. Il pensait toujours qu'on voulait le prendre de vitesse. C'est pour ça qu'il travaillait bien plus que nécessaire. L'entreprise est au moins aussi solide que n'importe quelle autre en ces temps précaires. C'est pour ça qu'il téléphonait sans arrêt chez lui pour vérifier que Simone était bien attachée à son piquet.

— Cela ne lui avait pas servi de leçon, le premier mariage, alors ? dit Troy.

Il observait la chienne qui s'était rallongée et qui fixait un bosquet de bambous. Ses narines frémissaient comme si elle sentait passer quelque petite créature vulnérable.

— Les obsessionnels ne peuvent pas apprendre « de leçons », pas plus que les déments ne peuvent retrouver leur tête.

— Vous avez mentionné qu'ils avaient tous les deux été mariés avant, rappela l'inspecteur. Vous savez quelque chose sur le premier mari de Simone ?

— Pas grand-chose. Alan a dit seulement que cela n'avait pas duré longtemps et que le type n'était pas un cadeau.

— Vous savez comment il s'appelle ?

— Non, désolé.

Aucune importance. On pourrait bientôt vérifier. Barnaby n'était pas mécontent de cette entrevue qui s'était révélée assez fructueuse. Il regrettait seulement qu'il fasse si chaud. Tout collait à lui et il collait au tabouret. De grosses gouttes de sueur lui tombaient dans les yeux. Il fourragea dans sa poche à la recherche d'un mouchoir et une pomme tomba avec un bruit sourd dans l'herbe duveteuse. Le chien bondit et Patterson s'écria : « Laisse ça, Bess ! » Il se leva et donna un coup de pied dans le fruit qui était bourré de guêpes.

La pause qui traînait en longueur permit à Patterson de ne pas se rasseoir.

— C'est tout ? dit-il.

— Presque, monsieur. Nous aimerions savoir où vous étiez lundi soir et mardi matin, tôt.

— C'est quand... ?

Barnaby fronça ses sourcils broussailleux et fournis d'un air intimidant. Ils sont étonnants, ces sourcils, remarqua Troy. La texture du crin de cheval et si exubérants qu'on pourrait en rembourrer un canapé.

— Si vous vouliez bien répondre à la question, monsieur, je vous prie, dit Barnaby.

— Oh, ici. J'étais ici.

— Seul ?

— À mon grand regret. Je suis passé chez Sarah vers les huit heures mais elle était sortie.

— Personne n'est venu ?

— Quoi, au milieu de la nuit ?

— Des coups de fil ?

Patterson secoua la tête.

— Avez-vous encore la clé des Rossignols que vous avez fait copier ?

— Non. Je l'ai jetée.

— Où ça ?

— Mon Dieu, je ne sais pas. Dans la poubelle, où voulez-vous que ce soit ?

— Portiez-vous des gants quand vous êtes entré dans la maison ?

— Bien sûr que non. Je n'ai pas essayé de cacher le fait que j'y étais allé. Seulement que j'y allais.

— Nous aurons besoin de vos empreintes, monsieur. Uniquement pour vous éliminer des suspects. Pourriez-vous vous rendre au commissariat, demain par exemple ?

— Je peux venir ce soir. Je dois aller à Causton pour acheter de la nourriture pour mon chien.

— Puis-je avoir votre adresse exacte et votre numéro de téléphone, monsieur ? (Troy les inscrivit avec soin.) Et Gray, c'est le diminutif de Graham, non ?

— Non. C'est le nom de jeune fille de ma mère.

Eh ben ! quelle chochotte ! Je t'en foutrais, moi ! Troy fit claquer l'élastique autour de son carnet et le glissa dans la poche de sa veste. Puis, agacé parce que cela gâchait la ligne, il le ressortit. Il pensa au nom de jeune fille de sa mère, Titchboot, et fut drôlement content qu'elle n'ait pas eu l'idée de le lui refiler.

Ils se dirigeaient vers le devant de la maison, maintenant, le chien gambadant autour d'eux. Des boutons de bardane s'étaient accrochés à son poil et son ventre était jauni de pollen. Barnaby se rappela le caniche des Brockley et se demanda si la fille avait réapparu.

Comme Patterson ouvrait le portail, l'inspecteur montra la pancarte.

— Vous nous ferez savoir, monsieur, si vous déménagez ?

— Ce serait de la chance. Six cents par mois, c'est ce que demande l'agent. J'envisage de louer ça et de me trouver un endroit pour trois fois rien. Histoire de me débrouiller jusqu'à ce que le marché reprenne. Si ça reprend jamais.

— Des gens intéressés ?

— Pas vraiment. Je ne suis pas le seul à galérer, à ce qu'il paraît. Une femme est venue, la semaine dernière. Au téléphone, elle se disait « désenchantée de Londres ». Elle a adoré la maison. Mais elle a détesté la vue.

Les trois hommes se retournèrent et contemplèrent les vagues chatoyantes de blé fauve qui s'étiraient presque jusqu'à l'horizon. Çà et là, quelques coquelicots. L'air embaumait le foin. Au-dessus de leurs têtes, si haute qu'elle était presque invisible, une alouette chantait à tue-tête.

— Et qu'est-ce qu'elle n'aimait pas là-dedans ? demanda l'inspecteur.

— Elle a trouvé ça ennuyeux.

Barnaby, qui mourait d'envie d'une autre boisson fraîche mais était peu disposé à se lancer encore dans des « de grâce-ventrebleu ! », regagna à pas lourds les Rossignols où il avait l'intention de s'installer devant un gallon d'eau du robinet, agrémentée, avec un peu de chance, de deux ou trois glaçons. L'allée brûlante exhalait une forte odeur de goudron qui rappela à l'inspecteur son enfance quand il s'accroupissait sur le trottoir pour en crever les bulles avec un bâton.

À présent, les badauds étaient pris dans un silence profondément satisfait. Les techniciens, qui en avaient terminé avec la maison, étaient en train de travailler sous leurs yeux dans le jardin. Tandis que les deux policiers franchissaient la barrière de sécurité, une femme en chapeau de paille attrapa Barnaby par la manche.

— C'est vous le responsable ?

— De quoi s'agit-il ?

Barnaby, quand il s'y mettait, pouvait se montrer très sec.

— Pas la peine de s'exciter, répliqua la femme. J'ai juste un message à transmettre.

— Ils s'en fichent, c'est ça ? dit son amie.

— Il vous cherchait.

La première femme indiqua Arcadie du doigt. Au bout du jardin, un homme, qui se découpait nettement dans la lumière éblouissante de l'après-midi, sarclait avec une binette à long manche. Quand il s'aperçut qu'on le regardait, il agita un grand mouchoir à pois rouges et blancs. Barnaby remercia son informatrice, qui rétorqua un « Mieux vaut tard que jamais ! », et se dirigea vers l'homme.

Le cœur de l'inspecteur se gonfla de plaisir à la minute où il franchit le portail et qu'il mit le pied sur une allée de briques anciennes disposées en chevrons. Elle s'étendait entre deux bordures de vivaces débordant de lis, d'œillets, de giroflées et de matthioles, de lupins, toutes les espèces possibles du jardin de cottage. Au second plan, de grandes mauves et des roses trémières, des tournesols et des roses ébouriffées au parfum entêtant. Audessus de tout ça butinaient une foule de papillons et d'abeilles. La scène rappelait tellement une illustration romantique que Barnaby s'attendait presque à trouver le chemin bordé de coquillages.

Il poursuivit, tout heureux, jusque derrière la maison et se demanda si la personne qui s'avançait à sa rencontre était Cubby, l'*inamorato* de Mme Molfrey. L'homme esclave de son tambour à broder et de ses fagots et trop vieux pour supporter le chambardement. Il était peut-être vieux mais il avait l'air en excellente forme, droit et souriant. Court sur pattes et grassouillet, avec un visage frais, des yeux très clairs et brillants, des joues vermeilles, il aurait fait merveille dans l'entourage de Blanche-Neige. Si on avait demandé à l'inspecteur à quel nain il ressemblait le plus, il aurait nommé Joyeux.

Ils se rejoignirent à la limite du potager qui était ponctué de wigwams de haricots d'Espagne et d'un obélisque, presque invisible sous une cascade de pois de senteur lilas et crème. Barnaby se présenta lui-même ainsi que Troy, dont les yeux étaient rivés sur un rang des plus superbes oignons qu'il eût jamais vus. Comme les dômes du Pavillon de Brighton, bien enveloppés dans du papier brun à rayures.

Le jardinier s'essuya la main sur sa salopette avant de la tendre à ses visiteurs, dit qu'il s'appelait M. Dawlish et qu'il était navré de les déranger. Barnaby le complimenta sur ses oignons et Cubby, reconnaissant une âme sœur, se lança sur-le-champ dans un discours sur les engrais et la lutte contre les parasites.

Le sergent Troy, qui s'ennuyait ferme, alluma une Rothmans et se glissa dans la serre pour tirer une taffe. Il y flottait une étrange puanteur, chaude et terreuse. Habitué aux sphères dures et insipides qui transpiraient dans leurs paquets au supermarché, il ne reconnut pas l'odeur des tomates qui mûrissaient.

En regardant autour de lui, il sentit croître son ennui. Troy n'était pas un fana de la grotte champêtre. D'ailleurs, à quoi ça sert, les jardins ? À faire sécher le linge. À sortir le barbecue et la radiocassette et à se taper quelques petites mousses fraîches pendant les week-ends. À courir en criant si on est trois et que les copains sont venus faire un saut. Une cour, ça fait aussi bien l'affaire, on n'a qu'à la laver au jet. À travers un panneau de verre verdâtre, il remarqua que le chef et le petit grassouillet s'éloignaient d'un pas nonchalant en direction de la maison. Il se hâta de les rattraper.

Alors qu'ils approchaient de la porte de derrière, Troy jeta sa cigarette, qui atterrit dans une touffe d'œillets. Comme frappé d'une douleur subite, Cubby émit un petit cri involontaire.

— Ça va, monsieur ? demanda le sergent Troy.

Pour une fois, l'inquiétude qui perçait dans sa voix était sincère. Son grand-père, en gros du même âge que cette vénérable relique, venait de disparaître subitement. Il faisait la queue pour des frites, il se portait comme un charme et se demandait s'il y aurait des restes de pâte à beignets et, la minute d'après, il se retrouve dans les pommes sous une affiche de catch. Ça fait réfléchir.

— Oui, oh oui. Merci. (Cubby jeta un dernier regard à la Rothmans qui grillait l'œil de « Mrs Sinkins ».) Entrez, je vous en prie.

Mme Molfrey était assoupie dans son fauteuil à oreilles. Elle s'éveilla à la seconde et se mit en devoir de s'extraire de son siège.

— Je vous en prie, madame, dit l'inspecteur d'une voix pressante, ne vous levez pas.

— Je ne me lève pas, je rajuste mes culottes.

Qui étaient tout à fait splendides. Panne de velours d'un pourpre profond, dans le style gaucho. Elle portait en outre des bas de dentelle noire et des souliers en daim à empeigne argentée et à boucle d'argent, comme ceux chaussés par le rôle principal dans une pantomime. Sur ses épaules était drapé un châle vert d'eau, arachnéen et étincelant de brillants.

— Soyez le bienvenu, inspecteur, soyez le bienvenu. Je vous en prie, asseyez-vous. Et votre acolyte de même. Maintenant... (Elle tapota son appareil auditif, posé sur sa poitrine osseuse, qui répondit en sifflant.) Qu'est-ce qui se manigance ?

Troy s'était perché sur une vieille méridienne qui lui grattait les cuisses. Barnaby avait choisi, quant à lui, un fauteuil avachi mais à l'air confortable. Cubby faisait du surplace.

— J'ai cru comprendre que M. Dawlish avait quelque chose à nous dire.

— On a tous les deux quelque chose à vous dire, affirma Mme Molfrey. L'ennui, c'est que j'ai oublié de quoi je voulais vous parler. Alors allez-y, mon patapouf chéri.

— Eh bien...

Cubby s'empourpra de s'entendre appelé ainsi en public. Il se tenait, tout gêné, paraissant regretter d'être là. Comme un enfant qui cache un cadeau derrière son dos, inquiet à l'idée qu'il puisse ne pas plaire.

— Il est terriblement important de brosser le tableau des dernières heures du défunt, Cubs. C'est ce qu'ils font tous. (Mme Molfrey montra du pouce les étagères bourrées de livres. L'une était entièrement vert et blanc.) Dalgliesh, Wexford. Et l'autre, là, qui boit...

— Est-ce que cela a un rapport avec Alan Hollingsworth, monsieur ?

— Oui. (Cubby prit une profonde inspiration.) Je venais d'ouvrir la porte de la cuisine pour cueillir un peu de menthe pour les pommes de terre quand je l'ai entendu dans le garage...

— Quand était-ce ? demanda le sergent Troy qui se préparait à prendre des notes.

— Lundi soir, vers sept heures et demie.

— Vous avez dit « entendu », monsieur, remarqua Barnaby. Vous n'avez pas vu M. Hollingsworth ?

— Non, la haie bouche la vue. Mais qui cela aurait pu être ?

— Et il est parti ?

— Malheureusement, je ne peux pas vous l'affirmer. Je suis rentré tout droit. Elfrida avait la télévision allumée, sans son appareil, et le son était très fort.

— Je vois. Avez-vous entendu quelqu'un revenir ?

— Eh bien, vous savez, je crois que oui. Je ne le jurerais pas parce que, la nuit, les bruits ont une curieuse tendance à se déplacer. On n'est jamais sûr de leur origine. Mais j'allais m'endormir quand j'ai entendu une voiture. Je suis presque sûr que c'était à côté. Et puis une porte a claqué.

— Une portière de voiture ?

Cubby hésita.

— Je ne le jurerais pas. Le bruit était... étouffé. Je crois que la voiture devait être déjà au garage. Il était resté ouvert, je pense, vu la hâte avec laquelle il était parti.

— Ce n'était pas la porte d'entrée ?

— Je ne crois pas. Mais, comme je l'ai dit, j'allais m'endormir alors je n'en suis pas vraiment sûr. La cuisine ouvre directement sur le garage. C'est peut-être celle-là que j'ai entendue.

— Vous avez perçu des voix ?

— Non.

— Ou la porte du garage se fermer ?

— Cela oui.

— Vous en êtes sûr ?

— Absolument. Elle fait un bruit sifflant particulier. Un de ces bruits de télécommande de radar.

— Et vous pouvez nous donner une heure, monsieur ? demanda le sergent Troy.

— Voyons, j'ai fait ma toilette à dix heures et demie, je me suis préparé du cacao et j'ai lu un peu en le buvant. Puis j'ai dit mes prières et je me suis couché. Alors je dirais que c'était entre onze heures et onze heures et demie. Je m'endors très rapidement d'habitude.

Comme de juste, songea l'inspecteur, considérant le mode de vie doux et inoffensif de cet adorable vieux monsieur et le comparant au maelström dans lequel il était obligé de vivre. Pas étonnant que lui-même mette du temps à s'endormir, et encore, grâce à deux Mogadons ou à une lampée d'alcool fort.

— Alors, vous n'avez rien entendu d'autre provenant des Rossignols après ça, monsieur ? La sonnerie de la porte, par exemple ?

C'eût été trop beau, bien sûr. N'empêche, c'était intéressant. Hollingsworth qui, selon tous les témoignages, n'avait pas quitté une seule fois la maison depuis la disparition de sa femme, s'était absenté pendant environ trois heures, la nuit de sa mort. Et on pouvait maintenant affiner l'heure du décès, car l'homme n'avait pas été tué rapidement ni violemment dès qu'il était rentré chez lui. Il avait dû y avoir une conversation, des verres proposés, des verres servis. On ne l'avait certainement pas forcé à avaler tous ces trucs. Il avait dû rester à bavarder avec quelqu'un qu'il n'avait pas de raison de craindre, même s'il ne lui faisait pas confiance.

Bien sûr les déclarations de Dawlish ne pourraient être utilisées comme preuve. N'importe qui aurait pu sortir et revenir en voiture. N'importe qui aurait pu fermer la porte du garage. Mais, pour le moment, et parce que c'était tout ce qu'il avait, Barnaby préféra croire à l'évidence. Et, après tout, l'évidence se révélait si souvent être la vérité.

Le sergent Troy demanda à Mme Molfrey si elle pouvait confirmer les déclarations de M. Dawlish.

— Hélas, non. Je regardais la télévision, Taggart, à vrai dire. Je ne peux pas supporter le suspense entre deux épisodes, alors Cubby m'en enregistre trois de suite, comme ça je peux me prélasser devant.

Une fois son histoire dite, Cubby fut expédié aux rafraîchissements. Barnaby reporta son attention sur Mme Molfrey qui le regardait avec le plus vif intérêt. Aujourd'hui, son teint était du rose vif d'un loukoum. Ses yeux sombres brillaient. Il décida, comme il était sur les lieux, pour ainsi dire, de lui rappeler leur précédente conversation.

— Nous allons interroger votre coiffeuse, aujourd'hui, madame. À propos de son rendez-vous avec Mme Hollingsworth. Et aussi la fille qui fait le ménage chez vous.

— Heather ? Vous la trouverez dans un pavillon municipal, derrière l'hôtellerie, expliqua Mme Molfrey. Avec son petit ami et des enfants de toutes les tailles. Il joue du Harley Davidson.

Troy s'arrêta d'écrire et regarda Mme Molfrey avec ahurissement, bouche bée.

— C'est une guitare, expliqua Cubby qui revenait de la cuisine.

— Mais le sergent le sait très bien, s'écria-t-elle. Du jeune sang, comme lui !

La bouilloire se mit à bouillonner et à cracher. Cubby se précipita.

— C'est un écervelé, dit Mme Molfrey. Je suis si contente que vous preniez au sérieux la disparition de Simone, inspecteur. Les voisins trouvaient que j'avais dépassé les bornes en venant vous voir. Mais c'est le genre à ne pas bouger, même s'il y a le feu. Tout plutôt que de se faire remarquer.

Elle ne mentionna pas Brenda. Cela voulait-il dire que la fille des Brockley était revenue ? Ou simplement que Mme Molfrey ignorait tout de son absence ? Dans un cas comme dans l'autre, Barnaby ne jugea pas nécessaire de commenter, connaissant le désir désespéré des voisins de garder le secret.

— Je ne peux m'empêcher de me demander si la mort d'Alan a un rapport avec la disparition de sa femme. Vous avez gambergé là-dessus, inspecteur ? Ou bien vous attendez les résultats de l'autopsie ?

Ils sont drôles, ces mordus du crime ! Troy rattrapa son carnet qui tombait de ses genoux. Il était enchanté d'avoir de nouveau affaire à cette vieille timbrée et ne pouvait la quitter des yeux. Elle était pour lui un personnage magique de pantomime ou de conte de fées. Il devait y avoir un chat noir, quelque part. Et l'un de ces manches à balai avec des brindilles fixées dessus. Troy se réjouissait à la perspective de décrire Elfrida Molfrey à sa fille, en la mettant au lit. Du coup, il inventa la première phrase : « Il était une fois, au milieu d'un bois noir, une chaumière toute de guingois… »

— N'oubliez pas les noix de pécan et les miam-miam à la confiture d'oranges, cria Mme Molfrey.

— Et allons-y, répondit Cubby.

Mme Molfrey tendit la main et tira vers elle une table roulante à deux étages. Sur le plateau du bas se trouvait un face-à-main en écaille et or, du papier à lettres et des enveloppes, une boîte à cigares avec des crayons et des plumes, un pot de colle et des ciseaux, de l'eau minérale, un verre et un exemplaire du jour du *Times*. Il y avait aussi une bande de carton blanc plié, comme la barre de Toblerone sur le bureau d'un banquier, sur laquelle était inscrit son nom, d'une ravissante écriture ronde.

— C'est pour me rappeler qui je suis, expliqua Mme Molfrey, en remarquant le coup d'œil étonné de Barnaby. On l'oublie si facilement, vous ne trouvez pas ?

Cubby entra avec un plateau chargé. Il s'occupa d'abord d'Elfrida. Approchant la table roulante de ses genoux, il déroula une serviette richement brodée et disposa sa tasse et une assiette à gâteau avec une petite fourchette en argent et un vase en cristal, à peine plus grand qu'un coquetier, qui contenait un brin d'asparagus et trois boutons de roses jaune pâle.

Troy passa le quart d'heure suivant à essayer de séparer ses mâchoires, collées par ce machin délicieux, tout en évitant les noix extrêmement coriaces. Il but une gorgée de thé puis poussa sa tasse du talon sous la méridienne. Barnaby interrogea en douceur Cubby et Elfrida sur la vie et le comportement de leurs voisins les plus proches. Il leur demanda s'ils avaient déjà entendu des échos d'une dispute sérieuse.

— Du boucan ? questionna Mme Molfrey. Jamais de la vie ! Et vous, mon ange ?

— Pas du tout, dit Cubby.

— A-t-elle jamais laissé entendre qu'elle était malheureuse quand elle vous parlait ?

— Jamais. *L'ennui* [1], mais on pouvait s'y attendre. Enfermée comme ça dans cette maison lugubre, de mauvais goût.

— On dirait qu'il n'avait pas confiance en elle.

Les mots avaient été prononcés d'une voix incertaine, mais avec beaucoup de compréhension et de sympathie. Troy n'avait aucune confiance dans les femmes. Ni dans les hommes, d'ailleurs. Il n'avait pas une conception très reluisante de la nature humaine. Et la nature humaine, comme on pouvait s'y attendre, n'avait pas de lui une conception très reluisante non plus.

— Je crois, dit Cubby, qu'Alan n'était pas du tout sûr de lui. Après tout, la plupart des gens mariés fréquentent des personnes du sexe opposé sans pour autant s'enfuir avec elles.

En parlant, Cubby regardait Elfrida avec une expression calme et confiante, certain que, même si un flot de

1. En français dans le texte.

beaux galants tonitruants défilaient dans son jardin, elle n'en admettrait pas un seul.

À la surprise de Barnaby, plutôt que d'accueillir cette insinuation grotesque avec un immense éclat de rire, Elfrida leva la main droite, qui miroitait de bagues magnifiques, baissa ses paupières gaufrées, violettes, et inclina la tête en signe d'acceptation avec une grâce pleine d'élégance.

Les deux policiers se regardèrent. Troy cligna de l'œil d'un air incrédule et ravi. Barnaby resta un moment à admirer ce culot incroyable avant de ramener la conversation sur le sujet qui l'intéressait.

— Mme Hollingsworth a-t-elle jamais fait allusion à la violence de son mari ?

— Alan ? C'est absurde !

— Tout à fait impossible, dit Cubby. Il l'adorait.

Barnaby prit cela non avec un grain mais avec une tonne de sel. Il avait assisté à trop de disputes conjugales, où le mari avait adoré sa femme avant de la mettre KO, parfois définitivement. Il revint à un aspect plus terre à terre en demandant si les Hollingsworth avaient des problèmes avec leur téléphone.

— Simone ne nous en a jamais parlé.

Pendant un moment, tout le monde mangea et but de bon cœur. Les chaussettes de Cubby, ornées de magnifiques reprises, étaient bien visibles dans ses sandales en cuir et Barnaby se demanda s'il les raccommodait lui-même. Il finit son thé et son gâteau.

— Madame, quand nous sommes arrivés, vous avez mentionné que vous aviez aussi quelque chose à nous dire mais que cela vous était sorti de l'esprit. Vous souvenez-vous de ce que c'était ?

— Malheureusement, non, inspecteur. Je peux vous dire que cela concernait un bruit. Un bruit inattendu ou anormal. Ou peut-être une absence de bruit là où l'on en aurait attendu un. Je ne voudrais pas m'attarder là-dessus, vous voyez, mais cela s'est passé le jour de la disparition de Simone.

— Eh bien, si cela vous revient, peut-être pourrez-vous me le faire savoir. (Barnaby retira une carte de visite de son portefeuille et la lui tendit.) C'est ma ligne directe.

— Ohhh, merci, dit Mme Molfrey, aux anges. Soyez assuré que je n'abuserai pas de ce privilège.

Elle examina le bristol avec une loupe. Troy ne pigeait pas. À croire que le chef cherchait les ennuis. La vieille bique allait sans arrêt être pendue au bigophone.

Cubby se leva pour les raccompagner, on entendit un claquement sec d'os. Barnaby supposa qu'il s'agissait d'une articulation usée qui lâchait jusqu'à ce qu'il vît son sergent grimacer en se frottant la mâchoire.

En se retournant pour prendre congé, l'inspecteur remarqua sur le mur derrière lui une grande photographie sépia de l'une des plus ravissantes créatures qu'il eût vues de toute sa vie. Une jeune fille d'environ dix-huit ans, dont les traits parfaits étaient éclairés par une expression adorable. Une grande masse de cheveux bruns relevés avec des rangs de perles. D'immenses yeux rêveurs. Son cou mince émergeait de nuages de tulle piqué çà et là de gardénias et ses petites mains exquises étaient croisées sur sa poitrine. Plusieurs affiches de théâtre entouraient la photo.

Bien qu'il n'y eût plus l'ombre d'une ressemblance entre cette beauté divine et la vieille dame flétrie dans son fauteuil à oreilles, Barnaby sut immédiatement qu'il s'agissait d'une seule et même personne. Et il se demanda comment Mme Molfrey pouvait supporter d'avoir en permanence sous les yeux une si cruelle comparaison.

— Vous savez qui elle est, bien sûr ? dit timidement Cubby tandis qu'ils descendaient l'allée de briques usées.

— Malheureusement non, admit l'inspecteur.

— Elsie Romano. (Puis, comme Barnaby paraissait intrigué :) Une étoile du théâtre edwardien. Et l'une des grandes beautés de ce siècle, et des autres.

Troy, qui fermait la marche, fit un nouveau clin d'œil en se tapotant le front avec insistance.

— Elle était la coqueluche de l'Ivy et du Trocadéro. Et du Café d'Angleterre. Quand Jack et elle allaient danser là-bas, après le spectacle, les gens grimpaient sur les banquettes et même sur les tables pour tenter de l'apercevoir.

— C'est vrai, monsieur ?

Barnaby, né en 1941, trois ans après que le Café d'Angleterre eut été bombardé, ne trouva rien d'autre à dire.

— Alors vous voyez à quel point je suis privilégié. Un type ordinaire, qui n'est jamais allé nulle part, qui n'a jamais rien fait. Et pourtant, je suis ici, pratiquement à la fin de ma vie, avec cet… honneur soudain, si l'on peut dire. Cette occasion de m'occuper de la plus rare, de la plus adorable…

Fort ému, Cubby pressa son mouchoir rouge et blanc sur ses yeux remplis de larmes.

Troy, la tête tournée, les épaules contractées, ouvrit le portail.

— Si vous savez vous y prendre, je suis sûr qu'Elfrida vous montrera la photo d'elle et de Jack sur les marches de la Gaîté.

— C'était son mari, Jack ?

— Grands dieux, non ! (Avec courtoisie, Cubby essaya de dissimuler son étonnement devant pareille ignorance.) Jack, c'était Jack Buchanan.

Barnaby voulait ensuite rendre visite aux Brockley. Non seulement pour savoir si Brenda était revenue mais aussi parce que, comme les autres habitants du cul-de-sac, ils étaient bien placés pour confirmer la déclaration de Cubby. En effet, s'étant couchés tard et guettant sans aucun doute avec angoisse les phares de la voiture de leur fille, ils pourraient peut-être même la compléter.

Mais, alors qu'ils approchaient des Mélèzes, Perrot arriva en courant à leur rencontre. Il criait : « Monsieur ! Monsieur ! »

— Qu'y a-t-il ? Que se passe-t-il ?

— M. Marine m'a dit de vous dire qu'on l'avait trouvée !

— Trouvé qui ?

— Eh bien, Mme Hollingsworth, monsieur.

*
* *

— J'avais oublié que tu étais un petit farceur, Aubrey.

Barnaby, dont le cœur s'était mis à battre la chamade quand il s'était précipité dans l'allée, le long de la maison et enfin dans le jardin de derrière, retrouvait peu à peu son calme.

— Désolé, dit Aubrey Marine. J'ai toujours eu un faible pour le drame, malheureusement. Je ne peux pas m'en empêcher.

Barnaby s'était effondré sur une chaise dans le patio à quelques mètres d'un petit tas de terre. Il épongeait son visage écarlate avec un mouchoir et faisait un drôle de bruit. Mi-halètement, mi-grognement.

— Ça va, Tom ?

— Non, merci à toi.

— J'aurais dû dire un fac-similé acceptable de Mme H. Bien qu'« acceptable » ne soit pas tout à fait le mot juste, comme tu vas le constater. (Il se dirigea vers les portes-fenêtres qui étaient grandes ouvertes.) Viens voir.

Toute l'équipe des techniciens était là dans le salon, ainsi que le sergent Troy. Ils s'étaient rassemblés autour d'une table sur laquelle étaient posés un sac couvert de terre et un petit dossier semi-transparent. Aubrey, qui avait gardé ses gants, l'ouvrit et, avec une pince à épiler, en sortit ce qui ressemblait à une photo Polaroid. Il la déposa sur la table. Barnaby se pencha pour l'examiner de plus près.

C'était la femme du portrait de mariage. Reconnaissable, même sans son maquillage et malgré l'expression de son visage, pitoyable à l'extrême. Ses traits étaient déformés ; les lèvres si serrées que la courbe voluptueuse avait complètement disparu. Son teint était livide mais cela pouvait être dû, se dit Barnaby, à la dureté de la lumière du flash. Elle portait sur sa poitrine un exemplaire de l'*Evening Standard* daté du jeudi 6 juin.

L'inspecteur allait ouvrir la bouche quand Aubrey leva la main en disant simplement :

— Attends.

Malgré la chemise, il semblait que l'humidité eût abîmé le contenu du sac en plastique. Aubrey glissa la pince sous le coin gauche de la photo, et la décolla. Il y en avait une autre en dessous.

Maintenant, les yeux, plus sombres et élargis, étaient rouges et gonflés par les larmes. Il y avait des ombres, comme des bleus, sur son front et sous la mâchoire. La main qui serrait le journal était crasseuse et comme tachée. La date était cette fois le 7 juin.

La dernière était la pire. La jolie bouche de Mme Hollingsworth était en bouillie. La lèvre inférieure paraissait fendue et elle avait du sang séché sur le menton et sur le cou. Un coup brutal avait marqué la pommette droite et l'œil droit était au beurre noir. Elle n'avait plus l'air effrayée. Elle était assise, tête baissée, sans expression. Battue, dans tous les sens du mot. Ses cheveux avaient été sauvagement coupés et, en un ou deux endroits, on voyait la peau du crâne, comme si on les lui avait arrachés. Une grosse boule de papier journal était enfoncée dans sa bouche. Son chemisier était déchiré et une page complète du *Sun* daté du samedi 8 juin était épinglée sur son soutien-gorge.

Troy dit :

— *Mon Dieu !*

Barnaby ne pouvait détacher les yeux des photos étalées devant lui, témoignant de la progression des souffrances subies. Inévitablement, étant donné ses longues années dans la police, il avait vu bien pire et l'émotion qu'il ressentait n'était pas seulement faite de pitié ou de répulsion. Une certaine jubilation s'y mêlait, devant le tour inattendu et dramatique que venait de prendre l'affaire. Il avait depuis longtemps accepté cette composante de sa personnalité, cette excitation, même devant l'angoisse d'autrui, que le boulot semblait encourager, sinon exiger. Voilà des années qu'il se reprochait son inhumanité.

— Un vrai sac de nœuds, chef, dit le sergent Troy, qui avait toujours le mot pour rire.

Barnaby, dont l'esprit bouillonnait de nouvelles hypothèses, ne répondit pas. Avec la pince à épiler, il retournait les photos et en examinait le dos, qui ne révélait que des taches d'humidité.

— Des enveloppes ?

— Je ne me rappelle pas en avoir vu mais on va encore regarder.

— Fais ton possible. (Avec un examen de salive, ils pourraient avancer.) Pas fameux, le choix du papier peint !

Celui-ci était à fines rayures, semé de dessins mièvres de petits chiens qui faisaient leurs besoins de mille façons espiègles et ingénieuses.

— On le voyait partout, ce papier peint, dit Aubrey. Il y a quelques années.

— Tu peux t'en occuper en priorité, s'il te plaît ?

— OK. (Aubrey lâcha le sac dans une grande pochette transparente étiquetée.) Pourquoi crois-tu qu'il a enterré ça ?

— Il ne pouvait pas supporter de garder ces photos dans la maison ? suggéra Barnaby en haussant les épaules.

— Alors pourquoi ne pas les brûler, tout simplement ? Ou les flanquer à la poubelle ?

— Parce que, une fois qu'il leur avait donné ce qu'ils voulaient, et s'ils ne livraient pas la marchandise, il n'avait que ça comme preuve pour prévenir la police.

— Alors, c'est un chantage ?

— On dirait.

— C'est un peu juste pour le temps, non, chef ? demanda le sergent Troy. Je ne parle pas des photos. S'ils l'ont pincée le jeudi après-midi, ils ont très bien pu la photographier le soir même. Mais les poster ?

— Un peu juste, oui.

— Après tout, les trois devaient être là lundi, dernier carat. C'est risqué, même en les envoyant en courrier rapide.

— La poste a un service spécial qui garantit la distribution le lendemain, dit Aubrey. Pour seulement deux livres mais il faut remplir un formulaire. Ce que ces gens n'avaient sûrement pas envie de faire. Bien sûr, on a pu les déposer directement dans la boîte aux lettres.

— Merde ! dit le sergent Troy. C'est un peu risqué, non ?

— Pas nécessairement. Au milieu de la nuit. Tout le monde dort.

Après avoir demandé à Barnaby s'il en avait fini avec les photos pour le moment, Aubrey Marine les remit dans leur fourreau de plastique.

— Je dois dire que cela éclaire d'un jour nouveau la visite de Perrot. (Barnaby fit quelques pas et franchit les portes-fenêtres.) Pas étonnant que Hollingsworth ait eu hâte qu'il s'en aille.

— Ça explique aussi pourquoi il l'a flanqué à la porte, chef, dit Troy. La première chose qu'ils font, ces salauds, c'est menacer de tuer leur victime si on prévient la police. Vous savez quoi ? ajouta-t-il.

Barnaby poussa un grognement qui n'était pas un encouragement aux confidences.

— J'estime que c'est la preuve qu'il s'est suicidé. Il a payé la rançon, c'est pour ça qu'il est parti comme un fou lundi soir, puis ils l'ont contacté et lui ont dit qu'ils l'avaient liquidée. Plus aucune raison de vivre, donc il fait sa petite affaire. Qu'en pensez-vous ?

Barnaby pensait que cela allait complètement à l'encontre de son instinct le plus profond sur cette affaire et que cela paraissait très vraisemblable, en effet. Il n'avait aucun désir de s'attarder sur une idée aussi exaspérante, et il l'étouffa en songeant que, avec un kidnapping et peut-être un cadavre à rechercher, il allait être en mesure de former une équipe décente et d'établir un budget réaliste.

Perrot, de nouveau de garde dans l'allée, rassembla tout son courage quand il aperçut les deux hommes. Mais Troy se contenta, cette fois, d'un geste grossier avec le pouce et l'index et d'un « Branleur ! » discret.

Barnaby jeta un coup d'œil vers la maison des Brockley. Le caniche était à son poste, derrière la fenêtre, debout sur ses pattes postérieures. Derrière le chien se tenait Iris, livide et immobile. Bien qu'elle aussi eût le regard dirigé vers le monde extérieur, son attitude était plutôt celle d'une aveugle : sur le qui-vive et ne saisissant qu'en partie ce qui l'entourait. Elle lui parut profondément perdue et beaucoup plus petite que quand il l'avait vue la dernière fois.

Il était presque sept heures. L'inspecteur répugnait fortement à rajouter du malheur à sa journée, qui en était déjà bien remplie. Quelqu'un d'autre pouvait aller parler à la famille. Il en avait assez fait.

— Oh, constable.

— Monsieur ?

Le constable Perrot, aussi droit qu'un soldat de la Garde, se raidit encore davantage, de tous ses muscles.

— Tout le courrier des Rossignols, sur mon bureau. Pigé ?

— Je l'apporterai personnellement, inspecteur. En moto.

— Pas la peine de s'affoler, Perrot.

— Très bien, monsieur.

Colin Perrot regarda les deux policiers s'éloigner. Ses épaules se relâchèrent un peu. Il fit les cent pas sur le talus herbeux pendant un moment puis se faufila entre les grilles noir et or et arpenta l'allée de gravier. Il resta sur le perron un petit moment. Présence de la police.

Il n'y eut pas grand monde pour assister au départ des techniciens de l'IJ, peu de temps après. Perrot consulta sa montre : sept heures et demie. Voilà qui expliquait tout. Il en fallait plus qu'une poignée d'enquêteurs en civil pour empêcher Fawcett Green de regarder *EastEnders* [1].

Perrot soupira et se demanda, puisqu'il était hors de vue du moindre gradé, s'il pouvait apporter une des chaises du patio devant la maison et s'asseoir un peu. Cela faisait maintenant neuf heures qu'il était en service, il avait mal au dos et aux pieds.

Pourtant, ces heures supplémentaires l'arrangeaient bien. C'était l'anniversaire de son fils le mois prochain et Robby voulait un vélo tout terrain. Le garçon avait déjà plus ou moins accepté l'idée que le vélo serait d'occasion ;

---

1. *EastEnders :* série télévisée britannique très populaire, mettant en scène des ouvriers qui vivent dans l'East End de Londres. La série traite de problèmes sociaux sur le mode réaliste. (*N.d.T.*)

même astiqué et fourbi par son papa. Mais ce serait bien de lui faire la surprise d'un neuf.

Perrot flânait à l'arrière de la maison, en se disant que l'endroit nécessitait autant de surveillance que le reste. Plus, probablement, puisqu'il était dissimulé aux yeux du public.

Le jardin était très calme et silencieux, les buissons et les arbres baignés d'une lumière d'or pâle. Les seuls bruits venaient de quelques abeilles qui butinaient des fleurs soumises, de grenouilles qui sautaient dans la mare et d'un chien qui aboyait, au loin.

Perrot s'assit dans le hamac aux marguerites et savoura le silence. Il respirait lentement et profondément, humant les fragrances musquées de l'air. Il semblait impossible que ce lieu ait tout récemment bourdonné de gens acharnés à extraire de sordides indices de cette terre si parfumée.

Peu à peu, dans l'air tiède, la fierté blessée de Perrot commença à cicatriser. Il avait été piqué au vif par la façon si méprisante dont l'inspecteur l'avait congédié, au commissariat de Causton. Mais au-delà de la honte qu'il ressentait pour avoir manqué d'intelligence et de rapidité, planait une crainte plus sérieuse. Il était hanté par ces mots : « Depuis trop longtemps dans votre cambrousse. »

Perrot était un homme de la campagne. Si on le transplantait, il se ratatinerait et mourrait. Pas en vrai, bien sûr. Trixie lui dirait de ne pas se montrer aussi stupide. Tout irait bien, avait-elle affirmé quand il lui avait fait part de ses inquiétudes. Du moment qu'ils étaient ensemble.

Mais ce n'était pas si simple. Les lieux, ça change les gens. Perrot était parti plusieurs fois en mission et les quelques flics de la ville qu'il avait rencontrés... enfin ! La façon dont ils se parlaient, leur attitude envers le public. Ça, c'était du cynisme ! On aurait dit qu'ils étaient en guerre, la plupart du temps. Les mots « sur la brèche » étaient prononcés à tout bout de champ. Perrot ne s'était pas senti vraiment dans le coup.

Il n'avait même pas essayé de parler de son travail, anticipant le mépris avec lequel ses paroles seraient presque certainement accueillies. Les trois villages dont il s'occupait n'intéressaient personne. Ni les enfants turbulents, y compris le sien propre, qui s'échappaient à grands cris de l'école primaire toute neuve, à trois heures et demie, cramponnés à leurs œuvres en papier mâché ou à leurs barbouillages exubérants. Ni les personnes âgées angoissées, soulagées de l'entendre frapper à la porte. Ses activités de loisir, le terrain de foot et la surveillance des épreuves de sélection des Jeunes Cyclistes, il ne les avait pas davantage mentionnées.

Naturellement, le travail comportait des inconvénients. Des cambriolages, un cas de maltraitance d'enfant (découvert et réglé rapidement dans une petite communauté), des bagarres d'ivrognes, des disputes conjugales. Mais honnêtement, ce n'était pas ce qu'on pourrait appeler être « sur la brèche ». Néanmoins, personne ne pourrait convaincre le constable de l'inanité de ses devoirs quotidiens. Certainement pas ce minable de sergent, ce rouquin venimeux et grossier. Quand Perrot avait raconté à sa femme le mauvais tour qu'il lui avait joué, elle avait eu du mal à y croire. Elle avait essayé de suggérer à son mari qu'il avait peut-être mal compris. Personne ne pouvait faire preuve d'une méchanceté aussi délibérée. Perrot avait alors affirmé que, s'il était transféré à Causton, il quitterait la police.

Il se pencha en arrière, ferma les yeux et essaya de chasser ces pensées. Pas la peine de s'en faire à l'avance. Si ça se trouvait, l'inspecteur avait déjà oublié. Et si lui, Perrot, restait vif, alerte, qu'il ouvrait l'œil et le bon, la hiérarchie ne se souviendrait même pas qu'il avait pu en être autrement.

C'était comme ça qu'il fallait agir. Perrot installa un coussin pour être plus à l'aise et leva les jambes. Un quart d'heure s'écoula dans l'agréable contemplation d'une clématite, des poteries chinoises et du barbecue de Hollingsworth. Le ciel était strié de lavande et de jaune pâle, le soir descendait.

Ce qui serait vraiment bien, songeait Perrot, qui désormais remarquait à peine les grenouilles, ce qui serait vraiment parfait, ce serait de découvrir un indice important, ou de surprendre quelqu'un, quelqu'un de totalement inattendu, dans une situation compromettante… qui éclaircirait l'enquête… qui résoudrait… une conclusion… réussie… si impressionnés… nous tous ici… bravo, constable… pas question maintenant de…

Perrot dormait.

6

Une femme qui paraît avoir quitté son mari, et ledit mari qui, suite à cela, se suicide, c'est une chose. Un kidnapping contre rançon et des mauvais traitements infligés à la victime, c'en est une autre. À l'heure du déjeuner, le lendemain, était ouverte l'enquête officielle sur la disparition de Simone Hollingsworth.

L'inspecteur Barnaby s'était vu attribuer une équipe trop restreinte à son goût, ce qui n'était pas nouveau. Il avait fait un briefing aussi détaillé que possible puis avait laissé les policiers vaquer à leurs affaires. On allait interroger tous les habitants de Fawcett Green sur le mort et sa femme disparue, pour tâcher de se faire une idée générale sur le couple et son mode de vie.

La police espérait trouver quelqu'un sur le marché qui aurait remarqué les faits et gestes de Simone après sa descente de bus. Quelqu'un lui avait peut-être parlé pendant le trajet. On vérifierait aussi si l'on n'avait pas aperçu de véhicules étrangers au village la nuit de la mort d'Alan.

Barnaby fit envoyer un fax à toutes les agences immobilières dans un rayon d'une quinzaine de kilomètres autour de Causton, demandant des renseignements sur toute propriété louée depuis ces deux derniers mois ; ceci incluait les boutiques, les bureaux et même les garages. Il demandait aussi une liste des propriétés inoccupées. Il était peu vraisemblable que le ravisseur se soit lui-même présenté à une agence immobilière, ait signé un contrat et libellé un chèque. Mais on ne pouvait en exclure l'éventualité. Après tout, Simone devait bien être cachée quelque part.

L'équipe comprenait le sergent Brierley que Barnaby avait choisi spécialement pour rendre visite aux Brockley. Elle était sensible, intelligente et capable de remarquer des choses qu'un enquêteur plus terre à terre pourrait négliger.

Trois membres de l'équipe restèrent au poste pour essayer d'étoffer les informations qu'on possédait déjà sur Alan et Simone Hollingsworth, notamment en recherchant leurs ex. Le fait que le premier mari de Simone ait été décrit comme un vaurien semblait déjà encourageant. Avait-il un rapport avec ce club, qualifié par Avis Jennings d'un peu « Soho », où Simone avait travaillé ?

L'inspecteur avait d'abord songé à amener Gray Patterson au poste pour un interrogatoire plus détaillé. Il ne faisait aucun doute que le kidnapping de Mme Hollingsworth et la rançon probable devaient constituer pour lui une douce vengeance. Non seulement cela pouvait lui procurer une compensation pour le vol dont il avait été victime mais aussi le plaisir de savoir que le responsable avait enduré mille morts, dans les vapeurs de l'alcool et les affres de l'inquiétude. On ne pouvait faire mieux dans le genre : la vengeance est un plat qui se mange froid.

Mais, en y réfléchissant, il avait décidé de retarder un peu son entrevue avec l'ancien collègue de Hollingsworth jusqu'à ce qu'on ait reçu les résultats de comparaison d'empreintes du labo. Résultats promis pour le milieu de l'après-midi, pendant qu'il interrogerait Freddie Blakeley, le directeur de la banque de Penstemon. Barnaby espérait en apprendre davantage sur les affaires financières de la société et sur la façon dont avait été réuni l'argent de la rançon.

L'enquête judiciaire préliminaire, ouverte pour statuer sur la mort d'Alan Hollingsworth, avait été suspendue, dans l'attente d'une investigation complémentaire de la police. Le corps avait été formellement identifié par Ted Burbage. L'avocate de Hollingsworth, Jill Gamble, avait fourni l'adresse et le numéro de téléphone du frère du défunt et le commissariat central d'Aberdeen avait dépêché quelqu'un pour annoncer la nouvelle.

Le rapport d'autopsie n'ajoutait rien de bien nouveau au coup de téléphone de George Bullard. Barnaby, en l'épluchant, sentit son attention flotter et envoya son sous-fifre lui chercher une dose de caféine.

— Et pas de ce truc fade qui mijote depuis...

Barnaby était distrait. Il se tenait près de la fenêtre et il remarqua un coursier du labo de police scientifique qui traversait la cour en direction du bâtiment principal.

— Depuis la virginité de Madonna?

— Quoi?

— « *In love for the very first time* », croassa le sergent Troy.

La musique, pour lui, c'était de l'hébreu.

— *Frais*.

Quand le sergent revint avec deux tasses d'excellent café brésilien, Barnaby était déjà plongé dans le rapport de l'IJ, extrayant de la masse d'informations ce qui lui semblait immédiatement exploitable. Le rapport concernait les Rossignols et son contenu ainsi que les photos enterrées. Pour le jardin, le garage, la voiture et les vêtements de Hollingsworth, les comptes rendus arriveraient au fur et à mesure, dans les jours prochains.

Comme il fallait s'y attendre, il y avait plusieurs empreintes non identifiées. Quelques-unes appartenaient sans doute à Simone. D'autres à Perrot et au pasteur. Sur le clavier de l'ordinateur, où étaient écrits les derniers mots du mort, on n'avait trouvé que les empreintes de Hollingsworth.

Barnaby n'en fut pas découragé pour autant car d'autres méthodes pour inscrire le message à l'écran avaient été envisagées. Dont l'introduction d'une disquette dans l'ordinateur. Ou un changement de clavier: il y en avait deux autres dans la pièce. Ou la protection de celui qui avait été utilisé grâce à une mince feuille de plastique, comme celles utilisées dans les boutiques pour protéger les caisses.

Le rapport sur les photos de Simone et la chemise de plastique les contenant révélait qu'il y avait plusieurs points minuscules de pression dans le coin droit des

Polaroid, signe qu'elles avaient été manipulées par plusieurs pinces à épiler. Les seules empreintes relevées étaient celles d'Alan. De même pour le verre trouvé sur le tapis.

Le verre contenait des traces d'Halopéridol, comme s'y attendait Barnaby. On avait mélangé la drogue dans le verre – pas de traces dans la bouteille – avec le whisky et on avait tendu probablement le tout à la victime, sans laisser la moindre trace.

Mais comment avait-on versé la poudre ? Par un tour de passe-passe téméraire, pendant que le préparateur tournait le dos ? Ou dans une autre pièce, le verre alors posé sur un plateau et offert directement à la victime ?

Il était aussi possible que le meurtrier ait essuyé le verre après que Hollingsworth avait sombré dans l'inconscience puis qu'il ait tout simplement pressé dessus les doigts de la victime. Ce qui n'est jamais aussi satisfaisant que les amateurs semblent le croire. Presque toujours désireux de faire bonne impression (façon de parler), ils y mettent trop de force et il en résulte des empreintes anormalement égales.

Barnaby ferma les yeux et s'imagina dans le salon des Hollingsworth à onze heures, le lundi soir. Il faisait souvent ce genre de chose et y réussissait plutôt bien. Et, comme son imagination était vive mais dénuée d'originalité, il était capable d'éviter les scénarios débridés qu'un esprit plus créatif n'aurait pas manqué d'inventer.

Voilà la pièce, avec son affreuse odeur de renfermé, les rideaux tirés. Et voilà Alan qui rentre – Barnaby entendit le claquement de la portière – après avoir déposé la rançon. Que lui avaient-ils dit ? Un de ces vieux bobards mille fois rabâchés, peut-être. Qu'elle l'attendait à la maison. Auquel cas il avait parcouru toute la maison vide, de haut en bas, visité toutes les pièces, en l'appelant Simone ! Simone !

Pauvre type !

Mais... et si Les Rossignols n'avaient pas été vides, après tout ? Peut-être le meurtrier était-il déjà *in situ* ? Ou était-il – il ou elle – entré subrepticement, à l'insu de

Hollingsworth ? Barnaby jugea cette dernière hypothèse assez improbable. S'il s'agissait de quelqu'un en compagnie duquel le mort était prêt à boire un verre, une approche aussi furtive aurait été inutile.

Il était tentant d'établir un rapport entre le kidnapping et la mort de Hollingsworth, aussi paradoxal que cela pût paraître au premier abord. Après tout, pourquoi tuer la poule aux œufs d'or ?

Par la raison bien évidente que Hollingsworth était devenu dangereux. Et si, au lieu de s'en aller après avoir déposé l'argent, il s'était attardé pour voir qui venait le chercher ? Peut-être même avait-il essayé de le suivre ? Si on l'avait repéré, sa vie ne valait pas cher. Surtout si, comme Barnaby en avait la forte intuition, Mme Hollingsworth avait déjà été liquidée.

Il feuilletait le rapport de ses doigts épais. Il remarqua qu'il n'y avait pas eu d'effraction. Comme la maison était bien fermée quand on avait retrouvé le corps, cela signifiait soit que l'intrus possédait une clé, soit qu'il avait frappé et qu'on l'avait fait entrer.

Gray Patterson possédait une clé. Jetée, selon lui, mais on pouvait s'y attendre, n'est-ce pas ? Et, même si c'était vrai, Hollingsworth avait pu admettre, dans certaines circonstances, l'homme qu'il avait trahi. Et si Patterson s'était montré sur le perron, en lui racontant une histoire à dormir debout, comme quoi il aurait vu Simone quelque part, dans un bus ou dans un café ? Hautement improbable, étant donné la situation, mais Alan n'aurait sûrement pas raisonné de la même façon. Les hommes désespérés s'accrochent à un fétu de paille.

Et puis il y avait la clé de Simone. Probablement dans son sac quand elle s'était embarquée dans le bus de Causton, elle pouvait se trouver maintenant dans les mains de gens fort peu recommandables.

Barnaby retroussa les poignets humides de ses manches. Toutes ces rêveries, qui lui éclaircissaient les idées à défaut d'être véritablement fécondes, l'avaient amené à une heure. Il prit sa veste de coton froissée, couleur fauve, et quitta le bureau pour se diriger vers la cantine du personnel, pour un déjeuner rapide avant son rendez-vous à Nat West.

Lugubrement soucieux de son poids, l'inspecteur choisit une assiette de carottes râpées, de raisins et d'amandes effilées avec du citron, et deux tranches de dinde fumée. En pressant le citron sur sa salade, il pensa que le seul avantage qu'on pouvait reconnaître à cette chaleur torride, c'était qu'elle anéantissait toute inclination à la gloutonnerie.

Le chat du poste, Craig, se baladait nonchalamment. Une téléphoniste qui déménageait l'avait imposé au commissariat, sous prétexte qu'il était grand chasseur de souris. Il s'était dérobé sans délai à ces pénibles devoirs en s'installant de façon plus ou moins permanente à la cantine. Là, en dépit des gâteries prodiguées par les consommateurs naïfs, et bien qu'il eût doublé de poids en une semaine, il parvenait quand même à donner une impression de faiblesse, due à une fringale désespérée qui faisait fondre les cœurs les plus endurcis. Il aurait fait fortune, comme acteur.

— Va-t'en, ordonna Barnaby, petit salaud de goinfre !

Craig lorgna de cet air maussade et arrogant qu'on voit aux chats quand leurs désirs ne sont pas immédiatement exécutés. L'incrédulité s'inscrivit sur ses traits camards de boxeur. Il tint bon pendant quelque temps puis, la pitance se faisant attendre, il miaula. La sécheresse et l'inanition imminente le firent échouer et il ne produisit qu'un couinement piteux.

Plein de ressentiment, car il savait que l'animal se jouait de lui, Barnaby commençait à lui découper un morceau de viande quand il fut distrait par l'arrivée de son homme à tout faire qui vint s'installer en face de lui avec un plateau chargé.

— Il n'y a pas grand-chose au menu, le lundi, hein, chef ? (Tout en parlant, Troy piqua une grosse saucisse luisante avec sa fourchette et regarda le jus s'en écouler.) Ils n'ont pas encore repris leur rythme, à mon avis.

À part les saucisses, l'assiette contenait une pile branlante de frites, deux œufs sur le plat, un gâchis orange vif de haricots blancs à la sauce tomate, des champignons et des tronçons de boudin.

— Ça ne vous ferait rien d'aller vous asseoir autre part, avec tout ça ?

— Pardon ?

Troy était toujours à l'affût d'un affront, réel ou imaginaire. Et maintenant qu'il en avait essuyé un pour de bon, il paraissait ne pas en croire ses oreilles. En fait, si l'on comparait son expression avec celle du chat, il n'y avait pas un poil de différence. Franchement vexé, il prit son plateau en regardant autour de lui d'un air mal assuré.

— Là-bas, ça ira, fit Barnaby en montrant une chaise derrière lui.

— Cela me va parfaitement, monsieur.

Il était clair, au ton de sa voix, que Troy n'avait pas seulement pris physiquement ses distances. Barnaby esquissa quelque chose qui se rapprochait autant que possible d'un sourire, vu les circonstances en face d'une assiette de crudités et d'un chat minaudier. Derrière lui, les cliquetis métalliques augmentaient en un fougueux crescendo. On se serait cru égaré dans le dernier acte de *Hamlet*. Il y eut une pause assouvie, un dernier cliquetis de couverts qu'on reposait puis un léger grincement tandis qu'on sauçait l'assiette avec un bout de pain.

— Bon, dit Barnaby en se redressant. Allons-y.

— Je n'ai pas fini mon boudin.

— Le boudin, c'est pour les lavettes, sergent.

*
* *

Le National Westminster était dans la Grand-Rue à quelques minutes à pied du commissariat. Révolté par cette dernière estocade, la plus perfide, Troy suivit son supérieur à travers le parking qui mijotait au soleil et ils franchirent les portes principales. Ils furent aussitôt submergés par la puanteur des gaz d'échappement mêlée à l'oignon frit et à la graisse recyclée d'un marchand de hot-dogs.

Troy marchait à grandes enjambées martiales, en exagérant encore son extrême machisme. *Lavette*. Quel culot ! Une remarque comme ça, ça prend trop la tête. En fait, si ce n'était pas une telle injure, ce serait risible. Lui, un homme à la personnalité si masculine, si attirante, qu'il fascine, c'est bien connu, toutes les petites minettes qui passent. Tout en muscles, beau garçon. Solide sur ses deux jambes après dix bières, et père d'un enfant. Femelle, d'accord, mais il avait tout le temps de rectifier ça. Il était jaloux, ce vieux bouffi. Pas possible autrement.

Ils attendirent à un passage pour piétons. Troy sentait la brûlure des pavés à travers les semelles synthétiques de ses mocassins noirs à glands, brillants comme des miroirs. Un vieux bonhomme venait à leur rencontre, portant en sandwich des pancartes lourdes d'instructions bibliques. Troy le regarda d'un air renfrogné. L'homme, mû sans doute par le besoin irritant qu'ont les dévots de faire partager leurs convictions, adressa à Troy un sourire mielleux. Il dit :

— Jésus vous aime.

— Jésus, il aime tout le monde, mon pote, répondit-il hargneusement, bien placé pour reconnaître les gens à l'affectivité mal contrôlée. Alors croyez pas que vous êtes un cas particulier.

La banque était climatisée. Barnaby était aux anges : inondé de sueur, il sentit sécher sa chemise et le tissu se décoller de sa peau.

Freddie Blakeley ne les fit pas attendre. Une fois dans son bureau, il leur indiqua deux sièges d'aspect extrêmement inconfortable, tout en lanières de cuir et en chrome tordu. On aurait dit un harnais destiné à quelque examen médical particulièrement barbare. Ou à de funambulesques polissonneries. Barnaby montra le mandat du juge d'instruction.

Au lieu de l'écarter d'un geste ou de lui accorder un coup d'œil distrait, comme faisaient les gens habituellement, Blakeley, assis derrière son immense bureau de teck, affichait un air de grande solennité, bien décidé, à l'évidence, à consacrer au papier autant de temps qu'il serait nécessaire pour en déceler tous les sens cachés ou en flairer le caractère frauduleux.

Barnaby observa ce comportement avec intérêt tout en enregistrant, dans les moindres détails, l'apparence et les manières de l'homme. Après trente ans de métier, c'était devenu une habitude presque inconsciente. Aujourd'hui, l'examen fut particulièrement gratifiant. Le contraste était frappant entre le bureau bien rangé, les manières gnangnan et l'apparence du banquier. Pour parler tout net, Freddie Blakeley avait l'air d'un gangster.

Il était petit, carré, avec des épaules puissantes et musclées, de belles lèvres épaisses, très sensuelles. La peau rêche, le teint terreux comme s'il n'était jamais exposé à la lumière du jour. Une ombre bleu acier se devinait sur ses bajoues légèrement poudrées. Il portait un costume anthracite à larges rayures crayeuses, une cravate de satin brodée de paons dorés et, cascadant de sa poche de veste, un mouchoir de soie émeraude à motif cachemire.

Désireux de partager le plaisir ressenti devant cet improbable phénomène, Barnaby chercha le regard de Troy qui détourna immédiatement les yeux et les fixa d'un air glacial sur la fenêtre.

Blakeley replia le papier avec soin, le repassa du plat de la main sur son sous-main et parut sur le point de parler. Barnaby se raidit, s'attendant à un grognement rocailleux, napolitain, et à une proposition qu'il n'oserait refuser. Fatalement, il fut déçu.

— Une terrible affaire.

Les Home Counties[1] en blazer, passés au crible d'une raquette de tennis. Le sourire montrait toute la vaine courtoisie du diplomate.

— Terrible, répéta M. Blakeley.

Il regarda les policiers avec dégoût comme si, en s'immisçant dans son établissement sacré, ils l'avaient souillé de leur odeur déplaisante. Et en un sens, c'était vrai. Car un meurtre, ça ne sent pas vraiment la rose.

1. Home Counties : les comtés qui entourent Londres. Les habitants des Home Counties appartiennent généralement à la classe moyenne et ont la réputation d'être conservateurs et assez aisés. (*N.d.T.*)

— Alors, que puis-je faire pour vous ? dit-il enfin, en effleurant ses larges narines poilues de son *mouchoir*[1] insensé.

Barnaby trouva préférable d'aborder par la tangente l'essentiel de cette terrible affaire, en commençant par demander des nouvelles de la santé financière de la société d'Alan Hollingsworth.

Et M. Blakeley répondit en termes très généraux. Devant lui étaient posées plusieurs feuilles de format A4, couvertes de colonnes de chiffres auxquelles il se référa à peine. Bien que sans grosses réserves, Penstemon était solide, apparemment, et tournait bien. Contrairement à la plupart des clients d'affaires, ils n'avaient pas de découvert. Le compte personnel d'Alan Hollingsworth, toujours créditeur, semblait cependant plus fluctuant. Après avoir livré ce semblant d'information, M. Blakeley se referma comme une huître. Manifestement, le flot de renseignements spontanés était tari.

Barnaby posa sans ménagement sa première question directe, relative au différend entre Patterson et Hollingsworth.

— Sérieusement, vous n'attendez pas de ma part des commentaires sur une affaire dont je ne sais pratiquement rien ?

— Ce qui a causé le problème, je crois, c'était le besoin de Hollingsworth de se procurer une importante somme d'argent très rapidement. A-t-il demandé un prêt à la banque ?

— Oui.

— Et vous avez refusé ?

— Oui. L'affaire est petite. Je ne pouvais pas la considérer comme une garantie raisonnable contre une pareille somme.

— Savez-vous s'il a essayé d'emprunter ailleurs ?

— Je n'en ai vraiment aucune idée.

La moue dédaigneuse de M. Blakeley signifiait que cet « ailleurs », en tout cas, était obligatoirement une source de second ordre.

---

1. En français dans le texte.

— Pouvez-vous me dire à quelle date la somme a été créditée ?

Il tendit deux feuillets agrafés. Barnaby repéra immédiatement le paiement de Patellus. Deux cent mille livres, le 18 mars.

— Je m'étonne qu'une somme de cette importance n'ait pas été déposée sur un compte sur livret. Je suppose que Hollingsworth en avait un ?

— En effet. (M. Blakeley fit passer une troisième feuille.) Et normalement, c'est ce qu'on fait. Mais, comme vous allez le voir, l'argent n'est pas resté longtemps.

— Ah oui. Quatre jours, pour être précis. Le délai minimum autorisé. Il en avait un besoin urgent, apparemment. Sauriez-vous par hasard à quel ordre le chèque a été libellé ?

— Je pensais bien que vous voudriez le savoir. (M. Blakeley, en admiration devant sa propre clairvoyance, eut une petite *moue*[1] d'amour-propre. Il jeta un coup d'œil à son bloc-notes.) F.L. Kominsky.

— Je suppose que ce serait trop demander de…

Barnaby était sûr que le nom de la banque était inscrit quelque part sur le bloc-notes mais il faisait volontiers preuve d'une certaine complaisance pour les caprices et les vanités d'autrui. Ce en quoi il différait de Troy qui, tout en montrant une indulgence infinie pour ses propres rêves et aveuglements, expédiait ceux des autres, sans aucun scrupule.

— Cela a été payé à Coutts. Leur succursale de Kensington.

— Merci, monsieur Blakeley.

L'inspecteur examinait maintenant le compte de Hollingsworth. Pour un homme propriétaire d'une société relativement florissante, les sommes restaient plutôt modestes. Il le fit remarquer.

— C'est vrai, approuva Blakeley. C'était un grand dépensier.

---

1. En français dans le texte.

Barnaby, qui repensait à la maison et à la garde-robe de Mme Hollingsworth, ne pouvait qu'acquiescer.

— Maintenant, pour en revenir au présent déplorable et à cette...

Le directeur de la banque adopta sur-le-champ un maintien plein de gravité, en renfonçant sa pochette tapageuse.

— Nous savons que, peu de temps avant sa mort, Hollingsworth a encore essayé de trouver de l'argent.

— Vraiment ?

— En fait, je crois que le dimanche 9 juin, en milieu de matinée, il en a discuté avec vous au téléphone.

— Mon Dieu ! (M. Blakeley parut se décomposer. De toute évidence, il préférait quand c'était lui le maître du jeu.) Vous devez avoir des pouvoirs magiques. Ou son téléphone était sur écoute ?

— On l'a simplement entendu.

— Je vois. Eh bien, la conversation a été très gênante.

Compulsivement ordonné, M. Blakeley aligna ses crayons sur son sous-main avant de marquer une pause gênante, elle aussi.

— Je crois que M. Hollingsworth était extrêmement bouleversé.

— Très, en effet. Il avait téléphoné quelques jours avant...

— Pouvez-vous me donner la date exacte, monsieur ?

— Oui, je peux. (Le directeur de la banque tira vers lui un grand agenda de bureau, l'ouvrit et en lissa la surface parfaitement plate.) Je m'en souviens car un client, qui avait rendez-vous pour un prêt-relais, s'est plaint qu'on l'ait fait attendre.

Le sergent Troy admira l'ordre rigoureux du bureau de M. Blakeley, tout en tournant une page de son propre carnet.

— Nous y voilà, neuf heures et demie, vendredi 7 juin. Il a dit qu'il avait besoin de cinquante mille livres immédiatement, que c'était terriblement urgent. Bien que ce montant, par rapport à l'autre demande, n'ait pas été complètement inenvisageable, j'avais besoin d'un peu de temps pour revoir les affaires de Penstemon. Je lui ai dit que cela pourrait prendre deux jours et qu'il devrait venir pour une entrevue.

— Et qu'a-t-il répondu ?

— Il s'est affolé. Il en est devenu presque... injurieux. (Les joues livides et suifeuses de M. Blakeley s'enflammèrent à cette évocation.) Il a demandé combien de temps cela prendrait et a exprimé un grand désarroi quand je lui ai dit qu'on ne pouvait bâcler ce genre de choses. Malheureusement, sa réaction m'a rendu extrêmement méfiant. Vous trouverez sans doute que ça a l'air très dur, inspecteur.

Barnaby eut un geste vague qui niait un jugement aussi définitif.

— Ce n'est pas avec le cœur, cependant, qu'on s'occupe de l'argent des gens mais avec un esprit calme et rationnel. Plus je restais calme, plus M. Hollingsworth devenait enragé. Il a appelé plusieurs fois dans la journée, en me tenant en gros un discours du même tonneau. Finalement, j'ai dû demander à ma secrétaire de dire que je n'étais pas là. Je me suis occupé comme j'ai pu de cette affaire puis, comme je partais pour le week-end, j'ai quitté tôt le bureau. Ma femme et moi nous rendions à un mariage dans le Surrey où nous avons passé la nuit. Nous sommes rentrés vers onze heures le dimanche matin pour découvrir au moins une dizaine de messages surexcités sur le répondeur. Je l'ai appelé immédiatement.

— C'était l'appel dont on a entendu parler ?

— Oui. Je l'ai assuré que je faisais tout mon possible pour accélérer les choses. Il avait l'air furieux que je ne sois pas resté à mon bureau pour tout arranger. (M. Blakeley eut un reniflement outragé si énergique qu'il en boucha ses narines hirsutes.) Il en était arrivé à un tel point d'hystérie que j'ai frappé un grand coup et que j'ai arrangé le prêt pour le lendemain matin. Alors, vous me croirez si vous voulez, mais il a refusé de venir le chercher. Il disait qu'il était trop malade pour conduire et je dois dire qu'il m'en avait tout l'air.

— Alors, qu'avez-vous fait, monsieur ?

— J'ai mis l'argent – il avait insisté pour des petites coupures, ce qui ne me plaisait pas du tout – dans mon attaché-case, je l'ai fermé et je me suis rendu à Fawcett Green. Tout cela était bien peu orthodoxe.

— Et comment était M. Hollingsworth quand vous êtes arrivé ?

— Très mal en point. Je l'ai à peine reconnu. (M. Blakeley remarqua une fêlure entre les pages A4 et la referma.) Et bien éméché, ce que j'avais déjà observé au téléphone.

— A-t-il fait allusion à la destination de cet argent ?

— Non.

— Vous n'avez pas demandé ?

— De notre point de vue, cela n'avait pas d'intérêt. La société pouvait couvrir largement la dette, si besoin était.

— Mais vous avez dû être curieux de savoir, monsieur. Vous n'aviez pas votre petite idée ?

— Eh bien, je ne voudrais pas avoir l'air trop mélodramatique, dit M. Blakeley, dont les fringues à la Jimmy Cagney étaient le mélodrame incarné. Mais je me suis demandé quand même s'il n'était pas victime d'un chantage. Difficile à imaginer, bien sûr, quelqu'un qu'on connaît, comme ça.

— Et de quoi d'autre avez-vous parlé pendant votre visite ?

— De rien. Il m'a presque arraché le sac des mains et m'a montré la porte.

— Avez-vous eu des nouvelles de lui après cette entrevue ?

M. Blakeley hocha la tête.

— Et puis, tout d'un coup, Penstemon m'apprend qu'il est mort.

— Comment voyez-vous l'avenir de la société, désormais ?

— Je n'en ai aucune idée. Mais j'espère rencontrer ce M. Burbage la semaine prochaine.

— Et Mme Hollingsworth ? Avait-elle un compte chez vous ? Peut-être un compte joint avec son mari ?

— Non. Mais je lui ai écrit quand même, naturellement, pour lui faire part de ma sympathie dans cette perte cruelle. Et je lui ai proposé toute l'aide et tous les conseils dont elle pourrait avoir besoin.

Tu parles ! Le sergent Troy tapa sur son Bic, le secoua en vain avant d'en prendre un nouveau dans sa poche intérieure. Ce dont elle a besoin, la pauvre conne, c'est d'un détachement de la Brigade Volante qui charge et qui défonce la porte de la cave.

— Malheureusement, la dame n'est plus aux Rossignols, disait Barnaby. Elle a disparu il y a une semaine.

— Encore plus théâtral. (M. Blakeley soupira, en se lavant manifestement les mains de toute cette sale affaire.) Vous croyez que les deux faits ont un rapport ?

— Nous n'en sommes qu'au tout début de l'enquête. Impossible à dire.

— Grands dieux ! Je ne voulais pas *savoir*. (Offusqué, il dégagea d'un mouvement du poignet sa manchette de chemise, affûtée comme une épée de samouraï, et révéla une montre tape-à-l'œil.) Eh bien, j'ai un rendez-vous dans...

— Encore deux petites questions, monsieur. (Barnaby, en songeant qu'il allait bientôt quitter cet environnement frais et compassé pour retrouver la chaleur torride du dehors, s'apitoya sur son sort.) M. Hollingsworth avait-il un coffre chez vous ?

— Non.

— Et savez-vous s'il avait d'autres comptes ? À l'étranger, peut-être ?

— Personnellement, je ne suis pas au courant de telles transactions. Et, même si je l'étais, la divulgation de ce genre d'informations ne fait pas partie de la Charte des Banquiers. Je suis sûr que vous ne l'ignorez pas, inspecteur.

Barnaby répliqua à cette petite pique en informant M. Blakeley qu'en tant que visiteur aux Rossignols, on devrait relever ses empreintes, aux fins d'élimination. Il crut que le directeur de la banque allait tomber dans les pommes.

— Drôle de type, dit Barnaby quand ils se retrouvèrent une fois de plus collés à l'asphalte bouillant.

Jugeant que « gay » s'était définitivement imposé comme synonyme d'homosexuel, il avait utilisé un autre terme.

— Ah bon ? (Bien qu'au fond de son cœur, il boudât toujours, Troy répondit aimablement car il ne pouvait supporter longtemps la solitude.) J'ai trouvé qu'il en faisait un peu trop, ce péteux.

Ils marchèrent quelques instants en silence, Troy méditant sur l'entrevue, Barnaby rêvant d'une bonne boisson fraîche.

— Vous croyez que Patterson est là-dedans, chef ?

— Cela ne m'étonnerait pas.

— On va le secouer un peu ?

— Oh oui.

Encore l'homme-sandwich salutiste.

— Ils ne décrochent jamais, hein ? dit Troy

— Arrêtez de critiquer, répliqua Barnaby. Cela pourrait bien être l'occasion pour vous de prendre le voile.

— Noon, je suis damné. Je vais griller en enfer ce soir, tel sera mon sort !

Quand Barnaby revint au poste, l'officier de service était en train d'interroger le chauffeur du bus de Fawcett Green à Causton. L'inspecteur s'assit et, peu désireux de prendre le relais, se contenta de faire signe à l'officier qu'il pouvait continuer.

— Oui, je me souviens d'elle.

Il regardait la photo de Simone.

— Vous en êtes sûr, monsieur Cato ? C'était il y a plus d'une semaine. Et vous devez avoir un tas de passagers.

— Ouais, mais les trajets des jours de marché, c'est spécial. On voit les mêmes têtes, semaine après semaine. Des retraités, des jeunes avec des bébés. Je me souviens de celle-là parce qu'elle n'avait jamais fait le trajet avant. Et en plus, c'était une sacrée nana !

— Comment était-elle habillée ?

— Une robe avec des fleurs partout et une espèce de manteau assorti.

— Vous avez eu l'impression qu'elle était seule ?

— Difficile à dire. Elle était dans la queue.

— Vous avez vu à côté de qui elle s'est assise ?

— J'peux pas vraiment dire, mon pote.

— Et où allait-elle ?

— À Causton. Elle a demandé qu'un aller, ce qui est pas courant. Tout le monde prend un retour. Ça coûte que deux pence de plus, vous voyez.

— Et elle est descendue ?

— À la sortie de Gateways. Il n'y a que deux arrêts. L'autre est près de la poste, sur la grand-place.

— Vous avez remarqué dans quelle direction elle allait ?

— Désolé, mais j'aidais quelqu'un avec une chaise roulante.

Après que Barnaby eut fait signe qu'il n'avait pas de questions, le chauffeur signa sa déposition et s'en alla. Malgré ces maigres informations, l'inspecteur était plutôt content. Étant donné le bus bondé, il pensait qu'on n'en tirerait rien du tout. Maintenant, il savait que Mme Hollingsworth n'avait pas eu l'intention de revenir à Fawcett Green, du moins pas par un moyen de transport public, et il savait où elle était descendue. C'était déjà un début. Et on pourrait recueillir encore deux ou trois broutilles quand tous les passagers auraient été interrogés.

Des renseignements commençaient à filtrer, au compte-gouttes. Mme Hollingsworth n'avait pas de compte à la Lloyds, contrairement à ce qu'avait prétendu son mari devant le constable Perrot. Ce n'était pas étonnant. Pas plus que la confirmation par les Telecom qu'il n'y avait aucun dérangement signalé sur la ligne d'Alan Hollingsworth. Et ses factures étaient détaillées.

La réaction du sergent Troy à cette information fut cynique, comme on pouvait s'y attendre.

— Maintenant, on sait pourquoi elle utilisait la cabine. Pour appeler son amant.

Après avoir fourni la déduction du jour, Troy s'évapora pour s'envoyer sa dose de nicotine et Barnaby resta à réfléchir sur cette conclusion assez évidente mais pas nécessairement juste. Si l'on considérait le tempérament instable et jaloux de Hollingsworth, sa femme pouvait très bien avoir parlé à une amie. En admettant, bien sûr, qu'elle en ait eu une. Peut-être l'enquête ferait-elle apparaître une ou deux ex-collègues. Simone Hollingsworth avait dû rencontrer pas mal de gens à l'époque où elle faisait ces petits boulots décrits par Avis Jennings.

Une photo du mariage, bien découpée, montrant la mariée en gros plan avait été distribuée par le bureau de presse. Avec les nouvelles du kidnapping (et à supposer qu'il ne se soit pas produit d'événement plus fâcheux), cela devait faire la une de la prochaine édition de l'*Evening Standard*. Demain, la presse populaire et peut-être un ou deux journaux grand format feraient part de l'histoire, avec un peu de chance aussi en première page.

En fait, bien que ce soit devenu une habitude quand il s'agit de crime sérieux, demander l'aide du public ne présente pas que des avantages. Parfois, c'est un bienfait du Ciel. Mais beaucoup plus fréquemment, on perd un temps précieux et de l'argent. Toutes sortes de gens rêvent de participer à une enquête officielle. La plupart sont d'honnêtes citoyens, des gens ordinaires sincèrement persuadés qu'ils ont vu ou entendu quelque chose d'utile à la police. Mais le reste, c'est une tout autre histoire !

On finit par les reconnaître, après un certain temps. Toujours les mêmes nullards qui se croient des personnages importants dans un drame plus grand que la vie. Cette singulière vanité les entraîne à prendre des poses, à broder et à exagérer. Ils s'efforcent de dire ce que, d'après eux, la police a envie d'entendre, quelques-uns finissent par concocter une histoire digne d'Hollywood, à son âge d'or. Tout pourvu qu'on soit dans le film. Puis il y a les informateurs anonymes qui sont souvent les pires des menteurs, agissant par pure méchanceté ou pour accuser faussement quelque ennemi réel ou imaginaire. On ne peut prendre le risque d'en négliger un seul.

Barnaby se tourna vers le point suivant sur sa liste mentale : MM. J. Coutts. Ces banquiers du Gotha se montrèrent naturellement réticents à donner des précisions concernant la personne qui avait reçu le chèque considérable de Hollingsworth. Ils n'avaient même pas voulu dire si le nom correspondait à une raison sociale ou à un individu. Cependant, ils avaient accepté d'informer le titulaire dudit compte de la situation présente et de lui transmettre le numéro de téléphone de l'inspecteur Barnaby.

Ainsi, vers les quatre heures, peu de temps après que Barnaby avait envoyé une voiture chercher Gray Patterson, un appel lui parvint sur sa ligne directe, d'un certain M. Kurt Milritch. Courtois, à la voix douce avec un accent que Barnaby supposa polonais, il se présenta comme le directeur de la bijouterie F.L. Kominsky, de Bond Street, et demanda en quoi il pouvait être utile. Barnaby lui expliqua la situation.

M. Milritch se rappelait très bien le chèque, ainsi, bien sûr, que toute la transaction. La pièce en question, un collier d'émeraudes et de diamants, était de toute beauté, avec un fermoir très particulier, un couple de cygnes en argent ciselé qui se joignaient magnétiquement. L'acquéreur avait souhaité précisément cette pièce-là et n'avait rien voulu voir d'autre. Après les vérifications d'usage, pour confirmer que les fonds étaient bien disponibles, le collier avait été enfermé dans son écrin et cédé.

— J'ai demandé si le client voulait assurer le bijou pour le trajet jusqu'à chez lui – une attestation d'assurance – mais il a refusé, poursuivit M. Milritch. On lui a proposé du thé, je supposais qu'il allait attendre une voiture, mais il a simplement mis le collier dans son attaché-case et il est parti. Je l'ai vu héler un taxi et je dois dire que je n'en menais pas large jusqu'à ce qu'il y soit monté. Deux cent mille livres, c'est un peu beaucoup pour se balader comme si de rien n'était dans les rues encombrées de Londres.

— C'est sûr, dit Barnaby. Vous vous souvenez de M. Hollingsworth, monsieur ?

— Je crois que oui.

— Nous vous ferons parvenir une photo. Peut-être seriez-vous assez aimable pour nous appeler si vous confirmez que c'est bien l'homme en question ? (Barnaby, tout en parlant, prit le numéro du fax.) Était-il déjà venu dans votre boutique ?

Il y eut un léger sifflement à l'autre bout du fil qui indiqua que l'entente cordiale se rafraîchissait. Barnaby, interdit, fut rapidement éclairé.

— Je ne me souviens absolument pas de l'avoir déjà vu dans nos salons. (Boutique ? *Boutique !*) Quoi qu'il en soit, dès que la photo arrive, je serai ravi de la montrer à mes collègues, si vous pensez que cela peut être utile.

Barnaby lui confirma le fait.

— Je vous demande cela parce que c'est sûrement inhabituel d'acheter quelque chose de ce prix au premier regard.

— Oh, nous avons beaucoup d'achats d'impulsion, dit M. Milritch, d'un ton désinvolte, comme s'il s'agissait de boîtes d'allumettes. En tout cas, cela ne veut pas dire que la personne à laquelle le collier était destiné ne l'avait pas vu avant. Elle a très bien pu venir à plusieurs reprises jeter un coup d'œil. Et restreindre son choix, petit à petit. Elles ont du temps à perdre, vous savez, ces dames.

Barnaby décida d'envoyer aussi une photo de Simone, sans trop y croire. Bien qu'elle ait eu certainement le loisir de jeter un coup d'œil et de « restreindre son choix », il avait du mal à imaginer qu'on lui eût laissé assez longtemps la bride sur le cou pour cela. Il allait remercier M. Milritch et raccrocher quand le négociant déclara :

— Bien sûr, elle a pu voir une photo du collier. Dans *Harpers*.

— Où ça ?

— La revue, *Harpers and Queen*. Une pleine page. Le numéro de février. Il était à couper le souffle. On a eu des tas de demandes de renseignements. Rien, ajouta M. Milritch, ne stimule davantage l'intérêt féminin qu'un diamant bien facetté.

— C'est encore le chouchou de ces dames, alors ?

En représailles à cette frivolité, Barnaby reçut une nouvelle bouffée d'air froid. Il remercia M. Milritch et raccrocha.

L'inspecteur réfléchissait encore à cette conversation quand le sergent Troy revint des toilettes, seul endroit, maintenant, où il était permis de fumer. L'odeur de tabac à forte teneur en goudron flottait autour de lui. La fine fleur de Virginie.

— Ça va mieux, dit-il en se laissant tomber sur une chaise genre tweed. Cela va me permettre de continuer un petit moment.

— J'aurais cru le contraire.

— On peut vivre comme un moine pendant des années et se faire écraser un jour par un bus.

— Dans un monastère ?

— Bon. (Troy, ennuyé par toute discussion qui ne le présentait pas immédiatement sous son meilleur jour, changea de sujet.) Rien de nouveau ?

— J'ai trouvé qui était F.L. Kominsky.

Barnaby résuma sa conversation avec le négociant, ou consultant en gemmes, comme on devait sans doute l'appeler dans les rades clandestins de Mayfair. Troy écouta avec attention, à la fois impressionné et déconcerté Impressionné par la somme d'argent en jeu ; déconcerté par l'usage qui en avait été fait.

— Incroyable, dit-il quand Barnaby eut terminé. On peut s'acheter une Ferrari toute neuve avec ça.

Barnaby avait pris note de la date. Presque trois mois auparavant. Cela lui rappelait vaguement quelque chose, en dehors de l'achat du collier. Il fronça les sourcils, en forçant sa mémoire.

— On donnerait cher pour savoir où il est passé maintenant, hein, chef ?

— En effet. Une chose est sûre, ou elle l'a pris avec elle, avec la bague de fiançailles, ou il avait déjà disparu quand elle est partie.

— Vraiment ?

— Hollingsworth ne se serait sûrement pas donné tout ce mal avec Blakeley s'il avait pu simplement retourner chez Kominsky leur fourguer le collier.

— Ça ne va pas être commode de s'en débarrasser. Le bijoutier moyen de High Street, il va drôlement se méfier. Quant au dessus du panier, ils poseront sûrement des questions. Et un receleur n'en offrira qu'une part minime de sa valeur. En supposant que celui qui a fait le coup soit assez malin pour en trouver un.

— On va tâter le terrain. Au cas où on aurait entendu parler de quelque chose.

— Cela ne m'étonnerait pas qu'il y ait des complices, chef.

— Quoi ?

— Je pense que ce type qu'elle devait retrouver à Causton, ou ailleurs, lui a demandé d'apporter le collier.

— Il faudrait qu'elle soit vraiment bouchée pour ne pas avoir eu de soupçons.

— Mais elle croyait qu'ils allaient partir ensemble, vous voyez ? Commencer une vie nouvelle et tout ça.

— Mouais...

Le sergent Troy jaillit de sa chaise et se dirigea vers la fenêtre car il détestait rester tranquille à la même place pendant longtemps. Sans penser à la chaleur, il posa sa main sur la vitre et la retira vivement.

— Ça me rappelle qu'on a parlé de quelque chose aux Rossignols, vous avez cité ce magazine.

— Quoi ? Les types de l'IJ ?

— Eux ou Perrot. Attendez une seconde.

Troy fronça les sourcils. Lui aussi, maintenant, surfait sur sa banque de données, mais il en faisait tout un cinéma.

Barnaby observa son sergent. Troy mourait d'envie de sortir une idée intelligente et vraiment utile. Et si celle qu'il cherchait véritablement ne lui venait pas à l'esprit, il en inventerait une. Tout plutôt qu'avoir l'air de manquer.

Troy soupira et accentua son froncement de sourcils. À dire vrai, comme le rapport entre le magazine et la situation actuelle persistait à lui échapper, il commençait à regretter d'en avoir parlé. Il aurait dû se rappeler avant de se lancer. Il aurait pu alors glisser négligemment sa remarque perspicace dans la conversation. Si on l'avait félicité, il aurait caché sa joie en haussant les épaules.

Tout ceci, Barnaby le comprenait et le partageait, jusqu'à un certain point. Le plus touchant, dans l'histoire, c'était que Troy ne se doutait pas le moins du monde qu'il était transparent à ce point et si on le lui avait fait remarquer, il en aurait été mortifié.

— Je sais. (Le soulagement et la satisfaction détendirent la bouche crispée. Les lobes de ses oreilles rosirent.) C'était le vieux Jacquot. Sur le palier. Il a dit qu'il y avait une pile de magazines dans la chambre d'amis, un avec une page déchirée. Qu'est-ce que vous pariez que c'était la pub pour le collier ?

— Facile à vérifier. Vous vous en chargez ?

Puis, parce que dans deux heures il rentrait à Arbury Crescent, avec Joyce, où il y aurait des asperges, du saumon et une salade niçoise, et parce qu'il était en veine de générosité ce jour-là, Barnaby ajouta :

— Très futé, Gavin.

Les joues cireuses de Troy s'illuminèrent. Aussitôt, il se mit à se raconter la scène, en embellissant encore son rôle. Le vieux – un as de son temps, bien sûr, mais sa mémoire n'est plus ce qu'elle était – a dit qu'il ne savait pas ce qu'il ferait sans moi. Ouais, texto. Il compte de plus en plus sur moi.

Mais à qui le raconter ? voilà le problème. Certainement pas à quelqu'un du poste. Troy n'était pas le champion de la lucidité mais il n'était pas stupide à ce point. Maureen en tomberait du canapé de rire. Sa mère lui avait dit et répété mille fois que l'éloge de soi-même n'était pas une recommandation, donc exclue. Il ne restait plus que Talisa-Leanne. Elle n'avait que trois ans, bon, d'accord, mais elle était très intelligente. Et elle écoutait quand on lui parlait. Ce qu'on ne peut pas dire de tout le monde.

***

À Fawcett Green, on ne parlait que de la mort inexpliquée d'Alan Hollingsworth et du sort probable de sa femme. Les nouvelles du kidnapping de Simone, divulguées par l'équipe chargée de l'enquête de proximité, se répandirent dans le village comme une traînée de poudre.

Les gens se téléphonaient dès qu'ils avaient eu leur « tour », comme disait Mme Bream. Becky appelait ça « y passer », comme s'il s'agissait d'une vaccination.

Qu'est-ce qu'ils vous ont posé comme questions ? J'ai entendu qu'ils vont appeler le Yard. Ils ne m'ont pas demandé ça, à moi. Je n'ai jamais cru à cette histoire avec sa mère. Vous savez qu'ils ont trouvé son chat ? Je croyais que c'était sa mère à lui. Pauvre fille, jetée dans un fossé, laissée pour morte. Quand on fait étalage de son argent, on ne doit pas s'étonner, après. J'ai entendu qu'on l'avait vue à Gerrard's Cross. Tiens, ils n'ont pas besoin de le chercher longtemps, le suspect numéro un. Avec des chatons. Il récupère son bien, non, Patterson ? Et en espèces, comme qui dirait.

C'était jour de ménage à Arcadie. Désormais, Heather était devenue un témoin clé, du moins selon elle. Après avoir raconté le fatal trajet de bus au moins deux fois à la police, elle recommençait maintenant pour toute la compagnie assemblée.

— J'ai remarqué son sac, un modèle si joli, avec des perles. Puis j'ai dit que cela devait être galère pour le nettoyer, excusez mon français, madame M. Elle a simplement souri puis elle a regardé par la fenêtre pendant le reste du trajet alors que moi, je continuais à baratiner. J'ai dit aux flics que, si j'avais su, j'aurais plus insisté.

Mme Molfrey, qui avait depuis longtemps débranché sa prothèse, hocha la tête. Cubby, qui épluchait des fèves dans la cuisine, avait simplement cessé d'écouter.

— Il commence à stresser, Colin Perrot. J'ai rencontré sa femme en allant chercher notre Duane à la maternelle. Ils ont été horribles avec lui, ces frimeurs de Causton.

On frappa à la porte, Heather fut la seule à l'entendre et elle alla ouvrir. C'était Avis Jennings. Elle portait une tarte aux cerises à la crème pâtissière, cerises fraîchement cueillies dans son verger. Et un minuscule paquet d'angélique confite, dont Mme Molfrey était fort friande.

— Il faut qu'on en croque un bout, « tout de suiiite », s'écria Mme Molfrey en ouvrant le paquet.

Cubby, qui n'avait entendu que les deux derniers mots, crut qu'ils s'adressaient à lui et passa une tête dans l'encadrement de la porte.

— Oui, mon amour. Qu'y a-t-il ?

— Une confiserie sans pareille, Cubs. Faites sauter la bouilloire et on va tous grignoter.

Heather, qui avait déjà du mal à glisser son postérieur, même avec un chausse-pied, dans un jogging de taille 50, décida de faire l'impasse sur l'angélique. Sa mère prenait quelques confiseries de Mme Jennings au Club des Femmes et Heather les connaissait depuis longtemps. Elle s'excusa, dit : « M'ci, alors ! », et s'en alla de son pas lourd.

Pour répondre à la question préliminaire d'Avis, Mme Molfrey admit que les enquêteurs n'étaient pas encore venus l'interroger.

— Je pense que ce gentil M. Barnaby viendra en personne.

Avis, bien que peu familiarisée avec les manières des plus hauts échelons de la PJ, trouva la chose un tantinet improbable et murmura quelques mots à cet effet.

— Mais pas du tout. (Mme Molfrey justifia avec fermeté son invention.) Il m'a donné le numéro de sa ligne directe. Au cas où je me rappellerai ce que j'ai oublié.

— Et qu'est-ce que c'était, alors, Elfie ? dit Avis d'un air absent en allant chercher dans la cuisine des assiettes et des fourchettes à gâteau.

— Tout ce que je peux vous dire, c'est que c'était lié à un bruit, cria Mme Molfrey. (Comme la plupart des sourds, elle avait du mal à bien placer sa voix quand les gens s'éloignaient, même de quelques pas.) Un bruit inattendu, inhabituel ou tout à fait inexistant.

— Je vois.

Avis se garda bien d'échanger avec Cubby un regard d'amusement à l'énoncé de ces juxtapositions bizarroïdes. Elle avait appris, des années auparavant, que si elle se risquait à badiner avec un tant soit peu de condescendance, la réaction serait très fraîche.

Ce que les autres considéraient comme de la folie sénile se transmuait, sous le regard aimant de Cubby, en charmante excentricité. Elle le regarda verser le thé parfumé puis déposer quelques pétales de souci dans le petit bol d'Elfrida, joliment peint, cerclé d'or.

— C'est arrivé le jour de la disparition de Simone, ajouta Mme Molfrey.

Manifestement, elle n'était pas encore au courant du kidnapping. Et Avis n'avait pas l'intention de la bouleverser en le lui révélant. Quand ils se furent tous les trois assis pour manger, Avis déclara, en repensant à la remarque précédente d'Elfrida :

— Cela aurait-il un rapport avec notre répétition de carillon, Elfie ?

— Comment cela ?

— Si vous vous souvenez, on nous avait demandé de jouer *Oranges and Lemons* pour l'enterrement de M. Rouse. On pourrait qualifier cela de « son inhabituel ». Un peu guilleret pour une occasion si solennelle.

— Je ne *crois pas* que c'était ça. Bien que le mot « carillon » ait une certaine résonance. (Mme Molfrey fronça les sourcils. Elle harponna une cerise avec une tranche vert brillant d'angélique et se mit à la sucer.) Je crois que cela me reviendra au beau milieu de la nuit. Ou dans mon bain, comme Archimède.

— Il faut l'écrire, dit Avis, avant que ça ne vous échappe encore.

— Je crierai « Eurêka ! », s'exclama Mme Molfrey. Et puis je l'écrirai.

— Encore un peu de thé, mon amour ? demanda Cubby.

— Il m'est venu à l'esprit hier, dit Mme Molfrey en tendant son bol, que Simone n'est peut-être pas au courant de la mort de son mari. Tout cela est si mystérieux et désolant. Surtout quand on pense à quel point ils étaient heureux.

Avis, qui était au courant des bleus de Simone et de son besoin de tranquillisants, garda le silence. Naturellement, les conversations qu'elle avait avec son mari ne passaient jamais dans le domaine public. Consciente que son amie était sincèrement bouleversée, Avis essaya de façon plutôt maladroite de changer de sujet.

— Je me demandais si la fille des Brockley était partie en vacances.

— Brenda ? Aucune idée. (Mme Molfrey tapota ses lèvres couleur cyclamen d'un coup de dentelle brodée.) Pourquoi cette question ?

— Cela fait un jour ou deux que je ne l'ai pas vue promener Shona.

— J'avais remarqué que sa voiture n'est pas là, dit Cubby d'une voix hésitante, peu désireux de passer pour une commère.

— Iris n'est pas sortie non plus. D'habitude, je l'aperçois à la poste en début de semaine.

— Je l'ai vue qui regardait par la fenêtre de la chambre, dit Mme Molfrey. Plusieurs fois, en fait.

Connaissant la passion pour l'anonymat et la frénésie de discrétion qui animaient les Brockley, tous les trois gardèrent le silence sans trop savoir pourquoi. Puis Cubby déclara :

— Moi aussi, je l'ai vue, à cinq heures et demie du matin, hier.

— J'espère qu'il n'y a rien de grave, dit Avis.

Elle parlait avec une absolue sincérité, car il y avait suffisamment d'infortunes se déversant au cabinet du Dr Jennings pour assouvir le besoin normal et humain de se réjouir du malheur des autres.

— Peut-être devrions-nous passer.

— Ils ne vont pas aimer, Elfie, dit Avis.

— Mais si on s'arrange pour une rencontre comme par hasard ? suggéra Mme Molfrey. Quand il sort la prochaine fois dans le jardin, par exemple ? Ce n'est pas pour mettre le nez dans leurs affaires mais parfois les gens qui ont le plus besoin d'aide sont incapables de la demander.

Cubby, qui se sentait gêné et embarrassé, émit un « hum » évasif. Il revit la silhouette solitaire à la fenêtre et il lui sembla alors que le visage d'Iris exprimait à la fois un désir ardent et le chagrin. Sans se l'expliquer, il devina qu'elle devait être à cette fenêtre depuis très longtemps. Un peu plus tard, en remontant l'allée avec le lait, Cubby avait de nouveau levé les yeux. Cette fois, c'était Reg qui avait rejoint sa femme avec quelque chose – une tasse ou une chope – à la main. Elle avait paru l'ignorer.

— Je le ferai si vous y tenez, Elfrida.

Comme si cette petite décision avait déjà été suivie d'un effet positif, Mme Molfrey leva vers eux un visage rayonnant. Au moment où Avis s'en alla (en portant un second carton), elle redemanda de l'angélique et une autre part de gâteau.

La deuxième tarte était pour Sarah Lawson. Avis n'avait pas pour habitude de se conduire si généreusement. En fait, c'était la première fois qu'elle se rendait au cottage Le Laurier avec un cadeau. La vérité était qu'elle était gênée de passer sans raison. Il lui apparut soudain que c'était la seule maison du village où s'appliquaient de telles contraintes.

Qu'avait-elle donc, Sarah ? Avis déposa son carton sur l'herbe desséchée et souleva le portail. Sa neutralité rébarbative, peut-être. Ni amicale ni hostile, ni gentille ni pas gentille : avec Sarah on ne savait jamais où on en était. Comme la plupart des gens, cela mettait Avis mal à l'aise.

Non que Sarah se donnât de grands airs. Elle pouvait se montrer indifférente mais ne laissait jamais à penser qu'elle se trouvait supérieure. Peut-être est-ce ainsi que se conduisent les gens réellement supérieurs. Devant elle, qui était profondément absorbée dans ses pensées, qui répugnait à faire le moindre commentaire sur ce qui se passait à l'extérieur, on se sentait vulgaire quand on rapportait le plus anodin des ragots.

Bien sûr, le vrai motif de la visite d'Avis consistait à découvrir ce que Sarah pensait de l'enlèvement de Simone. Cela, ajouté à la mort d'Alan, était beaucoup trop palpitant pour en bavarder simplement en passant. Avis voulait en discuter avec la seule personne dont elle était incapable de deviner les réactions.

Elle reprit son carton, hésita puis se dit qu'elle était stupide. Après tout, cette femme n'allait pas la manger. Et si, après quelques subtiles entrées en matière, il s'avérait que

Sarah manifestât son ennui ou son irritation, eh bien, pensait Avis, je peux toujours changer de sujet. Ou m'en aller.

Elle frappa à la porte. À ce moment-là, un cri retentit à l'intérieur. Plus tard, Avis réalisa que les deux bruits avaient été si proches qu'il était impossible que l'un ait été la cause de l'autre. Sur le moment, elle crut simplement que Sarah avait crié : « Entrez ! » Et elle entra, en agrippant maladroitement son carton.

Sarah se tenait près de la fenêtre poussiéreuse. Une mouche morte pendait dans des lambeaux de toile d'araignée. Elle tirait violemment sur un foulard de soie, rayé de vert olive et d'aigue-marine, noué autour de sa taille. De ses doigts fins elle tordait et déchirait presque la soie légère. Gray Patterson était au milieu de la pièce. L'atmosphère était à couper au couteau, comme Avis le raconta plus tard à son mari.

Convaincue qu'elle avait interrompu une querelle d'amants, Avis bafouilla :

— Je suis désolée, je laisse seulement cela… Je ne voulais pas, hum, c'est-à-dire…

Mais il ne s'agissait pas d'une querelle. Du moins, telle qu'on l'entend généralement.

Gray était passé, comme il le faisait presque quotidiennement maintenant, avait frappé légèrement à la porte puis était entré. C'était elle, récemment, qui l'avait invité à agir ainsi.

Sarah était appuyée à la vieille cheminée de pierre, les bras agrippés au manteau, la tête pressée contre le rebord. Immobile comme une statue.

Gray, qui croyait qu'elle ne l'avait pas entendu entrer, toussa discrètement. Elle pivota brusquement, le souffle court comme si elle venait de recevoir un coup. Bien que Gray n'ait pas fait mine de s'approcher d'elle, elle leva le bras comme pour se défendre.

— Que se passe-t-il ?

— Allez-vous-en !

— Sarah, qu'est-ce qui se passe ?

— Comment osez-vous entrer ici sans frapper ?

— Mais non. C'est-à-dire, si. J'ai frappé. Je ne crois pas que vous m'ayez entendu.

Il remarqua son visage livide et crispé, ses yeux fixes, injectés de sang. Elle se mordait les lèvres, en luttant pour conserver la maîtrise d'elle-même. Une grande marque barrait son front, si rouge qu'elle semblait à vif.

— Vous avez pleuré ?

— Non.

— Mais vos yeux...

— C'est le pollen. *Compris ?*

— Ne vous fâchez pas. (Elle avait dû frotter, peut-être taper sa tête contre la pierre pour se faire une marque comme ça.) Qu'est-ce qui ne va pas ?

— Allez-vous-en.

— Comment puis-je...

— C'est simple. Voilà la porte.

— Avec la tête que vous...

— *Allez-vous-en !*

— Vous m'inquiétez.

— Occupez-vous de vos oignons.

Retour à la case départ, alors, songea Gray, et pour de bon. C'était comme si leurs aimables conversations, dans sa maison délabrée et son ravissant jardin sauvage, n'avaient jamais eu lieu. Il ne s'était pas leurré en les croyant de nature sentimentale mais il pensait vraiment que l'amitié était en train de naître. Stupidement, il s'était imaginé qu'un lien existait entre eux.

Eh bien, amis ou pas, il n'avait pas l'intention de la laisser dans cet état. Il alla à la cuisine et commença à remplir la bouilloire.

— Qu'est-ce que vous faites ? cria-t-elle d'une voix furieuse.

— Du thé. Quand vous l'aurez bu, et si vous voulez toujours que je parte, je m'en irai. (Il sentit qu'elle l'avait suivi ; puis il vit son ombre se profiler sur la vieille table en bois.) À moins que vous n'ayez envie de m'en parler.

— J'ai seulement envie d'être seule. (Vidée de son énergie, elle s'appuyait de tout son poids au chambranle. Ses cheveux dorés et argentés étaient humides, ternes et emmêlés.) Je vous en prie, ne touchez pas à ça.

— Pardon.

Gray hésita puis éteignit la bouilloire. Il remarqua que le plastron de sa chemise bleu ciel était couvert de taches humides. Elle devait pleurer depuis des heures. Timidement, il tendit le bras et lui toucha la main, qui était froide et lourde comme la pierre.

— Écoutez, Sarah, manifestement quelque chose de terrible est arrivé. Vous ne voulez pas que j'essaye de vous aider ?

Elle l'ignora, et retourna dans le salon d'un pas lent et traînant, qui contrastait douloureusement avec sa démarche habituelle, si assurée. Touché maintenant par la pitié autant que par l'inquiétude, Gray la suivit. En passant devant la tablette de marbre, il remarqua que la tête de guerrier avait disparu. À sa place il y avait une motte de terre glaise, toute bosselée, comme si on l'avait martelée de coups violents.

— *Je vous en prie,* dites-moi ce qui ne va pas.

Des larmes de rage et de désespoir jaillirent de ses yeux. Elle frissonna puis se mit à vociférer.

— Vous me faites rire. Vous êtes bien comme tout le monde dans ce village. Un vrai bourbier à ragots. Toujours à l'affût du dernier cancan.

Sa souffrance annulait l'injustice de sa remarque. En tout cas, il était certain que Sarah ne pensait pas ce qu'elle venait de dire. Elle marmonna encore quelques vagues remarques cruelles puis retomba dans le silence.

Enfin, elle se calma peu à peu mais c'était un calme apathique, plus terrible que sa colère du début. Sa bouche était déformée par le chagrin.

Oui, pensa Gray, c'était exactement le mot. Chagrin. Elle pleurait quelqu'un. Un ami cher ? Un amant ? Pas un parent car il savait que les deux étaient morts depuis quelques années.

Alors, absolument sans aucune raison logique sauf peut-être la proximité, le nom d'Alan Hollingsworth lui vint à l'esprit. Et bien que l'idée lui parût sans fondement, loufoque même, il ne put la chasser. Il se dit que c'était absurde. Sarah n'avait jamais prononcé son nom, semblait à peine le connaître. Mais il fallait qu'il sache.

— Vous avez… perdu quelqu'un, Sarah, c'est ça ?

— Oui, oh, oui ! cria-t-elle.

Affolée elle-même par ce cri spontané, elle porta les mains à sa bouche. Gray savait que l'équilibre présent dépendait de lui. Abandonnée et fragile, elle n'aurait ni l'énergie ni la concentration nécessaires pour mentir. L'expression « battre le fer pendant qu'il est chaud » paraissait cruellement appropriée. En se disant, assez honteux, qu'il agissait uniquement dans l'intérêt de Sarah, Gray lâcha :

— C'était Alan ?

Elle se tenait près de la fenêtre, le dos tourné. Pendant un moment, il crut qu'elle allait feindre de n'avoir pas entendu. Auquel cas il répéterait sa question. Mais elle pivota pour lui faire face. Très pâle, elle s'efforçait de se maîtriser. Seuls les doigts étaient agités, et tiraient sur ses vêtements. Sa voix était basse et encore enrouée par les larmes.

— Pourquoi a-t-il fait ça, Gray ? Après tout, se suicider pour une femme comme ça, futile… avide…

Il y eut une pause. Gray se rendit compte qu'il serrait si fort les dents que sa mâchoire en était douloureuse. Il dit enfin :

— Je suis désolé mais je ne vois pas pourquoi vous êtes si bouleversée.

Il avait délibérément appuyé sur le « vous ».

— C'est une question de responsabilité, lâcha-t-elle après une certaine hésitation.

Gray crut deviner qu'elle avait cherché une explication qui serait crédible tout en préservant son intimité.

— Il a dû se cacher derrière ces rideaux, complètement désespéré. À boire, à sangloter peut-être. Si quelqu'un était allé le voir, lui avait parlé…

— On a essayé. Il ne voulait pas ouvrir.

— Moi, je n'ai pas essayé.

— Quelle raison auriez-vous eue… ?

— Ahh…

Le cri d'angoisse éclata dans la pièce. Aucun des deux n'entendit frapper à la porte. Puis, tout à coup, à la surprise et à la grande déception de Gray, une troisième personne apparut.

Il regarda Sarah qui se forçait à recouvrer son sang-froid. Elle paraissait presque contente de l'interruption et demanda à Mme Jennings, manifestement embarrassée, qui s'apprêtait à filer, de rester.

Comprenant qu'elle voulait seulement se débarrasser de lui, Gray ne vit plus de raison de s'imposer. Le moment de la révélation était passé et, en représailles pour sa cruauté passagère, il n'avait obtenu aucun réconfort.

Ça m'apprendra, pensa-t-il en se hâtant de rentrer chez lui. Il ne savait plus que faire, maintenant. Offrir son épaule comme un ami loyal ? Très franchement, il n'arrivait pas à compatir. Était-il possible qu'une femme intelligente, ravissante comme Sarah ait pu se soucier vraiment de quelqu'un comme *Hollingsworth* ? Ce raseur, ce névrosé, ce rapace, cette espèce de fumier.

En passant devant les épicéas bleus qui cachaient sa maison, Gray découvrit une voiture de police garée dans l'allée. Il ne fit aucune objection quand l'officier lui demanda de l'accompagner au poste pour un interrogatoire plus approfondi. En fait, il accueillit la distraction avec soulagement.

*
* *

Cette fois-ci, les choses étaient bien différentes. Peut-être était-ce le décor peu familier : une pièce morne aux murs d'un bleu froid, un sol couvert d'une espèce de matière synthétique ondulée, noire, des chaises dures à dossier de bois. La seule note un peu gaie était donnée par une affiche qui montrait de façon très détaillée un doryphore, en Technicolor, avec des instructions sur la conduite à tenir si on avait la chance d'en voir un.

Les policiers, ceux qui étaient venus chez lui l'interroger, lui avaient donné une tasse de thé. Eux aussi paraissaient différents. Plus sévères, moins accessibles, ils avaient fatalement l'avantage du terrain. Le plus âgé mit en marche un magnétophone, annonça la date et les personnes présentes. Le plus jeune, celui qui avait été si gentil avec Bess, faisait les cent pas, l'air sérieux.

— Merci d'être venu, monsieur.

— J'ai cru comprendre que je n'avais pas vraiment le choix, inspecteur... Pardon, j'ai oublié votre nom.

— Inspecteur Barnaby.

— Cela fait un bout de temps que je n'ai pas été conduit par un chauffeur.

Patterson eut un petit rire maladroit. Non qu'il fût précisément mal à l'aise, mais il semblait intrigué par ce transport soudain au cœur de la PJ de Causton. Barnaby lui retourna son sourire. Pourquoi pas, à ce stade de l'enquête ?

— On est obligés de parler avec ce truc ?

— Malheureusement oui, monsieur. Autant pour votre bien que pour le nôtre.

Personne n'y croyait jamais, mais c'était pourtant vrai.

— Pourquoi vouliez-vous me voir ?

— Nous avons encore une ou deux questions à vous poser.

— Mais je vous ai dit tout ce que je savais.

— Le jour où Mme Hollingsworth a disparu, le jeudi 6 juin, vous rappelez-vous où vous étiez alors ? Ce que vous faisiez ?

— Pourquoi ?

— Répondez simplement à la question, je vous prie, monsieur, dit le sergent Troy.

— Je pointe au chômage le jeudi. Un peu humiliant mais je commence à m'habituer. Les mendiants ne peuvent...

— Où ça ?

— À la Sécurité sociale de Causton. J'y étais juste avant midi et demi. J'ai pointé, me suis senti un peu déprimé après, comme toujours. Je suis passé pour rien à l'ANPE puis j'ai décidé d'aller au cinéma.

— Voir quel film ? demanda Troy.

— *Goldeneye*. Le nouveau James Bond. Je pensais que j'avais besoin de m'évader. Et les places sont moins chères l'après-midi.

— Quelle heure était-il ?

— Aux alentours de deux heures et demie, je crois. Je présume qu'ils auront l'heure exacte au cinéma.

— Et quand êtes-vous sorti ?

— Vers cinq heures.

— Où êtes-vous allé après ?

— Je suis rentré directement à la maison.

— Êtes-vous ressorti ce soir-là ?

— Non.

— Avez-vous rencontré quelqu'un que vous connaissez, même de vue, quand vous étiez dehors ?

— Je n'ai pas remarqué. Mais cela ne veut pas dire que personne ne m'a vu. Écoutez, qu'est-ce que tout ça signifie ?

— Nous pensons que cela peut avoir un rapport avec notre enquête, monsieur.

— Comment ça, un rapport ?

Barnaby ne vit pas de raison de se taire. Il prit la dernière édition de l'*Evening Standard* dans son tiroir de bureau et la plaça devant Patterson.

Celui-ci saisit le journal et le contempla d'un air ébahi. Il secoua une ou deux fois la tête puis regarda les deux policiers, l'un après l'autre, complètement stupéfié.

Barnaby soutint son regard avec calme. La complète stupéfaction ne le déboussolait pas plus qu'elle ne l'impressionnait. Non plus que la profonde incrédulité ni le scepticisme sidéré. La dernière fois qu'il avait vu une expression aussi convaincante, c'était sur la figure d'un violeur en série, qu'il avait arrêté lui-même. Reconnu coupable sans l'ombre d'un doute, l'homme avait quitté le banc des accusés en levant les bras en l'air, avec une expression de totale stupéfaction : incroyable que tant de gens instruits aient pu en arriver à une conclusion si parfaitement erronée !

— Kidnappée ? Simone ?

— C'est exact, dit le sergent Troy. Vous savez quelque chose là-dessus, n'est-ce pas, monsieur ?

— Quoi ?

— On a demandé une rançon de cinquante mille, expliqua Barnaby. Un joli petit chiffre, tout rond, vous ne trouvez pas ?

Patterson paraissait incapable de dire quoi que ce soit. Il finit par émettre un son inintelligible.

— Si on ajoute les cailloux, dit Troy, voilà votre argent de retour. Plus cinquante pour la peine.

- Ou peut-être considérez-vous cela comme une indemnité de licenciement, monsieur ?

— Pardon... euh... (Il les regardait fixement comme s'il cherchait à percer un brouillard.) Des cailloux ?

— Un collier de diamants d'une valeur de deux cent mille livres s'est envolé des Rossignols. Et aussi, à ce qu'il paraît, une bague extrêmement précieuse.

— Eh bien, je ne l'ai pas prise.

— Vous ne niez pas être allé là-bas ?

— Je ne suis allé que dans son bureau. Je vous l'ai dit.

— Vraiment ?

Le ménage ayant été fait souvent depuis la visite de Patterson, il n'y aurait pas ses empreintes dans la maison. Une petite information réconfortante que Barnaby ne vit aucune raison de divulguer.

— Deux cent mille... ?

Barnaby observa l'effet de la coïncidence des chiffres sur Patterson. Ses yeux s'arrondirent encore plus que le O de sa bouche.

— Savez-vous quand il l'a acheté ? demanda-t-il.

— Il y a trois mois.

— Juste après...

— Immédiatement après, affirma le sergent Troy, avec un plaisir malvenu.

— Et vous êtes en train de me dire que ma vie a été gâchée pour... (Patterson bondit sur ses pieds.) *pour un putain de bijou* ?

Troy s'assit enfin près de son patron. Les deux policiers restèrent immobiles, à attendre et à observer. La bande magnétique se mit à siffler.

— Je trouve que... Oh, merde, quel salaud... quel salaud... bordel de merde...

Patterson continua sur ce ton, exhalant peu à peu sa colère. Il s'affala sur sa chaise.

— Je suppose que c'était pour elle. (Il avait l'air déprimé, las.) Sa femme.

— À moins qu'il ait couchaillé. Vous croyez que c'est possible ?

— Non. Comme je l'ai dit, Alan était obsédé par une seule personne. Il la réduisait à moins que rien. Puis il recommençait avec une autre.

L'inspecteur, qui avait entendu parler de l'angoisse de Hollingsworth après la disparition de sa femme, si bien décrite par Perrot et le révérend Bream, n'attendait pas sérieusement d'autre réponse. Une autre idée lui vint à l'esprit.

— Vous souvenez-vous s'il faisait des folies de ce genre avec sa première femme ?

— Des folies ?

— Financièrement.

— Ah. (Il réfléchit un instant puis répondit :) Je crois qu'il aurait pu. Je sais qu'il avait acheté un manteau de fourrure à Miriam, une fois, après une dispute, car il avait beaucoup de remords. (Patterson eut un petit rire bref.) Ce n'est pas ça qui aurait impressionné Miriam.

— Vous connaissiez bien Mme Hollingsworth ?

— Vous me l'avez déjà demandé l'autre jour.

— Eh bien, on vous le redemande aujourd'hui, répliqua le sergent Troy avec hargne.

— Il n'y a rien de changé, dit Patterson brièvement. Je la connaissais à peine alors et je ne la connais pas plus maintenant.

— Est-elle déjà venue chez vous ?

— Non.

— Vous a-t-elle téléphoné ?

— Non.

— Vous êtes-vous rencontrés quelque part en dehors du village ?

— *Non !*

— Connaissiez-vous Mme Hollingsworth avant son mariage ?

— Bien sûr que non.

Il n'y avait aucune trace d'anxiété dans la voix de Patterson, seulement de l'irritation, qui croissait de minute en minute.

— Quand l'avez-vous vue pour la dernière fois ?

— Humm... Dans cette cabine téléphonique, cette fois-là, je crois. Je vous l'ai dit, l'autre jour.

— Ah, oui.

— Je ne comprends pas pourquoi...

— Étiez-vous au courant que Hollingsworth avait laissé un mot avant de se suicider ?

— Comment l'aurais-je su ?

— Sur un ordinateur. L'ennui, c'est qu'il n'y a pas d'empreintes sur le clavier.

— Vraiment ? (Gray Patterson fronça les sourcils. Il paraissait curieux mais détaché, comme un homme confronté à un problème passionnant.) Pourquoi aurait-il fait cela ? Effacer les empreintes ?

— Pourquoi, en effet.

— A-t-il imprimé le message ?

— Non.

— Très étrange.

— En fait, nous envisageons la possibilité que M. Hollingsworth n'ait pas écrit le mot lui-même.

Barnaby observa l'effet de sa remarque. Il constata l'immobilité soudaine et anormale de Patterson. La manière dont il pressait ses paumes sur la table métallique. Et ses mâchoires qui se contractaient. Même ses boucles parurent s'aplatir comme sous une rafale de vent. Il cherchait un refuge, une consolation.

— Vous voulez dire qu'il s'agit d'un accident ?

— Les gens qui meurent accidentellement ne se relèvent pas brusquement pour écrire leurs derniers mots, dit le sergent Troy.

— Naturellement. (Son visage perdit toute expression.) Alors, il reste…

— Je vois que vous êtes en avance sur nous, monsieur.

— Et bien entendu, vous avez pensé à moi.

— C'est exact. (Barnaby remarqua l'immobilité persistante de son suspect. Et se demanda si elle était due à une extrême prudence ou à un choc extrême.) Alors vous comprendrez que je doive en savoir plus sur vos faits et gestes dans la nuit de la mort d'Alan Hollingsworth. Et je vous demande de bien réfléchir avant de me répondre.

— Pas la peine. Comme je l'ai dit, l'autre jour, j'étais à la maison toute la soirée du lundi. Dans le jardin jusqu'à neuf heures environ puis à l'intérieur.

— Vous êtes-vous rendu, tard dans la soirée ou tôt le lendemain matin, à la propriété dite Les Rossignols ?

— Non, je n'y suis pas allé.

— Quand avez-vous vu Alan Hollingsworth pour la dernière fois ?

— Je ne peux pas répondre. Je ne me souviens pas précisément.

Barnaby attendit quelques instants puis mit fin à l'interrogatoire, annonça l'heure et éteignit le magnétophone.

— Nous avons un mandat de perquisition pour fouiller votre maison, monsieur. Et notre département scientifique va examiner votre voiture. Je vous demanderai de bien vouloir nous laisser vos clés.

— Je comprends. Puis-je… (Il se leva à demi puis se rassit.) Est-ce que je peux…

— Vous pouvez rentrer chez vous, monsieur. Mais, je vous en prie, tenez-nous au courant de vos déplacements.

— Ne partez pas en vacances dans les Caraïbes, dit le sergent Troy.

Cet étincelant trait d'esprit tomba à plat.

— Et, poursuivit Barnaby, nous aimerions une photographie récente. Un cliché tout simple. Donnez-la à l'officier qui vous reconduira, s'il vous plaît.

Quand son escorte arriva, Patterson sortit accablé, avec des jambes en plomb, sans avoir croisé le regard des deux policiers.

— Qu'est-ce que vous en pensez ? demanda Troy quand ils eurent regagné le bureau de Barnaby. Il est mouillé, non ?

— Je ne sais pas, répliqua Barnaby. Il faut que j'y réfléchisse.

Troy hocha la tête et s'assit pour attendre. Il allait se détendre. Il n'allait pas se ronger les ongles ni se précipiter pour une taffe. Les minutes se traînèrent. L'esprit du sergent Troy revint à l'époque où il avait été muté dans ce poste, voici bientôt neuf ans.

Il avait trouvé quelque peu angoissant, alors, le refus de son nouveau patron à énoncer une opinion immédiate sur tout et sur rien. La réticence de Barnaby à tirer des conclusions rapides avait aussi provoqué un certain trouble. Mais le sergent s'était senti encore plus mal à l'aise quand il avait dû constater la bonne volonté du chef à reconnaître l'embarras ou l'échec, les deux grands tabous de la culture policière. On savait que Barnaby avait à l'occasion admis publiquement les deux, ce qui dérangeait certains officiers, surtout les plus âgés. Irrités par son honnêteté et son courage, ils dénigraient ces qualités dans leurs conversations de cantine, en les mettant sur le compte de la sottise et de la démagogie envers les plus jeunes. Jamais personne ne le lui avait dit en face. Et le vieux bonhomme – le sergent Troy jeta un coup d'œil à la silhouette massive perdue dans ses pensées, qui s'éventait avec une enveloppe kraft – s'en fichait pas mal, de tout ça. On ne pouvait que l'admirer.

Il était presque sept heures. Soudain, Barnaby se leva et se mit à fourrer des trucs dans son attaché-case.

— Il est temps de filer, sergent.

— Bien, chef.

Dix minutes de plus, et ils faisaient des heures sup'. Eh bien, il y en a des qui n'ont rien contre et des qui vont très bien comme ça, merci beaucoup.

Un bref « Bonsoir ! » et la porte claqua.

Troy enfila sa veste soyeuse, ajusta sa cravate de ses mains immaculées et se gratifia d'un bref coup d'œil admiratif dans le miroir. Il se lissa les cheveux et se sourit à lui-même puis vérifia ses dents. Il ne péchait peut-être pas par excès de subtilité mais on ne le prendrait sûrement pas en défaut avec des dents douteuses.

Il déballa une tablette de chewing-gum au menthol, la fourra dans sa bouche et se dirigea vers le bar du poste pour se taper un petit coup. Plus un petit badinage amoureux qui pouvait se terminer, s'il avait de bonnes cartes, par une chouette partie de jambes en l'air.

7

Pensez à un chiffre. Doublez-le. Ajoutez votre poids, votre numéro de sécurité sociale et la dette nationale. Soustrayez le premier chiffre auquel vous avez songé et vous serez encore loin du compte quant au nombre de degrés enregistrés dans les bureaux de la PJ. L'endroit le plus frais du bâtiment, c'était la chaufferie.

La vague de chaleur durait maintenant depuis plus d'une semaine. L'inspecteur Barnaby, qui se dissolvait petit à petit dans son bureau au quatrième étage, trouvait l'expression inepte. Les vagues, quelle que soit leur température, ça bougeait. Alors qu'il mijotait dans un air immobile, épais comme une soupe. Un grand ventilateur sur son bureau soulevait des bouffées brûlantes.

Après une mauvaise nuit, Barnaby se sentait de méchante humeur et déprimé. Il avait fini par s'assoupir vers quatre heures et demie du matin après avoir passé des heures à tourner et retourner dans sa tête le mystère Hollingsworth.

Il avait fait un rêve extrêmement frappant et désagréable, juste avant de se réveiller. Il était dans la serre en train d'observer un insecte insignifiant qui rampait sur la paroi de verre. Il tendit la main et l'écrasa de son ongle. Une minuscule tache de liquide brun-rouge gicla. Suivie d'une autre, plus large, qui s'écoulait le long de la vitre en filet mince mais continu. Puis au jaillissement rapide d'un liquide plus brillant succéda une véritable avalanche d'écume épaisse, écarlate. Barnaby avait reculé, horrifié, les mains et les manches de sa veste complètement trempées.

Il repoussa l'image en feuilletant la paperasse du jour. La photo de Simone s'étalait en première page de tous les journaux populaires, avec des gros titres d'une imagination délirante. Alan avait été élevé à titre posthume au rang de Gordon Gecko : *La ravissante blonde d'un magnat disparaît ! Le sosie de Madonna kidnappé ! Qui a vu sexy Cimone – Veuve tragique d'un grand financier ?*

Au moins, pensa l'inspecteur, on leur avait épargné ! Oh ! Quel canon !

Il feuilleta les quelques rapports de l'enquête de proximité qui avaient été jugés dignes d'atterrir sur son bureau mais constata que tous confirmaient simplement le matériel déjà recueilli. Il remarqua aussi que, jusque-là, Sarah Lawson avait été absente de chez elle chaque fois que les policiers étaient passés, et il décida qu'il irait lui-même lui rendre visite. On était samedi, il avait de grandes chances de la trouver à la maison.

Le rapport de la police scientifique sur le garage et le jardin, aussi sur son bureau, se révéla de peu d'intérêt. Les recherches minutieuses n'avaient rien donné d'extraordinaire. La terre recuite n'avait gardé aucune empreinte, pas de plante abîmée. Au fond du jardin de derrière s'élevait une haie touffue de berbéris épineux. Impossible de l'escalader ni de la traverser sans laisser de nombreuses traces.

Toutes les empreintes dans le garage étaient celles d'Alan Hollingsworth. On n'y avait rien relevé d'incongru. Des outils de jardinage et une tondeuse. Des boîtes remplies de bidons de peinture à moitié vides et de papier peint mais pas de pinceaux ni de térébenthine ni de chiffons ni de rouleaux. Les Hollingsworth avaient probablement employé un décorateur quand ils avaient dû retaper la maison. Mais c'était la voiture qui intéressait Barnaby. Il décrocha son téléphone, appela le laboratoire et demanda quand il aurait le rapport.

— D'une minute à l'autre.

— La semaine prochaine, tu veux dire ?

— Tu sais ce que c'est, ton problème, inspecteur ? dit Aubrey. Tu n'as aucune foi dans le système.

— Va-t'en savoir pourquoi !

Barnaby raccrochait quand le sergent Troy entra et déposa une tasse de café sur le bureau. Barnaby se demanda immédiatement ce qu'il lui avait pris de commander ça par cette chaleur. L'habitude, sans doute. Pourtant, il en savoura la première gorgée.

— Le sergent Brierley est dans la salle de réunion, chef. (Tendu, il était, comme une corde à violon, avec la voix cassante, vibrante.) Vous m'avez demandé de vous prévenir quand elle serait là.

— Merci.

Toute l'équipe du porte-à-porte n'était pas encore rentrée quand il était parti, la veille au soir. Il était particulièrement curieux de savoir ce qui se passait chez les Brockley.

— Vous avez l'air plutôt revêche, Gavin. Elle vous en fait voir, hein, notre Audrey ?

— Eh bien, je n'avais pas l'intention d'en parler mais puisque vous le faites. (La pomme d'Adam de Troy montait et descendait rapidement.) Comment ça se fait que moi, je ne peux pas l'appeler miss Melon de l'année mais qu'elle, elle puisse très bien me traiter de couillon bavard ?

— Cela s'appelle redresser l'équilibre, dit Barnaby.

Puis avant que la conversation ne dévie, comme il fallait s'y attendre, sur « ce qu'on gagne d'un côté, on le perd de l'autre », il ajouta :

— Rien de neuf depuis la dernière demi-heure ?

— Je remarque qu'elle n'est pas obligée d'aller à des cours de correction du comportement.

— Je vous ai posé une question.

Troy crispa les lèvres. Soi-disant qu'on devait parler de ce qui vous tracasse, dans la nouvelle boutique de partage et d'amitié de la police. Filer chez le psy, si on était du genre nouille.

— Eh bien, il y a eu un appel de ce maquereau, le joaillier de Bond Street. Il a reconnu la photo de Hollingsworth. C'est bien le type qui a acheté le collier. Mais il a pas remis Simone, en revanche. Il nous met tout ça par écrit.

— Parfait.

— J'ai la photo qui était dans *Harpers*. Vachement spectaculaire. Je parie qu'elle a dû passer des heures sur le dos pour payer ça.

— Bon Dieu, vieux !

— Quoi ?

— Cette femme a vécu un enfer. À l'heure qu'il est, elle est peut-être morte.

Et alors, elle s'en fiche complètement de ce que je dis, non ? Troy regarda le café brésilien disparaître dans le gosier de Barnaby et pensa que c'était un drôle de type, le vieux. S'il ne l'avait pas vu dos au mur défendre sa peau, ou procéder à une arrestation alors que le mec était non seulement armé mais complètement défoncé aux amphétamines, ou essayer de négocier, accroché à une falaise, avec une femme qui venait de noyer son bébé, si Troy ne l'avait pas vu faire tout ça, et plein d'autres choses encore, il aurait très bien pu trouver l'inspecteur un peu fêlé.

Ils prirent l'ascenseur pour descendre. Ni l'un ni l'autre ne parlèrent mais le plus jeune jetait des coups d'œil furtifs. Barnaby avait l'air sévère. Imperturbable, comme qui dirait, si on avait la chance d'avoir accès au dictionnaire de Talisa-Leanne Troy. Le sergent décida que le chef était démoralisé par le manque de suspects. Ce en quoi il se trompait complètement.

Au contraire de son factotum, qui aimait le tout-cuit et le plus vite possible, Barnaby était assez content de flotter, pendant un moment du moins, dans ce que certains mystiques primitifs appelaient autrefois les brumes de l'ignorance. Il réfléchissait aussi, avec une intense satisfaction, au départ récent de sa *bête noire* [1], l'inspecteur Ian Meredith, un monsieur je-sais-tout puant d'Oxbridge [2], qui sortait de Bramshill, l'école de police d'élite. Ayant décidé, comme Alexandre le Grand, de se proclamer dieu à l'âge de trente-deux ans, Meredith avait été promu rapidement à la Brigade Volante. Le poste tout entier avait été soulagé

1. En français dans le texte.
2. Oxbridge : désigne à la fois les universités d'Oxford et de Cambridge. (*N.d.T.*)

Et oh, comme il le regrettait, Troy ! L'époque du respect de la hiérarchie – et personne n'est aussi respectueux de la hiérarchie que celui qui manque d'assurance –, cette époque-là était révolue, morte du jour au lendemain. Barnaby observait avec amusement comment Audrey se débrouillait pour trouver sa voie.

— C'est juste. Comment vous vous en êtes tirée, chez les Brockley ?

— Ils sont absolument bouleversés à propos de leur fille. Elle n'est toujours pas rentrée.

— Il n'y a pas eu de message ?

— Rien. Ils ont l'air persuadés qu'on la recherche activement. C'était un peu gênant, monsieur.

— Je veux bien le croire.

— Je ne pouvais pas leur dire qu'il n'était pas question de passer du temps sur le dossier d'une personne disparue à moins que des circonstances particulières nous y obligent.

— Eh bien, espérons que ce ne sera pas le cas.

— Comme vous l'aviez suggéré, j'ai demandé s'ils avaient remarqué les allées et venues des voisins. Et j'ai obtenu de bons résultats.

— Parfait. Dites-moi.

— Ni l'un ni l'autre n'ont beaucoup dormi. J'ai compris qu'ils passaient la plupart du temps à la fenêtre, espérant plus ou moins voir Brenda revenir. Contrairement à M. Dawlish, ils n'ont pas seulement entendu Hollingsworth s'en aller en voiture, la nuit de sa mort, mais ils l'ont entendu rentrer vers onze heures. Mieux même, ils l'ont vu.

— Ah, dit l'inspecteur, qui sentit sa gorge se serrer. Bien vu ?

— Très bien. Il y a une lampe halogène très puissante dans le garage des Rossignols. Elle s'allume automatiquement à l'approche. Il n'est pas sorti de la voiture – la porte du garage est télécommandée – mais Iris est absolument sûre que c'était lui. Ils ont fait très attention tous les deux. Ils étaient tout excités, vous comprenez, qu'une voiture s'engage dans l'allée.

— Je comprends, les pauvres diables. Il était seul ?

— Oui. Reg a dit qu'on pouvait voir parfaitement l'intérieur de l'Audi. Il n'y avait personne d'autre.

— Et après ?

Son estomac se glaça puis se tordit en boule, comme s'il s'attendait à un coup.

— Désolée, monsieur. Rien.

— Ne me faites pas ça, Audrey.

— Personne n'est entré dans la maison, inspecteur. Iris a regardé jusqu'à presque une heure. Puis elle est allée se reposer et Reg a pris la relève jusqu'à l'aube.

— De quelle fenêtre observaient-ils ?

— De la chambre de Brenda. Elle surplombe l'allée des voisins.

— Ils ont dû s'assoupir, l'un ou l'autre.

— Ils disent que non.

— Ou ils ont fait du thé. Sont allés aux toilettes. Bon sang, ils sont humains !

— Oui, monsieur.

— Cela ne prend qu'une minute. Même pas, quelques secondes. Il nous suffit seulement que Brockley ait été distrait un bref instant et celui qui a tué Hollingsworth traverse la cour et frappe à la porte des Rossignols.

— Vous pensez qu'il attendait, alors ? Caché quelque part ?

— Oui, je le pense.

Parce que l'autre hypothèse, à savoir que personne n'attendait et que Hollingsworth, tout seul chez lui, s'était supprimé, était insupportable. Barnaby avait abandonné cette possibilité pour de bon à la minute où il avait découvert le corps et il n'avait aucune intention de revenir là-dessus.

— Ils n'ont vu personne s'en aller ?

— Non, inspecteur.

— Autre chose ?

— Pas vraiment. Ils ont continué à regarder mais après ça, ils ont seulement vu ce que tout le monde a vu. La Scientifique, les policiers qui gardaient la maison. Ce genre de trucs.

— Alors qu'ils aillent se faire foutre !
— Oui, monsieur.

*
* *

Au même moment, à la seconde près, en fait, Mme Molfrey s'écria : « Eurêka ! »

Pas dans son bain, en fin de compte, mais en désherbant avec une petite binette parmi les digitales et les delphiniums. C'est toujours comme ça, pensa-t-elle, en jetant son outil par terre et en trottant dans l'allée aussi vite que ses vieilles jambes allumettes le lui permettaient. On rumine, on rumine, on cherche quelque chose, on ne ménage ni son temps ni son attention et on se retrouve où ça ? Dans le pétrin. Mais n'y pensez plus, faites-lui même la nique et le voilà qui s'échine à remonter à la conscience.

Mme Molfrey avait placé la carte de Barnaby directement sous le lourd combiné en Bakélite pour ne pas avoir à la chercher partout. Elle décrocha, les mains tremblantes. Ses doigts tremblaient en composant le numéro et ses lèvres tremblaient alors qu'elle se préparait à parler. Son esprit tremblait sous le poids de cette information certainement révélatrice.

Elle se rappelait *L'Affaire du scorpion en chocolat.* Dans ce roman policier plutôt osé des années 1930, une vieille dame, non sans ressemblance avec elle-même (quoique plutôt excentrique), avait surpris une conversation grâce à son appareil auditif, en jouant au baccarat. Quelques phrases insignifiantes en soi, qu'elle avait eu l'esprit de rapprocher des éléments d'un crime avec lequel la police des cinq continents se débattait sans succès. À la fin de l'histoire, elle était décorée de l'OBE [1]. Mme Molfrey soupira avec mélancolie. Personne n'écrivait plus de livres comme ça, maintenant.

---

1. OBE : titre honorifique : *Officer of the Order of the British Empire.* (*N.d.T.*)

Au bout du fil, c'était le répondeur. Très alarmée, car elle avait horreur de tous ces gadgets modernes, Mme Molfrey raccrocha immédiatement. Elle espérait que Barnaby serait dans son bureau, à attendre son appel. Une supposition déraisonnable, elle s'en rendait compte maintenant. Bien sûr, il était sorti, il mesurait les empreintes de pas, analysait les cendres de cigare ou grattait la boue révélatrice d'une sinistre paire de galoches.

S'interrompant un instant pour se demander quel était le singulier de « galoches », Mme Molfrey ressortit. Il était impossible de garder pour soi une minute de plus pareille découverte. Cubby qui avait apporté des brocolis à Ostlers devait être déjà sur le chemin du retour. En arrivant au portail, Mme Molfrey s'y appuya pour reprendre son souffle. Alors, oh joie ! qui aperçut-elle ? le constable Perrot en personne.

D'un rang difficilement comparable à son confident manqué, il appartenait néanmoins à la même confession et il faisait par conséquent un coursier plus qu'acceptable. Mme Molfrey s'écria : « Oh hé ! » et agita sa cape d'organdi tigrée.

Le constable Perrot ressortait sa Honda de la cour des Rossignols. Il s'était fait un point d'honneur d'arriver avant le facteur, pour être certain de ne pas le manquer. Il avait pensé à apporter des gants de jardin, les seuls qu'il possédât, au cas où il y aurait des lettres. Il y en avait trois. Il les rangea avec soin dans sa sacoche.

— Bonjour, madame.

— J'ai la tremblote, dit Mme Molfrey en employant, pour la première fois, une expression chère à la grand-mère de Heather.

— Je peux faire quelque chose ?

— Oui, en effet. Il y a de bonnes nouvelles à apporter d'Aix à Gand[1]. Êtes-vous mon homme, monsieur le gendarme ?

— Pardon ?

---

1. Allusion au titre d'un poème de Robert Browning (1812-1889) : *How they brought the good news from Ghent to Aix*. (*N.d.T.*)

— Puis-je compter sur vous ?

— Oui.

La réponse de Perrot fut immédiate et spontanée. Il ne savait peut-être pas précisément où ça perchait, Aix et Gand, mais pas de doute, on pouvait compter sur lui.

— Votre chef attend de mes nouvelles. Il m'a donné son téléphone personnel, bien sûr, mais il ne semble pas être dans son bureau en ce moment. En pleine action, sûrement.

— Plus que probable, madame, dit le constable, en enregistrant mentalement la conversation pour amuser Trixie pendant le dîner.

— Vous allez le voir ?

— Je vais au poste maintenant, justement.

— Alors, vous transmettrez l'information.

Elle expliqua clairement son message.

Cela n'avait aucun sens pour le constable Perrot. Bien sûr, il se demanda, l'espace d'une seconde, s'il ne s'agissait pas d'une sorte de code. Il y avait ce mot Eurk ? Euré... ? Euvé quelque chose.

— Eurêka ? (À la question, Mme Molfrey lui dit de ne pas s'inquiéter.) Vous pouvez laisser ça. Ce n'est pas vraiment pertinent.

Perrot, qui se demandait déjà ce qu'il pouvait sans risque laisser du reste, grimpa sur sa Honda et démarra.

— N'oubliez pas, ni tintement ni carillon !

— Compris, madame Molfrey.

— Et pourquoi, monsieur le gendarme ? Pourquoi ? C'est la question que maintenant nous devons nous poser.

Perrot leva la main pour saluer, se rendit compte qu'il portait toujours ses gants de coton émeraude et jaune vif et les retira. À mi-chemin de l'allée, il croisa Cubby Dawlish et salua encore, cette fois avec la plus profonde sympathie.

*
* *

Barnaby était encore dans la salle de réunion quand le constable Perrot arriva au poste, en portant fièrement ses enveloppes. Il les déposa sur le bureau devant l'inspecteur, recula modestement d'un pas et attendit.

— Vous avez laissé vos empreintes partout, hein, constable ?

— Zut ! (Perrot se lança dans des explications.) J'étais... c'est-à-dire, je... seulement. Les gants... retirés un moment. J'y ai pensé spécialement. J'ai intercepté le fact...

— Épargnez-moi les détails sordides.

Barnaby regarda les enveloppes avec aigreur. Un magazine, une facture d'électricité et un catalogue.

— Autre chose à signaler ?

— Eh bien, j'ose à peine... Je suis sûr que ce n'est rien, vraiment...

À ce moment-là, le sergent Troy s'avança nonchalamment. Il se plaça juste derrière le bureau de l'inspecteur, entrouvrit ses lèvres minces et sèches et montra les dents.

— Salut, Jacquot !

— Bonjour, sergent.

— Koâ, koâ !

Tenu sur la sellette par le regard méprisant de Troy, Perrot s'imagina bafouiller le message de Mme Molfrey. Déjà que cela avait eu l'air plus que vaseux dans l'allée tranquille de Fawcett Green, alors ici, tu penses !

Perrot parcourut du regard la salle animée ; on s'activait avec ordre et sérieux. Avec ordre et *intelligence.* Ne te rends pas ridicule, Colin.

— Allez-y.

— Pardon ?

— Allez-y avec votre « rien, vraiment ».

— Malheureusement, cela m'est sorti de l'esprit, monsieur.

Troy éclata d'un rire bruyant. Un aboiement dur, rauque.

— Si j'étais vous, je filerais tout de suite au village alors, dit Barnaby. Et quand vous serez arrivé, j'aimerais que vous fassiez quelque chose pour moi.

— Oui, inspecteur.

— C'est un peu compliqué mais je suis sûr qu'en vous appliquant, vous vous en tirerez très bien.

— Monsieur, dit Perrot en redressant le dos.

— Allez chercher les clés des Rossignols chez les avocats Fanshawe et Clay et vérifiez-moi si l'interrupteur de la lampe halogène du garage est sur la position « on ».

— Oui, monsieur.

— Et… oh ! Jacquot ?

Le constable Perrot qui se dirigeait vers la sortie fit halte, soupira et se retourna. Ses joues s'étaient empourprées à la remarque ironique de l'inspecteur.

— Sergent ?

— La cantine est au sous-sol si vous voulez casser la croûte.

— Oh, merci.

— Il y a du gâteau au carvi le mercredi. Et une omelette de seiche le vendredi.

— Vous n'en avez pas assez de jouer les Long John Silver[1], demanda Barnaby quand la porte se referma sur l'infortuné policier.

— Les quoi ?

— Un pirate.

— Est-ce qu'il était bien monté, au moins ?

À ce moment, un coursier du labo entra en portant une grosse enveloppe qui contenait le rapport sur l'Audi de Hollingsworth.

Peu de surprises. Le coffre était vide, hormis la roue de secours et le cric. À part un jeu d'empreintes non identifiées sur les poignées de la portière arrière, toutes les empreintes dans la voiture étaient celles de Hollingsworth, ainsi que les quelques cheveux cueillis sur l'appuie-tête du siège du conducteur. On n'en avait trouvé ni sur le siège passager ni dans le reste du véhicule. Et quelqu'un avait mis une note en marge pour signaler que la voiture paraissait avoir été récemment remise en état.

Remise en état. Barnaby, qui avait horreur de ces expressions prétentieuses, siffla entre ses dents, irrité. À croire que cette foutue bagnole avait été repassée à la vapeur,

1. Long John Silver : personnage de *L'Île au Trésor* de R.B. Stevenson, cruel et terrible, qui a une jambe de bois et porte un perroquet sur l'épaule. (*N.d.T.*)

étrillée à la brosse métallique et qu'on avait fait un petit point sur le revêtement des sièges. Et, pendant ces petits soins, on avait dû lui demander si elle avait déjà pris ses vacances.

Remise en état ! Grands dieux !

* * *

Le village vibrait dans la chaleur accablante. Les bords du trottoir, peints à la chaux, éblouissaient et les haies étaient couvertes de poussière. Le long de la route, les talus herbeux étaient jaunis et secs.

Dans le jardin d'Arcadie, Cubby Dawlish prit un vieux récipient en zinc avec une poignée de bois, le plongea presque au fond d'un antique tonneau et versa l'eau de pluie en filet soyeux sur ses framboises Glen Moy.

En même temps, il s'interrogeait sur l'information d'Elfrida. Il était content qu'elle l'ait transmise à leur bobby plutôt qu'à l'inspecteur qui était venu chez eux. Non que Barnaby se soit montré désagréable mais, haut placé comme il l'était, il devait être extrêmement occupé. Cubby ne pouvait supporter l'idée qu'on traite Elfrida avec brusquerie. Ou, bien pire, qu'on la refile à un jeune qui pouvait méconnaître le respect auquel elle avait naturellement droit. Qui pouvait même, Dieu le pardonne, rire un peu à ses dépens.

Quant au souvenir lui-même, Cubby ne prétendait pas comprendre son importance. Secrètement, il pensait qu'il se révélerait insignifiant, bien qu'il ne l'eût pour rien au monde admis devant Elfie. Elle attendait déjà la réponse de l'inspecteur avec tant d'impatience. Par-dessus la haie, Cubby apercevait Perrot ; il se demanda s'il devait l'appeler pour voir ce qu'il en était. Mais avant qu'il ait pu prendre la moindre décision, le policier avait disparu dans le garage.

Le constable Perrot avait fait un détour, en rentrant à Fawcett Green, pour aller chercher son appareil photo. Il était déterminé non seulement à obtenir le renseignement exact que l'inspecteur avait demandé mais aussi d'en apporter la preuve photographique. Il prit un cliché minutieux de l'interrupteur puis de ses environs.

Après quoi, il écrivit un bref résumé (une nouvelle, simplement) de la situation. Il le relut, parfaitement conscient, après sa bourde avec le courrier de Hollingsworth, de la nécessité d'accomplir sa mission avec rapidité, efficacité et exactitude. La menace de Barnaby d'une mutation ne le quittait jamais tout à fait.

Enfin convaincu que son rapport ne pouvait être amélioré, il ferma à clé et s'en alla dans un vrombissement de moto, soulagé d'avoir évité les occupants d'Arcadie. Tôt ou tard, il savait que l'un d'eux allait demander comment l'indice de dernière minute, l'indice-vedette numéro un de Mme Molfrey – c'était ainsi qu'elle le qualifiait – avait été accueilli. Et alors il se retrouverait dans de beaux draps.

Heureusement, il y avait peu de chances que Mme Molfrey tombe sur Barnaby. Dans son ignorance des échelons de la haute hiérarchie, Perrot savait quand même qu'un officier chargé de diriger une enquête criminelle passait presque tout son temps dans la salle de réunion.

Quelques minutes après le départ de Perrot, la Rover de Barnaby tourna dans St. Chad's Lane et s'arrêta devant le cottage de Sarah Lawson. Une deux-chevaux Citroën rouge et blanc, en piètre état, était garée sur le carré d'herbe grasse. Le sergent Troy la regarda avec des yeux ronds, un sourire de raillerie tordant ses lèvres minces.

— Toys R'Us, c'est là qu'on les trouve. Avec une main derrière le dos, à tous les coups.

Étouffant de chaleur, s'épongeant le front avec un grand mouchoir en coton, Barnaby s'approcha d'un pas lourd.

— Une petite tuture, poursuivit le sergent Troy. Et étrangère, en plus de ça. Si les gens achetaient britannique, on ne serait peut-être pas dans cette mouise aujourd'hui.

— Vous vous êtes débarrassé de votre Nissan, alors, Gavin ?

C'est ça, fous-toi de moi, vieux con. Troy prit mentalement note de faire attention où il mettait les pieds. Quand il était en surchauffe, le patron avait tendance à botter, un peu au hasard. Un peu comme Long John lui-même, sans doute.

Des nuages de petits papillons, comme des lambeaux de soie fauve, voletaient sur les giroflées et les matthioles odorantes. Barnaby resta à les admirer à l'ombre du laurier qui avait probablement donné son nom au cottage. Troy frappa à la porte sans beaucoup de succès.

— Elle doit être là, puisque le jeu de Meccano est dehors.

— Pas nécessairement.

Barnaby se dirigea vers la fenêtre la plus proche. À petits carreaux enchâssés dans du plomb peint en blanc. Il jeta un coup d'œil à l'intérieur.

Une femme était allongée sur un canapé recouvert d'une sorte de tapis à motifs de couleurs vives. Ses longs cheveux éployés sur les coussins. Un bras pendant sur le côté, l'autre croisé sur sa poitrine. Cela rappela à Barnaby une illustration de Burne-Jones. Ou l'Ophélie de Millais.

Il commença à s'inquiéter. À moins qu'elle soit plongée dans une stupeur de droguée, il était impossible qu'elle n'ait pas entendu les coups de Troy. L'inspecteur tapota doucement sur la vitre, sans plus de résultat. Puis, alors qu'il envisageait sérieusement de forcer la porte, elle s'assit. Et, très lentement, elle traversa la pièce.

La première chose qui le frappa fut son air malade. La deuxième c'est que, même en ayant l'air très malade, elle était remarquablement séduisante. Elle entrouvrit la fenêtre. Il entendit alors la musique. « Mon cœur s'ouvre à ta voix… » de *Samson et Dalila*. Chanté en français, par Jessye Norman. Ou peut-être Marilyn Horne.

— Que voulez-vous ? dit-elle.

Son haleine était amère et froide. Dans la chaleur incandescente, Barnaby frissonna.

— Mademoiselle Lawson ?

— Oui.

— Nous sommes officiers de police. Nous aimerions vous parler un moment, au sujet de M. et Mme Hollingsworth, des Rossignols.

— Pourquoi moi ? Je les connaissais à peine.

— Nous ne vous avons pas choisie spécialement, mademoiselle, dit Troy qui était maintenant aussi à la fenêtre. Cela fait partie du porte-à-porte.

— De quoi ?

— Nous rendons visite à tout le monde dans le village. Pour recueillir des informations générales.

— Oh, je vois.

— Je crois qu'on est déjà passé une ou deux fois, dit Barnaby.

— Ah oui ? J'étais peut-être couchée. Je ne me sens pas bien…

Puis elle s'interrompit, eut un geste vague en direction de la porte. Les deux policiers, comprenant qu'on allait les faire entrer, revinrent sur leurs pas.

Une fois à l'intérieur, après avoir montré sa carte et s'être présenté ainsi que le sergent Troy, Barnaby regarda autour de lui.

Ils avaient pénétré dans une pièce inondée de soleil. Les rayons dorés jouaient dans la poussière et illuminaient les coins tissés de toiles d'araignée. C'était un endroit plein de couleur, empreint d'un certain charme un peu canaille. En plus du canapé, il y avait deux fauteuils défoncés habillés de tentures de coton indien à rayures. Quelques toiles originales étaient accrochées au mur, abstraites pour la plupart, y compris une aquarelle – du sable pâle, une mer limpide, presque incolore, et un ciel comme un drap tendu de soie ambrée. Des livres partout : empilés par terre, bourrés sur les étagères, en piles sur les meubles. Aucun ne paraissait neuf. C'étaient des livres d'art et de voyage, des essais. L'inspecteur reconnut les dos noirs de plusieurs classiques Penguin bien fatigués. Et des soucis : une flamme orangée dans un pot en pierre blanc et noir de confiture d'oranges.

— Nous pouvons ?

— Excusez-moi, oui. Je vous en prie. Excusez-moi.

Elle éteignit la musique. Troy s'assit sur une chaise à dossier peint d'oiseaux et de fleurs. Barnaby retira un gros volume de Thames and Hudson sur Goya et installa son corps massif en équilibre sur le bord du canapé.

Sarah Lawson, qui avait l'air de s'envoler, resta debout. C'étaient les intrus qui donnaient l'impression d'être chez eux.

— Je crois savoir, commença l'inspecteur, que vous deviez passer voir Mme Hollingsworth le jour de sa disparition.

— C'est exact.

— Pouvez-vous me dire pourquoi ? demanda Barnaby, quand le silence qui s'ensuivit se fut prolongé pendant une bonne minute.

— Elle avait des choses à me donner pour mon stand de bibelots, pour la fête de l'église. Je suis allée les chercher. J'ai frappé, pas de réponse. J'ai essayé à la porte de derrière et j'ai trouvé le carton qu'elle avait laissé sur le patio.

— Vous étiez aussi invitée pour le thé, je crois.

— Oui.

— C'était habituel ?

— Non, pas du tout. Non.

Troy prit note brièvement et regarda autour de lui d'un air furtif. Comme toujours quand il se trouvait dans un environnement témoignant d'une existence créative ou intellectuelle, il le considérait comme une critique de sa propre vie. Et naturellement, il commença à rétablir l'équilibre.

Tous ces livres, cette musique de snob. Ses yeux tombèrent sur un vitrail et une motte de terre glaise. Tiens, elle joue encore avec ça, à son âge. Comme un gamin avec sa pâte à modeler. Dommage qu'elle ne prenne pas quelques minutes pour balayer un peu cette crasse. Ou pour repasser ses vêtements. Il remarqua avec quelque satisfaction que, sous les tapis doux, usés mais encore beaux, le plancher était sale. C'était un vrai anachronisme, cette bonne femme et il fallait avoir du discernement, comme lui, pour le reconnaître.

Enchanté par cette heureuse conclusion, il se remit à l'écoute de la conversation. Le patron demandait à Sarah Lawson quand elle avait vu Mme Hollingsworth pour la dernière fois.

— Je ne me souviens pas précisément.

Barnaby était à la fois encourageant et patient.

— Quand elle vous a invitée pour le thé, peut-être.

— Ahh... (Manifestement, elle lui était reconnaissante de la suggestion.) C'est ça. Je ne me rappelle plus la date exacte, malheureusement.

— Cela a dû être un choc quand vous avez appris, pour le kidnapping.

— Cela a été un choc pour tout le monde. Je ne peux toujours pas... je veux dire, ce n'est pas quelque chose qui arrive aux gens qu'on connaît.

Combien de fois l'inspecteur avait-il entendu cette remarque ou une variation sur le même thème ! Quotidiennement, des milliers de personnes se font cambrioler, agresser, rosser, violer, assassiner, incendier – si on peut s'exprimer ainsi – et pourtant les humains gardent une confiance inébranlable dans l'immunité conférée par le Ciel à leurs proches et connaissances.

— Vous travaillez dans la formation pour adultes, d'après ce que j'ai compris, mademoiselle.

— C'est exact. À l'institut Blackthorn, High Wycombe.

— Et Mme Hollingsworth est venue à votre cours pendant un moment.

— En effet.

— Comment cela s'est-il fait, exactement ?

— Je dessinais un projet pour des vitraux destinés à une véranda. Je venais de finir l'automne : des fruits, des cynorrhodons et des cenelles, de la fumée de bois. Je l'avais posé contre la voiture pour l'envelopper, le temps que je sorte des chiffons. Simone est arrivée et a déclaré que « c'était complètement merveilleux » et qu'« elle adorerait absolument » faire quelque chose comme ça.

« J'ai cru que c'était seulement pour engager la conversation, et je lui ai proposé de venir à un de mes cours, à quoi elle a répondu qu'elle adorerait encore plus absolument si elle avait un moyen de transport. Alors, bien sûr, je me suis sentie obligée de lui proposer de la déposer, ce qui m'ennuyait un peu, parce que je n'ai pas toujours envie de rentrer directement.

— C'est une autre partie ?

Barnaby l'avait remarqué quand il était entré, appuyé à la cheminée de pierre. Gravé de flocons de neige étincelants, coloré de vert foncé et de pourpre. L'hiver, sans doute.

Sarah hocha la tête. Elle tendit la main et enleva un grain de poussière d'une baie de houx, rutilante comme un rubis. Puis elle frotta doucement une branche épineuse avec sa manche. Ce qui l'obligea à tourner le dos à ses visiteurs et Barnaby en ressentit un grand soulagement.

— C'est très beau.

— Merci.

— Vous devez avoir du travail à ne plus savoir qu'en faire.

— Pas vraiment. Il y a beaucoup de gens qui font de l'artisanat par ici. Et quelques-uns sont très bons.

— Vous ne faites pas de poupées ou de petits chats, mademoiselle ? demanda le sergent Troy.

C'était bientôt l'anniversaire de Maureen et elle aimait bien les jolis petits bibelots. C'est moins cher d'acheter directement, surtout à un amateur. Ça évite l'intermédiaire.

— Malheureusement non.

Pour la première fois dans sa voix, une nuance de couleur, un soupçon d'indignation, peut-être.

— Mme Hollingsworth venait au cours de l'après-midi, je crois ? demanda Barnaby.

— Oh oui. Je ne pense pas qu'elle avait la permission de venir le soir.

— Son mari lui tenait la bride haute, apparemment.

— J'appellerais ça enchaîner, oui.

Son expression et sa voix s'animèrent enfin. Elle se détourna, ses hautes pommettes se colorèrent, d'un doux rose cendré. Elle secoua la tête avec irritation, sembla-t-il. Ses cheveux d'un blond pâle, rêches et très épais, où miroitaient quelques fils d'argent, se dénouèrent et tombèrent sur ses frêles épaules, en recouvrant ses longues boucles d'oreilles en argent et cornaline.

L'inspecteur se demanda quel âge elle pouvait avoir. Entre trente et quarante ans, plus proche de quarante. Il se leva et fit quelques pas avec l'air de quelqu'un qui a besoin de se dégourdir les jambes, puis adopta une position d'où il la voyait de profil, un profil intensément grave. Elle le remarqua, toussota nerveusement et se détourna à nouveau.

— Pouvez-vous me dire à partir de quand Mme Hollingsworth a assisté à vos cours, mademoiselle ?

— En gros, pendant la deuxième quinzaine de février. Et une partie de mars. Le collège pourra vous donner des renseignements précis.

— Et savez-vous pourquoi elle a abandonné ?

— Apparemment, elle n'en avait pas informé Alan. J'ai découvert plus tard qu'il avait l'habitude d'appeler pendant la journée pour savoir si tout allait bien, encore qu'on ne voie pas ce qui aurait pu lui arriver dans un endroit aussi parfaitement endormi… En tout cas, après le premier cours, elle lui a dit qu'elle était chez Elfrida, quand il a téléphoné. La semaine d'après, qu'elle était chez Avis Jennings, pour le thé. La troisième fois, qu'elle était passée à la boutique. Le mercredi suivant, il a décidé d'insister. Il a appelé plusieurs fois durant les quatre heures où on était sorties et a exigé de savoir où elle était exactement quand il est rentré.

« Elle le lui a avoué. Dieu sait pourtant que c'était bien innocent. Il a dit que, bien sûr, il ne pouvait l'en empêcher mais que, si elle continuait, il n'aurait plus une minute de paix. Il lui a demandé si elle voulait vraiment lui rajouter ce fardeau sur les épaules. Et les émanations ? Est-ce qu'il n'y avait pas des produits chimiques qu'on utilisait avec tout ça ? Simone a téléphoné ce soir-là pour me prévenir qu'elle n'irait plus au cours. Je crois qu'elle pleurait. Elle semblait vraiment avoir perdu son entrain. J'ai eu l'impression qu'Alan était à côté d'elle.

— Vous n'avez pas essayé de la faire changer d'avis ?

— Grands dieux ! non. À quoi bon ?

Elle avait raison, bien sûr. Cela n'aurait fait probablement qu'empirer les choses.

— C'est une petite trotte jusqu'à High Wycombe.

— À peu près quarante minutes.

— Donc, en plus des cours, vous avez passé plusieurs heures en compagnie de Mme Hollingsworth.

— Sans doute, oui. Encore que, quand on conduit, on fait surtout attention à la route.

— Est-ce qu'elle vous a parlé de son passé ? demanda Barnaby. Ou de son couple ?

— Non, à votre première question. Et tout ce que je sais sur son couple, c'est qu'elle s'ennuyait. Mais je crois que Simone s'ennuierait n'importe où. Sauf, peut-être, chez Harrods.

— De quoi parlait-elle ?

— Oh, des articles nuls qu'elle avait lus dans les magazines. Des stars. De ce qu'il s'était passé dans *Brookside* ou dans *EastEnders*. Du chinois pour moi, car je n'ai pas de téléviseur.

— Pas de télé ?

Troy en resta bouche bée. Il en avait remarqué l'absence mais avait supposé qu'elle était dans sa chambre. Il n'avait jamais rencontré quelqu'un qui n'ait pas la télévision.

— C'est exact. (Elle se tourna vers eux, presque souriante.) Je fais partie du un pour cent.

— Alors, l'un dans l'autre, vous avez dû être soulagée quand elle a abandonné ? dit Barnaby.

— Eh bien, je n'avais rien contre, certainement. Et il y a toujours une liste d'attente.

Il la vit se détendre. Ses épaules s'affaissèrent, les aplats de son visage devinrent flous. Barnaby eut l'impression qu'un passage délicat de la conversation venait d'être négocié. Ou un champ de mines évité avec succès. N'était-il pas en train de dramatiser ? Peut-être commençait-elle simplement à s'habituer à leur présence ?

— Y avait-il quelqu'un dans le cours avec qui Mme Hollingsworth avait particulièrement sympathisé ?

— Il s'agit pour la plupart de retraités, dit Sarah, qui ajouta sèchement : Pas du tout la tasse de thé de Simone.

Elle était aimable avec eux, je crois. Mais non, pas d'amis.

Elle s'assit dans un fauteuil, en secouant ses mains étroites et hâlées cerclées de nombreux anneaux turquoise. Cette nouvelle attitude ne plut pas du tout à Barnaby, sans qu'il sache pourquoi. Après tout, si elle n'avait aucune raison de se sentir coupable, pourquoi se montrer nerveuse ? Ou était-ce simplement qu'un tel état d'esprit n'incitait guère aux confidences ? Il devait brusquer un peu les choses. Lancer une remarque ou une question qui ferait mouche. Pas commode quand on ne sait presque rien de sa cible. Donc, il fallait frapper au hasard.

— Vous saviez qu'il était violent, Hollingsworth ?

— Quoi ? Envers...

— Envers elle, oui.

— Non, je ne savais pas. (Elle fit voler ses doigts, effleura sa poitrine, comme pour calmer son cœur battant. Sa bouche se mit à trembler.) J'ai horreur de ce genre de choses. Comment des femmes supportent-elles... Dieu, comment peuvent...

Le sergent Troy, qui ne répugnait jamais à voir les autres à bout de nerfs, surtout quand à l'évidence ils se considéraient comme supérieurs, se mordit les lèvres pour retenir un large sourire. Personnellement, il n'avait jamais frappé une femme ; pourtant, il est indéniable qu'elles le cherchent, la plupart du temps. Surtout Maureen. Il trouvait que cette modération aurait bien mérité une médaille.

Barnaby, décidé à enfoncer le clou, demanda à Sarah quand elle avait vu Alan pour la dernière fois.

— Personne ne « voit » jamais Alan. On voit seulement sa voiture qui entre ou qui sort.

— Et lundi dernier ?

— Non. Était-ce la nuit où... ?

— Où il est mort, oui. Vous étiez chez vous ?

Sarah secoua la tête.

— Pas dans la soirée. Je suis allée voir un film. *Farinelli Il Castrato.*

— C'était bien, non ? demanda le sergent Troy qui pensa merde alors, c'en est une, celle-là !

— La musique était merveilleuse. C'est pour cela que j'y suis allée.

— Seule ?

— C'est exact.

— Où passait-il, mademoiselle ?

Une page du carnet vola et tourna.

— Le Curzon à Slough. (Elle regarda le sergent Troy puis l'inspecteur.) Toutes ces questions ! Vous paraissez prendre tout ça bien au sérieux.

— Une mort inexpliquée ou suspecte est toujours sérieuse, dit Barnaby.

Alors là, patatras ! Ainsi, il restait bien une mine, qui n'était pas désamorcée. Et elle mit le pied dessus. Et se désintégra. Elle proféra une sorte de gémissement et agrippa son visage avec violence. Puis elle s'écroula, en tombant d'abord sur les genoux, puis la tête la première sur le plancher.

— Allez chercher de l'eau !

Troy se précipita à la cuisine et Barnaby s'agenouilla près de la silhouette inconsciente qui gisait sur le tapis. Mais à peine cherchait-il à lui prendre le pouls que Sarah Lawson revenait déjà à elle.

— Désolée…

Elle voulut se remettre debout. De profondes marques de clous, en forme de demi-lune, estampillaient ses pommettes.

— Ce n'est pas grave, mademoiselle. Prenez votre temps.

Il lui tint la main gauche, lui passa le bras autour de la taille et l'aida à se rasseoir dans le fauteuil. Elle semblait légère et très frêle.

— Buvez un peu.

Barnaby saisit le verre douteux des mains de Troy mais elle le repoussa, en renversant de l'eau sur sa jupe bleu foncé. De petites gouttes de cristal roulèrent sur le velours.

— Je ne sais pas ce qui s'est passé. Je n'ai pas l'habitude de…

— Il y a longtemps que vous n'avez rien mangé ?

— Je ne me souviens pas. Jeudi, peut-être.

Trois jours.

— Pas étonnant que vous vous soyez évanouie.

Troy regarda le vieux ranimer, dans tous les sens du mot, la jeune femme. Barnaby avait de nombreux personnages à sa disposition qu'il convoquait quand il menait un interrogatoire et celui-là, le brave tonton trop chou, c'était le préféré du sergent. En écoutant les conseils pleins de douceur, de sollicitude – elle devait appeler un ami ou un médecin –, Troy fut éperdu d'admiration. Il se rendit compte qu'il ne serait jamais capable d'employer cette technique. Il ne supportait pas qu'on le prenne pour un jobard. Il ne supportait pas non plus qu'on le croie moins intelligent que la personne avec laquelle il parlait, même s'il s'agissait d'un simple d'esprit. Question de fierté. Alors que le chef s'en fichait complètement. On devait tout mettre en œuvre pour faire sortir les gens de leur coquille protectrice, quels que soient les moyens utilisés.

Maintenant, il avait cessé de parler et une atmosphère pacifiée les enveloppa. Comme Barnaby s'y attendait, dans cet étang de silence, Sarah Lawson finit par énoncer la vraie raison de son évanouissement.

— J'ai été surprise de vous entendre dire cela, à propos d'Alan. Les gens du village… on pensait tous qu'il s'était suicidé. D'ailleurs, n'a-t-il pas laissé un mot ?

— Pas vraiment, dit l'inspecteur.

— Je vois. (Elle prit une profonde inspiration. Visiblement, elle rassemblait son énergie et sa raison, comme si elle se préparait à une bagarre.) Alors, c'était un accident ?

— L'enquête est en cours, mademoiselle. Malheureusement, je ne peux rien dire sur cette affaire.

Il se demanda si elle aurait le cran de franchir l'étape suivante en prononçant l'indicible. Le mot M. Beaucoup plus horrifiant, selon l'inspecteur, que les gros mots, et qui pourtant circulait librement dans la bonne société, qu'on entendait quotidiennement sur Radio 4[1], sans que

1. Radio 4 : une station de la BBC, considérée comme « sérieuse », diffusant des émissions politiques et culturelles. (*N.d.T.*)

s'élève le moindre murmure de protestation des Indignés de Tunbridge Wells [1], et qu'on voyait partout imprimé au dos des livres dans les librairies respectables. Mlle Lawson se dégonfla.

— Bien sûr, je comprends.

Il décida d'en rester là. Pour le moment. Il lui laissait un jour ou deux pour recouvrer ses esprits, se rassurer en croyant qu'elle était débarrassée d'eux, et il la convoquerait au commissariat pour découvrir la raison précise de son évanouissement, en apprenant qu'Alan Hollingsworth n'était pas mort de mort naturelle.

— C'est une gouine, affirma le sergent Troy tandis qu'ils se dirigeaient vers la voiture.

— Ah oui ? s'étonna Barnaby en riant. Comment le savez-vous ?

— Elle a fait un sacré bout de chemin pour aller voir un film où on coupe la queue des hommes.

— Les couilles, pas la queue.

— Ah bon, dit le sergent Troy, s'essayant (une fois n'est pas coutume) à l'ironie nuancée, alors ça va.

*
* *

Quelques heures plus tard, Barnaby, son visage gris de fatigue éclairé par la minute présente, était dans sa cuisine à Arbury Crescent. Il était en train de tailler, à l'aide d'un épluche-légumes, de fins copeaux d'un gros morceau noueux de parmesan, en maintenant le fromage avec la paume de sa main.

Il avait une petite râpe décrite par sa fille comme une « connerie de truc chic italien » ; un souvenir de Padoue. Mais, bien que fort élégant, en effet, tout chrome mat et noir, le haut n'arrêtait pas de tomber et Barnaby était rapidement revenu à ses vieilles habitudes.

---

1. Tunbridge Wells : ville du Kent, connue pour être particulièrement conservatrice et traditionaliste, dont les habitants écrivent souvent aux journaux pour se plaindre des comportements et du langage modernes. (*N.d.T.*)

Dans un saladier de bois carré, il avait mis des cœurs d'artichauts, des olives noires, des lanières de poivron rouge et des morceaux des tomates Alisa Craig du potager de son voisin. Puis il détacha le cœur d'une romaine, coupa quelques anchois et ajouta des gousses d'ail, tenues au chaud dans une poêle. Il se détendait petit à petit, il sentait ses articulations se relâcher, ses épaules se décrisper, Fawcett Green, les Hollingsworth, Penstemon *et al.* quitter son esprit. Avec les années, il avait fini par acquérir une bonne technique. Il fallait bien survivre.

Joyce avait déjà préparé une vinaigrette avec les herbes du jardin, du jus de citron et de l'huile d'olive. Elle se chargeait de l'assaisonnement de la salade, des toasts et des tasses de thé, un point c'est tout, à moins qu'elle soit seule et qu'elle n'ait qu'elle-même à contenter.

La femme de Barnaby était une redoutable cuisinière. Non que sa cuisine fût ennuyeuse ou timorée, bien au contraire, elle avait plutôt le geste téméraire, sinon hasardeux, armée d'un couteau de cuisine et d'un fouet. Non, elle n'était pas douée tout simplement. En soi, cela peut n'avoir aucune importance. Des tas de gens qui n'ont aucun talent pour la cuisine se débrouillent pour confectionner des repas parfaitement acceptables. Certains gagnent même leur vie comme ça. Mais Joyce avait un handicap supplémentaire : on aurait dit que, tôt dans leur carrière, ses papilles gustatives avaient subi un pontage. Son palais n'avait pas l'oreille musicale, si l'on peut dire. Elle avait été décrite un jour, remarquablement, comme la Florence Foster Jenkins du réchaud.

Il prit deux verres dans le frigo, les remplit de chardonnay Montana McDonald et se dirigea vers la véranda. Là, environnée de fougères, de plantes vertes, d'orangers, de citronniers et de fleurs fluorescentes de la taille d'un frisbee, Joyce était allongée, comme Titania, sur un lit de fleurs.

— Ohh, merveilleux.

L'*Independent* glissa au sol.

— Bouge-toi un peu alors.

Barnaby tendit un verre à sa femme et s'assit à côté d'elle sur le canapé de bambou. Il prit une longue gorgée de vin qui était une vraie merveille ; soyeux, avec des arômes de melon et de pêche.

— Voilà qui n'est pas mal, dit Joyce.

Barnaby reposa son verre, prit un des pieds minces de Joyce dans sa main et commença à le caresser doucement. Elle le dévisagea un moment puis soupira.

— Ils sont toujours les derniers à se décatir, les pieds.

— Ne dis pas de bêtises. Rien n'est décati, comme tu dis.

Ce n'était que partiellement vrai. Ses chevilles étaient encore fines, la peau satinée de ses hanches et de ses bras dodus n'était pas encore fripée, sa crinière de cheveux bouclés était encore bien brune. Mais la ligne confuse de sa mâchoire inférieure s'affaisserait bientôt en un double menton. Les sillons du nez à la bouche, à peine marqués il y a peu, étaient maintenant profondément gravés. Ses paupières tombaient. Elle aurait cinquante ans dans deux semaines. Où s'en étaient allées toutes ces années ?

— Tu m'aimeras encore quand je serai vieille et grise ?

— Grands dieux, non. Je suis déjà en train de penser à ma nouvelle vie avec Audrey.

— C'est pour ça que tu as acheté ces caleçons à pois ?

— On envisage de s'installer en Cornouailles du Sud.

— On dit que c'est très bien, là-bas.

— De grands pâturages. Et un endroit vachement bien pour élever des gamins.

— Oh, Tom ! (Elle lui prit la main, la pressa contre sa joue, sur ses lèvres.) Est-ce qu'on me donne encore quarante ans ?

— On ne t'a jamais donné quarante ans, chérie.

Barnaby comprenait les tristes appréhensions de sa femme. À une époque, les anniversaires revenaient à des intervalles plus ou moins réguliers, avec un sens exact de l'ordre des choses. À présent, ils se manifestent tous les jeudis. Importuns, sournois, ils vous tapotent l'épaule. Mieux vaut ne pas se retourner.

— Allez, viens, je meurs de faim. Mangeons.

Il commençait à se demander si son idée d'un nouveau parfum était si bonne que ça, après tout. Même si cela faisait presque trente ans qu'il offrait des cadeaux à la personne qu'il connaissait le mieux au monde, Barnaby savait qu'il lui arrivait de se tromper. Le manque de temps et, bien qu'il n'aimât pas l'admettre, un manque d'imagination artistique en étaient souvent responsables.

Cully, c'était autre chose. Même toute petite, avec très peu d'argent, elle avait le don. Elle faisait le tour des ventes de charité, des brocantes et, plus tard, des salles de vente, des friperies et des soldes chics, et elle revenait toujours avec le cadeau dont le destinataire reconnaissant jurait ne plus pouvoir se passer.

Un Noël, elle avait huit ans, en farfouillant avec son père dans ce qu'il appelait « une boîte de vieilles cochonneries », Cully avait déniché un sac de cuir souple, bleu foncé, en forme de lotus. La fermeture Éclair était hors d'usage et le cuir marqué d'une profonde balafre. Il n'avait pas eu le cœur de la dissuader de dépenser vingt-cinq pence, le reste de l'argent était passé dans trois oiseaux aux plumes multicolores et un papier de soie d'un pourpre vif avec lequel elle avait fait des roses. Elle avait niché les oiseaux dans les fleurs puis le tout au cœur du lotus.

Il aurait fallu entendre les cris de joie de Joyce ! Les oiseaux étaient toujours perchés sur une plante, dans la chambre d'amis. Le lotus avait fini par se désagréger après des années d'utilisation comme sac de pinces à linge. Le cadeau de son mari, un cardigan coûteux à motif de flocons de neige, avait à peine connu la lumière du jour.

Tandis qu'ils se dirigeaient vers la salle à manger, elle déclara :

— Tu seras là, mardi soir, Tom ? Cully vient chercher le film qu'on a enregistré.

— Je croyais qu'elle ne voulait plus le voir.

— Elle n'est pas encore sûre.

Leur fille allait commencer les répétitions de *L'Ange bleu*, la pièce de Pam Gem, qu'on reprenait au Haymarket.

Le film de 1930 était repassé récemment à la télévision et, la vidéo des Bradley étant détraquée, Joyce avait fait les honneurs.

— Alors, tu seras là ?

— Je n'y compterais pas, si j'étais toi.

— Mais tu essaieras ?

Ils s'attablèrent et parlèrent de leur fille unique. De sa carrière, qui prospérait. Et de son mariage, qui, selon son père, ne tenait plus qu'à un fil.

Joyce était plus optimiste, convaincue que les tiers – et les parents encore moins que les autres – ne savent jamais ce qui se passe réellement dans un couple. C'est vrai, il y avait du tirage entre eux. Le dernier éclat spectaculaire s'était conclu au *Caprice* par une Coupe Jacques qui avait volé à l'autre bout de la table et un mois de séparation à l'essai.

La réconciliation, tout aussi mélodramatique et d'une grande richesse verbale, s'était déroulée sur le toit-jardin de leur appartement de Labroke Grove. La moitié d'Oxford Gardens était là et, quand on entama le champagne, tout ce beau monde applaudit à tout rompre.

— Des acteurs, murmura Joyce qui revint à son repas.

Un poulet froid au citron et à l'estragon avec des pommes de terre nouvelles de Jersey. Suivis d'une salade, d'un morceau de mimolette fruitée et de mirabelles dorées. Barnaby tendit la main pour se resservir de pommes de terre.

— Tu ne peux pas manger ça, plus de la baguette, plus du fromage.

— Je suis en train de me tâter, pour ce régime.

— Ne te tâte pas, Tom. Le médecin a dit…

— Je commence à me demander si l'excès de poids est aussi nuisible que ça. Je crois que c'est un canard inventé par les fabricants de produits diététiques et tous ces magazines répugnants.

— Tu sais très bien que…

— Le mot « allégé » devrait être banni de la langue. (Il attaqua avec sa fourchette.) Je me sentirai plus détendu, avec toute cette histoire de nourriture. Jouissons de la vie !

— Le sergent Brierley ne va pas aimer.
— Ça a l'air de marcher pour Gérard Depardieu.
— Gérard Depardieu est français.

Après avoir sacrifié gentiment à ce rituel, les Barnaby finirent leur repas dans un confortable silence. Ils prirent le café dans le jardin, assis sur un banc sous la tonnelle de roses. L'air du crépuscule était chargé de parfums. Un rosier musqué de l'Himalaya cascadait au-dessus de leurs têtes.

Dans la pénombre, les arbres et les arbustes étaient de cette étrange couleur acier, ni tout à fait bleue, ni verte ni grise qui, lorsqu'elle teinte le ciel, annonce l'orage. Déjà leurs contours se fondaient, ils émergeaient en masses sombres. Le ciel était constellé d'étoiles pâles.

Les oiseaux étaient silencieux mais, à trois ou quatre maisons de là, quelqu'un jouait du piano. Satie, la troisième *Gymnopédie.* En trébuchant, en répétant une phrase, encore et encore. Le silence en était exalté.

Barnaby déposa sa tasse de café dans l'herbe et passa le bras autour des épaules de sa femme. Il l'embrassa sur la joue, sur les lèvres. Joyce se laissa aller contre lui, en glissant sa main dans la sienne.

Dans la maison, le téléphone se mit à sonner. Barnaby jura.

— Ne réponds pas.
— Joyce…
— Pardon, pardon.
— Ce n'est peut-être pas le poste.
— À cette heure-ci ?
— Au moins, on a dîné, lança Barnaby en traversant la pelouse à grandes enjambées.

Joyce rassembla les tasses et suivit d'un pas plus lent. Quand elle entra dans le salon, il était déjà en train d'enfiler sa veste. Une longue habitude d'instants comme celui-là ne les rendait pas plus faciles pour autant.

— Je suppose qu'on devrait être contents que ce ne soit pas samedi. On aurait pu être tous en train de faire la java en chantant : « Joyeux anni… »

Il se détourna mais elle eut le temps d'apercevoir son expression. L'attitude de Joyce se modifia immédiatement.

— C'est quelque chose de terrible, n'est-ce pas, Tom ?

— Malheureusement.

— Qu'est-ce qui s'est passé ?

— On a trouvé le corps d'une femme.

— Oh mon Dieu ! Tu crois que c'est...

— Comment veux-tu que je le sache ?

C'était plus rapide ainsi. Mais mentir l'irritait encore davantage. Il gagna l'entrée, fouilla dans sa poche à la recherche des clés de voiture et cria :

— Ne m'attends pas.

8

C'était un membre du personnel du parking qui avait repéré la femme. Elle gisait, presque complètement dissimulée derrière une grande Buick. Il constata qu'elle était inconsciente, grièvement blessée et il appela sur-le-champ la police de Heathrow, qui était reliée directement à tous les parkings.

L'officier de service arriva, suivi de près par un médecin du centre médical de l'aéroport, qui prononça le décès. Ils furent rejoints par une équipe de police du commissariat et une ambulance. La mort ayant été rapidement jugée comme suspecte, on recouvrit le corps, on contacta le bureau du coroner et on boucla tout l'étage. Personne n'avait encore la moindre idée de l'identité de la victime.

Les numéros de toutes les voitures garées à ce niveau furent vérifiés sur l'Ordinateur National de la Police et on entreprit d'en contacter les propriétaires. Quelques-uns se manifestèrent spontanément dans les heures qui suivirent et ne furent pas du tout ravis d'être retenus.

Le sergent de liaison du laboratoire de police scientifique arriva, examina le corps, à la suite de quoi, cinq heures après sa découverte, il fut transporté à la morgue de l'hôpital Hillingdon. Là, on prit les empreintes, on plaça tous les vêtements dans des sacs qu'on expédia au labo le plus proche au cas où des analyses se révéleraient nécessaires. Les techniciens de l'IJ commencèrent alors leur exploration minutieuse de la zone.

Vers neuf heures, la police de Heathrow pensait avoir identifié le corps de la femme. Les propriétaires de tous les véhicules, sauf un, avaient été retrouvés et interrogés, ou directement ou par téléphone. L'exception était le propriétaire de la Mini marron foncé, enregistrée au nom de Brenda Brockley à une adresse dans le secteur de la police de Causton, qu'on contacta dûment. Et cette notification entraîna le coup de fil qui avait interrompu si brusquement le tendre flirt de Tom Barnaby avec sa femme.

Le poste de police de Heathrow est situé dans un lacis de routes principales, à environ deux kilomètres de l'aéroport proprement dit, et entouré d'une masse peu harmonieuse d'hôtels, de stations-service et d'usines. Dans le bureau de l'inspecteur Fennimore, Barnaby et le sergent Troy furent mis au courant des faits. À leur tour, ils résumèrent ce qu'ils savaient de la disparition de Brenda.

L'autopsie devait être pratiquée à onze heures, le lendemain matin, par un légiste du ministère de l'Intérieur. Jusque-là, la cause précise de la mort ne serait pas connue officiellement mais le médecin qui le premier avait examiné le corps était d'avis qu'elle avait été provoquée par un coup violent à la tête.

— Il y a d'autres blessures, expliqua l'inspecteur Fennimore, tendant à prouver qu'elle a été heurtée par une voiture. Il est probable que ce soit le choc qui l'ait envoyée valdinguer contre le mur où on l'a trouvée.

— Vous voulez dire qu'il s'agit d'un délit de fuite ?

— C'est la conclusion la plus probable. Les photographes de l'IJ pourront nous être utiles. Il y avait sûrement des marques de pneus sur sa jupe. Pourquoi, vous avez des raisons de croire à un acte délibéré ?

— Peut-être.

Brièvement, Barnaby expliqua la situation à Fawcett Green.

— C'est possible de vérifier pour nous les voitures qui étaient garées ici, lundi 10 ? À partir de vingt heures, environ ?

— Nous pouvons faire cela pour vous, oui. Vous cherchez quelque chose en particulier ?

Troy transmit le numéro d'immatriculation d'Alan Hollingsworth et de Gray Patterson. L'inspecteur Fennimore en prit soigneusement note et rendit la carte.

— On vous a donné une heure approximative de la mort, quand elle a été examinée ? demanda Barnaby.

— Le Dr Hatton pense que cela s'est produit il y a trois jours, en gros. Ce qui nous amène à lundi soir.

— C'est incroyable qu'on ne l'ait pas retrouvée avant, dit Barnaby. Ces endroits ne sont pas du tout patrouillés ?

— Grands dieux ! Si. Toutes les heures, d'après le personnel du parking. Mais ils n'ont pas le temps d'aller partout et entre chaque voiture. Ils sont surtout à la recherche de voitures endommagées ou de gens douteux. Des dealers, des gens qui passent de la marchandise en fraude, ce genre de trucs.

— Quand même, monsieur, interrompit le sergent Troy. Un corps…

— Vous verrez vous-même quand vous serez sur place comment cela a pu arriver. Elle était allongée dans un coin, à l'intersection de deux murs, cachée par cette grosse voiture américaine. Notre légiste pense qu'elle a été probablement projetée par-dessus.

— Mon Dieu ! dit Barnaby.

— Et bien que le parking soit réservé au stationnement à court terme, les gens laissent leur véhicule pendant des périodes variables. Cela fait neuf jours que la Buick est là. Le conducteur est allé à Bâle pour le week-end et il a prolongé un peu.

Comme l'inspecteur Fennimore semblait en avoir terminé, Barnaby hocha la tête en direction de Troy qui tendit une enveloppe. L'inspecteur en sortit trois photos.

— J'aimerais que ces photos circulent dans le terminal un, expliqua Barnaby. Dans les boutiques, les cafés, à l'enregistrement, dans les bureaux de change. Y compris le parking, si possible.

— Pas de problème. (Il examina les clichés.) Cela ressemble bien à la fille morte. C'est celui que vous suspectez être l'assassin ?

— C'est exact. L'autre est sa femme, probable victime d'un kidnapping.

— Alors, on ne l'a sûrement pas vue ici, dit l'inspecteur.

— J'aimerais quand même qu'on la montre aussi.

— Parfait. Il doit y avoir des passionnés d'avion au dernier étage pendant la journée. Certains sont des habitués. On leur montrera les photos.

— Merci. J'apprécie vraiment.

L'inspecteur était sincère. Une coopération généreuse et entière entre les différents services de la police n'allait jamais de soi.

— Je vais m'arranger pour qu'une copie des rapports du labo et du légiste vous soit transmise directement.

— Et les empreintes de la fille envoyées à notre labo, s'il vous plaît.

Comme Barnaby se levait pour partir, Fennimore téléphona à l'aéroport pour qu'on vienne l'accueillir et l'escorter à l'endroit où on avait découvert le corps.

Les cordons de sécurité avaient été enlevés. La Buick, son examen terminé, se montrait dans toute la splendeur de ses deux couleurs étincelantes, émeraude et vert pomme. Les ailettes chromées, les ailes et les deux pots d'échappement, un peu ternis par les restes de poudre des techniciens de l'IJ, formaient volutes et arabesques.

Le sergent Troy, grandement impressionné, se vit tout de suite au volant – la capote rabattue, bien entendu – tranquille à la *American Graffiti*. La main droite effleurant le volant ivoire, le bras négligemment posé sur le siège passager. À ses côtés, une fille ravissante avec une cascade de cheveux blonds, des lèvres brillantes, écarlates, court vêtue d'un short qui logerait sans problème, avec le haut dos-nu, dans la boîte à gants. La musique qui sortait à fond de la radio. « Ange de la terre, ange de la terre… Tu es mienne… »

— Ça y est, vous êtes encore tombé en extase, vous ?

— Non, monsieur. Bien sûr que non.

Troy était furieux d'avoir été épinglé devant les policiers qui les escortaient. Il fit un pas vers la voiture, l'examina avec une attention soutenue et hocha plusieurs fois la tête. Il s'imagina des choses fraîches, en espérant que sa rougeur allait s'atténuer.

— Où l'a-t-on trouvée exactement ?

— Juste ici, inspecteur.

Le policier longea la voiture et Barnaby le suivit.

Il voyait maintenant ce que Fennimore avait voulu dire. La Buick était la dernière de la rangée, presque parallèle à la sortie et dans l'alignement du mur. Un corps allongé derrière pouvait facilement rester sans qu'on le remarque pendant plusieurs jours.

Il y avait des taches de sang sur le béton à environ soixante centimètres du sol, probablement dues aux blessures à la tête. Les analyses détermineraient sans doute si elle avait été frappée après avoir été renversée ou si elle avait heurté le mur.

Il était essentiel de savoir aussi où avait été garé le véhicule qui l'avait renversée. Il avait dû rouler à toute allure. S'il avait pris de la vitesse depuis l'autre bout de l'allée, c'était possible. Mais plus on se rapprochait de l'endroit où on avait trouvé le corps, plus cela devenait difficile. S'il avait été garé tout près, il s'agissait alors d'une accélération délibérée.

Barnaby soupira. Il alla se placer au centre de la bande blanche indiquant la sortie, regarda la rampe vide et essaya de s'imaginer Brenda Brockley dans les derniers moments de sa vie. Courait-elle après quelqu'un ? Ou fuyait-elle quelqu'un ? Manifestement, elle avait été heurtée par un véhicule mais était-ce le choc qui l'avait projetée par-dessus la somptueuse Buick ? Peut-être avait-elle été fourrée dans ce méchant coin par le chauffeur, pressé de mettre de la distance entre lui et la conséquence de sa conduite dangereuse, en considérant les choses au mieux ?

Deux voitures approchaient maintenant à la vitesse tranquille de dix kilomètres à l'heure. Barnaby s'écarta et les regarda passer, en songeant qu'il serait fort cynique de voir un rapport entre leur allure de tortue et la présence d'un flic en uniforme.

L'étape suivante, c'était l'hôpital de Hillingdon où les conduisit sans grand enthousiasme le sergent Troy. Après une tasse de thé et une attente longuette dans le bureau de la sécurité, on accompagna les deux policiers à la morgue.

L'expérience n'était neuve ni pour l'un ni pour l'autre, mais ils réagirent de façon très différente. Sans être jamais complètement détaché, Barnaby avait fini par accepter avec une certaine dose de résignation ce qu'il avait maintenant sous les yeux.

Troy qui, jusqu'à l'âge de vingt-cinq ans, était persuadé d'être immortel, n'était pas encore sûr à cent pour cent qu'il irait là où va toute chair. Il savait que c'était vrai mais ne parvenait pas à y croire. Un peu comme s'il avait entendu que Terminal Cheesecake était dans les premiers du Top. D'ailleurs, si on considérait la façon dont les choses évoluaient, avec la science et tout ça, une potion magique ou un procédé d'arrêt momentané des forces vitales allaient sûrement être découverts bien avant que son tour ne soit venu. Il pourrait peut-être se faire congeler. Il y avait bien des gens riches qui faisaient ça, aux États-Unis. Un homme venait de se faire faire sa tête : on l'avait descendue dans un cylindre d'où s'échappaient des nuages de glace carbonique. Troy l'avait vu à la télé. Il se demandait maintenant quelle part de lui-même il choisirait de conserver s'il en avait l'occasion, quelle partie de son anatomie avait donné, à lui et au reste du monde, le plus de bonheur.

— Vous restez là, sergent.

— Bien, chef.

L'assistant avait déjà replié le drap immaculé. Barnaby baissa les yeux vers une jeune femme d'une laideur presque indescriptible. Sa tête reposait en un angle peu naturel le long de la ligne tordue de son épaule. Un tarin immense, pour ainsi dire pas de menton, une bouche minuscule toute ratatinée. Bien que fermés, les yeux restaient proéminents, comme ceux d'un poisson, sous les paupières bleuies et enflées. Ses cheveux bruns, raides de poussière et de saleté, étaient courts, avec une coupe banale.

Barnaby pensa soudain à sa fille, si ravissante, irrésistible. Personne ne prétend que la vie est juste mais l'injustice, à ce point-là, ne pouvait que dénoter quelque féroce lubie des Parques. À quel désespoir pareil profil avait-il dû réduire cette pauvre fille ?

Barnaby appela le sergent Troy et, en le sentant approcher, il éprouva le besoin de protéger Brenda Brockley de tout commentaire. Il rabattit le drap sur son visage, comme il avait, autrefois, rabattu la jupe sur un corps gisant dans un fossé boueux.

*
* *

— Désolé, Audrey. Comme vous les aviez déjà vus et que vous leur aviez parlé, je croyais que…

— C'est parfait, monsieur.

Ce n'était pas la première fois que le sergent Brierley accompagnait un collègue masculin pour aller annoncer la pire des nouvelles. Pas la première et, sans aucun doute, pas la dernière.

Elle se disait parfois que son apparition dans l'allée ou à la porte devait suffire à dévoiler les raisons de sa visite. Tant de gens maintenant savaient, grâce aux séries policières, qu'une femme officier accompagnait invariablement le porteur de mauvaises nouvelles. Une présence pastorale ; c'était ça l'idée. Quelqu'un qui fait du thé. Qui écoute les gens crier et sangloter, divaguer de douleur, se perdre dans des discours répétitifs et confus. Parfois, ils montraient des photos du disparu. Parfois, ils restaient assis en silence, brisés par le chagrin, comme une pierre éclatée sous les coups d'un marteau.

L'inspecteur Barnaby sonna à la porte des Mélèzes. Deux heures et demie du matin, mais il y avait encore de la lumière en bas. Comme Audrey, c'était l'aspect du boulot qu'il détestait le plus. Non seulement c'était psychologiquement désagréable mais cela pouvait aussi se révéler dangereux. Comme dans la Grèce antique, les nouvelles apportées par le messager provoquaient parfois une réaction brutale. Barnaby connaissait un officier qui avait dû annoncer à un homme la mort de sa femme enceinte, tuée par un chauffard ivre. Dans un terrible accès de rage, l'homme s'était emparé de la première arme qui lui était tombée sous la main – une paire de pincettes de cheminée – et l'avait frappé avec. Le sergent avait failli perdre un œil.

Au coup de sonnette, la chienne posa les pattes sur le rebord de la fenêtre. Elle n'aboya pas, cette fois. Elle se contenta de regarder par la vitre, en silence. La lune était pleine, un grand cercle d'albâtre luminescent. L'allée était baignée d'une froide clarté argentée.

Reg ouvrit la porte. Il les regarda tous les deux. Il les dévisagea, l'un après l'autre, avec une grande intensité. Déjà très pâle, il devint livide. Il s'écarta pour les laisser entrer.

Iris, qui portait un peignoir en nylon matelassé sur sa chemise de nuit, était assise toute droite sur le canapé face à un écran de télévision aveugle. Elle se leva précipitamment à l'entrée de Barnaby. Contrairement au mari, elle fut incapable de déchiffrer l'expression et ses traits tirés s'arrondirent d'impatience.

— Il y a des nouvelles ?

— Malheureusement, ce sont de mauvaises nouvelles, madame. Le corps d'une femme a été retrouvé tôt dans la soirée, à l'aéroport de Heathrow...

— Non !

— Je suis absolument désolé mais nous croyons qu'il s'agit de votre fille.

Une longue pause. Puis, d'un mouvement vif, Iris se plia en deux et se mit à hurler. Des sons à glacer le sang entrecoupés de petits grognements de souffrance. Audrey s'approcha et essaya de la réconforter mais elle fut repoussée.

Reg restait planté là à regarder obstinément autour de lui. Il paraissait chercher une troisième personne. Quelqu'un, peut-être, avec une autre information qui rendrait nulle et non avenue l'irruption de la mort dans la maison.

Barnaby se répétait.

— Je suis tellement désolé.

— Que... Comment... ?

— Elle a été renversée par une voiture.

— Vous êtes sûr ? (Les mots confus s'échappaient des lèvres molles.) Je veux dire, sûr que c'est Brenda ?

— Le corps n'a pas encore été officiellement identifié...

— Eh bien alors ! s'écria Reg, parodie de sergent-major à la parade, avec sa raideur, sa moustache drue et ses yeux écarquillés, vagues. Vous n'en êtes pas sûrs. Ils ne savent pas, Iris. Pas avec certitude.

— Ils ne savent pas ?

C'était terrible. Barnaby vit naître l'espoir sur le visage torturé d'Iris. Il se hâta de parler pour l'empêcher de se fixer.

— C'est la personne sur la photo que vous avez laissée au commissariat, monsieur. Il n'y a aucun doute là-dessus.

À ces mots, Iris commença à hurler silencieusement, ouvrant et fermant la bouche avec une grande énergie, les lèvres tirées en arrière dans une grimace sauvage.

— Je crois que vous devriez appeler votre généraliste, monsieur, dit Barnaby. C'est Jennings ?

— Vous ne pouvez pas faire ça. S'il en parlait à quelqu'un ?

— Votre femme a besoin d'un calmant. (L'inspecteur n'en croyait pas ses oreilles.) Vous aussi, vous auriez besoin d'un peu d'aide.

Reg ne répondit pas. Barnaby prit le carnet d'adresses en tapisserie près du téléphone et l'ouvrit à la lettre J, puis à la lettre D avec plus de succès. Tandis qu'il composait le numéro, le sergent Brierley demanda si elle pouvait faire du thé. Iris, même *in extremis,* fut ainsi obligée d'agir selon les conventions sociales. On ne sait comment, elle parvint à la cuisine mais resta à fixer d'un regard aveugle ce qui l'entourait, incapable de se rappeler où était la théière, sans même parler du thé.

Shona, qui appréciait depuis longtemps l'abandon de toutes les règles antérieures, se prélassait dans un fauteuil sur une montagne de coussins. Elle sauta par terre quand les deux femmes quittèrent la pièce et les suivit en remuant la queue d'un air mélancolique. Barnaby raccrocha, et Reg commença à ergoter.

— Les photos, ce n'est pas la réalité. Il faut trouver quelqu'un qui la connaissait, qui l'identifiera pour de bon. Essayez M. Marchbanks, du bureau. Ou Mlle Travers, du Personnel. Ils ne juraient que par Brenda.

À sa grande honte, Barnaby se rendit compte qu'il était agacé, comme si le refus de cet homme d'accepter la perte de son enfant unique était plus qu'irrationnel. Après tout, sa réaction n'avait rien d'exceptionnel. Confrontés à un tel choc, les gens se comportaient différemment ; le plus souvent, ils étaient incapables de comprendre ce qui s'était passé. Et qui n'utiliserait jusqu'à sa dernière étincelle d'énergie pour conjurer la désintégration de sa vie ? Comment je réagirais s'il s'agissait de Cully ? se demanda l'inspecteur. Et il comprit qu'il serait fini.

— Pourquoi ne pas vous asseoir, monsieur ?

— Oui.

Reg alla d'un pas hésitant vers la chaise la plus proche, passa ses doigts sur les accoudoirs avant de se baisser comme s'il était aveugle. Il dit presque pour lui-même :

— Pourquoi diable Brenda serait-elle allée à l'aéroport ?

Incapable de répondre, Barnaby demanda s'il y avait quelqu'un que la police pouvait prévenir.

— Quoi ?

— Un voisin ? Un parent peut-être ?

— Pour quoi faire ?

— Votre femme et vous-même aurez besoin de réconfort, monsieur. (Silence.) Et d'aide, ne serait-ce que sur un plan pratique.

— Nous vivons dans la plus stricte intimité.

Il semblait inutilement cruel de lui faire remarquer que c'en était fini, de leur plus stricte intimité. Leur fille avait été la voisine d'un couple qui faisait la une des journaux, ce qui n'échapperait pas à la presse. D'ici peu, journalistes et photographes grouilleraient dans leur petite allée bien nette. Barnaby se demanda s'il ne devait pas préparer avec ménagement les Brockley à cette invasion. Il suggéra qu'ils pourraient peut-être aller chez des amis pendant quelques jours. D'une voix morne, Reg expliqua qu'ils n'avaient pas d'amis.

Audrey, qui avait ramené Iris dans le salon, proposait des tasses de thé à la ronde quand on sonna à la porte.

Barnaby avait été bref au téléphone, disant simplement au généraliste que les Brockley venaient de recevoir de très mauvaises nouvelles et qu'on avait besoin de lui d'urgence. Audrey introduisit le Dr Jennings et lui expliqua la situation plus en détail. Il entra dans la pièce, profondément secoué, s'approcha d'Iris et se mit à lui parler doucement. Il finit par la convaincre de monter; aidé d'Audrey, il l'entraîna, en la portant presque dans l'escalier.

Dès qu'ils eurent quitté la pièce, Barnaby reprit la parole. Car il savait, hélas, grâce à sa longue expérience, qu'il n'y avait aucun moyen d'adoucir la transition du plan personnel au plan pratique.

— Je me demandais, monsieur…

Reg ne réagit pas. Il était assis tranquillement, son coude reposant sur un genou et le front dans la paume, comme s'il se protégeait les yeux d'une indescriptible catastrophe.

— … si vous vous sentiez capable de répondre à une ou deux questions.

— Sur quoi ?

— Eh bien, Brenda. Le temps est un facteur très important dans une situation comme celle-là. Votre fille est peut-être morte depuis cinq jours. Plus tôt nous pouvons commencer à recueillir des informations, meilleures sont nos chances de retrouver celui qui est à l'origine de cette tragédie.

En des circonstances normales, ce genre de balivernes aurait déclenché la sonnette d'alarme, car il n'y avait aucune raison logique pour qu'on retrouve un chauffard en explorant le milieu de sa victime. Barnaby comptait sur l'anéantissement de Reg pour ne pas le remarquer. Et sur son extraordinaire sujétion à l'autorité.

— Alors si vous pouviez me parler un peu…

— Elle était très respectée.

— J'en suis sûr.

— Vous ne trouverez personne qui dira la moindre critique sur elle.

— Pardonnez-moi si je récapitule ce que vous avez déclaré au poste. (Il reprendrait l'interrogatoire du couple quand il rentrerait au bureau.) Mais il est très important que nous vérifiions chaque détail. Elle s'est précipitée dehors – je crois que ce sont vos mots – à environ sept heures et demie.

— C'était *Watchdog,* à la télévision.

— Est-ce qu'elle a dit quelque chose en partant ?

— Elle est sortie en courant.

— Elle n'a pas dit qu'elle avait rendez-vous ?

— Non. (Il devenait hargneux.) Je leur *ai dit* tout ça.

— Oui, je suis désolé, monsieur. Vous avez dit que Brenda n'avait pas d'amis. Y avait-il quelqu'un à son travail de qui elle était proche ?

— Personne en particulier. Elle s'entendait bien avec tout le monde.

Barnaby prit cela avec circonspection. Personne ne s'entend bien avec tout le monde, et quand on est malheureusement dépourvu de charme, on a besoin, plus que les autres, de se construire ses propres défenses et stratagèmes contre le rejet. Peut-être Brenda se montrait-elle toujours complaisante et obligeante. Enfin, il n'allait pas tarder à le savoir.

— Ils lui ont offert une ravissante broche, dit Reg. Avec son nom dessus.

— Et des appels téléphoniques à la maison ? Des lettres ?

— D'hommes, vous voulez dire ?

— Pas nécessairement, monsieur.

— Brenda était très difficile dans ses fréquentations.

Barnaby réduisit le cercle, en l'interrogeant sur d'éventuelles connaissances à Fawcett Green. Ce qui ne le mena nulle part. Brenda Brockley se levait, allait à son travail, rentrait à la maison, prenait son thé, promenait son chien et allait se coucher. C'était tout. Les perspectives de vie.

— Bien que…

— Oui ?

— Ce n'est rien, en fait. Mais, les derniers jours, elle était, eh bien… différente.

— De quelle manière ?

— Brusque. Elle a toujours eu des manières adorables. Sa mère et moi y tenions. La courtoisie ne coûte rien. Et puis elle a commencé à se renfermer. Elle ne participait pas à la conversation. Elle refusait de répondre aux questions sur sa journée. Ce genre de choses.

Barnaby, qui avait passé la moitié de sa vie à se conduire comme cela, au grand dam de sa femme, ne sut que dire. Mais il était intéressant de noter que le changement d'attitude de Brenda datait à peu près de la disparition de Simone Hollingsworth.

— Je suppose qu'on ne saura jamais quel était le problème, dit Reg, d'une voix lasse et désespérée.

Il paraissait inutile, pour le moment, de poser des questions plus précises ou rigoureuses. Cela pouvait même se révéler contre-productif. Quand elle serait en état de répondre, Iris se révélerait sans doute beaucoup plus utile.

Barnaby expliqua qu'il serait nécessaire d'examiner la chambre de Brenda, dans les jours prochains. Cela dit, M. Brockley verrait-il une objection à ce que Barnaby y jette un coup d'œil tout de suite ?

— Normalement je devrais dire non, répondit Reg. (Il se leva rapidement, comme s'il était content d'avoir un but. Il était presque affairé.) Sa porte était toujours fermée à clé, vous comprenez.

— Ah ?

Barnaby fut immédiatement intrigué, en se demandant pourquoi une célibataire irréprochable, qui avait depuis longtemps passé l'âge de la phase adolescente : « Défense d'entrer ! », faisait une chose pareille.

— Mais elle est partie si précipitamment qu'elle n'a pas pris son sac.

Tandis qu'ils montaient l'escalier, il reprit d'un air malheureux :

— Nous avons passé beaucoup de temps là-haut, durant ces derniers jours.

Il hésita sur le pas de la porte d'un air misérable tandis que Barnaby, qui aurait bien préféré avoir l'endroit pour lui tout seul, promenait son regard autour de la pièce silencieuse et abandonnée.

Une robe de chambre rose était drapée sur le dossier d'une chaise. Les rideaux et le couvre-lit étaient assortis, d'un imprimé terne, à croisillons avec des fleurs et des feuilles. Il y avait un radio-réveil et deux gravures de scènes bucoliques si complètement dénuées de caractère qu'elles auraient pu se situer n'importe où. Au-dessus du lit était accrochée une grande reproduction encadrée de deux petits gamins des rues, un garçon et une fille, qui se tenaient les mains et pleuraient. Les larmes, comme de minuscules perles de verre, étaient collées à leurs joues.

Barnaby, qui en avait déjà vu de semblables plus d'une fois, en resta déconcerté. Comment avoir chez soi en permanence sous les yeux l'image d'enfants en détresse ?

Il ouvrit la penderie et y jeta un bref coup d'œil. Des tailleurs gris-brun, une robe imprimée (brun et vert olive), plusieurs paires de chaussures bien cirées, bleu marine et noires, toutes sur des embauchoirs. Un manteau terne. Les tiroirs de la coiffeuse contenaient des dessous simples en coton et quelques paires de bas épais, couleur chair. Pas de parfum ni de maquillage. Peut-être avait-elle depuis longtemps compris l'inutilité de toute tentative d'amélioration, sans même parler de transformation.

Près du lit étroit, une étagère de verre, soutenue par des pattes de métal tarabiscotées, peintes en blanc, montrait des jouets en peluche et une petite pile de romans sentimentaux.

Barnaby reporta son attention sur le joli bureau ancien placé près de la fenêtre. Il souleva le cylindre. Le bureau ne contenait qu'un beau livre plat, vert foncé, qu'il prit et qu'il ouvrit. Un geste qui incita Reg à parler.

— Inspecteur, si cela ne vous fait rien. Je crois que c'est plutôt personnel.

— C'est ce qui est personnel qui peut nous être le plus utile, monsieur Brockley.

Barnaby alluma la petite lampe à cou de canard, ajusta l'abat-jour rose, ouvrit les pages au hasard et commença à lire.

3 avril : Aujourd'hui, nouveau départ. A a découvert où je travaillais ! En sortant du bureau, je l'ai presque « carambolé ». Et il avait une expression légèrement coupable mais en même temps ardente et excitée qui me dit que ce n'était pas une simple coïncidence.

Après cette collision accidentelle (entre guillemets), il a absolument voulu m'emmener déjeuner. Nous sommes allés au Lotus Garden où l'on a beaucoup ri à cause de ma maladresse à me servir de baguettes. Il a insisté pour me montrer ce qui, inutile de le préciser, impliquait une leçon particulière avec force jeux de mains. Ses doigts sont minces mais tellement forts. Pressaient-ils avec un peu trop d'insistance et de chaleur déplacée ? Il a des yeux tellement rieurs. Quand nos regards se sont croisés, nous nous sommes rendu compte que quelque chose de terriblement important venait de se passer.

L'inspecteur, avec une expression d'incrédulité étonnée, feuilleta plusieurs pages de ce texte passionnant et naïf et il en reprit le fil.

7 mai : Malgré les instructions formelles A s'est mis à m'appeler à Coalport. Ai-je besoin de dire que « des sourcils se sont levés » ? Trish Travers qui faisait des commentaires de sa voix sexy, tout le monde qui posait des questions. J'ai gardé un silence discret, en disant simplement « pas de commentaires, pour le moment ».

Je suis décidée à ne pas succomber mais il est si beau. Il m'a persuadée d'accepter un autre déjeuner. Cette fois, à Star of India. Il a avoué alors ce que je soupçonnais depuis longtemps. Que son mariage est une parodie vide de sens, et sa vie désespérément malheureuse. Il ne sait pas que moi aussi j'ai connu la solitude, que le Lui s'est toujours dérobé. Jusqu'à aujourd'hui. *Bien contre ma raison et uniquement par sympathie, j'ai permis que ma main repose brièvement sur la sienne. Ces yeux rieurs sont devenus terriblement sérieux et semblaient me regarder jusqu'au fond de l'âme. Je crois que j'ai compris alors qu'il n'y avait pas de retour en arrière possible.*

Barnaby replongea dans la saga deux ou trois fois. L'essentiel, le style et le contenu, ne changeait pas. Sur le point de refermer le journal, il remarqua une photo collée sur la page de couverture. Il tendit le livre en disant :

— Aviez-vous vu ceci, monsieur ?

La main de Reg était hésitante. Autant il avait désiré être au courant des pensées les plus intimes de son enfant quand elle était en vie, autant il se sentait, maintenant, extrêmement mal à l'aise à l'idée de pareille intrusion.

— Cela ne paraît pas très correct.

— Regardez seulement la photo.

Reg fixa la photo, les yeux et la bouche ronds de stupéfaction. Il rendit le journal.

— C'est Alan. (Puis comme s'il s'efforçait de clarifier une situation insondable et obscure :) De la propriété voisine. (Il alla, les jambes raides, jusqu'au joli petit siège en nacre de Brenda et s'y appuya.) Qu'est-ce que cela veut dire ? Qu'est-ce qu'elle a écrit ? Je ne comprends pas.

— Il y a plusieurs rendez-vous amoureux qui sont décrits là-dedans, monsieur. Un flirt, à ce qu'il semble.

— Avec *Hollingsworth* ?

— Il n'y a aucun nom. (Pourtant, après une lecture plus attentive, il espérait bien qu'il en serait autrement.) Mais l'initiale A revient de temps à autre. Et ceci, ajouté à la photo…

— Mais on les connaissait à peine. Je vous l'ai dit l'autre jour.

— Votre femme et vous les connaissiez peut-être à peine mais…

— Oh mon Dieu ! Vous ne croyez pas que c'est Alan qui… (Le visage de Reg était tordu de souffrance, comme craquelé.) Est-ce que c'est pour ça qu'il se serait suicidé ?

À ce moment, Audrey apparut dans l'encadrement de la porte pour dire qu'Iris s'était endormie et que le Dr Jennings était parti mais passerait à la première heure le lendemain.

— Ma petite fille. Brenda, oh Brenda ! s'écria Reg.

Audrey l'aida à se lever et le persuada de descendre. Tandis que les deux quittaient la chambre, Barnaby songea à la suggestion déchirante de Reg. Jusqu'à ce que l'automobiliste responsable soit arrêté, personne ne saurait précisément quand Brenda Brockley était morte ; même après une autopsie, il restait toujours une incertitude. Mais si elle avait été tuée dans la nuit de lundi dernier, disons à dix heures et demie, Hollingsworth pouvait être le responsable. Il était sorti et motorisé. Et il était possible, étant donné la circulation fluide, d'aller et de revenir de Heathrow en moins de trois heures.

Donc on pouvait peut-être résoudre le problème des moyens et de l'occasion. Mais le mobile ? C'était le hic. Barnaby avait du mal à croire qu'Alan Hollingsworth ait eu des relations sexuelles avec la fille des Brockley. D'après lui, les écrits secrets de Brenda étaient purement imaginaires, au même titre que les romans de Mills et Boon, sur la petite étagère de verre. Non qu'il soit impossible pour les femmes extrêmement laides de fasciner un homme : l'histoire était remplie de cas prouvant le contraire. On disait bien que la duchesse de Constantinople, dont les amants étaient légion, avait des verrues sur le nez, une épaule plus haute que l'autre et une haleine à embraser le Bosphore.

Mais, dans ce cas particulier, Barnaby était persuadé d'avoir raison. Il paraissait improbable, étant donné l'obsession dévorante entretenue par Hollingsworth à l'égard de Simone, qu'il ait pu s'intéresser à d'autres femmes. Mais comment Brenda avait-elle considéré le couple voisin ? Seule avec elle-même dans sa triste petite cellule, savait-elle vraiment quelque chose ?

Fidèle à son principe de garder l'esprit ouvert, Barnaby s'emballa et imagina que la fille des Brockley était la ravisseuse de Simone. Elle aurait très bien pu en être jalouse, et même vouloir lui nuire. Et rendre Alan délibérément à demi fou d'angoisse, ce qui n'était pas non plus complètement à exclure. L'amour non payé de retour peut engendrer un comportement cruel et pervers. Mais comment en aurait-elle eu le temps ? À moins que les interrogatoires au Coalport and National révèlent un absentéisme, chaque moment de sa vie irréprochable, étroitement organisée, semblait justifié. Ce qui impliquait l'existence d'un complice.

Se voyant acculé dans une impasse, l'inspecteur finit par secouer toutes ses idées embrouillées et revint au journal intime.

Le texte naïf, écrit serré, sautillait sur la page. Il feuilletait au hasard quand, soudain, il tomba sur un espace frais, vierge, de papier jaune citron, brisé par deux lignes, écrites calmement au crayon. Il lut le bref paragraphe ; les mots volèrent comme des flèches, et se plantèrent droit dans son cœur.

On dit que ce que l'on n'a pas connu ne vous manque pas. Ce n'est pas vrai. Toute la nuit, on rêve de ce qui vous manque. Et puis, toute la journée, on a mal.

*
* *

À huit heures, le lundi matin, la salle de réunion bourdonnait comme une ruche. Des informations fraîches concernant l'affaire Hollingsworth arrivaient encore, y compris plusieurs témoignages nouveaux. Le personnel de bureau, en uniforme et en civil, écoutait et transmettait.

À Brick Lane, Simone avait porté un sari doré et rouge et des clochettes aux pieds. À Tedford, elle avait posé comme religieuse, à Devizes, comme gardienne de la circulation. Près de Stradford-on-Avon, elle batifolait sur le pont d'une péniche sans presque rien d'autre sur elle que des anneaux de gitane.

Plus plausible, Mme Hollingsworth avait été vue à la station de métro Uxbridge, le jour de sa disparition, chargée de sacs de Marks and Spencer et regardant constamment sa montre « comme si elle attendait quelqu'un ».

Dans un bus à destination d'Aylesbury, une passagère s'était assise à côté d'une femme en veste de lin rose vif sur une robe à fleurs qui ressemblait à celle de Simone. Elle avait des cheveux auburn et portait des lunettes noires, mais elle présentait une forte ressemblance avec la femme kidnappée. Étant descendu du bus à Flackwell Heath, le témoin n'avait aucune idée de la destination de la femme.

Troisièmement, et encore plus encourageant, Simone avait été repérée alors qu'elle montait dans une camionnette blanche d'aspect délabré, à quelques mètres du grand magasin où elle avait été vraiment vue pour la dernière fois. La personne qui rapportait cette information n'avait pas noté le numéro mais se rappelait que le véhicule n'avait pas de marque. En d'autres mots, pas commercial.

Barnaby, rafraîchi par un dimanche passé à bricoler dans son jardin et à se prélasser sur une chaise longue, se mit au courant de l'essentiel puis demanda qu'un « avis de recherche » soit lancé sur le conducteur de la camionnette. Et aussi qu'on fasse la tournée de tous les magasins de Causton, y compris les boutiques des œuvres de bienfaisance, pour savoir si on n'aurait pas vendu de perruque auburn et de veste rose. Car Mme Hollingsworth ne les avait certainement pas apportées avec elle quand elle était montée dans le bus à Fawcett Green.

Enfin il ordonna que des photos de Simone, avec mention de l'heure et du jour de sa dernière apparition supposée, soient affichées partout dans la station de métro d'Uxbridge, dans le hall et sur les quais. On ne savait jamais.

Après quoi, il se retira dans le coin le plus calme qu'il put trouver. Un briefing devait se tenir à huit heures et demie, ce qui lui laissait à peu près vingt minutes. L'inspecteur prit avec lui un café fort et le journal de Brenda Brockley, qu'il avait parcouru au hasard depuis le petit-déjeuner.

Une lecture plus suivie n'avait pas révélé la signification des astérisques dorés et argentés ni des petits cœurs écarlates et Barnaby doutait maintenant de la comprendre jamais. Mais si les signes restaient mystérieux, les aventures de Brenda, quant à elles, se révélaient tristement conventionnelles. Pas de casse dans les banques de Monte-Carlo ni de ski à Gstaad. Pas de yacht sur les mers vineuses et sous le ciel d'airain de la mer Égée. Elle n'allait même pas aux courses à Ascot ou Cowes.

Elle n'en demandait pas beaucoup, la pauvre. Un dîner dans un pub au bord de la rivière Marlow « avec les cygnes blancs qui dansaient si gracieusement en cherchant à saisir leur reflet dans l'eau. Avec quelle délicatesse ils mangeaient des petits fours dans ma main. » Un concert à High Wycombe avec un lent trajet de retour à la maison au clair de lune « et Alan priait et suppliait qu'il n'ait pas de fin ». Puis un autre Chinois, cette fois au Kyung Ying.

La salle se remplissait peu à peu. Quelques policiers s'étaient massés devant le tableau d'affichage sur lequel étaient épinglés des clichés de Brenda avec les photos de l'IJ d'Alan sur le tapis, le portrait de mariage et les Polaroid de Simone. D'autres se renseignaient sur les derniers développements. Barnaby referma le journal intime et reprit sa place officielle.

— Très bien, tout le monde !

Les bavardages baissèrent d'un cran. Il donna un grand coup de poing sur son bureau. Et dans le silence qui s'ensuivit, il lança un « merci » plutôt sec.

— Bon, c'est tout ce que nous avons et ce n'est pas beaucoup. Brenda a été vue pour la dernière fois par ses parents à sept heures et demie, lundi soir. Elle a quitté la maison dans les vêtements qu'elle portait quand elle est morte. Elle n'a pas dit où elle allait. Elle a simplement sauté dans sa voiture et est partie « comme une folle », selon son père. Elle n'a même pas pris son sac et a éraflé un poteau en sortant.

« À neuf heures, elle a appelé pour dire qu'elle avait rencontré un ami et qu'elle allait dîner et qu'il ne fallait pas l'attendre. Son père, qui a pris le message, a eu l'impression, d'après le bruit de fond, qu'elle téléphonait d'une gare. On sait maintenant que c'était presque certainement Heathrow. Vous trouverez toutes ces informations sur le Quatre-Deux-Huit qui vient d'être photocopié et devrait être là sous peu, alors prenez-en connaissance.

« Le corps a été retrouvé ainsi que la voiture au niveau

un du parking qui dessert le Terminal Un. Les blessures correspondent au choc causé par un véhicule roulant à une vitesse considérable. L'autopsie est pratiquée ce matin, donc on devrait en savoir davantage, demain au plus tard. Sa photo, celles de Hollingsworth et de sa femme vont circuler dans l'aéroport. Elle a peut-être dîné sur place, auquel cas il se peut très bien qu'on l'ait remarquée. Elle était... enfin... assez particulière.

Il y eut quelques mots au fond de la salle et un rire.

— Qu'est-ce que c'est ? intervint Barnaby, dont la voix claqua comme un fouet.

— Pardon, chef. (Quelqu'un s'éclaircit la gorge.) Je tousse un peu.

— On ne peut pas tous ressembler à Ava Gardner, constable.

— Non, monsieur.

— La police de Heathrow est très coopérative et, s'il y a du nouveau, on saura mieux où on va. Maintenant, en ce qui concerne les Hollingsworth, est-ce que vous avez quelque chose ? Oui, Beryl ?

Le sergent Beryl, dont le nom était le fardeau de sa vie, déclara :

— J'ai parlé à un certain M. Harris, dans St. Chad's Lane, hier. Il travaillait dans son jardin quand il a vu Alan Hollingsworth sortir à l'heure donnée par Dawlish.

— Parfait. Prenez contact avec lui, vous voulez bien ? Tâchez de savoir s'il a vu la fille Brockley sortir aussi. J'ai dans l'idée qu'ils ont dû partir presque en même temps. Et n'oubliez pas, tous, que c'était le soir du jour où Hollingsworth avait touché l'argent. Je ne crois pas extrapoler en supposant qu'il allait remettre la rançon. Et si elle le suivait...

Un murmure de vif intérêt parcourut l'assistance puis un inspecteur en civil, appuyé à la fontaine d'eau, déclara :

— Est-ce qu'il y a eu une quelconque explication de la part des parents ? Je veux dire, est-ce qu'ils ont une idée sur les raisons qu'avait leur fille de suivre Hollingsworth ?

— Elle s'imaginait être amoureuse de lui. (Barnaby promena un regard flamboyant autour de la salle, comme pour défier quiconque de rire. Personne ne pipa.) D'après ce qu'on sait, elle n'est même jamais entrée dans la maison, mais quand nous aurons ses empreintes, il se peut qu'on découvre le contraire. On ne procède pas encore à une enquête à grande échelle, car il est possible que nous ayons affaire à un banal accident. Mais j'aimerais que sa photo et celle de Hollingsworth soient montrées dans tous les cafés et restaurants de Causton. Au cas où quelqu'un se rappellerait les avoir vus ensemble.

Barnaby avait beau être convaincu que le journal était pure fiction, il ne pouvait se dispenser de vérifier.

— Je vais passer au bureau où elle travaillait dans une demi-heure et j'espère enrichir un peu le contexte. Le prochain briefing est à six heures. Alors, on y va. Gavin ?

Le sergent Troy prit sa veste et suivit son patron. Comme la porte se refermait derrière lui, on entendit l'homme qui avait ri demander :

— Qui c'est ça, Ava Gardner ?

En rejoignant la Rover où son chef était déjà installé, avec deux canettes de soda glacé qu'il venait de prendre à la machine, le sergent Troy riait tout bas. Il semblait perplexe, il remuait la tête d'un air incrédule en grimpant sur le siège du conducteur.

— Merci, dit Barnaby en tendant la main. Ce n'est pas de refus.

— Oh, sûr. (Troy, qui avait acheté les deux canettes pour lui, tendit celle qu'il aimait le moins.) Il paraît qu'elle est très bonne, celle-là.

— Je ne voudrais pas vous priver, Gavin, dit Barnaby, en prenant l'autre. Pourquoi vous glousssiez comme ça ?

— En bas, il y avait un vieux clochard, qui voulait porter plainte. À ce qu'il dit, il était assis sur le trottoir, avec son sac qui contenait tout ce qu'il possédait, quand un gusse s'est approché. « Je représente Sainsbury's », qu'il dit. « Un penny pour votre sac ? » Il lui fourre la pièce dans la main et s'en va avec tout le barda du vieux schnock. Ils se pissaient encore dessus à la réception.

— Ça vous transforme une journée, ça, non ?

— Pas loin, dit le sergent Troy, en ouvrant sa canette et en sirotant une longue gorgée.

— Eh bien, vous n'êtes pas là pour vous amuser, alors descendez-moi ce truc en quatrième vitesse et allons-y.

— Bien, chef.

Il vida la canette, la coinça derrière la boîte de vitesses et tourna la clé de contact.

On leur avait demandé de passer par l'entrée de service, à Coalport and National, mais en arrivant, ils la trouvèrent fermée. Barnaby jeta un coup d'œil à travers les rideaux à demi tirés d'une pièce de repos-cuisine.

Une fille, qui se lavait les mains, s'essuya à un torchon et les fit entrer.

— Pardon, j'étais censée surveiller votre arrivée.

Elle passa devant eux, ouvrit une porte qui révéla une grande pièce haute de plafond avec plusieurs bureaux et un comptoir tout au bout duquel une personne attendait.

— Je préviens le directeur que vous êtes là.

Après le départ du client, M. Marchbanks, un bonhomme à la Lowry[1], avec une masse de boucles jaune citron, des yeux comme des groseilles à maquereau bouillies et une poignée de main mouillée comme un carrelet, introduisit les deux policiers dans le bureau principal.

— J'étais sûr que vous voudriez parler sans être dérangés, dit-il en désignant la pancarte sur la porte en verre, dont la face tournée vers eux montrait Ouvert. Mais j'espère bien…

— Je vais essayer de ne pas vous prendre trop de temps, répondit Barnaby. Puis-je ?

Comme il s'asseyait à un bureau vide, une femme sépulcrale, très grande et large, avec plus de poils sur la lèvre supérieure qu'une brosse à dents, sortit d'un bureau indiqué Personnel. L'inspecteur présuma qu'il s'agissait de Trish Travers.

1. L. S. Lowry (1887-1976) : peintre anglais connu pour ses scènes du nord industriel de l'Angleterre représentant des usines et des foules de petits personnages, comme des bâtons. (*N.d.T.*)

Ils semblaient tous maussades mais point de chagrin excessif. Même M. Marchbanks qui ne jurait que par Brenda.

— Quel malheur, dit-il avec l'air d'un homme qui va se limer les ongles. Tout le bureau est en état de choc.

— Je comprends, approuva Barnaby. Et j'apprécie votre coopération.

Troy choisit un tabouret haut au comptoir, posa son carnet près d'un calendrier et fit le point sur les beautés du coin. Quatre (on ne pouvait pas compter Adolf!) et aux appas divers.

Il y avait la petite qui les avait fait entrer: un vrai pot à tabac, complètement ronde avec de longs cils et une frange rousse. Les franges, pensait le sergent Troy, ça donne toujours à une fille l'air affriolant. Une nana passable avec des ailes pendantes de cheveux fauves et soyeux, un teint comme sur l'affiche de pub pour le Flash Floor (« avant », pas « après ») et un long nez pointu. Parfait si on aime les Afghanes. Une autre, l'air exténué, excédé, avec des mains fripées, plein de bijoux, la manie de faire des grimaces et de cligner les paupières. Enfin, celle qui avait tapé dans l'œil de Troy: une grande, rousse comme lui, avec d'énormes lunettes à monture d'écaille perchées sur le bout de son joli nez. De longues jambes frêles croisées sous sa chaise. Un décolleté appétissant, pulpeux, à couper le souffle. Rien qu'à le voir, ça faisait une bosse dans le pantalon.

Il attendit que les verres fumés étincellent dans sa direction et il leur adressa un sourire éclatant, pas compliqué pour un sou.

Elle accusa réception en entrouvrant des lèvres humides et brillantes comme des cerises fraîchement lavées.

— Nous aurions besoin, expliquait l'inspecteur, d'en apprendre un peu plus sur l'entourage de Mlle Brockley et sur sa vie privée. Je sais que les filles parlent souvent...

— Les femmes, vous voulez dire, interrompirent les mains lasses.

— En effet, dit Barnaby. Je vous demande pardon. Les femmes parlent souvent à leurs collègues au bureau de choses qu'elles ne partagent pas avec leurs proches. Je me demande si Brenda...

Il y eut un silence embarrassé. Barnaby prit la température de la pièce et ne la trouva pas encourageante. Il avait déjà soupçonné que le mode de vie stérile de Brenda, tel que décrit par ses parents, indiquait un type de personnalité renfermée, peu communicative.

— Était-elle... très appréciée ici ?

— *Très appréciée,* je ne dirais pas, répondit M. Marchbanks.

— Mais on n'avait rien contre elle, ajouta très vite la petite rondouillarde, Hazel Grantley, de la Comptabilité.

Des approbations emphatiques s'élevèrent en chœur puis s'éteignirent dans un nouveau silence gêné.

Barnaby devina leur dilemme à tous, car il était assez fréquent. Beaucoup de gens, qui ne se gênent pas pour dire du mal du vivant vulnérable, ne se sentent pas le courage de prononcer une seule syllabe contre le mort indifférent.

— Alors personne ici n'était proche de Brenda ?

Il y eut un murmure négatif. Personne ne le regardait directement.

— Et en dehors du bureau ? A-t-elle mentionné quelqu'un avec qui elle sortait régulièrement ?

— Pas à nous.

— Un petit ami, peut-être ?

Tout le monde eut l'air surpris puis honteux d'avoir l'air surpris et puis fâché d'avoir l'air honteux.

— Je ne crois pas qu'elle avait de petit ami, dit M. Marchbanks.

— Ce n'était pas le genre de Brenda.

— C'était une vieille fille-née, ajouta la fille aux jambes de Bambi.

Barnaby tiqua à cette méchanceté désinvolte.

— Et des coups de fil personnels ? En recevait-elle ? En donnait-elle ?

— Ils ne sont pas autorisés.

— Officiellement, précisa la fille au long nez.

Elles se mirent toutes à glousser avant de se rappeler la solennité du moment.

— Elle en a reçu un, corrigea la femme clinquante de bijoux. Le premier matin où elle n'est pas venue. Un homme a appelé et a demandé à lui parler. Il était à peu près neuf heures et demie.

C'était sûrement son père. Barnaby voulut alors savoir depuis combien de temps Mlle Brockley travaillait à Coalport and National.

— Depuis qu'elle a quitté l'école, dit M. Marchbanks. Cela va faire treize ans.

Ça porte malheur, pensa le sergent Troy. Pour mieux profiter du ventilateur posé près du calendrier, il le poussa un peu vers lui, desserra le col de sa chemise sport à carreaux et tourna la première page de ses notes.

— Et quand elle était au comptoir ? insista l'inspecteur. Bavardait-elle avec quelqu'un en particulier ? Peut-être la même personne à plusieurs reprises ?

— Eh bien, dit M. Marchbanks en s'éclaircissant la voix, elle ne faisait pas beaucoup de… hum…

— Tête-à-tête avec les clients, interrompit l'Afghane en volant à son secours.

— C'est ça. Elle avait l'air de préférer travailler tranquille.

— Toute seule, quoi, renchérit la femme du Personnel.

Barnaby eut un rapide aperçu de l'abîme de solitude dans lequel Brenda devait travailler à Coalport and National. En arrivant le matin au milieu des conversations sur les petits amis, les problèmes à l'école, les disputes de famille, comment réagissait-elle ? Avec un hochement de tête et un sourire devant des situations complètement étrangères à sa propre expérience ? Peut-être faisait-elle semblant de ne pas entendre, persuadée que toute velléité de participation serait nécessairement interprétée comme de la fausseté, ou même de la condescendance, et pour sa peine, on devait la prendre pour une bêcheuse. Peut-être s'asseyait-elle silencieusement à son bureau, en espérant qu'on ne la remarque pas – sans doute le bureau vide, dans le coin, sur lequel était posé maintenant un bouquet de roses, enveloppé de papier à pois brillant.

Barnaby se demanda si on lui avait jamais offert des fleurs de son vivant.

Il voulut savoir comment se passait la pause de la mi-journée. Était-il arrivé que Brenda sorte avec quelqu'un pour déjeuner ? Non. Jamais. Passait-elle sa pause avec ses collègues ?

— Pas vraiment. On a toutes des choses à faire, vous savez.

— Elle restait là, se faisait du café et mangeait ses sandwiches.

— Des fois, elle allait à la bibliothèque.

— Quand on rentre, on est complètement claquées. On court les magasins pour faire des courses. Elle était assise là, les pieds en l'air, à lire un de ses romans d'amour.

— Je crois que c'est sa mère qui faisait tout.

— Ouais, elle se la coulait douce.

— Très peu pour moi. À trente ans, vivre encore chez ses parents !

Les petites piques étaient délicatement acérées. Troy adressa un regard d'ardente admiration à cette fille ravissante, tellement selon son cœur. Elle recroisa ses jambes minces et fragiles et se sourit à elle-même. En remarquant « Jacqui Willing[1] » écrit sur son badge d'identité, il espéra que ce n'était pas pour le faire marcher.

M. Marchbanks se mit à ébouriffer ses boucles molles d'une main fébrile. Trish Travers regarda sa montre et les doigts lourdement bagués des mains lasses rampèrent vers le clavier le plus proche. On frappa à la porte en verre.

Comprenant qu'il n'y avait probablement plus grand-chose à tirer de Coalport and National, Barnaby remercia le directeur, lui tendit sa carte au cas où un membre du personnel se rappellerait quelque chose et s'apprêta à s'en aller.

Bambi fut chargée de les reconduire. Comme elle ouvrait la porte de derrière, avec l'aide empressée et assez superflue de Troy, elle déclara :

---

1. *Willling* : bien disposé, de bonne volonté (*N.d.T.*)

— Pauvre Brenda, elle s'en faisait trop, pour son apparence. Combien de fois j'ai essayé de lui remonter le moral ! « Bren, je lui disais, il n'y a pas que la beauté qui compte. » Mais il y a des gens qu'on ne peut pas aider, non ?

Barnaby l'aurait giflée.

***

Pendant que l'inspecteur terminait sa visite, l'*Evening Standard* avait déjà publié son édition de la mi-journée avec en gros titre : *La mort mystérieuse d'une voisine de la femme kidnappée.*

Cette fois, le village, profondément et sincèrement bouleversé, garda ses distances quand l'invasion commença. Les journalistes, qui avaient demandé au *Goat and Whistle* des renseignements sur les Brockley, firent chou blanc. Le couple n'était pas très aimé mais cela ne rentrait pas en ligne de compte. Alors, en dignes représentants du quatrième pouvoir, ils dégotèrent quand même l'adresse et s'en vinrent malmener sérieusement la sonnette des Mélèzes.

Shona sauta à la fenêtre, aboya et fut prise en photo. Le lendemain, le cliché parut avec la légende : *Le chien de la victime se laisse dépérir.* Ils furent quelques-uns à téléphoner au *Mirror* pour adopter le caniche.

Rares sont ceux qui peuvent soutenir ce genre d'assaut. Les parents de Brenda, accablés de chagrin, étaient totalement désarmés. Ils se recroquevillaient derrière leurs rideaux amidonnés. Iris sanglotait, Reg se tordait les mains et martelait les murs et les meubles de coups de poing. Le caniche, qui avait une envie pressante, gratta et gémit pendant une demi-heure puis fit une mare dans l'entrée. Quand une tête barbue se montra à la fenêtre de la cuisine, Iris se mit à hurler.

C'est à ce moment qu'arriva le constable Perrot, accompagné du pasteur. Tantôt menaçant, tantôt enjôleur, il fit évacuer le jardin des Brockley puis remonta l'allée. Alors, supposant à juste titre que le carillon de la porte avait fini par rendre l'âme, il l'ignora et réitéra son numéro-vedette inauguré aux Rossignols. En se penchant, il parla très distinctement dans la fente de la boîte aux lettres.

— Monsieur Brockley? C'est le constable Perrot. Je suis l'officier de police municipale. (Il jugeait la précision nécessaire car il n'avait jamais parlé auparavant aux parents de Brenda.) Le pasteur est avec moi. Nous voudrions vous aider. Je vous en prie, ouvrez.

Reg et Iris se regardèrent, effrayés. Ayant remarqué que le brouhaha du bataillon de presse avait un peu diminué, Reg avait jeté un coup d'œil par un coin du rideau et aperçu Perrot qui les dispersait avec fermeté. La gratitude l'incita seule à admettre les visiteurs. Le bon sens le renforça dans sa décision. Tôt ou tard, Iris et lui seraient bien forcés de laisser entrer quelqu'un. Ou, horreur des horreurs, de sortir eux-mêmes. Et au moins l'intérêt que ces gens leur portaient resterait impersonnel, il l'espérait.

Ce n'était pas la première fois, loin s'en faut, que le pasteur pénétrait dans une maison endeuillée. Armé par des années d'expérience, il avait des réactions appropriées à revendre. Pour lui rendre justice, il s'efforçait de compatir à chaque fois et d'éviter les platitudes et les gestes mécaniques. Mais, dès qu'il eut mis le pied dans l'enfer particulier des Brockley, il sut que la situation le dépassait. Sans enfant lui-même, il comprit que tout ce qu'il pourrait dire serait cruellement déplacé. Il resta, hésitant, dans le hall, un pied immergé comme une éponge dans la mare du caniche. Shona était recroquevillée sur une marche de l'escalier, abandonnée et solitaire, le nez entre les pattes.

Perrot, tranquillement et avec une sympathie pleine de sollicitude, prit les choses en main. Dans le salon, Iris s'était allongée sur le canapé, ses jambes fortes étendues, les bras le long du corps. Comme en bière. Reg se tenait au milieu de la pièce. Il semblait perdu, comme s'il attendait qu'on lui dise quoi faire.

Perrot prépara du thé, coupa du pain, le beurra. Tout en s'affairant, il posa une ou deux questions avec une voix douce et discrète. Le médecin était-il venu ? Y avait-il une ordonnance ? Pouvait-il donner des coups de téléphone de la part des Brockley ?

— On ne répond plus au téléphone, dit Reg.

Voyant les soins habiles de Perrot, le pasteur commença à se sentir non seulement *de trop*[1] mais totalement inutile. Il s'avança avec gaucherie vers le canapé où Iris était allongée, s'assit sur le pouf à franges et lui prit la main. Elle était glacée, en dépit de la chaleur étouffante qui régnait dans la pièce. Elle n'ouvrit pas les yeux et ne parut même pas avoir remarqué sa présence.

Cela lui rappela d'autres circonstances, dix jours auparavant, quand il s'était trouvé dans une situation semblable, à la maison voisine. Il n'avait été d'aucune utilité, non plus. Et le résultat de ses prières quotidiennes pour la paix et le bien-être de tous ses paroissiens avait été une autre mort violente. Si le révérend Bream avait jamais douté que les voies de Dieu soient impénétrables, il n'en doutait plus.

— Ma femme, dit-il en s'éclaircissant la voix avec nervosité. Quelque chose à manger. Quoi que ce soit. Elle serait heureuse d'apporter. Si vous voulez venir chez nous, juste pour quelques jours. Je veux dire, c'est-à-dire, aussi longtemps que vous voudrez...

Tout le monde l'ignora.

Perrot, qui avait placé une tasse de thé dans les mains de Reg en s'assurant qu'il la tenait bien, s'assit à côté, en parlant tranquillement. Il ménageait, largement, des silences encourageants, que Reg rompait de temps à autre. Perrot expliquait que la police aurait sûrement besoin de leur parler à tous les deux mais qu'il n'y aurait aucune pression. Lui, Perrot, demanderait à être présent s'ils pensaient que cela pourrait les aider. S'ils allaient chez des parents ou des amis, il fallait le lui faire savoir.

Le pasteur, qui avait remarqué l'horloge à papillon sauteur, avait bien du mal à en détacher les yeux et il fut

1. En français dans le texte.

content quand le chien recommença à gémir et à gratter car il avait une tâche pratique à accomplir.

Sur le conseil de Perrot, il l'amena dans le jardin de derrière. Shona, consciente de s'être déshonorée dans l'entrée et craignant désespérément de se déshonorer davantage, fila dans l'allée avec un jappement de gratitude. Elle se soulagea sur l'impeccable pelouse verte de Reg, se traîna le derrière partout dans l'herbe puis se releva. Elle regarda le pasteur avec l'air d'attendre quelque chose et lui la regardait également, ne sachant trop que faire. Ni lui ni Mme Bream n'aimaient beaucoup les animaux, bien qu'ils se soient déjà occupés du hamster de la classe de catéchisme, quand c'était nécessaire.

Il y eut un flash. Subodorant à juste titre un photographe embusqué, et imaginant le titre subséquent : *Le pasteur enlève aux parents endeuillés leur unique réconfort*, le révérend Bream se hâta de rentrer dans la maison.

*
* *

À la cantine, Barnaby était en train de régler leur compte à deux tomates, du pain complet, une petite tranche de Gloucester double et une poire Comice quand les nouvelles lui parvinrent de Heathrow : un témoin s'était présenté. Quelqu'un qui non seulement avait vu Brenda Brockley la nuit de sa mort mais aussi Alan Hollingsworth. Coup double ! La fille, serveuse au comptoir d'un glacier, dans le Terminal Un, finissait son service à trois heures et demie.

La première partie de leur trajet vers l'aéroport se déroula dans un silence quasi total. Barnaby était absorbé dans les détails de l'affaire, anticipant sur ce qui pourrait lui tomber bientôt dans le bec. Le sergent Troy remâchait quelques doléances, pour tuer le temps.

Après en avoir examiné plusieurs, il opta pour sa favorite, les iniquités du système de kilométrage de la voiture. Ou : Pourquoi devaient-ils toujours prendre la Rover ?

Quarante-deux points, un penny le kilomètre, l'indemnité allait toujours droit dans la poche du vieux. Un joli petit capital au bout de vingt-huit jours, même si on déduisait l'essence. Comme s'il avait besoin de ça ! Un gros salaire confortable, la retraite assurée, pas de gamins, l'hypothèque purgée, mais tu crois qu'il se laisserait balader dans la Cosworth de Troy ? Mon cul, oui ! OK d'accord, c'est un costaud et, dans la Cossie, on serait peut-être un peu à l'étroit mais ça aurait été du pareil au même avec n'importe quelle voiture.

Sûr, c'était un dingue de musique, le vieux Tom. Et pas de doute, la Rover avait un sacré équipement de première. N'empêche, c'était du gâchis, vu les cassettes qu'il avait. Des soi-disant chanteurs qui roucoulaient et se gargarisaient comme des canaris speedés. Quant aux musiciens – *des musiciens !* – et que je te gratte et que je te scie et que je te pince.

Comme s'il lisait dans les pensées de son sergent, Barnaby tendit la main, glissa une cassette dans le lecteur et monta le volume. Chaude, ample, la voix de la cantatrice remplit l'habitacle confiné et se déversa par la fenêtre dans la touffeur de l'air estival. Elle tint la note jusqu'à ce qu'ils rejoignent le flot de circulation qui s'écoulait vers le parking. Troy devait admettre qu'il s'agissait d'un des *numéros*[1] les moins agressifs. Au moins, elle, elle ne chantait pas faux, on ne pouvait pas en dire autant des autres. La grande Lucy et son aria de football exceptées.

— Elle a du nerf, celle-là, chef, assura le sergent Troy en cherchant une place où se garer. C'est cette Cecily Bertorelli, non ?

Il essayait de se rappeler le drôle de nom. De montrer de l'intérêt.

— Non, dit l'inspecteur Barnaby. C'est ma femme.

Barnaby avait décidé d'interroger la fille sur son lieu de travail, où elle serait plus détendue, plutôt que dans

1. En français dans le texte.

les locaux de la police. Et il aurait besoin aussi, pendant l'interrogatoire, de voir la scène avec ses yeux à elle.

On leur offrit de délicieux cafés glacés dans la cuisine immaculée de Häaggen-Dasz. Eden Lo, une jolie Chinoise, enleva son tablier marron et sa casquette à bande jaune. Les trois photographies que la PJ de Causton avait fait circuler étaient posées sur une table en Formica avec celles d'Alan Hollingsworth et de Brenda, un peu à part.

— Ce sont les gens que j'ai vus, dit-elle en montrant du doigt les deux clichés.

— Ils étaient ici, dans le café ?

— Pas ensemble. Lui, il était dans le café. Elle était, eh bien... comme si elle se cachait. Du moins, c'est l'impression que j'ai eue.

— Alors comment se fait-il que vous l'ayez vue, mademoiselle ?

— Je suis venue débarrasser quand j'ai eu servi ce monsieur avec son café. Elle se tenait derrière la pancarte, à l'extérieur du restaurant de poisson, à côté. Je l'ai remarquée parce qu'elle était si... (Elle hésita, car c'était une gentille fille, pas comme Bambi.)... particulière.

— Tout à fait.

— Et elle essayait de regarder de ce côté. Comme si elle surveillait quelqu'un.

— Et l'homme que vous avez servi ? Parlez-moi de lui.

— Ça aussi, c'était bizarre. Il a apporté son café à la table du milieu. La ronde qui...

— Vous voulez bien me montrer, s'il vous plaît ?

Ils quittèrent la cuisine, se tinrent derrière la glacière et Eden Lo montra du doigt la table ronde surmontée de l'affiche des goinfres dévêtus, lascifs et radieux. Le sergent Troy eut une saccade du genou (hum, pour être honnête, ce n'était pas le genou) et fit passer sa veste sur l'autre bras où il pouvait l'arranger avec tact.

— Et puis, poursuivit la Chinoise, il ne l'a pas bu.

— Vous voulez dire qu'il est resté là, à attendre ?

— Non. Il s'est comme appuyé au tabouret pendant à peine une seconde. Il a posé la tasse et il est parti.

— Dans quelle direction ?

— Vers cet escalier. Quand la fille qui le surveillait a vu qu'il était parti, elle s'est précipitée après lui. Je l'ai vue sur les marches en train de regarder tout autour. Elle était vraiment hors d'elle. Je l'ai entendue crier : « Oh, qu'est-ce que je vais faire ? Qu'est-ce que je vais faire ? »

— Vous ne l'avez plus revue ?

— Lui non plus.

— Et la tasse de café ? demanda Barnaby, qui retournait dans la cuisine.

Le sergent Troy fronça les sourcils à la frivolité d'une telle question. Si lui l'avait posée, il se serait fait passer un savon, pour avoir fait perdre son temps à un témoin.

— C'est ça le plus bizarre, dit Mlle Lo. Quand j'ai regardé, il y avait cette vieille femme qui était en train de le boire. Quel culot, j'ai pensé.

— Comment était-elle ?

Barnaby se pencha en avant, concentré et réfléchi.

— Vraiment sale. Une vieille chouette.

— Vous l'aviez déjà vue ?

— Non. La police de l'aéroport est plutôt stricte avec les gens comme ça. Ils les font circuler d'habitude.

— Je veux dire avant, le même soir. Dans le restaurant.

— Pas vraiment. On aurait dit qu'elle avait surgi de nulle part. Pour vous dire la vérité, je me demande si elle ne traînait pas à Garfunkels. Ou peut-être au Tap and Spile, à côté, pour un verre à moitié plein, ou autre. C'est tout ouvert ici, comme vous voyez. Elle a dû repérer la tasse de café et l'a fauchée.

— De quelle taille était-elle, vous diriez ?

— Oh mon Dieu, je ne...

— Je ne vous demande pas sa taille exacte. Seulement une impression générale.

— Grande pour une femme, je dirais. Bien plus grande que moi.

— Et vous lui avez parlé ?

— Eh bien, j'allais m'approcher, mais quand elle m'a vue, elle a pris son vieux sac et a filé.

— Maintenant, ça peut être très important, mademoiselle. Avez-vous remarqué si l'homme qui a acheté le café avait un sac ou une valise avec lui ?

— Au comptoir, il n'avait rien, c'est sûr. Il a porté le plateau à deux mains.

— Mais il aurait pu déposer un sac près de la table qu'il voulait occuper ?

— Il aurait pu mais je ne l'ai pas vu. Je suis désolée.

— Donc vous n'aviez pas vu le filet à provisions avant que la vieille parte avec ?

— C'est ça.

— Est-ce que vous avez une idée de ce qu'il contenait ?

Barnaby n'avait pas grand espoir. L'incident paraissait s'être déroulé en l'espace de quelques secondes.

— Hum, du papier journal, en fait. Des paquets enveloppés dans du journal.

— De petits paquets ?

— Je suis désolée.

Elle ouvrit les bras, retourna les paumes et haussa les épaules.

— Avez-vous débarrassé la tasse, alors ?

— Oui.

— Et vous êtes sûre de la date ?

— Tout à fait. Mon ami à Air Indonésia essaye depuis une éternité de m'obtenir un vol bon marché pour Hong Kong et c'était lundi que c'est arrivé.

— Pouvez-vous me donner une heure ? demanda l'inspecteur.

— Pas vraiment. Je suis arrivée à huit heures, cela faisait à peu près une heure que j'étais là. Peut-être un peu plus longtemps.

Brenda avait téléphoné à ses parents à neuf heures. Barnaby essaya de rattacher cet élément au peu qu'il venait d'apprendre, beaucoup trop peu pour former une trame.

Ce n'était pas facile. Si elle avait filé Hollingsworth, elle n'aurait sûrement pas risqué de le perdre de vue en appelant. Donc, ce devait être plus tard, après que Brenda, alors « vraiment hors d'elle », avait parcouru le hall des yeux, depuis l'escalier. Avait-elle repéré Hollingsworth dans cette foule de gens ? L'avait-elle rattrapé ? Ils s'étaient entendus pour aller dîner ? Cela semblait improbable mais sinon, qui était l'ami dont elle parlait ?

— Y avait-il quelqu'un de service avec vous, mademoiselle ?

— Oui, mais pas devant quand ça s'est passé. Ils travaillaient là.

— Bien. Je vais vous prier de bien vouloir aller au poste de police de Heathrow signer une déposition. Il se peut qu'on vous demande aussi d'aider à faire un portrait-robot de cette vieille dame.

— Mais je ne l'ai vue qu'une seconde.

— Peu importe. Vous ferez ce que vous pourrez.

Elle prit un cardigan en dentelle blanc et ils descendirent les marches où Alan puis Brenda les avaient précédés.

Mais Barnaby ne saurait jamais, pour le garçon au teint foncé dans son tee-shirt trempé de sueur. Le garçon qui jouait aux machines de guerre, qui avait demandé la monnaie et qui avait ri à la détresse de Brenda et qui aurait pu les aider plus que quiconque. Car il s'était depuis longtemps envolé pour l'Égypte.

9

Le lendemain, les appels de gens croyant avoir vu Simone Hollingsworth avaient considérablement diminué. Manifestement, elle appartenait déjà au passé. Et la mort de Brenda, malgré toute la pression de la presse populaire, la prose exclamative qui suggérait la possibilité d'un rapport entre les deux événements, n'avait pas autant frappé les imaginations. Du coup, la fièvre de la salle de réunion avait nettement baissé, ce qui ne plaisait pas à tout le monde. Au sergent Troy, par exemple, qui s'épanouissait quand l'adrénaline coulait à flots.

Les informations, à la fois négatives et positives, arrivaient toujours mais se révélaient plus utiles que vraiment excitantes. Elles permettaient d'éliminer l'accessoire plutôt qu'elles n'éclairaient les coins sombres.

L'homme à la camionnette blanche téléphona pour dire qu'il ignorait tout de « Mme Haitch », comme il l'appelait. Elle n'était pas du tout la blonde qui avait été vue dans son véhicule près du magasin Bobby, l'après-midi de la disparition.

Il téléphona anonymement au 999, sans savoir que le numéro du correspondant est automatiquement affiché aux Telecom. Il fut furieux quand quelqu'un du commissariat se présenta chez lui, un peu plus tard. Mais pas aussi furieux que sa femme qui croyait qu'il travaillait, le vendredi en question, près de Naphill.

La vérification d'un éventuel achat à Causton d'une veste rose et d'une perruque auburn s'était aussi révélée négative. Tout ce que les enquêteurs avaient pu récolter, c'était la vente, à la boutique de la Fondation britannique pour le cœur, d'un blazer cerise de taille 52 avec des boutons en strass et des revers pailletés. Une si jolie petite veste, à vous donner un infarctus.

Au milieu de la matinée, Barnaby reçut un appel du bureau du coroner pour dire qu'un certificat de décès avait été établi au nom d'Alan Hollingsworth et que sa dépouille était disponible pour les funérailles. En l'absence de l'épouse du défunt, on en avait informé le frère.

On avait des nouvelles du premier mari de Simone Hollingsworth, bien qu'on ne l'ait pas retrouvé en chair et en os. Tout en n'étant pas à proprement parler le vaurien décrit par Hollingsworth à Gray Patterson, Jimmy Atherton, pur produit de Cubitt Town, paraissait certainement brasser quelque part dans les bas-fonds de la société. Commissionnaire pas très catholique, livreur de paquets plus que flexibles ; vendeur à la sauvette à West End ; coursier de bookmaker ; homme à tout faire et homme de paille pour un casino près de Golden Square ; marchand ambulant dans un camion louche et chèques en bois.

« La rue », c'était ce qui avait rendu folle la femme de Jimmy et il était fou d'elle et tous les deux étaient fous d'argent mais lui était pire. Et donc, quand se présenta un nouveau projet à potentiel immédiat et développement à long terme, il disparut. Elle pleura toutes les larmes de son corps mais il fila quand même.

Chose curieuse, avec un tel profil, ce combinard, ce veinard avait réussi à convaincre La Maison d'Australie qu'il constituerait un atout pour la communauté du pays. En conséquence, presque six mois auparavant, Atherton s'était embarqué, via Quantas, pour les antipodes, sur les sentiers battus des bagnards. Sans quoi, l'inspecteur aurait lancé un avis de recherche car Jimmy paraissait exactement le genre de type à soutirer un tas de fric à son ex-madame.

Soudain, en y réfléchissant, Barnaby découvrit une coïncidence troublante, qui l'amena directement au cabinet du Dr Jennings. Il écouta derechef la description des bras couverts de bleus de Simone Hollingsworth et de son état alarmant. Il reprit ses notes et vérifia la date de la première visite. Le 9 mars. Il s'installa à un clavier, fit défiler la déposition de Sarah Lawson et tomba sur ces lignes : « Simone a téléphoné pour me prévenir qu'elle n'irait plus au cours. Je crois qu'elle pleurait. Elle semblait vraiment avoir perdu son entrain. J'ai eu l'impression qu'Alan était à côté d'elle. » C'était aussi au début du mois de mars, les deux incidents s'étaient déroulés juste une semaine avant que Simone ait reçu le collier.

Le scénario n'était pas nouveau. Un partenaire brutal met la pression pour obtenir ce qu'il veut. Une fois qu'il l'a obtenu, quel qu'en soit le prix, le vainqueur est tout sourires et tendre générosité. On jure ses grands dieux que jamais cela ne se reproduira. On offre souvent des cadeaux qu'on pourrait juger, dans ce cas, plutôt disproportionnés à la mesquine victoire.

Ce qui amena Barnaby à s'interroger sur la disparition et le vol éventuel des bijoux. La police avait fait circuler l'illustration du *Harpers* dans les cercles légaux ou fortement suspects mais sans résultat, jusque-là. Et s'ils avaient été volés, Hollingsworth l'aurait signalé, ne fût-ce que pour l'assurance.

L'inspecteur était d'avis que Simone avait pris le collier avec elle. Elle pensait sans doute l'avoir bien mérité, il devait tenir dans son sac à main ou même dans une poche. L'idée collait avec l'hypothèse du départ pour une nouvelle vie avec un nouveau partenaire, même si elle n'avait pas des tonnes de bagages. Mais on butait sur cette énigme : pourquoi, avec ces deux cent mille livres plutôt alléchantes qu'elle tenait dans sa menotte (plus peut-être la bague) l'homme avait-il risqué un enlèvement avec demande de rançon ? À moins que, comme c'était si souvent le cas, la demande originelle ne fût que la première d'une longue série.

Il en était arrivé à ce point dans ses réflexions, quand on déposa une note de Heathrow sur son bureau. Des deux numéros d'immatriculation communiqués à l'inspecteur Fennimore, l'un mettait en plein dans le mille. L'Audi d'Alan Hollingsworth s'était présentée au parking. Un ticket, trouvé dans la Mini de Brenda, indiquait qu'elle le suivait à quelques minutes près. Aucune mention du deuxième numéro, qui était celui de Gray Patterson.

On avait reçu aussi un fax du portrait-robot de la vieille clocharde dessiné grâce à Eden Lo. Il ne circulait que depuis une heure ou deux dans l'aéroport ; il était donc irréaliste d'en attendre si tôt des résultats. Barnaby alluma sa lampe de bureau pour l'examiner de plus près.

Ce n'était pas joli à voir. Cela rappela à l'inspecteur les publicités des organismes de retraite. Un sourire guilleret sur la première photo, quelques rides soucieuses à peine marquées sur la seconde, un réseau beaucoup plus dense à mesure que notre héros imprévoyant flirte avec l'âge mûr et, enfin, une toile d'araignée tissée bien serré, collée sur la figure.

C'était un visage féminin, bien sûr. Ourlée et ridée comme une noix, avec un foulard imprimé noué lâchement sous le menton. Les vêtements étaient énumérés : une jupe foncée avec des taches, un gilet miteux avec un motif qui ressemblait à Belle Isle, d'après Mlle Lo. Un pull antique, de couleur indéterminée. Des chaussures de tennis boueuses.

Pas mal pour un coup d'œil de quelques secondes. Barnaby, plein de gratitude, pria pour que quelqu'un, quelque part, reconnaisse la femme et que la police soit capable de lui mettre la main dessus. Il se cala dans son fauteuil et ferma les yeux, en se représentant la scène dans le café Häagen-Dazs.

Hollingsworth entre, s'achète un café, l'apporte à une table et s'en va. Presque immédiatement, la femme arrive et se met à le boire. À l'approche de Mlle Lo, elle file en emportant un filet à provisions bourré de paquets enveloppés de papier journal. On ignore si elle l'a apporté avec elle.

Il semblait à Barnaby qu'il y avait trois façons d'interpréter cette saynète. Elle était une clocharde authentique qui ouvrait l'œil pour se taper une consommation gratuite ; elle était une clocharde qu'on avait payée pour rentrer dans le café, récupérer le sac et le déposer quelque part ; ou bien elle était directement impliquée dans le kidnapping et la rançon de Simone Hollingsworth.

Barnaby trouvait la dernière hypothèse extrêmement improbable et préférait la seconde proposition. Ce qui amenait à se poser une question intéressante : pourquoi une messagère était-elle nécessaire ? La raison la plus évidente – parce qu'elle se substituait à quelqu'un qui autrement aurait été trop reconnaissable – n'était pas suffisante. Il était probable que ce quelqu'un ait eu besoin de se forger un alibi qui l'éloignât de l'endroit où la remise de rançon était effectuée.

Plus Barnaby y réfléchissait, plus il lui semblait que cette vieille bique pouvait bien représenter la clé de toute l'affaire. S'ils la trouvaient, elle leur fournirait peut-être le signalement de l'homme qu'ils recherchaient.

Croisons les doigts.

Il prit une autre enveloppe et sortit le rapport de Perrot sur la position de l'interrupteur de l'halogène dans le garage et les photos qui l'accompagnaient. Barnaby ne sut s'il devait rire ou balancer tout le bazar, et le trop scrupuleux constable avec. Tout ce qu'il demandait, c'était un simple message : « on » ou « off ».

Les photos montraient l'interrupteur principal et ses alentours vus sous plusieurs angles. Esthétiquement, il n'y avait pas grande différence. Pour Barnaby, toutes les tondeuses et les outils de jardin se ressemblaient. Mais le point intéressant, le facteur ah !, si vous aimez mieux, c'est que la lampe halogène qui, selon Reg Brockley, s'était allumée quand Hollingsworth était rentré chez lui, était maintenant sur « off ».

Barnaby resta immobile, plus revigoré par cet infime indice que par le soleil d'été qui entrait à flots à travers les lattes de plastique ivoire des stores vénitiens. Car si ce n'était pas Hollingsworth qui avait éteint, c'était quelqu'un d'autre. Quelqu'un qui devait quitter Les Rossignols sans être vu. Ce qui signifiait qu'il y avait bien eu une autre personne dans la maison, contrairement à ce qu'affirmait Brockley qui prétendait que personne n'était entré ni sorti.

Barnaby chercha Troy des yeux et le repéra, à moitié caché par un groupe affairé, à l'autre bout de la salle. L'inspecteur se leva, pour attirer l'attention de son assistant.

Troy, inconscient du regard de son chef, allait s'embarquer dans le plus délicieux des passe-temps. Baratiner l'élément favori de tous les hommes du poste, le sergent Audrey Brierley.

— Mince alors ! commença-t-il en se perchant sur le bord de son bureau. Y a rien à dire !

Audrey fronça ses jolis sourcils, l'air irrité, et déplaça une chope « I Love New York ».

— Des fois, poursuivit le sergent Troy, en regardant d'un œil concupiscent l'incomparable profil, je me demande si tu te rends compte à quel point je suis seul.

— À qui la faute ?

— Pardon ?

— Si tu n'étais pas si…

— Si quoi ?

Troy était sincèrement curieux. Il ne voyait aucune raison logique à ce rejet persistant car, c'est entendu, il avait des défauts, mais personne n'est parfait.

Audrey, fâchée de s'être laissé entraîner dans une conversation personnelle, décida qu'elle pouvait aussi bien continuer.

— Je crois seulement que tu serais plus heureux si tu n'étais pas si méchant.

Troy, étonné, cligna les yeux. Il n'avait jamais fait le lien. C'était plutôt le contraire. Dans la vie, si on ne rentre pas dans le chou de temps en temps, on se fait marcher sur les pieds. Une repartie bien saignante, ça vous remet les gens à leur place avant qu'ils aient le temps de vous flanquer au tapis.

Une étincelle s'alluma dans sa mémoire. Un petit garçon avec son papa, sobre pour une fois, qui grimpe sur une balançoire, dans un parc. Un autre petit garçon, un peu plus grand, qui arrive et qui tire sur la chaîne. Pas fort, il veut seulement jouer. On lui dit de se défendre et de repousser l'intrus, le plus jeune se met à pleurer. L'homme attrape le poing de son fils et le balance avec force dans la mâchoire de l'autre. Le gamin tombe et se fait mal. Et Troy se dit que c'était peut-être la toute première fois qu'il avait pris sa revanche d'abord.

— Où en étais-je, Aud ?

— Seul, « Gav ».

— Ah oui. La raison, dit-il d'une voix minée par le chagrin, les pupilles assombries, c'est que ma femme ne me comprend pas.

— Oh, je parie que si, la pauvre chérie. Je parie qu'elle te comprend tellement bien qu'elle doit en avoir jusque-là.

— Des fois, je sens que je…

— Qu'est-ce qu'ils auraient comme conversation, les hommes, si on leur supprimait le « je » ?

— Quoi ?

— Ça te couperait complètement le sifflet.

— Mon Dieu, le patron ! (Il se laissa glisser du bureau.) C'est génial de bavarder avec toi.

— Alors, à ta place, je laisserais tomber.

— Y en a plein qui demanderaient pas mieux.

— Y en a plein qui regardent Jeremy Beadle[1].

Troy ne sut que répondre. Était-ce une plaisanterie ? Ou un compliment étonnamment généreux ?

— Demande à un grand de t'aider, dit Audrey, gentiment. (Elle pivota sur sa chaise tournante.) Qu'est-ce que c'est que ce bruit ?

Troy, qui avait vaguement enregistré le beuglement sans y prêter attention, bondit sur ses pieds. Il se précipita vers le bureau du chef.

— Oui, monsieur ?

— C'est tout ce que vous trouvez à faire ?

— Je développe de bonnes relations avec mes collègues, chef. Après tout, c'est notre boulot, c'est pas vrai ? Dans la rue, sur le terrain…

— Ne me prenez pas pour un idiot, sergent.

— D'accord.

— Il me faut quelque chose de très humide et de très froid, dans la machine, là-bas. (Barnaby repêcha une pièce dans la collection qui cliquetait dans la poche de son pantalon et la lui tendit.) Tenez, voilà.

1. Jeremy Beadle : présentateur d'une émission télévisée, *Beadle's About*, équivalent de notre « Caméra Cachée ». (*N.d.T.*)

— Un Tango ?

— Non merci, vous n'êtes pas mon genre.

Il était rare que Troy soit en mesure de se retenir de rire aux plaisanteries de son supérieur: l'inspecteur n'en faisait pas souvent mais, quand cela arrivait, elles étaient plutôt bonnes. Troy éprouva un certain plaisir à serrer les lèvres.

— Prenez-en deux, cria Barnaby tandis que son factotum s'éloignait d'un pas nonchalant. C'est la fête !

— C'est la fête, pourquoi ? demanda le sergent Troy quand il fut de retour.

Barnaby fit des ronds sur le bureau avec les deux Fanta au citron.

— Une chose extrêmement...

— À propos, il manquait vingt *pence*.

— Ah. (Barnaby continua à parler tout en fouillant dans sa poche.) Après que Hollingsworth est rentré chez lui, la nuit de sa mort, quelqu'un a éteint la lampe halogène.

— Pas possible !

Le sergent attendait la suite. Le chef avait l'air si content de lui. À croire que l'assassin s'était manifesté sans que Troy y fasse attention. Qu'il s'était présenté à la réception tout seul avec un brin de persil dans la bouche et une pomme sur les fesses.

— Ce qui veut dire que l'homme n'était pas seul.

— Pas nécessairement.

— Quoi ?

Barnaby, qui ouvrait sa première canette, eut l'air mécontent.

— Cela aurait pu être Alan.

— Pour quelle raison aurait-il...

— L'habitude. Il le faisait probablement tous les soirs, comme remonter le chat et faire sortir la pendule.

— Mais ils sont faits spécialement pour qu'on s'en serve dans le noir.

— Alors il savait qu'il était suivi. Il a voulu se cacher.

— Dans ce cas, est-ce qu'il n'aurait pas préféré que la lumière soit allumée ? Pour voir si quelqu'un approchait de la maison.

— Pas néces...

— Bon sang ! (Barnaby reposa brusquement sa boisson. Une fontaine effervescente de mousse jaillit en l'air.) Vous êtes de quel côté ?

Lèvres serrées, Troy sortit un mouchoir impeccable et tamponna sa manchette éclaboussée. Typique de la police, ce genre de choses. On vous demande de faire preuve d'initiative. Vous faites preuve d'initiative. Et on vous asperge de Fanta au citron. Ainsi va le monde. Pas la peine de se plaindre.

— Désolé, Gavin.

— Monsieur. (Ces vieux, de nos jours, pensa Troy, en repliant son carré de coton immaculé et le fourrant dans sa manche. Ils s'en fichent complètement.) Vous voulez manger quelque chose avec ça, chef ? Un sandwich ? Des chips ?

— Non, merci. Je prends un... Oui, qu'est-ce que c'est ?

— Le renseignement que vous avez demandé, du cinéma Curzon, inspecteur ? dit une des standardistes civiles. Les horaires des séances ?

Barnaby avait horreur des déclarations parfaitement simples qui se transformaient d'elles-mêmes en questions, presque autant qu'il détestait l'argot. Il grogna et prit la feuille, en retenant grossièrement ses remerciements.

Puis il regretta, car la fille venait de lui fournir l'un des éléments les plus intéressants à ce jour. Un gentil petit bout de corde, si on peut dire, pour pendre quelqu'un. Ou au moins lui donner une bonne secousse.

— Regardez-moi ça.

Troy lut la feuille et émit un long sifflement.

— Nouveau programme tous les lundis... Le 10 juin, nous avons *Olivier, Olivier.* Machin chose. Facinelli. Terminé le samedi soir. Eh ben, ouahdia, vous m'en direz tant !

— Elle n'est pas très douée pour ça, hein, notre Sarah ?

— Elle est dans les nuages, pas de doute, avec sa création, et tout ça.

— Un mensonge est un mensonge. Allez, vous me l'emballez.

— OK, dit le sergent Troy, qui prit mentalement note de couvrir toutes ses extrémités et qui regretta, pour la première et dernière fois de sa vie, de ne pas disposer d'une ceinture de chasteté en fonte.

— Vous me l'amenez dans la salle d'interrogatoire, au sous-sol. (Barnaby lui tendit le portrait-robot.) Et avant de partir, épinglez ça sur le tableau.

— Ça alors ! (Troy regarda le dessin avec un dégoût incrédule.) C'est la mamie du lagon noir.

Barnaby finit la première canette, que Troy enleva du bureau et plaça délicatement dans la corbeille à papiers. Il essaya de ne pas faire attention aux marques humides ; il n'allait sûrement pas utiliser son mouchoir pour les essuyer. Il fallait qu'il pense à apporter un rouleau de papier absorbant pour garder dans le placard. Il mettait un peu le foutoir, le vieux Tom.

— Ce que je ne comprends pas, dans cette histoire de Häagen-Dazs, dit Troy en pêchant des punaises dans une boîte de caramels, c'est ce truc avec le café.

— Ah oui ?

— Bon, Hollingsworth va l'acheter. La fille dit qu'il avait besoin de ses deux mains pour porter le plateau, ce qui veut dire qu'il laisse ce qu'il portait, c'est-à-dire le fric, quelque part dans le café. Extrêmement douteux. On ne quitte pas des yeux ses objets de valeur dans un terminal d'aéroport, même pour une seconde. Il y a des voleurs partout.

— Probablement que c'était la livraison.

— Mais la vieille peau s'est montrée après qu'il a apporté le café à la table. Pas pendant qu'il était au comptoir.

— C'est la première fois qu'on la repérait, pas nécessairement la première fois qu'elle se montrait.

— Et pourquoi acheter le truc et le laisser ? (C'était cela qui tracassait le plus Troy : il avait horreur qu'on gaspille de l'argent.) Ce n'est pas le genre d'endroit où on est constamment sur votre dos si vous ne commandez pas immédiatement.

— Maintenant que Hollingsworth est parti, nous ne le saurons peut-être jamais.

— Je déteste les mystères.

Le sergent Troy ne voyait rien d'incongru, pour un policier, à faire une telle déclaration. Aspirant à une société passive, ordonnée, statique, il considérait le travail de la police comme un éternel et rigoureux rangement. Débarrasser les rues du pays des ordures et direct au tribunal et puis dans les centres de détention de Sa Majesté.

Non que cela marche tout le temps comme ça. Le plus souvent, on n'est pas plus tôt sorti du box des témoins après avoir témoigné pour la Couronne, que les ordures sont de retour sur le trottoir, à vous faire un bras d'honneur ou à vous cracher à la figure.

— Qu'est-ce que c'est ?

Le sergent Troy n'avait pas compris qu'il marmonnait tout haut.

— Restaurer l'ordre, chef. Le juste équilibre. C'est notre boulot, non ?

— La symétrie appartient aux dieux, Gavin. On ne doit pas se montrer trop présomptueux. (Barnaby se leva, prit sa veste sur le dossier de sa chaise.) Ils n'aiment pas ça.

*
* *

Le sergent Troy gara sa Cosworth chérie devant le cottage Le Laurier. Il descendit et se tint, dans un flamboiement de soleil, à l'endroit où il devait y avoir un portail. Brièvement, il leva le visage vers le soleil et savoura avec délices.

La Citroën n'était pas là. Troy s'avança jusqu'à la fenêtre, s'appuya sur le rebord, encore plus blanc dans cette chaleur accablante, et regarda à l'intérieur. Le salon paraissait vide.

Il gagna le jardin de derrière et examina l'enchevêtrement des plantes grimpantes et vivaces, sans apprécier ce « vrai foutoir », comme il le qualifia sur-le-champ. Il y avait un puits aux vœux surmonté d'une petite arche en fer forgé, enguirlandée de capucines. Troy souleva le vieux couvercle de bois et jeta un coup d'œil dans le puits, tapissé de mousse humide, qui paraissait très profond. Cela sentait bon l'eau pure. C'était le signe que personne ne piquait de roupillon au fond.

Déçu, car il ne rentrerait pas en quatrième vitesse au poste en annonçant que lui et lui seul avait trouvé le corps de Simone Hollingsworth, Troy replaça le couvercle. Dans la cour, qu'on ne pouvait pas vraiment appeler patio, il y avait une table couverte de cicatrices, croulant sous un tas de vieilleries: des galets, du bois de flottage, des coquillages. Des tas de pots en terre cuite, de toute taille et de toute forme, contenant des boutures, des cagettes chargées de plants maigrichons et de plants de tomate. À côté, un tuyau d'arrosage était attaché à un robinet, mais tout ça aurait eu bien besoin d'un bon petit bain.

Troy tira la table et jeta un œil dans la cuisine. La vaisselle sale s'empilait dans l'évier. Normalement, il aurait interprété le fait comme le signe du retour prochain du propriétaire mais, avec une souillon comme Sarah Lawson, on ne pouvait rien affirmer. Elle aurait bien pu partir pour un voyage autour du monde sans avoir même sorti la poubelle.

Revenu vers l'avant de la maison, il regarda par la fente de la boîte aux lettres, en espérant qu'il y aurait du courrier sur le tapis de l'entrée, ce qui lui aurait donné une petite idée de la durée de son absence. Mais pas de chance.

Le sergent recula jusqu'au trottoir, en se demandant ce qu'il allait faire. Il n'avait pas l'intention de rentrer bredouille au poste. Il n'était peut-être pas en mesure de ramener Mlle Lawson en personne mais, au moins était-il capable de glaner quelques informations. Alors, par où commencer?

Il faisait face à Ostlers qui était situé de façon idéale pour observer toutes les allées et venues au cottage. En quelques secondes, le sergent Troy se retrouva à l'intérieur de l'épicerie. Une femme au teint rubicond avec des petites boucles frétillantes comme des saucisses, vêtue d'une robe-tablier à fleurs et portant des perles aux oreilles, était assise derrière la caisse. Troy ne la reconnut pas. Mais Mme Boast se souvint de lui.

— Alors, c'est vous.

— Pardon?

— Comment pouvez-vous vous montrer…

— Moi ?
— L'incident du fromage Curdleigh ?
— Ahh... oui, dit Troy en souriant.
Mme Boast approcha son visage rouge de colère de Troy, presque jusqu'à ce que leurs nez se touchent et elle montra les dents. C'était très déroutant. Elle sentait la bougie et la cire à la lavande.
— C'est le point culminant de ma conférence. Je ne peux pas aboutir sans mon posset.
Le sergent Troy tenta d'alléger un peu.
— Tout ce que vous voulez, si ça vous excite.
— J'atteins mon paroxysme, je tiens le public dans le creux de ma main, je soulève le moule et que vois-je ?
Ça commençait à bien faire, toutes ces âneries. Troy montra sa carte et déclara :
— La PJ de Causton a besoin de votre aide, madame Boast, dans une affaire qui exige de la discrétion. J'espère que nous pouvons compter sur vous.
— Cela dépend, dit Mme Boast en jetant un coup d'œil des plus suspicieux à la photo.
— De quoi ?
— Ni mon seigneur et maître ni moi ne sommes disposés à faire quoi que ce soit d'illégal.
Il était rare que le sergent Troy ait le sifflet coupé. Il finit par dire :
— Il n'est pas question de cela. C'est une simple affaire de surveillance.
— Je vois.
Mme Boast plissa les yeux. Sans bouger un muscle, elle réussit à prendre une pose affectée. Celle d'une femme à qui son pays peut demander de grandes choses à tout moment et qui ne fera jamais défaut. Elle redressa les épaules et dit :
— Message reçu. Terminé.
— Nous espérons interroger Sarah Lawson...
— À propos de quoi ?
— C'est là qu'intervient la discrétion.
— Je croyais que...
— Elle n'est pas là pour le moment. Vous n'auriez pas

remarqué, par hasard, à quelle heure elle est sortie ?

— Sa voiture n'est pas là depuis un jour ou deux. En fait, elle est partie un peu après que vous et l'autre policier, celui qui a de bonnes manières, êtes passés au cottage, l'autre jour.

— Et elle n'est pas rentrée ?

— Non.

Et merde ! Le patron allait adorer.

— Avez-vous vu quelqu'un se présenter au cottage ?

— Je n'ai pas remarqué.

— Je vois. Eh bien, puisque vous êtes si bien placée, madame Boast, peut-être que vous ou votre mari pouvez nous passer un coup de fil à la minute où elle rentrera ?

Il déposa une carte de Barnaby avec sa ligne directe sur le comptoir. Mme Boast l'examina, manifestement déçue.

— C'est tout ?

— Cela n'a l'air de rien mais cela peut nous être d'une grande aide.

— Comme dans *Crimewatch* ?

— Exactement.

— Et si j'entends parler de quelque chose, de là où elle se trouve ou autre ? Ici, c'est le bureau central des commérages du village.

Troy n'avait aucun mal à le croire. Il hésita. L'inspecteur n'était peut-être pas prêt à ébruiter l'intérêt qu'ils portaient à Sarah Lawson.

— Ouvrez bien vos oreilles, de toute façon, madame Boast, mais je n'insisterai jamais assez : c'est très important que vous gardiez cette conversation pour vous.

— Ne craignez rien.

— Et votre mari aussi, bien sûr.

— Vous n'avez pas à vous inquiéter pour Nigel, rétorqua Mme Boast. Il a joué Francis Walsingham [1] dans notre dernière reconstitution historique, alors il n'a plus grand-chose à apprendre sur la surveillance.

1. Sir Francis Walsingham (1530 ?-1590). Secrétaire d'État d'Elizabeth Ire. Il a développé un système d'espionnage intérieur et à l'étranger et éventé plusieurs complots contre la reine. (*N.d.T.*)

Troy se sauva, non sans avoir acheté un paquet de Rothmans qui coûtait sept *pence* de plus que chez son buraliste habituel.

*
* *

Tandis que se déroulait cette conversation, Elfrida Molfrey était allongée dans son ravissant jardin sur une chaise de pont à lattes de bois. La chaise, comme son occupante, était authentique, puisqu'elle avait été réservée à son usage personnel sur le pont supérieur du *Cherbourg Orion* durant son voyage inaugural en 1933 à New York. Quand le navire avait accosté, le capitaine, à la table duquel elle avait brillé et étincelé tous les soirs, comme la grande star qu'elle était, lui avait offert le lit de repos. On l'avait mis en caisse et livré au Music Box où elle triomphait dans la reprise de *Oh Lady, Lady.*

Pendant un moment, l'esprit d'Elfrida vagabonda, en se rappelant les immenses pagodes de fleurs, roses rouges et lis et œillets Malmaison qui envahissaient sa loge jusqu'au plafond et s'alignaient dans les couloirs, dehors. Elle revit ce dîner chez Sardis, où tout le monde s'était levé avec son verre quand elle était entrée. Elle songea à la danse à DeLanceys, sur Madison Avenue, dans sa robe du soir de satin blanc de chez Worth. Et au sautoir de perles roses d'Okinawa que Jed Harris, l'homme le plus avare de Broadway, avait entortillé autour du cou d'un petit marmouset, expédié dans sa suite de l'hôtel Astor.

Elfrida soupira mais sans s'attarder car, au contraire de la plupart des gens qui avaient derrière eux un glorieux passé, elle se sentait extrêmement heureuse de son présent, que d'aucuns auraient qualifié de plutôt prosaïque. Elle se redressa péniblement et chercha Cubby des yeux. Comme elle ne le vit pas immédiatement, Elfrida ferma les paupières et se concentra très fort car elle croyait qu'elle avait le pouvoir de transmettre ses pensées secrètes.

Effectivement, un moment après, Cubby arriva en trottinant au coin de la maison avec un bouquet de myosotis et de stephanotis.

— Pour votre chambre, ma chère, s'écria-t-il par-delà la bordure de vivaces. Quel vase aimeriez-vous ?

— J'ai besoin de ma papeterie, Cubby. Si vous vouliez être assez aimable.

— Bien sûr.

Cubby prit sur la table roulante dans le salon la boîte à cigares, le papier à lettres, les enveloppes et le face-à-main en or et en écaille. Ce qu'il y avait de plus délicieux chez Elfrida, pensait-il en revenant vers le jardin, c'étaient ses manières. Et bien qu'exquises, elles n'étaient nullement artificielles. C'est seulement qu'elle avait égard à la sensibilité d'autrui.

— Nous devons absolument faire quelque chose pour ces pauvres créatures d'à côté, dit Elfrida, confirmant par ces mots les réflexions de Cubby. (Elle ouvrit la boîte à cigares et en sortit un stylo à plume.) Ne serait-ce que pour leur témoigner notre sympathie et leur proposer notre aide.

— Je doute que ce soit bienvenu.

— Ce n'est pas le moment de s'inquiéter d'une rebuffade, mon amour.

— Je ne pensais pas à cela. Seulement, je ne vois vraiment pas ce que nous pourrions faire.

— Parfois, le fait de savoir que la prévenance (je ne parle pas de l'indiscrétion lubrique ni du désir de s'immiscer mais de la vraie prévenance) existe apporte peut-être un peu de réconfort.

Cubby n'était pas convaincu. Il répugnait de tout son être à pénétrer dans le champ de la souffrance d'autrui. Tout ce qu'il demandait, c'est qu'on le laisse tranquillement cultiver son jardin.

Elfrida, qui comprenait cela, lui dit :

— Vous n'êtes pas obligé de vous en mêler, mon chou.

Alors, bien sûr, Cubby voulut s'en mêler, craignant que les Brockley ne pensent qu'il s'en moquait.

— Je vais écrire un petit mot qui sera naturellement de notre part à tous les deux et le glisser dans leur boîte aux lettres.

Elfrida choisit une feuille de papier épais de couleur ivoire avec un filigrane en taffetas et une longue enveloppe étroite. Elle enleva le capuchon de son stylo.

Par coïncidence, Reg Brockley, accompagné de Shona, débouchait dans St. Chad's Lane à l'endroit où la toute dernière maison du village jouxtait les champs d'orge.

Reg n'avait vu personne, n'avait parlé à personne, sauf au constable Perrot et au pasteur, depuis l'annonce publique de la mort de sa fille. Il redoutait le moment de l'inévitable confrontation et avait choisi, pour cette raison, de se promener à midi et demi. Car la plupart des habitants de Fawcett Green étaient en train de préparer le repas ou de déjeuner, à cette heure.

Shona avait été de nouveau autorisée à sortir dans le jardin de derrière et avait, dans son timide désespoir, souillé une fois de plus le velours immaculé de cette pièce de musée. Elle était rentrée en rampant, en proie à la plus profonde appréhension, en regardant furtivement par la porte de la cuisine et se faisant toute petite quand Reg approchait.

C'était cela, plus que tout le reste, qui l'avait décidé à sortir. Désormais, il se foutait du jardin mais c'était le chien de sa fille. Manifestement anxieuse, désorientée et solitaire, Shona n'avait pas eu droit à une promenade depuis le soir de la disparition de Brenda, encore moins à un mot de réconfort ou d'affection. On ne sait comment, Reg s'était forcé à prendre la laisse accrochée dans l'entrée, comme Brenda l'avait fait tous les soirs de sa vie. Puis, après avoir vérifié qu'Iris était encore profondément endormie et que l'allée était déserte, il s'était mis en route avec Shona.

Ils avaient contourné le champ le plus proche, le caniche se traînant et soupirant sur les talons de Reg. Elle ne sautait plus, maintenant, ne gambadait plus. Il essaya de lui faire la conversation mais ne trouvait rien à dire, et se sentit idiot. Brenda bavardait avec elle, de tout et de rien, babillait, l'appelait de petits noms tendres. C'était à peine croyable, mais Iris et lui en avaient parfois été agacés.

Sur le chemin du retour, à quelques mètres de sa maison, une femme apparut, que Reg ne connaissait pas mais qui habitait le village. Elle était à bicyclette et se dirigeait vers lui. Inévitablement, ils allaient se croiser.

L'estomac de Reg se contracta. Par cette chaleur suffocante, sa lèvre supérieure et son front furent inondés d'une sueur glacée. Persuadé qu'elle allait le reconnaître, il regarda fixement le bout de ses chaussures cirées.

Mais, alors qu'ils se rapprochaient l'un de l'autre, il se produisit une chose extraordinaire. Son regard ne resta pas baissé. Il sentit ses yeux attirés irrésistiblement vers le haut et sur le côté. Il fut submergé par le besoin confus de contact humain. Et quand elle ne fut plus qu'à quelques centimètres de lui, il la regarda fixement, délibérément.

La femme se mit à froncer les sourcils en consultant sa montre. Elle secoua le poignet, revérifia le cadran, émit un « tss-tss » désapprobateur et soupira avec une irritation manifestement artificielle. Entre-temps, elle l'avait dépassé et s'éloignait en pédalant très vite.

Reg, immobile, suivit des yeux la cycliste, étonné par la détresse qui l'avait envahi à cette rebuffade. C'était comme s'il était soudain devenu invisible. Pire, intouchable.

Lentement, il parcourut la distance qui le séparait des Mélèzes. Il approchait du portail quand une silhouette drapée d'organdi flottant en sortit. Pas de problème pour la reconnaître, cette fois. Désormais sur ses gardes, Reg rassembla ses forces. Il s'écarta pour la laisser passer, Shona s'assit humblement aux pieds.

— Monsieur Brockley.

— Bon… our… (Reg lécha ses lèvres sèches et fit une autre tentative.) Bonjour, madame Molfrey.

— Je voulais seulement vous dire à quel point Cubby et moi avons été désolés d'apprendre la terrible nouvelle, pour Brenda. Nous sommes tout près, comme vous le savez, et s'il y a quelque chose, n'importe quoi, que nous puissions faire pour vous aider, je vous en prie, n'hésitez pas à demander.

Tout en prononçant ces derniers mots, elle posa doucement une main sur son bras.

Ce fut cela, ainsi que le pensa Reg longtemps après, ce fut cela qui le brisa. Il n'avait pas versé une larme depuis la mort de sa fille. Alors, la coquille gelée qui emprisonnait son cœur se fendit, se craquela, tomba en morceaux. Il resta là à sangloter dans la rue et la douleur se propagea dans ses veines comme du feu.

*
* *

Le sergent Troy ne revint pas directement à Causton. Jusque-là, sa bourse ne contenait que de mauvaises nouvelles ; or, il aurait aimé offrir quelques espèces sonnantes et trébuchantes.

Troy pensa à Gray Patterson. Il avait eu autant affaire à Sarah que les autres au village. Et même si ses tentatives pour mieux la connaître ne l'avaient « mené nulle part », comme il l'avait dit, il devait avoir appris quelque chose sur son milieu, sa famille, ses amis, etc. au cours de leurs conversations. Il savait peut-être aussi où elle avait fichu le camp.

Après trois minutes de marche, il tourna le coin et arriva chez Patterson. Le seul avantage de la campagne, de l'avis du sergent, c'est qu'au moins, tout est près de tout. Le pub, la boutique, la poste. L'ennui, c'est qu'autour, il n'y a rien.

La première chose qu'il remarqua, c'est que la pancarte de l'agent immobilier avait été retirée. Elle gisait juste derrière la haie d'épicéas bleus. Bess se précipita, en faisant son petit numéro. Troy se plut à prendre son accueil comme signe qu'elle l'avait reconnu.

— Bonjour, monsieur Patterson.

— B'jour !

Le salut de Patterson était beaucoup plus circonspect. Il n'avait manifestement pas oublié leur dernière rencontre. Comme si elle avait senti une certaine réserve dans l'atmosphère, Bess remua la queue avec moins d'assurance.

— Qu'est-ce que c'est, cette fois ?

— Vous avez loué la maison, n'est-ce pas, monsieur ?

— C'est exact. Je déménage à la fin du mois et, oui, je vous donnerai ma nouvelle adresse.

— Vous avez l'intention d'aller loin ?

— Je vais visiter un appartement à Uxbridge cet après-midi.

Il était en train de nettoyer l'allée à l'arrivée de Troy. Il reprit son travail en maniant le râteau avec d'amples mouvements souples, en poussant et ramenant légèrement le gravier, insistant sur les mauvaises herbes.

— Ce travail, ça doit donner soif, suggéra Troy, les lèvres sèches.

— Qu'est-ce que vous voulez ?

— Un mot à propos de Mlle Lawson, en fait.

— Je ne parle pas de Sarah derrière son dos.

— Monsieur, refuser d'aider la police dans son enquête…

— Arrêtez vos conneries.

Le sergent Troy réagit instantanément à l'insulte. Sa peau presque transparente s'empourpra. Ses joues se contractèrent, tandis qu'il serrait les lèvres. Il dissimula sa contrariété en se penchant pour caresser le colley, et en lui murmurant : « Bon chien ! »

Il profita de ces quelques instants pour se poser des questions pertinentes. Du genre, arriverait-il à manipuler ce péteux comme le ferait le chef, dans la même situation ? Arriverait-il, juste une fois, à ne pas se laisser embringuer par ses émotions ? Il décida de tenter le coup.

— C'est que, dit Troy, en prenant une profonde inspiration et en se redressant, nous sommes plutôt inquiets à son sujet. Étiez-vous au courant qu'elle avait disparu depuis deux jours ?

— Je ne crois pas que j'utiliserais un mot aussi dramatique que « disparue ».

— Puis-je vous demander quand vous l'avez vue pour la dernière fois, monsieur ?

Mon Dieu, cette fausse civilité lui restait en travers de la gorge. Troy avait du mal à croire que les mots : « Cet homme est une larve rampante » n'étaient pas écrits sur son front en lettres de feu.

— Eh bien, il y a quatre jours, en fait.

Gray n'avait pas l'intention de dire qu'il allait souvent chez elle. Ni pourquoi, sans aucune raison logique, il était de plus en plus inquiet au sujet de Sarah, au point qu'il n'avait pas fermé l'œil, la nuit dernière.

— Et comment l'avez-vous trouvée alors ?

Gray hésita. Il imaginait très bien la réaction de la police s'il disait que Sarah avait été bouleversée au-delà de toute mesure par la mort d'Alan Hollingsworth. Toutefois, il sentit que se dérober pourrait paraître bizarre.

— Un peu déprimée, je crois.

— A-t-elle dit pourquoi ?

— Écoutez, une femme a disparu ici et deux personnes sont mortes dans des circonstances mystérieuses. Même si on ne les connaissait pas bien, s'ils n'étaient pas très aimés, il y a de quoi ébranler une petite communauté. Je crois qu'on a tous été affectés, d'une manière ou d'une autre.

— Et elle est particulièrement sensible. En tant qu'artiste.

— Jusqu'à un certain point, Lord Copper[1], dit Gray sèchement.

Sarah n'avait pas montré autant de compréhension, à l'égard de ses sentiments à lui.

Troy ne répondit pas et Gray ne s'aperçut de sa colère qu'en levant les yeux. Il lui vint à l'esprit que le sergent n'avait peut-être jamais entendu l'expression et qu'il devait le croire ironique.

— C'est une citation, sergent.

— Je sais, monsieur. Merci beaucoup. (Toujours plus à l'aise avec un mensonge, Troy sentit sa rougeur diminuer.) Donc, Mlle Lawson ne vous a pas dit qu'elle partait ?

— Il n'y avait aucune raison qu'elle me le dise.

— Ça paraît un peu soudain.

Troy se rappela les assiettes dans l'évier, l'impression qu'il avait eue de départ précipité. Comme Mme Hollingsworth.

---

1. Citation tirée du roman d'Evelyn Waugh, *Scoop*. Jeu de mots sur « copper », qui veut dire « flic ». (*N.d.T.*)

— Ce n'est pas demain qu'elle a ses cours ?

— C'est exact.

— Pouvez-vous me donner le nom de l'endroit où elle travaille, s'il vous plaît ?

Troy sortit son carnet et griffonna l'adresse, en murmurant d'un air détaché :

— Nous avons parlé à Mlle Lawson samedi matin, en fait.

— Vraiment ? dit Patterson d'une voix méfiante.

— Mmm. Elle n'avait pas compris que la mort de M. Hollingsworth était considérée comme suspecte. Je dois dire que, quand on le lui a expliqué, sa réaction a été, eh bien, plutôt extrême.

— Comment ça ?

— Elle s'est évanouie.

— Mon Dieu !

— Ce qui, naturellement, donne un peu à réfléchir, comme qui dirait.

— Vous ne croyez quand même pas qu'elle a quelque chose à voir avec tout ça ?

— Qui peut le dire ?

— Moi. Je connais Sarah. Vous faites complètement fausse route.

— Alors vous en avez parlé avec elle, monsieur ?

Gray marqua une pause, conscient qu'un « non » ne serait pas cru.

— Brièvement. Et nous n'en sommes venus à aucune conclusion, avant que vous demandiez.

— A-t-elle déjà mentionné des amis proches ou des parents ? Je pense à l'endroit où elle se trouve actuellement.

— Où vous pourriez la pourchasser, vous voulez dire.

— Je crois que « pourchasser » est un mot un peu trop dramatique, pas vous, monsieur ? (Satisfait de cet astucieux retour de bâton, Troy rangea son carnet.) Merci de m'avoir donné de votre temps, monsieur. Ah, à propos…

— Quoi encore ? demanda Gray qui était déjà retourné à son râteau.

— On a vérifié votre alibi pour le 6 juin. Le caissier s'est souvenu que vous lui aviez acheté un billet.

Cela signifiait seulement, bien sûr, que Patterson était bien entré à l'Odéon à l'heure qu'il avait indiquée. Mais cela ne disait pas à quelle heure il en était sorti. Il aurait pu s'asseoir cinq minutes avant de s'échapper par la fenêtre des toilettes. Mais inutile d'en parler pour le moment. Qu'ils baissent leur garde et qu'ils mijotent un peu.

Troy était drôlement content de son petit numéro. Il entra dans la cabine téléphonique et appela Coalport and National. Il demanda Mlle Willing, laissa son nom et expliqua qu'elle pourrait peut-être l'aider à propos de l'affaire Brockley. Il ne voulait pas la déranger pendant son travail mais peut-être plus tard ?

Puis il appela l'école de Sarah où on lui dit qu'un professeur remplaçant se chargeait des cours cette semaine. Sarah Lawson avait téléphoné pour dire qu'elle avait eu un accident et qu'elle ne reviendrait pas avant le trimestre prochain, au plus tôt.

*
* *

Barnaby avait battu en retraite de la salle de réunion jusqu'à son bureau, trois étages plus haut, et il songeait déjà à y retourner. L'atmosphère, dense en bas, était ici carrément collante.

La chemise à rayures bleu et blanc de l'inspecteur montrait de grandes auréoles de transpiration sous les bras. Il avait déboutonné le devant et desserré sa cravate, pour dégager le col de son cou brûlant. Même le ventilateur sur le bureau, qui tournait lentement, semblait sur le point de s'immobiliser dans un grincement.

Il était monté pour réfléchir plus tranquillement. Et il tâchait de réfléchir mais son cerveau était ramolli par la chaleur. Il se leva lourdement et se dirigea vers le mur, près de la fenêtre, où était accrochée une carte de la région.

Il l'examina, quelque peu découragé. Quelque part dans cette grande étendue de terre et d'eau existait – ou plus vraisemblablement avait cessé d'exister – Mme Alan Hollingsworth. Et toute la publicité donnée à l'affaire par les journaux, les affiches et les prospectus n'avait servi à rien.

Barnaby, bien que profondément déçu, n'en était pas autrement surpris. S'il n'était pas difficile de disparaître de son propre gré – et les dossiers aux Disparus étaient navrants sur ce point –, il était ô combien plus facile de s'évaporer sous la contrainte.

Évaporer, c'était le mot. Comme la jolie assistante d'un magicien, elle était entrée dans la boîte magique – en l'occurrence, les toilettes d'un grand magasin – et n'en était apparemment plus ressortie.

Le mot-clé, bien sûr, étant « apparemment ». Il y avait beaucoup de monde dans le magasin, en ce jour de marché, ce qui expliquait pourquoi ni les vendeurs ni les clients n'avaient remarqué la sortie de Simone. Elle avait certainement dû traverser le magasin pour aller dans la rue. Les toilettes étaient au second, elle n'avait donc pu s'échapper par la fenêtre.

Barnaby ferma les yeux et s'imagina les rues bondées, les stands animés, avec leurs auvents à rayures vives, et leurs occupants qui braillaient, les camions de hot-dogs et de poissons frits, et de vêtements et de vaisselle. Simone, ou la personne qui tirait les ficelles, avait bien choisi le jour.

Un coup à la porte en verre et le sergent Troy passa une tête.

— C'est pas trop tôt ! (Barnaby prit sa veste en lin froissé du portemanteau démodé.) Alors, on est prêts ?

— Non, chef. (Il entra pour de bon dans la pièce.) Désolé. Elle a foutu le camp.

— Quoi !

— Elle a quitté la maison après notre visite. Elle n'est pas rentrée depuis. Elle a téléphoné à l'école pour dire qu'elle ne serait pas là de tout le trimestre.

— Et merde ! (L'inspecteur s'effondra sur la vieille chaise de cuir pivotante, derrière son bureau, et grogna :) Saloperie de putain de bordel de merde !

— Ouais, pour une emmerde, c'est une emmerde. (Troy referma la porte et s'y adossa.) J'ai essayé Patterson, au cas où. Puisque, comme ça, il lui faisait du gringue. Enfin, il essayait. Mais il n'a pas la moindre idée de l'endroit où elle est. C'est ce qu'il dit, en tout cas.

— L'idiot, le triple *idiot.*

La voix de Barnaby tremblait de colère dirigée contre lui-même. Il était clair cependant, après avoir parlé avec cette femme, qu'elle se sentait très concernée par les événements. Il connaissait son amitié avec Patterson, le principal suspect. Il l'avait vue trembler de nervosité pendant toute l'entrevue, il l'avait vue s'évanouir sous le choc, en découvrant que Hollingsworth ne s'était pas suicidé. En revenant à elle, elle avait sangloté.

Et pourtant, il ne l'avait pas arrêtée. Son erreur, laisser les choses en l'état pendant un jour ou deux, lui apparut dans toute sa gravité. Il se rappelait avoir considéré ce délai comme une « respiration ». Le temps qu'elle « se rassure, en se croyant débarrassée d'eux ». Quelle terrible erreur de jugement. Quel orgueil démesuré, quelle suffisance !

Et maintenant elle s'était vengée de ses tortionnaires, elle leur avait rendu la monnaie de leur pièce : malheureusement, c'était eux qui étaient peut-être débarrassés d'elle.

Barnaby revint dans la salle de réunion pour éplucher toutes les informations qui s'étaient accumulées et tuer le temps jusqu'au briefing de cinq heures. Après avoir reçu de Heathrow un fac-similé des empreintes de Brenda Brockley, l'IJ était en mesure de l'informer qu'on n'en avait trouvé nulle part aux Rossignols. C'était bien ce qu'il pensait.

Tout aussi prévisibles, les résultats de l'autopsie. Brenda était morte d'une hémorragie due à une fracture du crâne. Elle avait aussi un tibia cassé à la jambe gauche, le pelvis fracturé et trois côtes brisées. Le rapport de l'IJ qui l'accompagnait précisait que les marques sur les jambes et la robe provenaient de pneus Pirelli identiques à ceux de l'Audi. L'équipe de Heathrow avait contacté la police scientifique de Causton et viendrait examiner la voiture de Hollingsworth dans les jours prochains.

Pas de chance avec les agences de location, jusque-là, pour ce qui concernait la cachette de la femme kidnappée, mais les vérifications avaient donné des résultats plutôt désagréables. Un trois-pièces à Princes Risborough avait été utilisé à des fins tout à fait immorales. Et, plus près, un garage aux murs dégoulinants, sans ventilation, s'était révélé être un atelier clandestin où plus de vingt Asiatiques, femmes et jeunes filles, passaient leurs journées à inhaler du kapok en fabriquant des jouets en peluche.

Barnaby but du thé, un soda, encore du thé, et essaya de ne pas s'attarder sur le fait que douze jours s'étaient écoulés depuis que Simone avait pris le bus pour Causton, pour ne jamais revenir. Et presque huit depuis la mort d'Alan Hollingsworth et de Brenda Brockley. Il se répétait que toutes les enquêtes évoluaient à leur propre rythme. Que certaines, par défaut de témoins ou d'indices exploitables par la Scientifique, ne décollaient jamais et que d'autres, comme celle-là, étaient noyées dans un tel flot d'informations qu'on pouvait aisément passer à côté d'un détail un tant soit peu subtil.

Il se rappela le moment dans l'ascenseur, il n'y avait pas si longtemps, où il s'était senti content de flotter dans « les brumes de l'ignorance ». Et il tâcha de ne pas se laisser démonter par le fait que les brumes semblaient maintenant s'être transformées en océan d'ignorance absolue sur lequel il était ballotté, trop rapidement à son gré, pour finir enseveli par les eaux.

La salle se remplissait. À cinq heures précises, l'inspecteur se leva pour parler.

— Malheureusement, il s'est produit un très fâcheux contretemps, commença-t-il (et il relata la disparition de Sarah Lawson). Je suis maintenant bien convaincu que Lawson est sérieusement impliquée dans l'affaire. Elle a menti sur son emploi du temps le soir de la mort de Hollingsworth. D'un autre côté, elle a eu l'air complètement effondrée quand je lui ai dit qu'on considérait cette mort comme suspecte.

— P't-être qu'ils étaient amants, monsieur, suggéra le sergent Beryl. En douce.

— Je crois plutôt qu'elle était effondrée pour Gray Patterson, dit Troy. Je crois qu'elle sait quelque chose sur ses faits et gestes qui le rend vraiment suspect.

— Ce degré d'inquiétude implique des rapports entre eux. Il nous a fait comprendre qu'il était épris mais que cela ne le menait nulle part.

— On a déjà vu des hommes mentir, dit une jeune rousse, qui replongea immédiatement derrière son écran.

Barnaby coupa court aux huées.

— L'important, maintenant, c'est de la retrouver. L'école ouvre demain à huit heures et demie. Interrogez le personnel et l'administration, procurez-vous une photo d'elle. Et c'est le jour de ses cours, alors interrogez ses étudiants. Trouvez-moi tout ce que vous pouvez sur son milieu, surtout ses amis ou proches parents dont elle aurait parlé. Elle peut être chez l'un d'eux. Demandez aux étudiants ce qu'ils pensaient de Simone Hollingsworth, pendant que vous y êtes. Elle n'est pas venue depuis un bout de temps mais ça serait intéressant d'avoir leur opinion.

— Est-ce qu'on perquisitionne la maison de Sarah Lawson, monsieur ? demanda un tout jeune constable, avec une moustache extraordinaire, très bouclée et totalement indomptée. Il peut y avoir des indices sur l'endroit où elle se trouve.

— Probablement dans les prochains jours, Belling, oui.

Barnaby hocha la tête, en souriant à demi.

C'est qu'ils posent des questions, maintenant, ces jeunes ! On les y encourageait, ce qui était une bonne chose. Il y a trente ans, il n'aurait jamais osé.

— Malheureusement, on ne peut pas se permettre de surveiller le cottage au cas où elle reviendrait mais notre homme sur place va y jeter un œil. On a déjà donné la description de sa voiture. C'est une Deux Chevaux rouge et blanc. Loin d'être unique mais assez peu courante, peut-être, pour attirer le regard.

— Elle doit être planquée quelque part, maintenant, non, monsieur ? demanda le sergent Brierley. Dans un garage.

— Pas nécessairement, dit Barnaby. Elle ne se doute peut-être pas qu'on la recherche. Il est possible, bien sûr, que sa disparition n'ait rien à voir avec ma visite et qu'on se décarcasse pour des prunes.

Il marqua une pause, en promenant son regard sur l'assistance. Les fameux sourcils se haussèrent légèrement dans l'attente d'une réaction. Il était clair, d'après l'expression des visages, que personne n'y croyait. Barnaby ne pouvait les en blâmer. Il n'y croyait pas lui-même.

— Eh bien, dit-il en se levant et en étirant les jambes, à demain matin huit heures. Et huit heures pétantes.

*
* *

— Oui, monsieur. Mais certainement. J'y serai, sur place, dans une demi-heure.

Trixie Perrot, un œil sur son plus jeune enfant – qui apprenait à manger tout seul –, séchait les cheveux de l'aîné tout en essayant d'empêcher le chien de grignoter les chaussons de son mari. Elle cria :

— Dis-lui que c'est ton jour de repos.

— Pardon, inspecteur ? Non, non, c'est la télévision, qui est un peu forte.

Les Perrot avaient passé un délicieux après-midi. Les parents de Trixie avaient apporté une petite piscine en plastique bleu. Colin l'avait gonflée dans le jardin et l'avait remplie au tuyau d'arrosage. En rentrant de l'école, les enfants s'étaient éclaboussés dans les cris et les rires tandis que les adultes, assis à l'ombre, mangeaient des *scones* et des framboises fraîches avec de la crème épaisse du Devon.

Dans une demi-heure, quand les enfants seraient en haut, il y aurait de la salade de poulet, une bière glacée et Keith Floyd[1] que Perrot et sa femme adoraient regarder.

— Papa…

— C'était pour quoi ?

1. Keith Floyd : grand maître queux britannique, qui fait des démonstrations à la télévision. (*N.d.T.*)

— Papa !

— Sarah Lawson a disparu. Ils veulent que je garde un œil sur la maison.

— Mais tu n'es pas de service.

— C'est mon secteur. Il n'y a personne d'autre.

Ce qui était vrai mais n'atténuait en rien l'amertume de Trixie.

— Qu'est-ce que tu es censé faire, alors ? T'asseoir sur son perron en attendant son retour ?

— Je suppose. Enfin, de temps en temps.

— C'est ridicule. Mais tu n'es pas obligé d'y aller à la minute ?

— *Papa, regarde.*

— Mon Dieu, Jamie. (Colin sortit son mouchoir. Le visage de son fils était couvert de glace, ainsi que ses cheveux. Il en avait même un peu dans le nez.) Tu en as mangé ?

— J'ai *tout* mangé, cria Jamie, tout fier.

— Reste au moins jusqu'à ce qu'ils soient couchés.

Trixie essaya de contenir l'irritation qui perçait dans sa voix mais elle avait horreur de le voir comme ça, si empressé, à faire le beau dès que ces types de Causton le sifflaient.

— Je peux aller regarder la télé, maintenant ?

— Non. (Elle passa les mains dans les cheveux de l'enfant assis sur ses genoux.) C'est encore humide. (Puis à son mari :) Ils ne t'en seront pas plus reconnaissants pour ça.

— Tu sais comment c'est, Trix. Les erreurs que j'ai faites. Je risque déjà d'être muté.

— Bon, mais ils n'attendent quand même pas que tu fasses le boulot d'un inspecteur. Ça demande un entraînement spécial. Tu es un bobby de village. Et le meilleur qui soit.

— Ne t'énerve pas.

— J'aimerais les y voir, eux, qu'ils viennent ici faire ton boulot.

Le constable Perrot resta jusqu'à ce que ses fils soient couchés puis il sortit sa Honda et partit pour Fawcett Green. Il se gara à l'extérieur du cottage, monta et descendit l'allée puis alla au *Goat and Whistle* pour une petite demi-heure. Après quoi il s'assit dans le jardin de Sarah, encore chaud en ce début de soirée. Le temps passait très lentement. La prochaine fois, il apporterait quelque chose à lire.

*
* *

Tandis que Perrot montait sa garde solitaire, Barnaby savourait la compagnie de sa femme et un verre de Santara Chardonnay frais. Ce qu'il savourait moins, en revanche, c'était une série de piqûres plus ou moins douloureuses dans les genoux.

— Il va m'abîmer mon pantalon.

— Laisse-le tranquille. Il est très bien.

Dix-huit mois auparavant, la fille des Barnaby et son mari, qui avaient signé pour une tournée de trois mois en Europe, avaient laissé derrière eux leur nouvelle acquisition, un chaton bleu de Russie, Kilmowski.

Barnaby avait alors fait remarquer avec aigreur que la période durant laquelle votre progéniture supplie pour avoir un animal, promet de le laver, de le brosser, de le nourrir et de le sortir jusqu'à la fin de ses jours, puis se dépêche de se décharger de tout ça sur vous, cette période s'achevait naturellement autour de la quinzième année.

Joyce, enchantée par l'adorable petit animal, avait traité son mari de vieux ronchon. Barnaby, désenchanté à proportion, avait vu ses pires craintes se réaliser. On lui piquait la nourriture dans son assiette dès qu'il avait le dos tourné, on lui déchirait son journal et on faisait pipi dessus. Il comptait les jours jusqu'au retour de sa fille.

Mais le temps que Cully et Nico reviennent, le chaton l'avait complètement séduit et Joyce ne fut pas seule à être malheureuse à la pensée de le rendre.

En fin de compte, Cully avait à peine défait ses valises qu'elle dut partir pour le Royal Exchange à Manchester et *Hedda Gabler*. Nicholas eut l'occasion inattendue d'aller à Stratford où un acteur avait rompu son contrat pour accepter une proposition au cinéma. Ils décidèrent de louer leur appartement pour six mois. Quand ils eurent achevé leur vagabondage et se furent installés à Londres, Kilmowski, bien que toujours doué de beauté, d'élégance et de charme enjoué, n'était manifestement plus un chaton. Il s'était transmatoufié, selon le mot spirituel et chagrin de Cully. Nico et elle tombèrent d'accord pour dire que ce serait non seulement égoïste mais cruel de le transplanter dans un appartement alors qu'il avait tout Arbury Crescent pour vadrouiller. C'est ainsi que Kiki, comme on l'avait appelé dès le jour de son arrivée, ne bougea pas.

— À quelle heure viennent-ils ?

— Pas « ils ». Cully toute seule.

— Oh, ça ne va pas recommencer, si ?

— Bien sûr que non. Nico doit être à Pinewood à sept heures et demie du matin, alors il veut se coucher tôt. Je te l'ai déjà dit.

— Tu dis toujours ça.

— Parce que c'est toujours vrai.

— Je voulais te dire, fit Barnaby pour changer de sujet, j'ai mis ta cassette de répétition d'Amadeus, hier…

— Oh Tom, c'est vraiment gentil.

— Gavin a cru que c'était Cecilia Bartoli.

— Peut-être que je l'ai mal jugé, ce garçon.

— Non, tu avais raison.

— Non, j'avais tort, dit Joyce en riant.

La sonnette retentit. Elle partit ouvrir. Barnaby déposa le chat par terre et alla à la cuisine où il retira le gaspacho du frigo et commença à piler de la glace.

Cully fit son entrée (il n'y avait pas d'autre mot), prit par le centre gauche et l'embrassa. Elle portait une simple robe de lin blanc, très courte, et des espadrilles noires, dont les lacets étaient noués jusqu'à ses genoux bronzés. Pas de maquillage, les cheveux à la diable. La beauté sans apprêt.

— Salut, P'pa.

— Salut, chérie. Alors tu t'es décidée à voir ce film ?

— Presque. Je crois. Je voulais vous voir, toi et maman, de toute façon.

Barnaby, ridiculement ravi, dit d'un ton détaché :

— Ça fait plaisir de te voir, aussi.

— Miam, miam ! (Elle plongea un doigt dans le gaspacho et le suça.) Qu'est-ce qu'il y a d'autre ?

— Une salade de riz au crabe et des groseilles à maquereau... Ne fais pas *ça* !

— On est en famille.

— Se lécher les doigts et les remettre dans le plat, ce n'est pas comme ça qu'on t'a élevée.

— Je dois aller au coin ? gloussa Cully.

— Tu peux aider ta mère à mettre la table. Et sers-toi du vin.

— Tu es sûr que je suis assez grande ?

Barnaby sortit trois bols à soupe blancs avec un poisson bleu au fond. Souvenir de Galicie. Il les mit dans des bols plus larges remplis de glace pilée et y versa le potage. Il déposa sur le plateau une baguette et un ravier de beurre doux, jaune pâle, de Bretagne.

— J'ouvre une autre bouteille ? demanda Joyce à travers le passe-plats.

— Il ne vaut mieux pas.

Il avait remarqué les clés de voiture de Cully qui pendaient à son petit doigt.

Le repas fut disposé sur une table basse en face de la télévision. La cassette de *L'Ange Bleu*, qui se rembobinait, sifflait, bourdonnait et finit par s'arrêter avec un petit clic. Joyce prit la télécommande et regarda sa fille.

— J'appuie ?

— Sûr ! Pourquoi pas ? (Cully repoussa un feutre imaginaire d'un coup de pouce.) Ne serait-ce que pour Marlène et le professeur.

Barnaby ne se souvenait pas d'avoir jamais vu le film. Ce qui faisait deux sur trois. Joyce était allée à une séance, au Hampstead Everyman « il y a des années et des années ».

Même si, paraît-il, il s'agissait d'une nouvelle copie, l'image avait encore beaucoup de grain. Mais rien ne pouvait gâcher ce visage sublime. Un visage d'une mystérieuse perfection que les mots étaient impuissants à décrire. Beau était désespérément faible. Alors, à partir de là…

Cully poussa un profond soupir.

— Plus jamais, jamais je ne croirai que les pommettes sont simplement un dépôt de calcium.

En voyant le personnage joué par Emil Jannings se tordre et se débattre dans le filet fatal, Barnaby songeait à quel point l'intelligence était impuissante à lutter contre les attaques dévorantes, énigmatiques de la passion sexuelle. Voilà un homme qui se bat pour son honneur, son couple, sa vie même, sans autre arme que son intelligence. Quand l'obsession physique prend le dessus, il semble que le bon sens et même parfois l'équilibre mental disparaissent.

Barnaby mit le film sur « Pause » et alla chercher la salade de crabe. Quand il revint, sa femme et sa fille étaient en train de parler de Dietrich, jadis et maintenant.

— On est incapable de réagir à ce film, surtout à elle, comme dans les années 1930, disait Cully.

— Je ne vois pas pourquoi.

— Parce qu'alors, elle était simplement une femme au physique stupéfiant, au début de sa carrière. Maintenant, elle est devenue une icône. Et les icônes sont tout sauf sexy. C'est pas vrai, papa ?

— Attends une seconde. (Il prit une fourchettée de riz et la goûta.) Pas assez de noix muscade.

— Ne remets pas ta fourchette là-dedans, tu l'as léchée ! cria Joyce.

Cully commença à glousser mais s'arrêta net quand son père refusa de lui remplir son verre. Après une dispute assez vive que la jeune Barnaby conclut en déclarant qu'elle en avait assez du film, du dîner et de ses parents, merci beaucoup, elle s'évanouit brusquement dans la nuit.

10

Le lendemain matin, Barnaby se réveilla avec un vague sentiment de tristesse qu'il ne parvint pas à chasser. Sentiment qui persista pendant son petit-déjeuner plein de fruits, riche en fibres, mêlé d'acide nicotinique, dont tous les bénéfices furent certainement annulés par le long trajet autofumigène, pare-chocs contre pare-chocs sur l'A412. Il se dit qu'il aurait plus vite fait de sauter dans le Grand Union Canal qui longeait la route et d'aller au bureau à la nage.

C'était surtout l'incident de la veille au soir, bien sûr. Il ne regrettait pas d'avoir refusé un autre verre à Cully. Ni d'avoir tenu bon quand elle avait commencé à faire son numéro. Mais il avait horreur de ça, même s'il ne s'agissait que d'une chamaillerie. Pourtant, sa fille avait beau être très soupe au lait, elle n'était pas du genre à bouder, Dieu merci. Elle avait téléphoné avant qu'il aille se coucher pour dire qu'il avait raison, qu'elle avait tort, qu'elle l'aimait et qu'il n'oublie pas l'anniversaire de sa mère.

En pensant à sa femme, il se rappela qu'il lui avait promis à contrecœur d'écouter une cassette qu'elle lui avait mise de force dans les mains, l'autre jour, *Quatre Derniers Lieder* de Richard Strauss. Il avait protesté en disant qu'il n'aimait que les classiques populaires. Elle avait rétorqué que c'était un classique populaire et qu'il était grand temps qu'il élargisse son esprit. C'était seulement dans sa voiture qu'il pouvait écouter quelque chose jusqu'au bout : elle le savait et avait glissé la cassette dans le lecteur puis collé avec du Scotch une carte postale vierge sur laquelle elle avait dessiné une grande oreille.

L'amour de Barnaby pour ce qu'il qualifiait de « musique musicale » remontait à loin. Petit garçon, il écoutait pendant des heures avec son père les lourds disques laqués sur un gramophone à manivelle enchâssé dans un cabinet de chêne. Quand les voix commençaient à dérailler et à s'aplatir, il se précipitait pour tourner la manivelle et leur redonner de la vitesse. Parfois, quand la pointe de l'aiguille s'ébréchait, il était autorisé à en mettre une neuve.

La plupart des airs étaient interprétés par la Carl Rosa Opera Company. Des joyaux tirés de *La Veuve Joyeuse, Die Fledermaus, Le Baron Gitan.* Tout ça, c'était génial ! De merveilleuses mélodies qui faisaient valser le cœur. Barnaby soupira et appuya consciencieusement sur le bouton.

Les élèves de Joyce choisissaient d'interpréter les choses les plus extraordinaires, semblait-il. De temps à autre, quand Barnaby était à la maison et que sa femme donnait une leçon, il était obligé de sortir de son bureau quelques instants, presque incapable d'en croire ses oreilles. Que des gens soient prêts à payer le prix fort pour qu'on leur apprenne à brailler faux, c'était renversant ! Pas étonnant que le chat se sauve sous le canapé.

La voix splendide de Kiri te Kanawa s'échappait de la voiture. Le conducteur d'un des véhicules qui se traînaient à côté le regarda, les yeux ronds. Barnaby baissa le son et remonta sa vitre. Depuis l'apparition à la télé de ce flic amateur d'opéra, il se sentait parfois un peu emprunté, quand il attendait en musique à la queue ou aux feux rouges, comme s'il avait été surpris à frimer.

Il se rendait bien compte que c'était absurde. Après tout, personne ne savait qu'il était, lui aussi, un inspecteur de la PJ. Et même l'auraient-ils su, *tant pis* [1]. Si la vie ne pouvait, de temps à autre, imiter l'art, où allait le monde ?

En arrivant au poste, il se gara à son emplacement réservé et éteignit la musique. Pas mal, mais ça ne valait pas l'hymne de Pâques de *Rusticana.*

---

1. En français dans le texte.

Il régnait un silence inquiétant dans la salle de réunion. D'accord, il était à peine huit heures. Les gens de l'équipe venaient de terminer leurs longues heures de service et le grand public britannique était encore trop ensommeillé pour être déjà pendu au bigophone, à renseigner le commissariat du coin. Malgré tout, il était difficile d'échapper à l'impression qu'on en était au point mort.

L'inspecteur se versa du café qui infusait depuis un petit moment sur le réchaud. Plutôt amer.

La journée se traînait. Barnaby, qui n'avait pas grand-chose de nouveau à se mettre sous la dent, récapitula toute l'histoire. Il relut les dépositions de Fawcett Green, celles de Penstemon et de Coalport and National et celle de Freddie Blakeley.

Son cerveau commençait à ressembler à un bol de soupe au vermicelle en forme de lettres. Si on remue, des lettres flottent, s'assemblent un instant en paraissant former un mot avant de sombrer de nouveau au fond de la soupière. On remue encore, et ce n'est plus que du charabia.

Expert à évaluer les humeurs du chef, Troy s'y connaissait pour être présent sans en avoir l'air. Placé de façon à être immédiatement disponible, au cas où le vieux grincheux le cherche ou l'appelle, il se tenait à distance respectueuse des turbulences de la mauvaise humeur de Barnaby.

Il le comprenait, bien sûr. Il ressentait la même chose. Des fois, on avait envie de prendre une affaire et de la secouer comme un prunier.

Comme Sarah Lawson, par exemple. Troy n'aurait pas du tout procédé comme ça, l'autre jour. Selon lui, il fallait mettre la pression quand les gens étaient les plus vulnérables. Maintenant, même s'ils pinçaient la fille dans les vingt-quatre heures, elle avait eu plus de trois jours pour se ressaisir et inventer une histoire en béton. Se la répéter, encore et encore.

Remarque, on dit ça, mais ça paie d'être prudent quand on a affaire à un membre de la « middle class ». On ne peut pas se laisser aller comme avec la crapule bourrée de la HLM moyenne. Les gens comme Lawson, ils sont là, on dirait qu'ils ne peuvent même pas se payer un pot de chambre alors qu'ils baisent avec le député du coin. Un homme avisé surveille ses arrières, dans ces cas-là.

Le sergent Troy était un peu hors jeu avec les femmes, ces temps-ci. Toutes des perfides. Tiens, Jacqui décidément non-Willing. Quelle allumeuse, celle-là ! Bien épicé, l'emballage, rien à dire là-dessus (quatre piments, Troy lui aurait donné, si on lui avait demandé de mettre une note à ces dehors pulpeux), mais pas plus de trois cents calories la portion quand vient le moment de goûter. Une bière rapide au Turk's Head et la voilà qui se précipite pour faire le dîner de son mari ! À croire que s'il n'a pas un plat chaud qui l'attend sur la table à la minute où il rentre, il n'est pas à prendre avec des pincettes. Troy se dit avec amertume qu'il savait ce que le type ressentait.

Ce fut à ce moment des rêveries maussades du sergent que le fax ressuscita. Il s'en approcha, lut les résultats et arracha la feuille avec une certaine satisfaction. Voilà qui allait requinquer le chef.

— Un truc de Heathrow, monsieur. (Il plaça le fax sur le sous-main de Barnaby.) Une petite avancée, vous ne trouvez pas ?

L'essentiel de l'affaire était ceci : un employé de la consigne, qui avait vu les photos de Hollingsworth et de Brenda Brockley épinglées dans le bureau, avait reconnu la fille.

Gordon Collins avait vu Brenda, le soir de sa mort, qui se tenait juste sous l'escalier dans la section où on déposait les valises. Elle ne s'était pas mise à la queue. À un moment, elle lisait un journal. Comme Eden Lo, l'employé de la consigne avait eu l'impression que Brenda se cachait de quelqu'un.

L'inspecteur Fennimore avait posé toutes les questions que Barnaby aurait lui-même posées. Celui-ci poursuivit sa lecture avec une satisfaction croissante non dénuée de gratitude, car on lui épargnait un trajet accablant à Heathrow pour aller interroger l'homme.

On avait demandé à M. Collins de bien regarder, de réfléchir et de regarder encore, mais il ne put se rappeler avoir vu Alan Hollingsworth déposer des bagages ou en retirer. Il fit remarquer qu'ils étaient trois de service et que les autres avaient pu prendre la valise en question ou donner un ticket.

Les deux autres n'étaient pas en mesure d'en dire plus. Des centaines de passagers utilisaient la consigne quotidiennement. Il fallait qu'un client soit vraiment remarquable, dans son comportement ou son apparence, pour sortir du lot.

L'excellent inspecteur Fennimore avait franchi l'étape suivante avec une promptitude admirable. Hollingsworth était allé à Häagen-Dazs, avait commandé un café dont il ne voulait pas et avait filé immédiatement. Alors pourquoi avoir commandé le café ? Parce qu'on lui avait donné l'instruction de laisser le ticket de la consigne sous la soucoupe.

Fennimore avait montré aux employés des bagages le portrait-robot de la vieille dame, que personne n'avait reconnue. Il s'était alors demandé ce qui se serait passé si elle s'était présentée en personne au comptoir et avait donné le ticket de Hollingsworth.

Les trois hommes furent d'accord pour dire que, dans ce cas-là, on n'aurait pas rendu le bagage sans poser de questions. Normalement, rien dans le règlement ne précisait que la personne qui confie un bagage doit être celle qui vient le chercher. Mais quand il s'agit d'une vieille clocharde ?

Donc, écrivait l'inspecteur Fennimore, cela signifiait sûrement que la vieille femme avait simplement pris le ticket pour quelqu'un d'autre. Elle l'avait pris, c'était certain, puisque Mlle Lo avait débarrassé la tasse immédiatement et il n'y était plus, à ce moment.

Le dernier paragraphe concluait en donnant la date de l'enquête judiciaire préliminaire : jeudi en huit au centre administratif de Hounslow. Il réitérait ses offres d'assistance à la PJ de Causton, en cas de besoin.

Barnaby mit la lettre de côté. Le regain d'intérêt, l'impression que les choses bougeaient ou se présentaient sous un autre angle, tout cela ne tarda pas à s'estomper. En effet, qu'avaient-ils de plus, maintenant ? Seulement la certitude que l'argent de la rançon ne se trouvait pas dans le filet de la vieille bonne femme, comme ils l'avaient supposé, mais dans un contenant laissé à la consigne.

— Accusez réception, voulez-vous ? Et rajoutez nos remerciements.

— Bien, monsieur, dit Troy, consterné par le brusque retour de l'humeur maussade. Après ça, je pensais faire une pause. Casser une croûte à la cantine. Vous venez ?

La dernière phrase avait été suscitée par le geste de Barnaby qui décrochait sa veste du portemanteau.

— Non. Je vais au bar.

Troy ouvrit des yeux ronds puis jeta un coup d'œil, qu'il croyait furtif, à l'horloge. Il était à peine midi et demi.

— Ça vous pose un problème, sergent ?

— Bien sûr que non, monsieur.

Pas ce qu'on pourrait vraiment appeler un problème. D'accord, ça n'était jamais arrivé avant, le patron qui va prendre un verre en plein milieu de son service ; mais il y a un début à tout, non ?

Troy se sentit troublé en s'installant pour répondre à la lettre venue de Heathrow.

En fin de compte, Barnaby prit un demi et un sandwich de pain de campagne au fromage et à la tomate. Le pain de campagne ne se distinguait du pain normal que par le saupoudrage de farine sur le dessus et le penny supplémentaire.

Ce fut en mâchonnant ce pavé indigeste et peu inspirant qu'il trouva la solution à son problème immédiat : comment employer cette heure du déjeuner de façon productive ? Il allait acheter le parfum de Joyce.

Le bout de papier avec l'adresse de la parfumerie la plus proche était dans son portefeuille, avec quelques cartes de crédit. Il avait aussi son carnet de chèques. Barnaby prit sa voiture jusqu'à Uxbridge, fit le plein d'essence, emprunta la A4007 et se retrouva dans le centre, trente minutes plus tard.

La femme policier Titheridge, qui avait cherché l'adresse pour lui, avait noté avec précision toutes les indications et l'inspecteur en fut ravi car *La Parfumerie* [1] se trouvait dans une ruelle pavée, derrière une église romane. Il aurait pu errer pendant des heures.

C'était un endroit ravissant, un octogone de murs couverts de miroirs qui multipliaient à l'infini les bouteilles de cristal, les boîtes enrubannées, enveloppées de Cellophane qui s'alignaient sur les étagères.

Une jolie femme, auréolée d'un nuage de cheveux bruns, vêtue d'un peignoir portefeuille en coton rose, sourit à Barnaby et lui demanda si elle pouvait l'aider. Il dit qu'il cherchait *Joy.*

— Le parfum, monsieur ? Ou l'eau de toilette ?

— Oh, le parfum. C'est pour une circonstance exceptionnelle.

— Nous n'avons plus le flacon d'une once. (Elle prit une boîte blanc et or rayée de rouge.) Mais nous avons ceci, le deux onces. Ou quinze millilitres.

La seconde boîte était beaucoup plus petite. Presque minuscule, de l'avis de Barnaby. Un peu mince comme cadeau pour la femme de sa vie et son demi-siècle.

— Je voudrais la première.

— Merci.

La fille lui sourit et se mit à envelopper la boîte, d'abord dans un papier de soie fuchsia puis dans du papier doré. Elle l'entoura d'un ruban de satin, en faisant plusieurs nœuds somptueux. Puis elle prit sous le comptoir une rose en velours d'un rose un peu plus soutenu que sa blouse et en tortilla la tige autour du ruban.

— C'est ravissant, dit Barnaby qui avait déplié son carnet de chèques et décapsulé son stylo. Maintenant, à combien se montent les dégâts ?

Elle signala avec précision l'étendue des dégâts.

— Oh monsieur, vous avez fait tomber votre stylo.

---

1. En français dans le texte.

— Oui. (Barnaby se baissa et le ramassa. Le mouvement brusque l'étourdit encore davantage.) Quatre… (Il se rendit compte qu'il croassait et s'éclaircit la gorge.) Quatre… ?

— Quatre cent dix-sept livres et onze *pence*, s'il vous plaît, monsieur.

Elle observa le stylo qui tressautait, qui donnait des coups de bec au papier, on eût dit presque contre son gré, en inscrivant mots et chiffres.

— Voilà quelqu'un qui a bien de la chance !

Elle devait penser que le parfum était destiné à sa bonne amie. Un cadeau clandestin, qu'on offre pour se faire pardonner à une maîtresse planquée dans une garçonnière.

— C'est pour ma femme. C'est son cinquantième anniversaire. Je voulais lui trouver quelque chose de vraiment particulier.

— Mon Dieu, s'exclama-t-elle, en clignant les paupières, manifestement désarçonnée. Cela fait longtemps que vous êtes mariés ?

— Trente ans.

— Trente… ? (Même pas l'excuse d'un second souffle, alors.) Eh bien, tout ce que je peux dire, c'est qu'elle doit vous rendre bien heureux.

— Heureux, dit Barnaby en prenant son paquet et en s'apprêtant à sortir, c'est le moins qu'on puisse dire.

*
* *

— Ça n'a pas l'air mal, commenta le sergent Troy en voyant son chef mettre le somptueux paquet dans le placard du bureau.

Barnaby émit un grognement évasif. Normalement, il aurait laissé ça dans la voiture. Après tout, le véhicule était fermé et garé sur le parking du commissariat. Mais la valeur du parfum l'avait rendu plus que prudent. Il loucha une dernière fois en direction du paquet puis referma la porte du placard. L'emballage lui paraissait déjà clinquant et de mauvais goût.

— J'ai deux anniversaires à souhaiter la semaine prochaine, risqua Troy. Maureen et ma mère.

— Qu'est-ce que vous leur offrez ?

— Maure voudrait ce livre de Joan Collins sur la beauté. Je lui ai dit : « Maureen, si tout le monde arrivait à ressembler à Joan Collins simplement en lisant un livre, c'est qu'elle est merdique, Joan Collins. »

— Ça a dû être bien accueilli !

— Pour ma vieille, c'est du gâteau.

C'était toujours pareil. Mme Troy était invariablement éblouie par la plus petite marque de gentillesse que lui témoignaient ses enfants. Ou qui que ce soit, d'ailleurs. L'amour-propre n'était pas son fort.

Cette année, Troy avait l'intention de lui offrir la vidéo de *Martin Chuzzlewit*. Il avait manqué au moins la moitié des épisodes et ça lui donnerait l'occasion de se rattraper. Le sergent aimait bien un bon vieux film en costume d'époque. Des bottes lacées, des bonnets à froufrous, des perruques poudrées. Et ça, rien que pour les chevaux.

Troy attendit en vain un rire appréciateur de son trait d'esprit. Le chef semblait distrait et demeura ainsi le reste de l'après-midi.

Dans la salle de réunion, tous les factotums étaient rentrés de l'école Blackthorn à temps pour le briefing de cinq heures et demie. La bonne nouvelle, c'était que les membres du personnel, ainsi que les étudiants, devaient avoir une carte d'identité avec leur photo. On leur avait volontiers confié celle de Sarah Lawson, qui était dans son dossier. La mauvaise nouvelle, c'est qu'il n'y avait pas d'autre bonne nouvelle.

Tous les élèves avaient été interrogés mais ils avaient seulement dit que leur professeur ne se mêlait pas à eux. Pendant la pause du thé, elle ne quittait pas l'atelier. On sentait que, si Sarah se montrait encourageante et intéressée par leur travail, elle restait très indifférente.

Sur Simone, l'opinion du groupe était unanime. C'était un plaisir de la regarder, elle avait été aussi très populaire. Amicale et toujours prête à bavarder, mais ne parlant pas beaucoup d'elle-même. Souvent, elle riait ou chuchotait en classe, ce qui pouvait déranger. Parfois, Mlle Lawson lui faisait une observation. Tout le monde avait regretté qu'elle ne vienne plus.

L'administration et le reste du personnel n'avaient pas été d'un plus grand secours. N'enseignant qu'une fois par semaine, Sarah n'avait jamais utilisé la salle des professeurs. D'après la femme qui avait pris l'appel téléphonique, Sarah était tombée d'une échelle. Elle s'était abîmé le bras et démis l'épaule. Non, elle n'avait pas eu l'air particulièrement bouleversée. Comme d'habitude, plutôt sèche et sarcastique.

— Merveilleux, conclut Barnaby. Rien moins rien. Ce qui nous donne ?

L'assistance, contaminée par son pessimisme et comprenant la question comme purement rhétorique, garda le silence. Enfin, le sergent Brierley avança une remarque consolante.

— Au moins, on a la photo de Lawson, maintenant. Grâce à ça, quelqu'un va peut-être la reconnaître.

— Comme Mme Hollingsworth ?

— Sauf votre respect, monsieur, Mme Hollingsworth ne se cache pas volontairement.

L'expression de Barnaby ne s'éclaira pas. Il était plus de six heures, à présent, et pas d'heures supplémentaires en perspective. L'équipe suivante, qui aurait très peu de vérifications, de suivi ou de recherches à faire, serait décidément trop nombreuse.

Tout le monde se mit à rassembler son barda. Le téléphone de Barnaby sonna ; sa ligne directe. Il attendait un appel du labo de Heathrow. Ils avaient examiné la voiture de Hollingsworth en espérant trouver la preuve qu'il était seul responsable de la mort de Brenda Brockley. Mais ce n'était pas le labo de Heathrow.

Barnaby tourna le dos, marmonna quelque chose, quitta la pièce. Dans le couloir, il appuya sur le bouton de l'ascenseur.

Troy qui l'avait suivi à distance respectueuse savait ce que cela voulait dire. Alors il ne rentra pas chez lui comme les autres mais resta à piétiner près des portes de l'ascenseur, en feignant de lire le tableau d'affichage. Juste au cas où le chef voudrait se défouler en descendant. Discuter. Peut-être aller prendre un verre rapide.

Mais on ne fit pas appel à lui. Une demi-heure plus tard, Barnaby sortit en trombe de l'ascenseur, le regard noir, fonça dans la salle de réunion, prit son attaché-case et s'en alla par l'escalier, sans même remarquer la présence de son fidèle acolyte.

Le sergent Troy ne connaissait pas l'aphorisme : « C'est la nuit qu'il est beau de croire à la lumière », sans quoi il l'aurait ajouté à sa liste. Comme la plupart des proverbes séculaires, il ne concernait que certaines personnes à de certains moments, mais Barnaby aurait été se coucher beaucoup plus heureux, en ce triste mercredi, s'il avait su à quel point cela allait bientôt s'appliquer à lui.

Voici ce qui se produisit. Quand Troy rentra chez lui, son cousin Colin, qu'il détestait cordialement, une amie, Miranda, et Maureen étaient assis sous le parasol dans la cour en train de boire du champagne. Talisa-Leanne brandissait un gobelet Mickey à moitié plein de Buck's Fizz.

Partagé entre le plaisir inédit d'un retour à la maison arrosé et le mécontentement envers la « grande surprise » de Col (Miranda et lui venaient de se fiancer), Troy s'assit avec l'intention d'opérer de sérieuses ponctions dans la bouteille d'Asda non millésimé.

La conversation languit. Les quatre n'avaient vraiment rien en commun. Troy était fatigué, Maureen distraite par le bébé, Colin et Miranda faisaient simplement leur tournée, comme tous les gens qui ont de bonnes nouvelles à annoncer.

— Comment va le boulot, Gav ? demanda Colin. Les rues sont toujours sûres, grâce à toi, pour les voyous et les dealers ?

Maureen éclata de rire.

— *Colin !* dit Miranda.

— On recherche quelqu'un qui a enseigné au même endroit que toi, en fait, dit Troy à Miranda. Dans la section artisanat. Le mercredi après-midi.

— Alors je ne connais pas. Je suis à plein temps dans les études commerciales.

— Sarah Lawson ?

Miranda secoua la tête.

— Elle a disparu, c'est ça ?

— Exact. Il y a trois, non quatre jours.

— Et qu'est-ce que tu fais maintenant ? demanda Miranda. Je veux dire, comment vous faites pour retrouver quelqu'un ?

— Ne l'encourage pas, chérie, dit Colin.

— Mais si, c'est intéressant.

— Tu parles ! Ennuyeux comme la pluie.

— Ne fais pas ça, Talisa-Leanne ! hurla Maureen.

— Ouaahh...

— Passe-moi le torchon, Gav.

— Eh bien, dit Troy en passant le torchon, on fait circuler une photo, si on en a une. On demande à la presse et au public de nous aider. On interroge les gens qui l'ont connu. Des fois on vérifie auprès des agents immobiliers au cas où il se cacherait quelque part. Si c'est vraiment du gros gibier, un financier en fuite ou autre, on prévient les aéroports et les ports.

Dit comme ça, cela avait l'air plutôt passionnant. Rien à voir avec la réalité harassante et fastidieuse. Miranda dit quelque chose d'inaudible couvert par le braillement indigné de Talisa-Leanne.

— Rends-lui son gobelet, ordonna le sergent Troy.

— Pour qu'elle en lance sur tout le monde ?

— Elle n'a que trois ans.

Les lèvres serrées, Maureen rendit le gobelet et épongea le jus d'orange sur sa jupe. C'était toujours pareil. Elle n'a qu'un an, elle n'a que deux ans, elle n'a que trois ans. Maureen voyait d'ici les jeunes gens massés sur le perron à qui on annoncerait que Talisa-Leanne ne pouvait pas sortir parce qu'elle n'avait que vingt et un ans.

— Pardon, je n'ai pas saisi, dit Troy à Miranda.

— Je disais, as-tu essayé le bureau de logement de l'école ?

— Je ne savais pas qu'ils en avaient un.

— Ils ont des chambres meublées pour les étudiants. Et des fois des appartements à partager.

— C'est une section séparée ?

— Non. Ils travaillent dans le bureau principal.

Donc, le lendemain matin, le sergent Troy partit de chez lui une heure plus tôt – ça ne le tuerait pas – et fonça sur la M40, vers High Wycombe.

Il ne se faisait guère d'illusions. En fait, pendant qu'il attendait au comptoir du bureau principal, après avoir montré sa carte et expliqué son affaire, il commença même à regretter d'avoir perdu son temps. Parce que, si Sarah Lawson avait disparu sur un coup de tête, et ce uniquement à cause de leur visite, elle n'aurait sûrement pas eu une chambre toute prête qui l'attendait.

Machinalement, Troy avait jaugé l'employée d'un coup d'œil. D'âge mûr, avec des hanches... eh bien... des hanches comme celles d'un hippopotame. Une autre lui sourit d'un air maternel. Troy lui rendit son sourire mais tristement, pour tâcher de faire passer le message : ce n'était pas qu'il détestait la drague, mais il n'était pas sur le marché des gigolos.

La femme, tout simplement prise de pitié pour cet homme visiblement affamé, dit quelque chose à sa collègue et elles éclatèrent de rire.

Troy n'y prêta aucune attention. Il avait le regard rivé sur la fille qui s'occupait de sa demande. Elle revenait au comptoir. *Et elle avait une fiche à la main !*

Pas d'affolement. Ce n'était peut-être qu'une fiche de renseignements. La fille allait dire : « Est-ce que c'est cette Mlle Lawson que vous cherchez ? Le Laurier, Fawcett Green ? Malheureusement, nous n'avons qu'une adresse à son nom. » Et ça serait tout.

— Nous avons bien une demande de logement pour Mlle Lawson. Il y a un mois. Son cousin venait d'Amérique. Elle cherchait un studio.

— Vous lui avez trouvé quelque chose ?

Troy était stupéfié par le son de ses propres mots. Profond, tranchant, égal... exactement comme un chant de

Noël. Il avait beau avoir la chair de poule, sa température s'était élevée rapidement et sa nuque le picotait comme si des milliers de hérissons y copulaient, mais la voix... rien à dire.

— Oui, en effet. Un petit deux-pièces dans Flavell Street, High Wycombe. Il n'y avait pas de téléphone mais cela n'a pas eu l'air de la déranger.

— Je peux ?

— Je vous en prie.

Cette fille, la plus belle, Troy commençait à le comprendre, la plus belle qu'il eût jamais vue de toute sa vie, lui tendit un Bic et un bloc-notes. Il inscrivit l'adresse. Puis, incapable de lui donner ce qu'elle méritait, la lune et les étoiles, le monde, l'univers et tout, il la remercia simplement et s'en alla.

Peu de temps après, on entendit un grand cri près des fenêtres du bâtiment administratif. Tout le monde se rua dehors. À quelques mètres de là, dans le parking, on vit le bel homme roux et mince qui venait de se renseigner, pour le logement.

Sous leurs yeux, il poussa un nouveau cri, brandit les poings et sauta en l'air.

L'appartement au 13, Flavell Street était situé dans un quartier animé mais pouilleux, directement au-dessus d'une laverie. La laverie faisait partie d'une petite terrasse constituée de trois boutiques : une épicerie-boucherie halal, un bureau de paris et un centre social pour les sans-abri.

On pourrait penser que, pour une bonne cachette, il vaut mieux choisir un endroit à des kilomètres de ce qu'il est convenu d'appeler, faute de meilleur mot, la civilisation. Barnaby ne partageait pas cette opinion. Comme celui qui affirme qu'une bibliothèque est le meilleur endroit pour cacher un livre, l'inspecteur estimait qu'une foule était le meilleur endroit pour cacher un être humain.

Il n'y avait pas de place libre pour se garer, et plutôt que d'attirer l'attention en s'arrêtant sur une double ligne jaune, Troy tourna jusqu'à ce qu'il trouve un grand espace libre réservé aux clients de Fenn Barker, Sols, Commisioner for Oaths, sur lequel il s'arrêta.

*
* *

Aujourd'hui, le temps avait changé. Les deux hommes revinrent vers Flavell Street sous un ciel menaçant ; des nuages noirs roulaient et se bousculaient au-dessus de leurs têtes. Ils passèrent devant un salon de coiffure et de massage, quand les premières gouttes se mirent à tomber. Elles étaient si lourdes qu'elles faisaient rebondir de petites boules de poussière en s'écrasant sur les pavés.

Un escalier crasseux en fer était le seul accès à l'appartement au-dessus de la laverie. Troy donna un coup de pied dans des cartons d'oranges, de vieux trognons de chou et des fruits pourris et commença à grimper. Il frappa sèchement à la porte dotée du chiffre 13 puis approcha la tête de l'unique fenêtre et essaya de distinguer à l'intérieur. Mais les rideaux jaunis, raidis par l'âge et la crasse, étaient opaques. En attendant une réponse, il repensa à son récent triomphe, avec un plaisir si intense qu'il en était presque douloureux.

En rentrant au poste, Troy avait naturellement anticipé le moment où il donnerait le bout de papier contenant le renseignement, obtenu par sa seule initiative (il avait déjà oublié Miranda), qui allait redessiner tout le paysage de l'enquête.

D'abord, il s'imagina garder le silence pendant un moment puis lancer l'information d'un air détaché, comme un pavé dans la mare, au briefing de neuf heures. Puis il pensa à l'inscrire sur le tableau, pour voir combien de temps on mettrait à la remarquer. Ou devait-il déposer une note, comme si de rien n'était, sur le bureau du chef ? Voilà qui pourrait être utile, monsieur.

Au bout du compte, bien sûr, il ne fit rien de tout cela. Il franchit à pas rapides la distance qui séparait le parking du bureau de la réception. Il prit de la vitesse dans le couloir et fit irruption dans la salle de réunion en criant :

— Hé ! Hé ! Devinez quoi ?

Il ne serait jamais le mec cool. Mais lui, dont l'âme était assoiffée par-dessus tout de compliments et d'admiration, il rayonnait encore de plaisir en repensant à leur réaction.

À présent, tandis qu'il tambourinait à la méchante porte, Barnaby faisait les cent pas le long du balcon, en regardant par les fenêtres des trois autres appartements. Seul le plus éloigné du numéro 13 semblait être utilisé comme un logement normal. Celui au-dessus du bookmaker était bourré de cartons de papeterie, de thé et de café instantanés et de montagnes de tasses en polystyrène enveloppées de polyéthylène. Le troisième était complètement vide.

Troy s'accroupit, souleva le rabat d'aluminium de la boîte aux lettres et essaya d'apercevoir quelque chose. Aucun signe de vie.

— Il n'y a personne, chef.

Troy était déçu. Il avait imaginé un tout autre scénario. Sarah Lawson aurait ouvert puis, bouleversée, stupéfiée, alarmée d'être découverte, aurait tenté de s'enfuir. Ou elle aurait essayé de leur refermer la porte au nez. Dans l'un ou l'autre cas, le sergent Troy n'aurait eu aucun mal à la maîtriser.

— Pas la peine de s'en faire, dit Barnaby, savourant la pluie sur son visage, les coudes posés sur le mur de brique. Elle va revenir.

Ce matin-là, il ne s'était pas attardé à ordonner une perquisition. Ce qui importait, c'était d'appréhender la femme. On pourrait toujours fouiller ici et au Laurier demain, le lendemain, le surlendemain, le jour d'après, n'importe quand.

— Il y a un restaurant de brochettes en face. Allons prendre un café. On peut surveiller l'appartement de là.

Mais, finalement, ils ne touchèrent pas à leurs tasses car, à peine s'étaient-ils assis qu'ils aperçurent leur proie qui errait sur le trottoir, de l'autre côté de la rue.

— Allez chercher la voiture, dit Barnaby.

*
* *

La salle d'interrogatoire au sous-sol du bâtiment de la PJ, sans fenêtre, était brillamment éclairée par deux longs tubes fluorescents. Les murs étaient en Placoplâtre blanc, les chaises à accoudoirs recouvertes de faux tweed, et la table gris pâle. Fonctionnelle mais à peine sinistre. Rien ici, si l'on peut dire, qui inspirât l'inquiétude, encore moins le désespoir. À part l'endroit, bien sûr.

Mais dès la minute où elle y fut introduite, Sarah Lawson présenta tous les signes du plus profond malaise. Barnaby en imputa la faute à l'environnement, car, jusqu'à ce qu'elle y pénètre, elle s'était comportée très différemment.

Quand il lui avait barré le chemin devant le bookmaker, en prononçant son nom, et en l'informant qu'il avait à lui parler, elle l'avait regardé fixement, comme s'il avait été quelque mystérieux étranger.

— Ah, c'est vous, avait-elle dit enfin, d'une voix morne.

Barnaby comprit alors qu'il s'était trompé. Quelle qu'en fût la raison, son départ précipité du cottage n'avait pas été provoqué par la visite de la police. Il en était resté soufflé. Il n'en revenait toujours pas.

Non que Sarah Lawson ait été ravie de les accompagner au poste. Elle avait demandé si cela prendrait du temps et s'ils ne pouvaient pas parler sur place. En montant en voiture à contrecœur, elle jetait des coups d'œil de tous côtés, et fit de même pendant le trajet jusqu'à ce qu'ils se soient éloignés du centre ville.

Elle avait manifestement l'air de chercher quelqu'un, et Barnaby l'assura qu'ils l'attendraient volontiers si elle voulait laisser un mot à l'appartement. Il n'ajouta pas qu'ils exigeraient d'en connaître le contenu. Mais elle déclina son offre.

Sarah avait accepté poliment le thé qu'on avait apporté dans la salle d'interrogatoire mais n'y toucha pas. L'interrogatoire durait depuis une demi-heure. Affalée sur sa chaise, l'air absent, elle affichait un total manque d'intérêt envers toute l'affaire. Troy se dit qu'on aurait pu aussi bien poser des questions au fond du puits, dans le jardin du Laurier.

Son apparence, un peu négligée quand ils l'avaient vue la dernière fois, s'était nettement détériorée. Elle portait la même robe bleu de Saxe, plus très fraîche et encore humide, car ils étaient restés sous la pluie. Elle avait maigri. Ses cheveux ternes étaient emmêlés et pendaient sur ses épaules en de lourds écheveaux. La peau du visage semblait plus flasque et rugueuse et, malgré le ventilateur petit mais efficace sur la table, la sueur perlait à son front. Elle tiraillait le col de sa robe de ses doigts fins, l'éloignait de sa gorge comme s'il l'empêchait de respirer. Elle parla alors pour la troisième fois depuis qu'ils étaient entrés dans la pièce.

— Est-ce qu'on ne peut pas aller autre part, s'il vous plaît ? Je ne peux pas... cet endroit... j'étouffe.

— Malheureusement, il n'y a pas de pièce libre pour le moment.

Ce n'était pas vrai. Et Barnaby, qui avait fini par découvrir un point faible chez un suspect jusque-là muet, se préparait à l'exploiter.

— Une fois que les formalités seront terminées, mademoiselle, nous pourrons aller dans mon bureau.

Et il ajouta :

— C'est au cinquième étage.

Elle ne répondit pas mais ses yeux, tout son visage s'éclairèrent.

L'inspecteur se demanda si elle était sérieusement claustrophobe. Si oui, il devrait se montrer très prudent. Un avocat habile pourrait tirer profit d'un interrogatoire mené sous ce genre de pression psychologique.

— Comme je vous l'ai dit tout à l'heure, mademoiselle, vous êtes autorisée à avoir un avocat si...

— Je n'en connais aucun.

— Un avocat peut vous être commis d'office.

— Pour quoi faire ? (Puis, ne recevant aucune réponse :) On peut continuer ?

— Mais certainement. D'abord, je voudrais revenir sur notre dernière entrevue. Il semble y avoir quelque divergence dans les dates. Vous nous avez dit que vous étiez allée voir *Farinelli* le lundi soir 10 juin. En fait, la dernière séance de ce film était le samedi précédent.

— Ah ! Dans ce cas, c'était sûrement à ce moment-là. Ou plus tôt dans la semaine, peut-être. Quelle importance ?

Non seulement elle avait l'air de penser sincèrement que cela n'avait aucune importance mais encore elle semblait s'en ficher.

— Vous rappelez-vous ce que vous avez fait alors ?

— J'ai traîné dans le jardin, je suppose.

Barnaby, qui mettait la pédale douce, n'insista pas. Il ne signala pas que Gray Patterson était venu vers les huit heures et qu'il n'avait pas trouvé Sarah ni sa voiture. Il passa à la disparition d'Alan Hollingsworth, en lui demandant d'abord si elle connaissait l'homme.

— Vous m'avez déjà posé la question.

— Rafraîchissez-moi la mémoire, mademoiselle.

— Je ne le connaissais pas du tout.

— Alors je trouve votre réaction à l'annonce de sa mort plutôt exagérée.

— Quand vous avez dit que sa mort était suspecte, cela m'a fait un choc. La violence qui fait irruption dans une conversation peut avoir cet effet. Je suis trop sensible, sans doute.

Ce qui était peut-être vrai. Barnaby se rappela à quel point elle avait été bouleversée en apprenant que Hollingsworth maltraitait physiquement sa femme.

— Quand Mme Hollingsworth vous a invitée pour le thé le jeudi de sa disparition, vous a-t-elle dit pourquoi elle avait choisi ce jour en particulier ?

— Pas vraiment.

— Peut-être était-ce le seul jour où vous étiez disponible ?

— Non. Je suis libre tous les après-midi sauf le mercredi.

— Pourquoi croyez-vous qu'elle vous a invitée à la même heure que son rendez-vous de coiffeur ?

— Je dirais qu'elle a dû oublier. Simone était plutôt du genre écervelé.

— Et ce même soir, mademoiselle, poursuivit Barnaby, qu'avez-vous fait alors ?

— Ce que je fais toujours. J'ai lu un peu, j'ai écouté de la musique, j'ai bricolé dans le jardin.

— Alors ce n'était pas le soir où vous avez vu le film ? suggéra le sergent Troy.

— Oh, eh bien, je suppose que cela aurait pu. Je...

— Vous ne vous rappelez pas ?

— Écoutez, est-ce que ça va être encore long ? (Durant ces dernières minutes, sa respiration s'était modifiée. Le souffle était si rapide, si creux qu'elle paraissait presque haleter. Barnaby lui demanda si elle voulait un peu d'eau mais elle refusa.) J'irai mieux dès que je serai sortie.

— Je voudrais maintenant vous interroger sur cet appartement à High Wycombe, dit l'inspecteur. J'ai cru comprendre que vous l'aviez loué pour votre cousin qui venait des États-Unis.

— Oui, je l'ai dit.

— Et est-ce la vérité ?

Ses yeux balayaient sans cesse le cube de béton. Fouillaient chaque recoin, ratissaient le sol et le plafond. Elle semblait se ratatiner, comme pour se protéger. Comme si la pièce représentait une menace physique.

— Mademoiselle, est-ce la vérité ?

— Pourquoi irai-je inventer une chose comme ça ?

— Pouvez-vous me donner des détails, s'il vous plaît ?

— Que voulez-vous dire par « détails » ?

— On veut dire, précisa le sergent Troy, le nom de votre cousin, son adresse et son numéro de téléphone.

— Il... voyage. Il bouge beaucoup. J'attends d'habitude qu'il me contacte.

Barnaby introduisit une pause dans la conversation ; une longue pause durant laquelle il manifesta son incrédulité. Il était franchement surpris par une si pitoyable transparence. Elle avait sûrement dû avoir le temps d'inventer quelque chose de plus plausible qu'un mythique parent venu d'Amérique.

Troy, sur un signe du chef, s'appuya au mur et soupira, en secouant la tête. Il avait beau s'amuser, il était quelque peu déçu, comme Barnaby, par le manque d'imagination. À quoi ça sert d'être créatif, alors, si l'on n'est pas capable d'inventer une bonne histoire ?

— Alors vous allez rester dans l'appartement jusqu'à ce que vous ayez des nouvelles de votre cousin ?

— Oui.

On ne sait pourquoi, cette question, à laquelle elle répondit en un murmure, amena Sarah au bord des larmes.

Barnaby attendit, non pour lui laisser le temps de se reprendre mais parce qu'il hésitait à exploiter ce point manifestement faible. Le fait qu'un mensonge l'ait révélé n'améliorait pas les choses.

— Vous cherchiez quelqu'un, tout à l'heure ? finit-il par dire.

— Non.

— Vous attendiez quelqu'un alors ?

— Vous vous trompez.

— Très bien. (Inutile de perdre du temps à prouver l'improuvable.) Et si on parlait un peu de votre accident, maintenant, mademoiselle ?

— Quel acci..., et elle s'interrompit un peu trop tard.

— C'est cela même, dit Barnaby.

— J'avais besoin de m'arrêter un peu. Pour être honnête, j'étais simplement fatiguée mais je ne crois pas que l'école aurait beaucoup apprécié cette excuse.

— Vous êtes en mauvaise santé ? demanda l'inspecteur.

— Non, pourquoi ?

— Trois heures de cours par semaine, cela ne me paraît pas particulièrement épuisant.

— Vous avez peut-être des activités annexes ? (Le ton poli de Troy cachait mal l'agressivité sous-jacente. À dessein.) Des cours particuliers, par exemple.

— Écoutez. (Elle était absorbée par la table, à présent, elle repoussait une petite ligne de poussière d'avant en arrière avec l'index de sa main gauche.) Vous avez dit... vous...

Barnaby se pencha en avant, légèrement inquiet. Elle ouvrait et fermait la bouche, rapidement, comme un poisson. Il allait lui proposer une nouvelle fois de l'eau quand elle répéta :

— Dit. Vous avez dit. On pourrait aller en haut. Au cinquième.

— Après l'interrogatoire.

— Je ne peux pas respirer ici.

— Sergent, ouvrez la porte.

Troy s'exécuta de mauvaise grâce. Il désapprouvait qu'on cède aux caprices des détenus. Comme si ça ne suffisait pas d'avoir tous les services sociaux et la moitié de la profession juridique de leur côté.

— Vous ne comprenez pas, ce n'est pas le manque d'air. (Troy referma la porte.) Mais il n'y a pas la lumière du jour.

— Encore une ou deux questions.

— Je suis désolée. Il faut que je sorte !

— Cela ne sera pas long.

— J'ai besoin d'aller aux toilettes.

— Bon. (C'était un prétexte, à l'évidence, mais Barnaby ne pouvait refuser.) Trouvez-moi quelqu'un, voulez-vous, Gavin ?

Il indiqua l'heure et arrêta le magnétophone. Quand une femme policier arriva, l'inspecteur lui fit signe d'approcher.

— Ce ne serait pas plus mal qu'un officier vous accompagne.

— Vous ne croyez pas que Lawson va jouer les filles de l'air ? demanda Troy quand elles furent sorties.

— Ce n'est pas ce qui m'inquiète.

Les toilettes n'étaient pas très éloignées, mais dix minutes s'écoulèrent avant qu'on entende des voix s'élever dans le couloir. Enfin, Sarah Lawson fut introduite presque de force dans la salle d'interrogatoire.

— Désolée d'avoir mis si longtemps, monsieur. Mais ça a été un peu pénible.

— Je tâche d'être patient, mademoiselle, dit Barnaby une fois que Sarah se fut rassise. Mais vous rendez les choses très difficiles.

— Je suis désol...

— Plus vous vous montrerez coopérative, plus vite nous en aurons fini avec tout ceci. C'est ce que nous voulons tous les deux, non ?

Sarah hocha la tête. La pause, loin de lui avoir fait du bien, semblait avoir empiré les choses. Elle tremblait de tout son corps.

— Je voudrais en savoir plus sur vos relations avec Gray Patterson. Êtes-vous amis ou amants ?

— Amis.

— Intimes ?

— Pas du tout. Nos rapports sont très superficiels.

— Avez-vous conspiré avec lui, de quelque manière que ce soit, pour l'enlèvement et la rançon de Simone Hollingsworth ?

— Non !

— A-t-il discuté de cette possibilité avec vous ?

— Jamais.

— A-t-il parlé de vengeance ? Des moyens de récupérer son bien après l'escroquerie de Hollingsworth ?

— Non.

— Quand vous vous voyiez, de quoi parliez-vous ?

— De rien. De tout et de rien.

— Connaissiez-vous bien Alan Hollingsworth ?

— Quoi ?

Elle le fixait d'un regard médusé, ahuri.

— On vous a demandé, fit Troy avec hargne, si vous connaiss...

— Vous me l'avez déjà demandé ! J'ai répondu ! Qu'est-ce que vous essayez de faire ? (Elle bondit sur ses pieds, les joues en feu. Elle secouait la tête, au comble de l'angoisse, et les mèches humides de ses cheveux tombaient sur ses joues creuses.) Pourquoi faites-vous traîner tout ça ?

— Très bien, mademoiselle, calmez-vous. Une dernière question et ce sera tout. (Pour le moment.) Que faisiez-vous la nuit de la mort de Hollingsworth ?

— Je vous *l'ai dit*. J'étais chez moi.

— Gray Patterson est passé au Laurier à huit heures. Ni vous ni votre voiture n'étiez visibles, nulle part.

Cela l'arrêta net. Et elle était dans un tel état qu'elle fut incapable de fournir la moindre réponse.

— Je vais obtenir un mandat de perquisition pour l'appartement de Flavell Street. Et pour votre maison de Fawcett Green. Cela nous aiderait si vous pouviez nous donner les clés, sans quoi nous serons malheureusement dans l'obligation de forcer les portes, ce qui entraînera des dégâts.

Elle ne répondit pas mais poussa son sac sur la table. En liberty, il était mou, sans doublure, avec une courroie.

Troy déclara que la suspecte avait de son plein gré donné son sac, en énuméra le contenu, et on arrêta le magnétophone.

Alors, à la grande détresse de Sarah, exprimée bruyamment, on l'informa qu'elle serait détenue au moins jusqu'à ce que les résultats de la perquisition soient connus.

Ce qui voulait dire la cellule. Il n'y en avait qu'une avec des barreaux et elle était occupée. Barnaby dit un mot au sergent de service. Il expliqua que la prévenue souffrait d'une tension extrême et que sa condition psychologique ne ferait qu'empirer si on la mettait dans une pièce sans fenêtre. On transféra donc l'occupant de la première cellule.

Une fois qu'elle fut installée, le sergent se demanda s'il ne serait pas plus sage de lui retirer sa ceinture et ses lacets. Et aussi, en se rappelant qu'une détenue provisoire s'était pendue avec son soutien-gorge…

L'inspecteur mit en balance la possibilité d'une tentative de suicide et le bouleversement causé par le déshabillage forcé de la suspecte et se décida contre. Pourtant, il demanda que la surveillance de quatre fois par heure soit portée à toutes les cinq minutes. Ignorant les regards incrédules et mécontents qui se propagèrent parmi un personnel en petit nombre et débordé, il suggéra aussi qu'un médecin vienne examiner la prisonnière.

Après avoir obtenu son mandat, et en attendant qu'on lui amène sa voiture, Barnaby revint vers les cellules. Il souleva le guichet de la cellule trois et regarda.

La fenêtre était bien au-dessus de la tête, même pour quelqu'un d'aussi grand que Sarah. Elle avait donc grimpé sur le rebord des toilettes et agrippé les barreaux pour se hisser à hauteur de vue. Les pointes de ses pieds reposaient sur la porcelaine et son visage était tourné vers le ciel. Un rectangle de soleil tombait sur ses yeux, comme un bandeau.

*
* *

Personne ne fit attention à Barnaby et à Troy quand ils grimpèrent l'escalier de fer, pour la deuxième fois. Ni même quand ils enfilèrent des gants de latex, sortirent un trousseau de clés et s'introduisirent dans l'appartement de Flavell Street avec une poubelle vide qu'ils avaient trouvée sur le balcon.

Ils furent d'abord assaillis par une odeur de graisse rance qui flottait dans l'air, imprégnait les rideaux, les tapis et, sans aucun doute, aussi les meubles. Des dizaines d'années de friture. Troy tâtonna à la recherche d'un interrupteur.

Ils se trouvaient dans une petite entrée avec trois portes, de ces portes creuses à bas prix, badigeonnées de marron verni. L'une ouvrait sur une salle de bains, au carrelage vert et noir craquelé et une vieille baignoire, jadis blanche. L'autre révélait une cuisine délabrée, deux placards dépareillés, une table en Formica tachée, deux chaises de plastique, l'une avec le siège lacéré, et un frigo extrêmement crasseux. Barnaby remua avec dégoût des casseroles et poêles entassées dans l'évier. Il ouvrit la porte de service. Encore une volée de marches en fer, qui menait à une allée déserte bordée de garages.

Il fermait quand le sergent Troy l'appela d'une voix forte :

— Chef ! Vite ! Par là !

Barnaby se dirigea de son pas lourd vers le salon-chambre à coucher. Troy se tenait au milieu d'un tapis hideux, jaune et noir, les yeux rivés au mur.

— Ahhh ! cria l'inspecteur.

— Geronimo[1], non ?

— Ça, vous pouvez le dire ! approuva Barnaby.

Désireux d'exprimer l'euphorie qui l'avait saisi mais un peu trop lourd pour sauter, il se contenta d'une petite balade autour de la pièce, tapa de son poing droit dans la paume de sa main gauche et dit, encore plus fort :

— Nom de Dieu ! Vous pouvez le dire !

Bien que le papier peint sur le mur fût plus que douteux et manquât absolument de charme, les deux hommes en dévoraient des yeux le motif mièvre : des rubans et des chiots, comme s'il était tout droit sorti du pinceau de Michel-Ange.

— Bon, assez jubilé ! Maintenant, où est l'appareil photo ?

— Cela ne devrait pas être difficile. (Le sergent Troy, qui avait apporté la chance et fait tourner la roue de la fortune, se pavanait.) Ce n'est pas plus grand que le trou du cul d'une puce, ici.

Ils se mirent tous les deux à chercher. Cela ne prit pas longtemps. Troy tira les meubles, un fauteuil couvert d'un tissu de nylon couleur rouille et un canapé-lit en tweed bien déchiré, couleur moutarde. Pendant que le sergent vérifiait derrière les coussins et ouvrait le lit, l'inspecteur fouillait les tiroirs de la coiffeuse et la penderie, ce qui fut rapidement expédié, vu qu'elle ne contenait qu'une paire de draps, un oreiller et deux couvertures.

L'allégresse retombant peu à peu, Barnaby inspecta les tiroirs de la cuisine. Ils contenaient des boîtes de conserves et des bocaux vides, quelques sachets de thé et un carton de lait. C'était tout.

— Une brosse à dents. (Troy revenait de la salle de bains.) Une serviette, un morceau de savon. C'est pas le Ritz !

— Eh bien (ils passèrent dans l'autre pièce), ça ne devait servir qu'à cacher Mme Hollingsworth.

— Et à s'en servir comme punching-ball.

---

1. Geronimo ! : cri poussé par les parachutistes américains quand ils sautent de l'avion et par les enfants quand ils sautent de haut. (*N.d.T.*)

— Comme vous dites.

Barnaby regardait d'un air chagrin les canidés faire leurs cabrioles. Il se rappela la réflexion d'Aubrey Marine quand ils avaient examiné les photos de la rançon. « On le voyait partout, ce papier peint, il y a quelques années. » Une défense astucieuse pouvait tirer parti de cette grande popularité.

— Courage, chef ! On le trouvera au cottage, l'appareil.

Barnaby ne répondit pas. Il restait silencieux, à regarder la glace biseautée sur le mur en face de la fenêtre, et il se demandait si le ravisseur avait forcé Simone à admirer les résultats de son œuvre. Il songea aux violences. Comment s'étaient-elles exercées ? Simone avait-elle été attachée à une chaise de cuisine ? Ou droguée ? Ou l'avait-on simplement menacée d'autres coups si elle faisait le moindre geste pour attirer l'attention sur elle et sur sa situation ? Il se rappela les cheveux arrachés, la bouche ensanglantée. Sous la menace d'une autre volée, qui ne se tiendrait tranquille ?

Il fut surpris de constater que la pièce ne gardait aucune trace de tout cela. Il se souvint qu'un jour, à Venise, il avait traversé le Pont des Soupirs, et que la pierre semblait gémir au triste souvenir des larmes des prisonniers.

— Ils sont deux à tremper là-dedans, non, chef ?

— Oh oui.

— Patterson ?

— Je ne crois pas. Je suppose que Sarah Lawson est en cheville avec quelqu'un qui nous est complètement inconnu. C'est pourquoi, si elle décide de la boucler, on va être bien embêtés.

— Et Simone ? Vous pensez qu'elle est encore dans le coin ?

— J'en doute. Plus de Hollingsworth, ce qui veut dire plus d'argent. Vivante et capable de les identifier, elle représente une perpétuelle menace. Je parie qu'ils se sont déjà débarrassés d'elle.

— Bon sang !

— Bien. (Barnaby se tourna brusquement vers la

minuscule entrée.) Pas la peine de traîner. On fait venir les petits gars d'Aubrey et on verra ce qu'ils vont nous dénicher.

— Avec un peu de chance, les empreintes de Patterson.

— N'y comptez pas trop !

Avant de rentrer au commissariat, ils interrogèrent brièvement l'épicier asiatique qui leur apprit que le numéro 10, le seul appartement occupé, appartenait à son oncle, Rajni Patel. Et que M. Patel était parti pour le Bangladesh un mois auparavant pour assister aux fêtes données en l'honneur de la naissance de son premier petit-fils.

Quand ils demandèrent au M. Patel disponible s'il avait vu quelqu'un entrer ou sortir de l'appartement numéro 13, il mentionna seulement Sarah Lawson, qualifiée de maigre et folle.

Donc, c'était reparti pour les corvées : battre le pavé, mitrailler au flash, cuisiner Flavell Street de haut en bas et alentours. Par conséquent, il n'y avait aucune raison pour que le Grand Chef ampute l'équipe de Barnaby, comme il l'en avait menacé le soir précédent. Donc, au moins sur ce point, les choses s'amélioraient.

*
* *

Fawcett Green avait aussi reçu la pluie. St. Chad's Lane était tout humide et des gouttes s'accrochaient encore aux talus herbeux. L'air embaumait les fleurs et les feuilles fraîchement lavées. Le sergent Troy se gara à l'endroit précédemment occupé par le petit joujou de Sarah Lawson.

— Je croyais que le vétéran était censé surveiller l'endroit, dit Troy.

Pauvre Perrot. Il avait été loyal et fidèle mais, comme tous les êtres humains, il avait besoin de se reposer de temps en temps et de manger un peu. Hormis une heure par-ci par-là, cela faisait presque deux jours qu'il traînait autour du cottage Le Laurier. C'était bien sa chance, après une surveillance longuette ce matin-là, d'être repassé chez lui pour une douche rapide et un bol de Choco Pops.

Barnaby et Troy avaient enfilé leurs gants et se tenaient sur le perron quand la toux du moteur de la Honda annonça son retour. Personnification de l'incrédulité coupable et consternée, le policier se hâta de caler sa bécane et se précipita vers le portail.

— Inspecteur…

— Ah, constable ! C'est gentil à vous de passer.

Et ce fut tout, en ce qui concernait Perrot. Comme il le raconta à Trixie plus tard : « J'ai senti quelque chose craquer et tout est devenu rouge. » Fouetté par l'injustice de la remarque et convaincu que, maintenant, il était cuit de toute façon, Perrot entonna son chant du cygne.

— En fait, je ne passais pas, monsieur. Je revenais. Je suis resté près de cette maison et dans les environs pendant les dernières quarante-huit heures, selon vos instructions. J'ai à peine dormi et j'ai mangé sur le pouce. Je n'ai même pas pu assister à la sélection des Enfants cyclistes hier, comme je l'ai fait tous les ans depuis que je suis en poste ici. Pareil pour le Tournoi de boules des anciens. Ma femme et mes enfants m'ont à peine vu depuis que cette affaire a commencé. J'ai tâché de faire mon devoir de mon mieux et tout ce que je récolte, ce sont des remarques méprisantes et des réflexions méchantes. Ce n'est pas… Ce n'est pas juste !

Un silence, béant et aussi épais que de la mélasse, suivit cette sortie intempestive. Enfin le sergent Troy avança lentement vers le constable Perrot, carra les épaules, lança son menton en avant et lâcha :

— Vous dites encore une seule insolence à l'inspecteur, Jacquot, et je vous fais rentrer vos conneries dans la gorge jusqu'à ce que vos yeux fassent des bulles.

— Ne m'appelez pas Jacquot. (Perrot parlait avec témérité bien que ses lèvres soient asséchées par la peur et la détresse.) Je n'aime pas ça.

— Mais bordel, qu'est-ce que vous…

— C'est bon, Gavin. Ça ira.

Barnaby, sur le perron, dévisageait le constable Perrot. Maintenant que toute la tension s'était relâchée et qu'il avait tiré ses dernières cartouches, le policier restait là, à trembler en silence. Son visage livide virait au gris ; ses yeux étaient cernés d'épuisement. Si on lui avait demandé une comparaison dans le règne animal, Barnaby aurait suggéré un panda au bord de la crise nerveuse.

— Il n'y a plus besoin de surveillance, Perrot. Nous allons garder Sarah Lawson au poste pour le moment. Vous feriez mieux de rentrer chez vous et de dormir un peu.

— Oui, monsieur. Merci.

— Et si j'étais vous, à l'avenir, je réfléchirais à deux fois avant de gratifier un supérieur du fruit de vos opinions personnelles.

— Oui, inspecteur. Merci beaucoup.

— Il s'en tire à bon compte, chef.

— Pauvre bougre ! (Barnaby tourna la clé dans la serrure Yale.) Il ne fait pas le poids, il est complètement dépassé, il ne cherche qu'à bien faire. Tout ce qu'il demande, c'est un mot gentil.

— Alors, il s'est gouré de boulot, dit le sergent Troy.

En se rappelant à quel point Sarah Lawson avait été renfermée, déprimée, vidée de toute énergie pendant leur dernière entrevue au cottage, Barnaby fut surpris de constater que la maison reflétait clairement son absence. On aurait dit qu'elle avait rétréci. Comme retirée du monde, elle avait pris un air de recueillement, de sérénité qui semblait aussi un peu stérile. Il songea à un musée rarement visité.

Même Troy le ressentit. Il se tenait embarrassé sur les tapis usés, aux couleurs chaudes.

— Par où on commence, d'après vous ? finit-il par dire.

— Je vais voir par là. Vous prenez la pièce d'à côté.

Le sergent Troy soupira en pensant aux assiettes sales. Il rassembla tout son courage pour inspecter l'évier d'abord et en finir au plus vite. Une assiette portait déjà un col de fourrure verdâtre.

Il tira tous les tiroirs, y compris ceux du vaisselier. Des cuillers en bois, vieilles mais au manche gravé, toute sorte de pots et d'ustensiles de différentes origines et de couleurs variées, des bols et des plats peints de fleurs, de poissons, d'étoiles et autres. Une vraie brocante. Troy repensa à la cuisine de sa mère sortie tout droit du *Journal d'une dame au temps d'Édouard VII*, torchons compris. Voilà qui lui ouvrirait bien les yeux, à cette Sarah Lawson.

Barnaby, pour des raisons indéfinissables, était réticent à s'y mettre. Cela ne lui ressemblait pas. Passer au peigne fin les affaires personnelles des gens, c'était la routine pour lui. Il tenta en vain de démêler ses pensées puis finit par effacer l'image pitoyable d'une Sarah Lawson en prison et se mit au travail.

Il commença par un petit secrétaire, avec une barre en cuivre, rempli de vieux carnets de chèques, de factures et de feuilles de papier dont la plupart étaient couvertes de croquis. Il espérait trouver quelque chose de personnel ; un mot, une lettre, peut-être une photo, mais il n'eut pas cette chance. Rien n'était caché dans les livres ni dans les pochettes des disques vinyle que Sarah paraissait préférer aux cassettes ou aux disques compacts. Peut-être ne pouvait-elle s'offrir un lecteur de CD ? Cette hypothèse conduisit Barnaby à s'interroger sur sa situation financière. Sarah Lawson était-elle vraiment pauvre ?

L'inspecteur était bien conscient qu'on évaluait différemment la pauvreté selon qu'on appartenait à la classe moyenne ou ouvrière. Certes, elle n'avait pas la télévision mais Barnaby suspectait que c'était davantage pour des raisons idéologiques que par manque d'argent. Elle devait pourtant avoir un revenu quelconque. Trois heures de cours, cela rapportait au maximum soixante ou soixante-dix livres. Qui pouvait vivre avec cela, en payant les impôts locaux et les factures (dans son cas, téléphone, électricité, gaz), et l'entretien d'une voiture ?

Manifestement, à en juger par l'état de la maison, elle n'avait pas d'argent à jeter par les fenêtres. Mais Barnaby ne parvenait pas à croire qu'elle fût impliquée dans une histoire aussi inquiétante et risquée qu'un enlèvement avec brutalités pour les quelques milliers de livres qu'exigeait la réfection du cottage.

— Regardez ça, chef.

Troy, qui avait inspecté toute la pile de livres sur l'appui de la fenêtre, tenait une monographie de Picasso ouverte sur un portrait de Dora Maar.

— Mmmm.

Barnaby attendit : les dessins de Talisa-Leanne valaient mieux que ça et pas besoin d'être un expert pour comprendre que c'étaient des gribouillages.

— Regardez, dit Troy en s'approchant et en s'asseyant sur le canapé. Elle a un œil rouge qui regarde d'un côté, un œil vert de l'autre et une figure jaune.

— Personne n'est parfait, répliqua Barnaby en entrant dans le jeu sans le moindre scrupule.

— Où il veut en venir, vous croyez ?

— Aucune idée !

— Et alors, insista-t-il en montrant d'un geste rageur les étagères de livres, la musique, les vitraux, la motte d'argile sur la plaque de marbre, à quoi ça sert, tout ça ?

— C'est censé rendre la vie plus supportable.

— Rien ne vaut une bonne baise et un double scotch.

— En haut. (Et quand ils furent sur le palier exigu :) Vous prenez la salle de bains et les toilettes.

Il n'y avait qu'une chambre qui faisait toute la longueur de la maison, avec des fenêtres aux deux extrémités. Elles portaient des rideaux non doublés faits de pans de velours fané accrochés à des tringles en métal. Barnaby jeta un coup d'œil par la fenêtre qui donnait sur l'allée et remarqua un groupe de trois femmes, de l'autre côté de la route, qui avaient les yeux rivés sur la maison. Quand elles l'aperçurent, elles tournèrent immédiatement le dos et commencèrent à bavarder entre elles mais il ne se faisait pas d'illusion : les nouvelles de sa présence et de celle du sergent Troy (ainsi que de l'absence prolongée de Sarah) allaient se répandre dans le village comme une traînée de poudre.

Il tourna son attention vers la chambre, aussi austère que la pièce du bas était chaude et colorée. Le divan était recouvert d'une panne de velours couleur taupe. Un tabouret de raphia près du lit supportait un plat rempli de beaux cailloux, un roman de Barbara Trapido en édition de poche et un pot de miel.

Les murs nus avaient été peints en blanc puis badigeonnés d'un bleu tendre, poudré, mais en couche si fine que la couleur originelle se voyait en transparence, ce qui leur donnait une douce luminosité. Un parfum très délicat émanait d'un bouquet de violettes blanches dans un coquetier placé sur un vieux coffre à linge. La pièce était inondée de soleil.

Barnaby déposa avec précaution le coquetier sur le plancher nu et souleva le couvercle. Troy pénétra à ce moment-là dans la pièce.

— Que des trucs de base, là-bas, chef. Une de ces vieilles baignoires à pattes griffues.

— C'est vrai ? dit Barnaby en prenant des chemises non repassées et une longue jupe imprimée d'iris sauvages.

— Elles reviennent à la mode. Et on paie ça une fortune ! Ma mamie s'en servait pour récurer à fond son vieux.

— Eh bien, vous savez ce qu'on dit... (Un gilet brodé, un manteau trois-quarts qui luisait comme du bronze martelé, des bottes en peau à motif et fermées par de petites boucles d'argent, un chapeau de paille effiloché.) « Ce qui monte[1]... »

— On ne sait jamais ce qu'il faut balancer...

Troy s'interrompit. Bien que l'inspecteur fût tourné de l'autre côté, son attitude – une soudaine rigidité du dos, la ligne anormalement figée des épaules – faisait penser à un Jack Russell devant un terrier de lapin.

— Vous avez trouvé quelque chose, dit-il.

Ce n'était pas une question. Barnaby soupira, leva la tête et promena son regard autour de la chambre. Une pièce qui, au premier abord, lui avait paru si remplie de sereine innocence.

---

1. ... doit redescendre. (*N.d.T.*)

— Oui, j'ai trouvé, dit-il et il leva la main gauche. J'ai trouvé l'appareil photo.

***

Le nouvel interrogatoire de Sarah Lawson eut lieu dans le bureau de Barnaby, comme il le lui avait assuré.

Il avait inculpé Sarah, dans sa cellule, d'enlèvement et d'extorsion de fonds et il l'informa à deux reprises de ses droits, pour être sûr qu'elle avait bien compris l'importance de ses paroles. Elle paraissait un peu hébétée ; d'après le sergent de service, le médecin avait laissé deux tranquillisants au bureau, que la détenue avait pris, « docile comme un agneau ». Mais elle avait refusé toute nourriture.

Barnaby insista aussi, étant donné la gravité du délit, sur la présence nécessaire d'un représentant de la défense. Jusqu'à ce que cela soit arrangé, il prit des notes et repassa toute l'affaire, en tâchant de débarrasser les faits incontournables de leurs scories de rumeurs, de supputations et suppositions. Il venait d'achever quand Troy entra avec la prévenue et John Starkey.

Selon une opinion largement répandue, l'altruisme est une denrée ô combien périssable et les avocats offrent l'aide judiciaire seulement lorsqu'ils n'ont pas assez de pratique pour faire marcher les affaires. Bien que cela ne soit pas toujours le cas, c'était certainement vrai pour Starkey. S'il avait été plus astucieux ou plus magouilleur, Sarah aurait pu mieux s'en tirer. Paresseux, il préparait mal ses dossiers mais, comme ses clients étaient généralement aussi apathiques et désabusés que lui, il faisait rarement l'objet de plaintes.

Certains enquêteurs se seraient réjouis d'interroger un suspect si piètrement protégé mais l'inspecteur Barnaby n'était pas du lot. Le sergent Troy, d'un autre côté, estimait que cela rééquilibrait la balance. Il trouvait que le chef avait suffisamment cédé de terrain en laissant Lawson imposer le lieu du présent interrogatoire.

Starkey, qui portait une chemise blanche douteuse et fleurait une vague odeur de bière brune, semblait déjà flotter dans une légère transe hypnotique. Barnaby mit le magnétophone en marche, donna les détails et commença.

— Permettez-moi de vous expliquer, mademoiselle, ce qui a motivé votre présente inculpation.

Il relata la perquisition de l'appartement de Flavell Street et du cottage Le Laurier, indiqua ce qu'on y avait trouvé. Il se garda de préciser qu'en attendant les résultats définitifs du laboratoire, les preuves n'étaient que circonstancielles. C'était du ressort de Starkey. Un point qui semblait lui avoir complètement échappé.

Barnaby se tourna alors vers trois agrandissements des photos de la rançon et les plaça, tour à tour et par ordre de cruauté, devant Sarah, tout en décrivant ses gestes, pour le magnétophone.

S'il avait encore eu le moindre doute que Sarah Lawson fût impliquée dans le kidnapping de Simone Hollingsworth, sa réaction le lui aurait ôté. Il fut tout de suite évident qu'elle avait déjà vu les photos. Sa bouche se crispa amèrement tandis qu'elle les replaçait en pile bien nette. Barnaby ne put s'empêcher de remarquer qu'elle regardait la dernière photo avec une apparente indifférence. Une telle dureté provoqua en lui une réaction brutale.

— Est-ce qu'elles ont été prises au 13 de Flavell Street ?

— Vous n'êtes pas obligée de répondre, madame Lawton.

— De grâce, Starkey. Est-ce que vous ne pourriez pas au moins retenir le nom de votre cliente ?

— Quoi ? (L'avocat pencha la tête et farfouilla dans ses papiers. Sa tonsure grasse luit sous le néon.) Oh, je vous demande pardon.

— Je répète ma question. Mademoiselle Lawson, est-ce que les photos que je viens de vous montrer ont bien été prises au 13 de Flavell Street ?

— En effet.

— Avec l'appareil que j'ai découvert dans le coffre de la chambre, au cottage Le Laurier ?

— Oui.

Troy, qui avait sans s'en rendre compte retenu sa respiration depuis la première question, se détendit. Une expiration lente, jubilante. En une journée – non, pardon, en une demi-journée –, ils avaient touché au but après avoir pataugé à l'aveuglette dans les marais de l'ignorance.

Il se tourna vers le chef pour le regarder – ils étaient assis côte à côte –, cherchant sur les joues musculeuses et plates de Barnaby la rougeur de triomphe qui enflammait les siennes. Mais le profil de l'inspecteur était pétrifié. Glacial, grave, accusateur. De l'air froid semblait émaner de cette grande carcasse si proche de la sienne et Troy commença à se rafraîchir, à son tour. Bien que dénué d'imagination, il comprit petit à petit, avec plus d'acuité et de vivacité, la cruauté des actes que Sarah Lawson venait d'avouer.

John Starkey, lui aussi, commençait à émerger, en prenant conscience que sa cliente allait s'exposer à une très longue peine de prison. Il commença par fermer la cage alors que les oiseaux s'étaient envolés.

— Vous savez que vous êtes en droit de garder le silence.

— Mlle Lawson est parfaitement au courant, dit le sergent Troy. On l'a déjà informée de ses droits. Deux fois.

— Eh bien, hum..., Sarah, je vous conseille de ne rien dire pour le...

— Qu'est-ce que cela peut faire ? (Elle prit une longue inspiration, tremblante.) Qu'est-ce que cela peut faire ? Tout est fini, maintenant.

Barnaby dévisagea Sarah, par-dessus le bureau. Elle était parfaitement immobile, la tête inclinée, le visage inexpressif. Elle paraissait encore plus hagarde que lors de la première entrevue. Sa peau était aussi fine que du papier de soie et les os, à la base de son cou, pointaient comme des ailerons.

— Où se trouve Mme Hollingsworth, à présent, Sarah ?

— Je ne sais pas, dit-elle dans un murmure.

— Est-elle encore en vie ?

— Je... j'en doute.

— Quand l'avez-vous vue pour la dernière fois ?

— Jeudi. Je suis venue…

— Attendez. De quel jeudi parlons-nous ?

— Le jour de sa disparition. (Sa voix devint fébrile.) Si seulement elle avait fait exactement ce qu'on avait dit, rien de tout ça ne serait arrivé.

— Qui « on » ?

— Je ne peux pas vous le dire.

— Vous ne pouvez pas ? demanda le sergent Troy. Ou vous ne voulez pas ?

Elle ne répondit pas et Barnaby n'insista pas. L'important, c'était de l'inciter à parler, non de tout bloquer pour un détail. Ils creuseraient plus tard.

— Je crois que vous feriez mieux de tout me raconter depuis le début, Sarah.

— Je ne sais même pas par où commencer.

— Eh bien, comment tout a été organisé par exemple. Et pourquoi.

— Nous avions désespérément besoin d'argent. Mon… ami…

— Vous voulez dire votre amant ? dit Troy méchamment. (Quels hypocrites, ces gens de la « middle class » !)

— Il était poursuivi devant les tribunaux par son ex-femme. Il a été forcé de vendre la maison et, parce qu'elle a trouvé un bon avocat, et qu'il y a deux enfants, il n'avait pratiquement plus rien. Je me serais contentée de vivre avec lui au cottage, on se serait débrouillés mais il était habitué à… eh bien, aux belles choses.

« Alors, un jour, c'était avant qu'elle ait commencé mes cours, Simone m'a invitée à prendre le café. Elle invitait toujours des gens chez elle, elle cherchait de la compagnie. Je devais penser à autre chose et j'ai dit oui sans réfléchir. Elle était comme un enfant stupide dans un magasin de jouets. Elle voletait partout en bavardant, en montrant tous ses affreux vêtements, et son maquillage. Puis elle a sorti sa boîte à bijoux et en a étalé le contenu. Il y avait une bague de fiançailles en diamant qui avait coûté à Alan soixante mille livres. C'était tellement…

— Choquant ?

Troy eut la vision fugace de la jolie, de la blonde Simone se pavanant innocemment dans sa chambre en exhibant toutes ses breloques.

— J'en ai parlé à... (Elle s'arrêta et jeta un regard à Barnaby.) Désolée. Ce n'est pas que je ne veux pas continuer. Mais c'est difficile.

— Écoutez. Vous allez parler de cet homme pendant un bout de temps et à de nombreuses reprises. Cela simplifiera les choses si vous lui donnez un nom.

— Cela paraît... Oh, bon, dit-elle en haussant les épaules. Pourquoi pas ? Tim, alors.

— Bien. Vous avez parlé à Tim des bijoux de Simone ?

— Pas de la manière dont vous présentez les choses.

— Vous suggérez les réponses au témoin, dit John Starkey qui se secoua brièvement de son hibernation.

— C'était en passant. Dans la conversation générale. On se racontait simplement ce qu'on avait fait depuis la dernière fois qu'on s'était vus. Quand j'ai raconté la scène des Rossignols, Tim a dit : « Une idiote et ses babioles seront bientôt séparées », et il s'est mis à rire. Ça s'est arrêté là, cette fois. Et puis, quelques semaines plus tard, Simone a commencé à venir à mes cours.

« Je ne vous ai pas dit la vérité à propos des trajets aller et retour de l'école. On ne rentrait pas directement. La première fois qu'elle est venue, Tim nous a retrouvées quand nous partions. Il ne m'avait pas prévenue qu'il viendrait. Elle est tombée folle amoureuse de lui tout de suite. Comme tout le monde. Ce n'est pas seulement parce qu'il est très séduisant. Il a un don, le chic pour vous faire croire qu'il va à une fête merveilleuse et qu'on n'a qu'à tendre la main pour qu'il vous y emmène.

— Un talent bien utile, dit Barnaby.

— Vous insinuez qu'il est calculateur. Ce n'est pas ça.

Cela paraissait tout à fait ça au sergent Troy. De tous les tours que pouvait manigancer un arnaqueur, celui-là lui paraissait le plus astucieux. Le gars faisait penser au joueur de flûte du livre d'images de Talisa-Leanne. Sauf qu'il était un des rats.

— On est allés prendre un café et on est restés si longtemps que j'ai ramené Simone juste à temps. Elle n'a parlé que de Tim dans la voiture pendant tout le trajet. Une seule rencontre et il l'avait mise dans sa poche. J'étais très contrariée, bien sûr. Je l'ai appelé ce soir-là.

— Où habite-t-il ?

— Je n'ai pas l'intention de vous le dire.

— Très bien. Que s'est-il passé ensuite ?

— Il a dit qu'il avait un projet magnifique, la réponse à tous nos problèmes. On serait capables de s'acheter une maison, il a parlé de l'Irlande, et de vivre ensemble. Plus de soucis d'argent. Rien que d'y penser, pouvoir sculpter et peindre toute la journée… Et le soir être avec lui. Cela semblait trop beau pour être vrai.

— Est-ce qu'il vous a dit en quoi consistait son projet ?

— Pas à ce moment-là. Il a juste dit, au début, que cela avait un rapport avec Simone et que, quoi qu'il arrive, je devais avoir confiance en lui. (Ses yeux se remplirent de larmes, quelques-unes s'écrasèrent sur ses joues. Elle les essuya d'un revers de main puis passa les doigts sur sa jupe.) La semaine suivante, Simone m'a demandé si on pouvait partir une heure plus tôt que d'habitude, car elle déjeunait avec Tim. Je voyais bien qu'elle n'avait pas envie que je sois présente. Après le cours, on est allés prendre un café tous ensemble et elle n'en avait que pour lui. Cela a continué comme ça tous les mercredis jusqu'à ce que, comme vous le savez, Alan l'empêche de revenir. Mais, à ce moment-là, elle était folle amoureuse de Tim qui n'a eu aucun mal à la persuader de…

— Attendez, attendez, dit Barnaby. Je ne veux pas de la version *Reader's Digest*. Je veux le texte intégral et une étape à la fois. D'abord, à quel moment Tim vous a-t-il dit ce qu'il avait l'intention de faire ?

— Quand il m'a demandé de trouver un appartement. C'est moins cher si on passe par l'école. Et aussi, alors que cela ne m'a pas frappée sur le moment, il ne voulait pas faire la tournée des agents immobiliers pour qu'on le reconnaisse. L'idée, c'était que Simone « disparaisse », et puis on demanderait une rançon. Elle était sûre qu'Alan ferait n'importe quoi pour qu'elle revienne et, en fin de compte, elle avait raison. Je n'ai jamais vu quelqu'un de si excité. Elle était comme un oiseau en cage qu'on va libérer. Bien sûr, elle croyait que Tim et elle s'en iraient ensemble, après avoir tiré tout ce qu'ils pouvaient du mari.

« Comme complice de la conspiration, j'étais bien sûr au courant de tout. Elle venait sans cesse au cottage, en disant à quel point c'était passionnant de comploter et tout ça. Elle discutait des moindres détails.

— Vous dites « comploter », interrogea l'inspecteur, mais d'après ce que vous racontez vous-même, tout le complot a l'air d'avoir été monté par les autres. Qu'est-ce qui rcstait à Mmc Hollingsworth ?

— Oh, les absurdes fioritures dramatiques. Elle avait décidé que ce serait amusant de se déguiser, le jour où elle se sauverait. Alors elle a mis une perruque et des lunettes noires dans son sac. Ce genre de choses. Et elle portait une tenue avec un manteau réversible.

— Je vois.

Pas étonnant que Simone ait été si longue, dans les toilettes des dames, chez Bobby. Barnaby essaya de ne pas s'appesantir sur les heures perdues à vérifier les ventes de vestes roses à Causton.

— Ça ne vous a pas posé de problème, mademoiselle ? demanda Troy. De l'écouter jacasser pendant que vous et votre jules vous occupiez du chantage ?

— Elle ne se sentait pas vraiment concernée. C'est une femme stupide, gâtée et très superficielle. Et je pensais qu'une fois que nous aurions assez d'argent, elle retournerait avec son mari qui serait trop content de la reprendre pour la gâter deux fois plus.

— Mais ça a déraillé ?

— Oui, depuis le début. Elle était censée prendre le bus de deux heures et demie pour Causton et celui de quatre heures de là à High Wycombe. Tim, qui avait déjà emménagé dans l'appartement, devait la retrouver à l'arrêt de bus. Mais je suppose qu'elle était trop impatiente de commencer sa « grande aventure » comme elle disait toujours, elle a pris celui de midi et demi et un taxi jusqu'à l'appartement.

« C'était bien d'elle, on aurait dû le prévoir. Toujours est-il que, sachant qu'on n'aurait peut-être pas l'occasion d'être seuls pendant quelques semaines, Tim et moi avons profité de cette occasion pour aller au lit. La porte de la rue n'était pas fermée et elle est tombée sur nous.

— Mince alors ! dit le sergent Troy.

— Simone était anéantie. Elle est restée à nous regarder pendant une minute puis elle a voulu s'enfuir. Tim l'a rattrapée, m'a ordonné de m'en aller et l'a fourrée dans la cuisine. Je me suis habillée et je suis partie immédiatement.

— Alors bon Dieu, quel besoin de se montrer aux Rossignols dans l'après-midi ?

— Pour la même raison que le rendez-vous avec la coiffeuse. Les gens devaient croire qu'elle avait bien l'intention d'être rentrée à cette heure-là. En d'autres termes, qu'elle ne s'était pas absentée de son plein gré. Comme je n'avais pas la moindre idée de ce qui se passait à High Wycombe, j'ai pensé que je devais continuer le jeu.

— Je suis désolé, mademoiselle, je ne vois pas la rationalité derrière tout ça. Qu'est-ce que ça pouvait bien faire, ce que les gens du village croiraient ?

— On pensait que cela écarterait tout soupçon de complicité, au cas où on apprendrait le kidnapping.

— Ce qui s'est effectivement passé.

— Oui. Alan a fait tout ce qu'on lui a demandé. Excepté brûler les photos.

— Et les bijoux ? demanda Barnaby. Il y a un collier aussi, en plus de la bague de fiançailles. C'était plutôt ça, le signe de complicité, à mon avis.

— C'est Simone qui en a pris l'initiative. On n'avait pas la moindre idée qu'elle les apporterait.

— Une jolie petite prime, alors, dit le sergent Troy. Il les a mis dans sa poche quand il s'est tiré, notre Tim ?

Sarah Lawson ne répondit pas mais devint si pâle que Barnaby crut qu'elle allait s'évanouir. Il demanda si elle voulait un peu d'eau et, quand elle accepta, il décida que c'était le moment de faire une petite pause.

— Apportez-nous du thé, voulez-vous, sergent ? Et des sandwiches.

Troy repoussa sa chaise et s'efforça de cacher son mépris : le dernier truc de la suspecte pour faire diversion avait marché comme sur des roulettes.

— Essayez de ne pas déranger notre ténor du barreau. Je crois qu'il est en hibernation.

— Du lait et deux sucres, dit Starkey tandis que Troy se dirigeait vers la porte. Et je préfère le corned-beef et les pickles. J'espère, inspecteur, ajouta-t-il en tournant le ventilateur vers lui, que la coopération de ma cliente aura toute l'attention de la cour, en temps voulu.

— Soyez-en assuré, répliqua Barnaby, qui remit le ventilateur dans sa position première. Encore que, si vous ne la persuadez pas d'avaler quelques solides repas, je crains qu'il ne reste plus grand-chose d'elle, en temps voulu.

Le sergent Troy apporta, avec le verre d'eau, du thé, des sandwiches au jambon et quatre biscuits-goûters. Les hommes attaquèrent avec appétit mais Sarah ne voulut rien savoir. Starkey engloutit trois des biscuits.

Au bout de quinze minutes environ, Barnaby remit en marche le magnétophone et l'interrogatoire se poursuivit. À la grande déception de Troy, l'inspecteur ne reprit pas à l'endroit où il s'était interrompu, à propos des bijoux de Mme Hollingsworth.

— Alors, mademoiselle. Jeudi 6 juin, les choses sont plutôt tendues, à Flavell Street. Qu'est-ce que vous avez fait ?

— Je suis restée au cottage jusqu'à ce que je ne puisse plus le supporter. Tim ne pouvait pas me dire ce qui s'était passé, vous comprenez, car il n'y a pas de téléphone dans l'appartement. Vers huit heures, j'y suis retournée. Quand j'ai frappé, il a ouvert. Tout était très calme. Aucune trace de Simone. Tim m'a amenée dans la cuisine. Il a dit qu'il avait envoyé la première lettre et la photo à Alan. Je voulais…

— Une petite minute. S'il pouvait quitter l'appartement pour poster une lettre, pourquoi ne pas vous appeler d'une cabine publique ?

— Est-ce que je peux raconter les choses dans l'ordre où elles se sont passées ? Alors vous comprendrez.

— Très bien, admit Barnaby. Donc, vous êtes tous les deux dans la cuisine.

— J'ai demandé à voir Simone mais Tim m'a dit qu'elle dormait et qu'il ne fallait pas aller dans l'autre pièce. J'aurais dû insister. Je savais, après ce qu'elle avait découvert plus tôt, qu'elle n'allait pas coopérer de son plein gré. Mais je me suis dit qu'il avait réussi à l'embobiner.

Elle regarda tour à tour les deux hommes, comme pour les exhorter à reconnaître la fatalité de ses actes.

— Il m'a dit de ne pas m'en faire, de rentrer chez moi et de me faire voir dans le village pendant les deux jours qui suivaient. Et qu'il m'appellerait après le week-end. Ce qu'il a fait le lundi après-midi, en me disant que Hollingsworth allait payer. Il ne m'a pas donné de détails. Seulement qu'il allait chercher l'argent ce même soir et que je devais venir à l'appartement vers une heure, le lendemain, pour l'aider à compter. Je lui ai demandé si Simone allait bien et comment il pensait... eh bien... la rendre, mais il m'a interrompue et a raccroché. Quand je suis arrivée le mardi, il était parti. Il n'y avait aucune trace de Simone et son sac à main avait disparu. J'ai attendu une heure ou deux. Mais je savais, au fond de moi, qu'il ne reviendrait pas.

« J'ai d'abord cru que j'avais été trahie. Que lui et Simone avaient pris l'argent et qu'ils étaient partis ensemble. Alors, dans le séjour, près de mon appareil, j'ai trouvé les photos. Il en avait pris plusieurs à chaque étape et choisi calmement la plus... la plus...

À ce moment, Sarah éclata en un torrent de désespoir qui la submergea complètement. Elle croisa les bras sur le bord du bureau et se cacha le visage. Il n'y avait pas grand-chose d'autre à faire qu'à laisser passer l'orage.

Quand elle eut recouvré un peu de calme, Barnaby lui demanda si elle se sentait prête à continuer. Et Sarah répondit, avec une grande lassitude :

— Pourquoi pas ?

— Combien de temps êtes-vous restée dans l'appartement après cela ?

— Jusqu'au soir, je crois.

— Et vous avez continué à y revenir, même en sachant qu'il était parti pour de bon ?

— L'espoir a la vie dure.

Tout en elle démentait ces paroles.

— Et alors ?

— J'ai appris qu'Alan s'était tué, du moins c'est ce que les gens disaient. J'étais anéantie. Je savais qu'il avait payé la rançon, alors j'ai pensé que c'était parce qu'on lui avait dit que Simone ne reviendrait jamais. Alors, quand vous m'avez annoncé que ce n'était pas une mort naturelle, je... mon Dieu, je ne pouvais pas y croire. Cela paraissait absurde. Et puis j'ai compris que c'était pour ça que Tim avait dû s'enfuir.

— Vous voulez dire parce qu'il était responsable ?

— Eh bien, il doit y avoir un rapport. La coïncidence est trop troublante.

— Je suis d'accord avec vous là-dessus, dit Barnaby. Mais quelle raison pensez-vous qu'il aurait eue de tuer Hollingsworth ?

— Je me disais que quelque chose avait dû clocher quand Alan a remis l'argent, qu'il avait essayé de suivre... Tim. Ou qu'il l'avait reconnu.

— *Reconnu ?*

Cette fois-ci, ce fut le sergent Troy qui démarra au quart de tour.

— Je veux dire qu'il l'aurait reconnu s'il l'avait revu. Dans un... comment appelez-vous ça ? Une séance d'identification de police ?

— Je ne crois pas que c'est ce que vous...

— Écoutez, sergent, ma cliente répond volontiers à toutes vos questions et du mieux qu'elle peut. Et ceci, bien qu'elle soit très bouleversée.

Pour la première fois, John Starkey s'exprimait avec une certaine autorité.

En fait, il avait l'air plutôt dynamique, comme s'il avait rassemblé les quelques débris de conviction qu'il possédait naturellement pour tirer une unique et splendide salve. Le sergent Troy fut indigné.

— Nous avons le droit...

— Vous n'avez pas le droit de harceler les gens. Surtout ceux qui...

Le discours impérieux alla decrescendo. Barnaby devina que l'homme avait failli dire « ceux qui n'ont rien fait de mal » mais qu'il s'était soudain rappelé les détails précis de la situation de Sarah Lawson. Starkey se dégonfla brutalement. Il commença à trembloter ; dans son costume en Tergal marron trop juste, il avait l'air d'une méduse toute fripée.

Barnaby demanda si l'on pouvait continuer.

— Oui, inspecteur, bien sûr. Absolument.

— Récapitulons, mademoiselle. Je voudrais juste que vous confirmiez que vous n'avez pas revu cet homme, que nous avons décidé d'appeler Tim pour le moment, ni eu de ses nouvelles, depuis son coup de fil le lundi 10 juin ?

— C'est exact.

— Il n'est pas venu chez vous tard dans la soirée ou très tôt le matin du mardi ?

— Non. Je viens de vous le dire.

— Et vous n'avez aucune idée de l'endroit où il se trouve actuellement ?

— Aucune idée.

— Et vous n'avez pas l'intention de nous aider davantage sur ce point ?

— Je ne suis pas sûre d'avoir bien compris ce que vous voulez dire.

— En nous donnant son adresse, par exemple ?

— Non.

— Je me demande si vous vous rendez bien compte de la gravité de votre situation. Hormis le rôle que vous avez joué dans l'enlèvement et la demande de rançon de Mme Hollingsworth, vous semblez maintenant protéger quelqu'un qui peut être coupable de meurtre.

— Je comprends très bien la gravité de tout cela, oui.

— Et vous comprenez que cela pourrait vous valoir une très lourde peine de prison ? Vous n'êtes déjà pas parvenue à supporter deux heures dans une salle d'interrogatoire, comment ferez-vous pendant dix ans dans une cellule ?

— Je n'aurai jamais à supporter cela.

— Si vous croyez que vous allez vous en tirer comme ça, dit le sergent Troy avec agressivité, en lançant un rire sarcastique pour faire bonne mesure, sous le prétexte que vous ne saviez pas exactement ce qu'il avait en tête, vous vous trompez.

— Ce n'est pas ce que j'ai voulu dire.

Après quoi, Sarah Lawson refusa de parler davantage et, au bout d'un quart d'heure d'interrogatoire infructueux, Barnaby déclara l'entretien terminé.

*
* *

Pendant les deux jours suivants, l'appartement de Flavell Street et le cottage Le Laurier furent soumis aux investigations scrupuleuses de l'IJ. Les résultats se révélèrent décevants.

On ne trouva que les empreintes de Sarah Lawson sur le lieu où Simone Hollingsworth avait été détenue. Et encore, seulement sur l'appareil photo. Ce qui semblait indiquer, comme le souligna Barnaby durant le briefing qui suivit, que l'amant avait procédé de sang-froid, avant de s'en aller, à un nettoyage méticuleux.

L'intérieur du cottage, beaucoup plus négligé, produisit une moisson plus riche et plus complexe bien que, hélas, on n'y eût découvert aucun indice sur l'identité ni sur l'habitation de l'homme connu de la police sous le nom de Tim. Mais il y avait de nombreuses empreintes variées qu'il fallut un certain temps pour débrouiller et identifier. Celles de Sarah, d'Avis Jennings et de Gray Patterson, et d'autres encore. Plusieurs, provenant d'une très petite main, correspondaient à celles relevées sur les flacons, dans la salle de bains des Rossignols et on présuma qu'elles appartenaient à Simone Hollingsworth. On recueillit quelques cheveux très blonds sur le coussin d'un fauteuil, on les analysa avec soin (les cheveux étaient teints), on les classa avec optimisme. Les filaments d'or blanc seraient utiles si le corps venait à être découvert, car tout le monde avait tendance à penser, désormais, qu'elle devait être morte.

Mais tout le monde se trompait car le samedi 22 juin, deux semaines et deux jours après qu'elle avait disparu de chez elle à Fawcett Green, Simone Hollingsworth fut retrouvée.

Il aurait été difficile de la manquer car elle fut éjectée, bien vivante mais en piètre état, d'une camionnette, à moins de dix mètres de l'entrée principale du commissariat de police de Causton.

11

On ne mit pas longtemps à découvrir l'identité de la femme, bien qu'elle fût incapable de donner son nom ni même de parler de façon compréhensible. Elle avait eu son heure de célébrité – seulement quinze minutes – il y avait déjà deux semaines de cela, mais ils furent plusieurs à Hillingdon Hospital à reconnaître Simone immédiatement.

C'est ainsi que Barnaby et Troy se retrouvèrent à attendre à l'accueil. C'était aussi déprimant que le sont généralement ces endroits. Des gens assis, apathiques, léthargiques ou nerveux, sur le bord de leur chaise, comme équipés de micros qui leur transmettaient de mauvaises nouvelles. Des enfants couraient partout en criant et en riant. D'autres pleurnichaient, en mendiant de l'argent pour les machines à bonbons. Des vieux, n'ayant rien à gagner ni rien à perdre, lançaient autour d'eux des regards furieux, en faisant des « tss » désapprobateurs à tout ce qui bougeait.

Le personnel, qui n'avait pas une seconde pour respirer, restait efficace et aimable. Mme Hollingsworth était dans le pavillon G, au troisième étage. On demanda aux deux policiers d'aller d'abord dans le bureau de l'infirmière-chef.

— Tournez à droite, rappela le sergent Troy d'une voix sans entrain, alors qu'ils sortaient de l'ascenseur.

Il détestait les hôpitaux. On leur indiqua un cube, dans un coin ; l'infirmière-chef Carter mit un certain temps à arriver mais l'attente ne fut pas ennuyeuse, loin de là. Les infirmières entraient et sortaient, le téléphone sonnait sans arrêt et les portes de l'ascenseur sifflaient. Par les vitres, les deux policiers voyaient les gens passer et repasser dans le couloir, comme s'ils glissaient sur un tapis roulant.

— Pardon de vous avoir fait attendre, dit Jenny Carter sur le seuil de la porte, manifestement arrêtée en plein vol.

— Mme Hollingsworth ? demanda Barnaby. Elle est en observation.

— Ah oui, notre célébrité. Eh bien, physiquement, elle ne va pas mal. Des égratignures, des bleus, j'ai cru comprendre qu'elle avait été jetée d'une voiture sur le trottoir.

— C'est à peu près cela. Heureusement, la voiture était à l'arrêt, selon les témoins, mais elle a quand même été éjectée avec violence.

— Mais mentalement, dit l'infirmière-chef en secouant la tête, c'est autre chose. Elle a l'air de ne pas savoir qui elle est ni ce qui se passe. Le médecin pense que l'amnésie sera temporaire. Cela arrive parfois après un choc violent à la tête.

— A-t-elle eu des visites ?

— Non. Pas même un coup de téléphone.

— Et la presse ? Est-ce que quelqu'un leur a parlé ?

— Certainement pas. On a autre chose à faire.

— Je m'en doute. Eh bien, puisque vous êtes au courant de l'histoire de Mme Hollingsworth, je suis sûr que vous comprendrez qu'on doit l'interroger dès que possible.

— Je vous souhaite bien du plaisir. Peut-être, dit-elle en sortant un stylo de la poche de son uniforme et en s'approchant du bureau, pouvez-vous nous donner le nom de quelqu'un à prévenir. Elle n'est pas assez malade pour qu'on la garde ici, vous comprenez, mais on ne peut la faire sortir dans son état, sauf si quelqu'un s'occupe d'elle. Et on a absolument besoin du lit.

— Bien sûr.

Comme tout le monde, Barnaby était au courant des interminables listes d'attente, des patients en rade sur des chariots dans les couloirs et des ruées dramatiques d'un hôpital à un autre, pour une place dans une unité de soins intensifs. D'ici que les administrateurs d'hôpital, postés au chevet des mourants, se mettent à taper du pied, à grincer des dents d'impatience, en consultant leur montre, et en priant silencieusement qu'ils se dépêchent un peu...

— Elle est mariée, je crois. Peut-être son mari...

— Mme Hollingsworth est veuve.

— Bien sûr. J'oubliais. Vous savez le nom de son médecin ?

— Là, je peux vous aider.

— Parfait, dit la chef, en inscrivant le nom puis en tendant la main vers le téléphone.

— Ah, encore une chose. Nous aurons besoin d'examiner tout ce qu'elle portait quand on l'a amenée. Quelqu'un du labo viendra chercher tout ça.

— Et qu'est-ce qu'elle va mettre quand elle sortira ?

— La personne qui viendra la chercher lui apportera des vêtements.

Barnaby et Troy n'avaient pas encore quitté le bureau que l'infirmière-chef appuyait déjà sur des boutons.

— Mme Hollingsworth est juste au bout, expliqua gaiement une infirmière stagiaire sans s'arrêter.

Ses chaussures souples grinçaient légèrement sur le sol brillant. Le pavillon, inondé de soleil, retomba dans le silence tandis que les deux hommes marchaient derrière elle. Ceux qui étaient capables de s'asseoir fixèrent avec un intérêt avide rapidement déçu l'infirmière qui tirait les rideaux fleuris autour de la patiente.

Il n'y avait qu'une chaise que Barnaby tira près du lit. Troy s'approcha, baissa les yeux vers la forme menue et immobile dans le lit. Et il tomba instantanément, éperdument amoureux.

Que voulez-vous ? Ce sont des choses qui arrivent. C'est une des réalités de la vie. On peut même dire que c'est la vie. Mais cela n'était jamais arrivé au sergent Troy.

Il avait connu le désir, pour ça oui ! Aussi facilement et naturellement (et presque aussi souvent) qu'il marquait des points au billard ou qu'il lavait sa Cosworth. Et, dans sa simplicité, il avait cru que c'était cela. Cette chose aux mille splendeurs chantée par les poètes. Le truc qui était toujours pour demain. Comment avait-il pu être aussi aveugle ?

— Madame Hollingsworth ? dit Barnaby très doucement.

— Elle dort, monsieur.

Prenant immédiatement la défense de la fille inconsciente, Troy ne s'était pas rendu compte que son ton frisait l'indignation. Il baissa les yeux dans un transport d'inquiétude protectrice. Comme elle était petite. Ses mains reposaient sur le couvre-lit, les doigts profondément écorchés étaient repliés vers l'intérieur, comme ceux d'un enfant. Elle avait un pansement sur la tempe et sa joue gauche s'ornait d'une méchante ecchymose. Ses cheveux blond-blanc, coupés par endroits et arrachés, étaient sales.

Le sergent Troy fut submergé par une vague de rage contre le salaud qui l'avait maltraitée. L'intensité de l'expérience l'alarma, car il ne supportait pas de perdre le contrôle de la situation. C'était comme si on avait attaqué Talisa-Leanne. Il recula de quelques pas et prit plusieurs profondes inspirations, en se détournant de la fille, sur son lit d'hôpital, qui maintenant ouvrait les yeux.

— Madame Hollingsworth ? répéta Barnaby. (Puis comme elle ne répondait pas :) Simone ?

— Qu'est-ce que c'est ?

Sa voix était si faible que Barnaby dut se pencher au-dessus du lit pour distinguer les mots.

— Je suis de la police. De la PJ de Causton.

Il fit une pause. Comme elle ne répondait pas, il poursuivit :

— Je comprends bien que vous venez de subir une terrible épreuve mais plus tôt vous en parlerez, plus vite nous pourrons arrêter les responsables. (Il s'arrêta encore, mais n'obtint pas davantage de résultat.) Est-ce que vous comprenez ce que je viens de dire, madame ?

— Oui mais... je ne me souviens de rien.

— De rien du tout ? Même le plus petit détail pourrait nous être utile. Vous rappelez-vous des noms ?

— Non.

— Sarah, par exemple ?

— Sarah.

Simone répéta le nom d'une voix lasse, sans timbre, mais la couleur affleura à ses joues pâles et ses lèvres se mirent à trembler.

— Ou le nom de l'ami de Sarah. (Sentant de la dissimulation, Barnaby insista.) Elle l'appelle Tim. Est-ce qu'elle l'appelait autrement quand vous étiez ensemble ? Par son vrai nom, peut-être ?

— Je... Je ne sais pas...

— Vous aviez l'intention de quitter votre mari et de vous enfuir avec cet homme. (Il était penché au-dessus d'elle, maintenant.) Vous vous en souvenez sûrement.

C'était terrible. C'était comme si on maltraitait un enfant. Troy fit un pas en avant, se plaça directement derrière l'épaule de son patron, d'où il pouvait voir Simone et en être vu.

— Ne vous en faites pas, madame, dit-il. Cela va vous revenir, petit à petit.

Il lui sourit, reçut en retour une timide ébauche de sourire et un regard noir de son chef, pour l'interruption.

Puis quelqu'un entra avec un mot de l'infirmière-chef. Elle avait expliqué la situation au médecin de Mme Hollingsworth et Mme Jennings viendrait la chercher dans l'après-midi. Ils seraient heureux de s'occuper d'elle pendant les prochains jours ou même plus longtemps si cela se révélait nécessaire.

Barnaby s'était levé. Troy écarta la chaise, en espérant que cela empêcherait son chef de se rasseoir. Mais l'inspecteur avait déjà décidé qu'étant donné les circonstances, il serait contre-productif d'insister. Maintenant que la situation de Simone, à sa sortie de l'hôpital, était arrangée, il préférait remettre l'interrogatoire à plus tard.

Barnaby sortit dans le couloir animé et disparut dans les toilettes des visiteurs. Troy en profita pour se précipiter à nouveau au chevet de Simone. Il se tint là, gêné, sans savoir que dire mais résolu à dissiper l'anxiété que les questions insistantes auraient pu provoquer.

Ils commencèrent à parler en même temps, Simone disant : « Merci pour... » et le sergent Troy : « Vous ne devez pas vous inquiéter... »

— Il fait plus de bruit que de mal.

Elle avait des yeux ravissants. Immenses, gris-vert, terriblement tristes. Mais en la voyant ainsi, sans maquillage, il ne l'aurait jamais reconnue sur la photo ensorceleuse du portrait de mariage. Son petit visage tiré paraissait presque quelconque. Bizarrement, ses sentiments n'en furent pas affectés.

— Nous comprenons ce que vous avez subi, madame. Bien sûr, il faudra que nous vous interrogions mais vous ne devez pas vous inquiéter. On n'exercera aucune pression sur vous tant que vous n'irez pas mieux.

Les larmes commencèrent à rouler sur les joues de Simone.

Troy résista à grand-peine au désir de lui prendre la main.

— Nous n'en avons pas après les victimes.

Troy aperçut Barnaby sur le pas de la porte.

— Vous ne décrochez jamais, Gavin ?

— Que voulez-vous dire ?

— Cette femme n'est pas en état, pour ce que vous avez derrière la tête.

— En fait, monsieur, je n'ai rien « derrière la tête », comme vous dites. (Ils se dirigèrent rapidement vers le parking.) Et je suis assez grand pour voir dans quel état elle est, merci beaucoup. Tout le monde croit, poursuivit le sergent Troy en ouvrant d'un geste furieux la porte de la Rover et en montant en voiture, que je suis le type qui ne pense qu'à ça.

*
* *

Cet après-midi-là, en réponse à la demande de l'inspecteur Barnaby, la personne qui avait déclaré avoir vu Simone Hollingsworth portant une perruque, des lunettes de soleil et une veste rose dans le bus d'Aylesbury, se rendit au poste.

C'était quelqu'un d'intelligent, pas du tout le genre à se mettre en avant et elle était contente d'avoir pu être utile. Ils l'installèrent avec une tasse de thé et un biscuit et la laissèrent avec le dessinateur. Elle décrivit avec le plus de détails possible le style de la perruque et des lunettes noires.

Deux heures après, un croquis de Simone fut distribué par le service de presse à tous les journaux et à l'émission télévisée *Crimewatch*. Dans les deux cas, on demandait au public de contacter la police si on avait vu Simone durant ces deux dernières semaines.

Barnaby appela Avis Jennings et la pria, puisque Simone vivait chez elle, de garder un contact permanent avec le commissariat. Il viendrait lui-même parler à Simone, dans un jour ou deux. Si la mémoire semblait lui revenir, ou si elle manifestait l'envie de partir, même si c'était pour rentrer aux Rossignols, il devrait en être informé immédiatement.

Il relut les dépositions des gens qui avaient assisté à l'incident de la camionnette. Une femme disait que Simone avait comme « roulé » hors de la voiture. Une autre qu'elle avait été poussée par l'homme au volant. Un troisième témoin déclarait qu'elle avait été violemment éjectée. Tous étaient d'accord pour affirmer qu'il n'y avait pas eu lutte. La personne qui était restée près d'elle en attendant l'ambulance avait l'impression qu'elle était déjà inconsciente avant de toucher le trottoir.

On s'était tellement concentré sur Simone qu'on avait fait à peine attention au conducteur. Mais un jeune, à l'esprit vif et au regard aigu, avait fourni une description de la camionnette (jaune sale et très rouillée) et le numéro d'immatriculation. Après vérification, il apparut qu'il s'agissait d'un véhicule volé.

Jusque-là, l'enquête menée dans Flavell Street et dans les environs n'avait apporté qu'un résultat vraiment intéressant. Mais qui paraissait certainement confirmer, du moins en partie, l'histoire de Sarah Lawson.

Un couple, qui sortait sa Ford Fiesta d'un garage, derrière l'appartement, avait vu un homme monter en courant l'escalier en fer. Il était entré au numéro 13 par la porte de la cuisine, directement sans frapper. L'homme portait des jeans et un tee-shirt noir, il avait des cheveux bruns et bouclés, il n'était pas très grand. Il leur tournait le dos, les témoins n'avaient pu distinguer ses traits. Ils avaient conclu d'après ses mouvements qu'il était plutôt jeune. Comme on insistait, ils précisèrent qu'il ne devait pas avoir plus de la trentaine. Ceci s'était passé vers les deux heures et demie, le jeudi 13 juin.

Quand on leur montra des photos de Sarah Lawson et de Simone Hollingsworth, le couple ne reconnut que Sarah. Il y avait une demi-douzaine de confirmations similaires, principalement des gens de la laverie ou de l'épicerie de M. Patel. Plus d'un témoin l'avait vue errer comme une âme en peine.

*
* *

Le lendemain matin, Sarah devait être traduite devant le juge. Étant donné la gravité du crime, la libération sous caution serait vraisemblablement refusée. Et la police s'y opposerait certainement.

Une fois placée officiellement en détention provisoire, elle serait transférée dans une prison pour femmes, probablement Holloway. Barnaby profita de la dernière occasion qu'il aurait de l'interroger sur son propre territoire. On l'avait prévenu qu'elle ne mangeait toujours pas mais il fut choqué par le brusque changement qui s'était opéré en elle.

Elle était recroquevillée, tremblante, dans un coin de la cellule, sur un matelas de mousse, les genoux sous le menton, sa longue jupe lui couvrant les jambes. Les os de ses pommettes et de son front pointaient, presque à transpercer la peau. Elle jeta un regard fou vers la porte, le visage ravagé de honte et de désespoir.

— Mademoiselle Lawson, dit Barnaby. (Il ne put se forcer à lui demander comment elle allait. Il s'assit sur le rebord des toilettes.) Qu'est-ce que vous espérez obtenir, par cette attitude ?

— Je veux seulement en finir avec tout ça.

— Avec quoi ?

— Avec tout. Cette longue maladie, ma vie.

— On ne vous laissera pas mourir de faim, vous savez. On vous mettra à l'hôpital et on vous nourrira, de gré ou de force.

— Alors cela ne fera que retarder les choses. Quelle importance ?

— Je me demande si vous comprenez bien…

— Bien mieux que vous, j'imagine.

— Je voulais dire que le jeûne peut provoquer de graves dommages, irréversibles. Et si vous décidiez, après tout, d'avoir envie de vivre ?

— Je ne changerai pas d'avis.

Bien qu'égaré et douloureux, son profil semblait taillé dans la pierre.

Il ne pouvait en rester là. Il sentait confusément qu'il devait essayer de la convaincre. Et, pourtant, il ne parvenait qu'à ramener la situation à des banalités. Des phrases toutes faites franchissaient ses lèvres. L'homme qui l'avait trahie n'en valait pas la peine. Il n'y avait pas que lui au monde. Elle rencontrerait quelqu'un d'autre. (Le sergent Troy aurait été fier de lui.) Il lui épargna du moins « le temps guérit de tout ».

— Vous vous trompez, dit Sarah. Quand vous dites que je vais rencontrer quelqu'un d'autre. Je crois que Platon avait raison, lui, quand il disait qu'on n'existe qu'à moitié tant qu'on n'a pas rencontré la personne qui vous complète. Alors seulement, on connaît le vrai bonheur.

— Mon Dieu ! Je ne parierais pas là-dessus. Il doit y avoir encore moins de chances qu'à la Loterie.

— Et pourtant, par quelque caprice du destin, j'ai trouvé la mienne. Alors, vous voyez, inspecteur, cela ne sert à rien de chercher plus loin. Et une fois qu'on a connu cette plénitude, être séparés est proprement insupportable.

La calme détermination qui se manifestait derrière les mots rendait toute discussion inutile. Barnaby se leva et se dirigea vers la porte, en se retournant sur le seuil.

— Vous savez qu'on a retrouvé Simone ?

Elle se ratatina à ces mots. Elle tressaillit comme si on lui avait jeté un seau d'eau glacée en pleine figure.

— Oui. On me l'a dit. Est-ce qu'elle… va bien ?

— Physiquement, oui. Mais elle ne sait plus où elle en est. Il l'a jetée d'une camionnette, est-ce qu'on vous a dit ça ? Votre charmante moitié ?

— D'une camio…

Elle le dévisagea comme s'il avait soudain parlé dans une langue étrangère.

— Nous avons son signalement. On l'a vu entrer à Flavell Street par la porte de service. Pas très grand, dans les trente ans, cheveux bruns. C'est juste, d'après vous ?

— Qu'est-ce… qu'est-ce que vous…

Barnaby lui renvoya son regard avec une force et une intensité égales. Alors Sarah Lawson ferma les écoutilles.

L'inspecteur repensa à un film qu'il avait vu, un film historique où une héritière malheureuse, éperdue, en découvrant que l'homme qu'elle aime n'en a qu'après son argent, parcourt toute la grande maison obscure où elle vit, en barrant les issues pour lui en interdire l'accès. Il entendait encore le claquement des volets qui se fermaient. Clac, clac ; clac, clac. Clac.

Exactement comme maintenant.

— Oui, dit finalement Sarah, qui semblait exténuée. Oui, je pense que c'est une description assez juste.

— Vous ne voulez rien dire d'autre, Sarah ? Vous ne vous décidez pas à nous aider ? (Aussi pitoyable qu'elle fût, Barnaby ressentait encore de la colère.) Pas d'autres mensonges ?

— Non. Aucun.

Il souleva le guichet puis cria à l'officier de service d'ouvrir la porte.

*
* *

Le lendemain, après la publication du portrait de Simone avec ses lunettes de soleil, plusieurs témoins se manifestèrent. Ils étaient loin d'être aussi nombreux et exotiques qu'au début de l'affaire. Ou bien le public en avait assez de la grand-messe Hollingsworth ou Simone avait été très bien cachée, après avoir quitté Flavell Street. Presque tous localisés à Londres ou dans les environs, les témoignages retenus ne valurent ni le temps ni l'énergie dépensés pour les recueillir. *Crimewatch*, qui aurait dû en susciter davantage, ne passait pas avant trois jours.

Juste après le déjeuner, Barnaby fut prévenu par Rainbird et Gillis, les pompes funèbres principales de Causton, que les obsèques d'Alan Hollingsworth devaient avoir lieu deux jours plus tard. Le service funèbre se tiendrait à l'église paroissiale de St. Chad's, Fawcett Green, et l'inhumation directement après, dans le cimetière adjacent. Sans fleurs ni couronnes.

Barnaby, qui se demandait d'où provenaient les instructions, griffonna une note sur son bloc. Les dernières trente-six heures avaient été si remplies de nouveaux événements et révélations que l'effort fait pour absorber tout cela avait repoussé la mort de Hollingsworth et de la pauvre Brenda Brockley dans les limbes de sa conscience. Maintenant, il reportait son attention sur eux.

Brenda était celle qui le déprimait le plus, peut-être parce qu'il sentait qu'il ne pouvait rien faire pour elle. On savait qu'elle avait été tuée par la voiture de Hollingsworth. Il devait fatalement être au volant. Quelles chances avait-on, maintenant, d'apprendre exactement ce qui s'était passé ?

Au moins, pour ce qui concernait la mort de Hollingsworth, on avait un suspect. Le traître sans visage, faussement appelé Tim. Sarah, au cours de son second interrogatoire, avait semblé insinuer qu'il était le responsable.

Bien sûr, il restait Gray Patterson et il faisait parfaitement l'affaire. Un mobile puissant, pas d'alibi, ami de Sarah Lawson. Cependant, en contrepartie, aucun indice ne témoignait de sa présence aux Rossignols la nuit de la mort de Hollingsworth. Et, l'après-midi de la disparition de Simone, il était à l'Odéon de Causton en train de regarder *Goldeneye.* Troisièmement, et c'était de loin l'argument le plus convaincant, Patterson ne pouvait absolument pas être décrit comme petit, avec des cheveux bruns et bouclés.

Maintenant, c'était sur cet homme qu'il fallait mettre la main.

***

L'orage avait vraiment détraqué le temps. Le jour de l'enterrement, il faisait encore chaud mais le soleil était incertain, des nuages filaient dans le ciel, les branches des ormes et des ifs s'inclinaient et bruissaient sous une brise légère.

Le révérend Bream, qui avait revêtu une aube d'un blanc de neige par-dessus sa soutane miteuse, lut l'élégie. Sa voix, ample et grave, était empreinte d'un chagrin assez sincère. C'était en ces moments-là qu'il devenait vraiment lui-même.

Barnaby et Troy n'assistèrent pas à l'office. Pas plus qu'ils ne se joignirent au petit groupe rassemblé près de la tombe mais restèrent à quelque distance de là, sur une butte herbeuse, des étrangers qui n'avaient aucun rôle à jouer sinon celui des spectres au festin.

— « Car l'homme né de la femme, sa vie est courte... »

Qui pourrait le contester ? « Elles accouchent à cheval sur une tombe », comme dit le poète. Du moins Barnaby pensait que c'était un poète. Ou cela venait-il d'une des pièces[1] que le groupe de Joyce avait montées ? En tout cas, l'auteur avait mis dans le mille. À l'échelle cosmique, c'était aussi rapide que cela. « Le jour brille un instant, puis c'est la nuit à nouveau. »

Bien qu'il y eût une foule de gens massés au porche du cimetière, il n'y avait que huit personnes près de la tombe. Avis Jennings se tenait aux côtés de Simone, le

1. *En attendant Godot* de Samuel Beckett. (*N.d.T.*)

bras passé autour des frêles épaules de la jeune femme. Le constable Perrot, son casque sous le bras, attirait l'attention. Le comptable Ted Burbage, qui représentait Penstemon, était à côté d'Elfrida Molfrey. Celle-ci et Cubby Dawlish se tenaient par la main et inclinaient gravement la tête.

Les deux autres étaient inconnues de Barnaby. Il devait s'agir du frère du défunt et de sa femme sans aucun doute. Une attitude si rigide, si morne, un visage si sévère n'appartenaient sûrement pas à un homme assez frivole pour amener sa maîtresse. Il portait un costume noir coupé dans un tissu lourd et médiocre. Elle, une robe couleur d'eau sale, à l'ourlet inégal, et un brassard de velours noir agrafé autour de la manche. Son expression était encore plus aigre que celle de son époux. Barnaby repensa à une phrase de sa mère « À faire cailler le lait ».

— « Et poussière tu retourneras en poussière… »

— Si c'est pas la bibine qui vous tue, c'est le percepteur qui vous achève, dit Troy, d'un air absent, les yeux rivés sur le visage pâle et malheureux de la veuve.

Il tremblait sans savoir pourquoi et se sentait plutôt nauséeux.

— Qu'est-ce qui ne va pas ?

— Hein ?

— Vous n'arrêtez pas de trembler.

— C'est la chaleur, chef.

Le repas fut servi à la maison du médecin. Mme Jennings avait fait les choses assez sobrement. Pas de gâteaux mirifiques ni de délectables confections de crème et de sucre. La chose la plus raffinée qui trônait sur la table était un *millefeuille*[1] aux framboises fraîches. Il y avait un demi-jambon d'York servi sur un plat ancien de porcelaine blanche et une salade d'herbes du jardin. Le Dr Jennings commença à découper le jambon mais fut interrompu par un appel urgent, sur quoi il disparut et le

1. En français dans le texte.

pasteur prit le relais. La conversation languissait et ne s'anima guère, peut-être parce qu'il n'y avait à boire que du thé d'Inde ou de Chine. Simone, naturellement le point de mire, paraissait accablée. Elle était assise entre les parents de son mari sur une méridienne de velours et avait l'air, selon le sergent Troy, d'une douce et ravissante rose entre deux cactus. Le pansement de sa tempe avait été retiré et, bien qu'elle fût soigneusement fardée, on voyait encore le bleu.

Mme Jennings leur avait fait comprendre à tous les deux qu'ils étaient cordialement invités à partager les rafraîchissements mais Troy se sentait toujours extrêmement mal à l'aise. Ils ne faisaient pas partie de la famille, ils n'étaient pas des amis, et leur présence ne pouvait que souligner la sombre origine de la situation. Comment pouvait-il présenter simplement ses condoléances à Simone, sans que cela l'engage en rien ? Pour la première fois depuis qu'il s'était enrôlé dans les forces de l'ordre, le sergent Troy regretta d'être un policier.

Barnaby ne se mêla pas aux invités. Dans la cuisine, il attaquait avec appétit une *ciabatta* maison avec un morceau de brie bien coulant et un bol de salade. Il parlait avec Avis Jennings qui venait de découvrir qu'il lui manquait une fourchette à gâteau et qui fouillait dans le tiroir à couverts.

— J'ai cru comprendre, d'après votre mari, que Simone allait mieux.

— Elle va un peu mieux, oui. Sa mémoire revient par à-coups. Jim dit que c'est souvent le cas. Elle nous reconnaît et Elfie, et se rappelle toutes sortes de choses sur le village mais pas grand-chose de son… épreuve. Ce n'est pas étonnant, remarquez, qu'elle veuille bloquer ses souvenirs aussi longtemps que possible. Ah, te voilà, toi ! (Avis gronda la fourchette manquante et se mit à la frotter sur sa jupe.) Je sais que je ferais la même chose.

— Tout à fait compréhensible.

— Je l'ai amenée chez elle pour prendre des vêtements et des affaires. Mais elle n'a pas voulu y rester.

— Comment êtes-vous entrée, madame ?

— Jill Gamble nous a remis les clés. (Elle eut un regard anxieux.) J'espère qu'il n'y a pas de problème. Nous ne sommes restées que quelques minutes.

— Et vous étiez tout le temps avec Mme Hollingsworth ?

— En fait, oui, répondit Avis, profondément déconcertée. Elle a juste mis quelques robes et des sous-vêtements dans un sac. Ce sont ses affaires, inspecteur.

Barnaby, la bouche pleine de succulent fromage, se contenta de hocher la tête.

— Bon, je dois retourner à mes moutons, dit Avis. J'espère que le contingent écossais va manger. Ce n'est pas comme s'ils étaient submergés de chagrin. Simone dit qu'Alan ne leur a pas parlé depuis des années.

— Il y a des gens qui trouvent que c'est l'attitude convenable à un enterrement.

— Hum..., fit Avis en reniflant. Ma foi, la rigueur c'est bien mais à petites doses.

Troy, dans les rares moments où il quittait Simone des yeux, avait remarqué un remous à l'autre bout de la pièce, près de la porte qui donnait sur la cuisine. On ne faisait pas la queue à proprement parler, mais le constable Perrot hésitait sur le seuil et finit par se faufiler quand Mme Jennings réapparut. Mme Molfrey tournoyait aussi en progressant doucement dans cette direction, suivie par Cubby Dawlish, qui tournoyait en sens contraire, cramponné à une assiette de jambon et de salade et une bonne tasse de thé fort.

En fin de compte, les trois arrivèrent en même temps. Perrot resta debout mais les deux autres s'assirent. Cubby buvait son thé. Elfrida, enchantée d'être de nouveau en *tête à tête*[1] avec la grosse légume, tourna son visage rayonnant vers Barnaby.

— Je ne vous reproche rien, bien sûr, inspecteur. Je sais que vous devez être incroyablement occupé. Mais j'ai été déçue de ne pas avoir de vos nouvelles après ma révélation.

---

1. En français dans le texte.

— Je crains de ne pas vous suivre, madame.

— Ni tintement ni carillon. Vous n'avez pas… (Elfrida regarda par-dessus l'épaule de l'inspecteur et aperçut juste à temps l'expression horrifiée du constable.)… reçu mon message ? J'ai laissé un message sur votre répondeur.

— Désolé, dit Barnaby en souriant. Ces machines ne sont pas toujours fiables, malheureusement. De quoi s'agissait-il, madame ?

— Comme je crois vous l'avoir déjà dit, le jour où Simone a disparu, j'ai remonté l'allée avec Sarah Lawson et elle portait ce grand carton. Elle a dit que c'étaient des bocaux que Simone lui avait promis pour son stand de bibelots, à la fête. Mais, quand nous sommes arrivées à son portail, elle l'a levé comme ça, dans ses bras, ouf…

— Attention, ma très chère, murmura Cubby.

— … Et il n'y a pas eu le moindre bruit. Le carton était censé être rempli de bocaux en verre. Alors je me suis dit, qu'est-ce que Simone fabriquerait avec tout ça, de toute façon ? Elle ne sait pas faire la cuisine, alors, vous pensez, du pain ou des confitures ! Je ne l'imagine pas du tout en train de faire des conserves de fruits ou de légumes. Aussi… (Elfrida lui lança un regard que Barnaby reconnut immédiatement. C'était le regard de Kilmowski quand il apportait un cadavre particulièrement volumineux et succulent dans la maison et qu'il le déposait fièrement sur le paillasson…). Aussi on pouvait voir, à la façon dont elle tenait le carton, qu'il était très lourd. Il y avait autre chose dedans, croyez-moi, inspecteur, que des bocaux vides.

— C'est très intéressant, madame. (Et c'était vrai. Il n'y avait aucun carton de ce genre ni au cottage Le Laurier ni dans l'abri de jardin qu'ils avaient fouillé.) Quand est la fête ?

— Pas avant le mois d'août.

— Et à qui Sarah devait-elle les transmettre ?

— À personne si elle tenait elle-même son stand. Vous pouvez demander à Mme Perrot, elle fait encore partie du comité, cette année, je crois, Colin ?

— C'est exact, dit Perrot qui sourit chaleureusement à son sauveur, en s'essuyant mentalement le front. Je demanderai si les bocaux ont été transmis à quelqu'un.

— Si vous pouviez, sergent.

— Je devrais peut-être vous dire à tous les deux, même si vous l'apprendrez sûrement demain, que Mlle Lawson a été inculpée pour sa participation à l'enlèvement et à la demande de rançon de Mme Hollingsworth.

— Oh ! Mais c'est...

Mme Molfrey ne put continuer. Les doigts tremblants, elle rajusta le voile de mousseline anthracite drapé sur ses anglaises. Il était garni de marcassite qui étincelait dans le soleil entrant à flots par la fenêtre de la cuisine.

— Je ne peux pas le croire. Non. Non.

— C'est vrai. Non, répéta Cubby avec fermeté. (Ses yeux bleus brillaient de conviction.) Elle est trop... quel est le mot, Elfie ?

— Fière.

— C'est ça. Trop fière.

— Vous vous trompez, inspecteur, dit Elfrida. Je suis désolée, je sais que cela peut paraître présomptueux...

— Nous n'inculpons pas les gens sans preuves solides, madame. Et Sarah Lawson a avoué.

— Mais elle se moque complètement de l'argent. Vous avez vu comment elle vit.

— Il se peut qu'elle se moque de l'argent. Mais la personne avec laquelle elle était en cheville, elle, s'y intéresse énormément.

Ce qui les choqua beaucoup tous les deux. Il devina les nouvelles et terribles complications qui se bousculaient dans leur esprit. Ils ne parlèrent ni l'un ni l'autre. Ils restèrent assis, stupéfiés, pendant un moment puis ils se levèrent et s'en allèrent, Cubby tapotant la main d'Elfrida d'un geste de tendre consolation.

— Perrot ?

— Monsieur.

Le constable Perrot s'avança hardiment vers la table en pin et y déposa son casque.

— Je veux qu'on surveille l'endroit vingt-quatre heures sur vingt-quatre. Surveillance à transférer aux Rossignols si Mme Hollingsworth décide d'y retourner.

— Vous pensez qu'elle est encore en danger ?

— Peut-être. En tout cas, il faut avoir l'œil sur elle. Elle est un témoin très important. Je vous la confie. (Barnaby repoussa sa chaise.) Vous serez relevé quand j'aurai organisé les équipes.

— Pas de problème, monsieur.

— Est-ce que ça va, pour le thé ? demanda Avis en passant une tête dans l'encadrement de la porte.

— Je prendrais volontiers une autre tasse, dit Barnaby. Mais je vais là-bas.

La scène, dans le salon des Jennings, s'était légèrement modifiée. Elfrida et Cubby n'étaient plus là. Edward Hollingsworth était allé s'asseoir près de la fenêtre où il était en grande conversation avec le comptable de Penstemon. Sa femme empilait les assiettes sur la table et les mettait sur un grand plateau. Troy était assis près de Simone sur la méridienne de velours vert.

Barnaby les observa tous les deux à leur insu. Simone parlait, s'interrompait pour se mordre la lèvre et froncer les sourcils, hésitait, se remettait à parler. Elle agitait constamment les mains, les portait à son front blanc, sur son cœur, lissait ses cheveux argentés dorés. Elle portait une simple robe en coton, à rayures blanches et roses, avec un brin de réséda épinglé au col. Sa frêle silhouette était crispée.

Troy, tout entier absorbé dans sa tendresse, écoutait. De temps en temps, il hochait la tête. Ou il disait quelque chose. Barnaby crut lire sur ses lèvres les mots : « Je suis tellement désolé. »

Il fit quelques pas vers la femme près de la table et se présenta.

— Oh, je sais qui vous êtes. (Les mots sortaient bien ronds, durs et espacés, comme des galets polis. Elle avait un fort accent écossais.) Vous en mettez du temps à trouver le responsable de la mort de mon beau-frère.

— Quand êtes-vous arrivée, madame ?

— Hier. Nous avons reçu une convocation du notaire d'Alan et nous avons rendez-vous demain matin. Nous rentrerons directement après. Mon mari doit préparer son sermon hebdomadaire. (Puis, au cas où Barnaby n'aurait pas parfaitement compris l'importance de la position de son époux :) Edward est ministre de l'Église.

Oui, pensa l'inspecteur, en regardant le profil blême et la moue dédaigneuse. Je l'aurais parié.

— J'ai cru comprendre que votre mari et son frère étaient brouillés depuis des années.

— Pas du tout. Il se peut qu'ils n'aient pas beaucoup communiqué entre eux mais ils n'étaient pas brouillés. En fait, au cours de ces derniers mois, ils se sont parlé à plusieurs reprises.

— Mais je ne me trompe pas en pensant que vous n'approuviez pas son second mariage ?

— Comme nous ne reconnaissons pas le divorce, il ne peut y avoir de second mariage. (Elle prit le plateau et découvrit ses dents d'un jaune de pierre tombale.) Fornication, je crois que le Seigneur l'appellerait ainsi.

Mince alors ! Barnaby regarda son dos raide comme un piquet, long et maigre, qui s'avançait, l'allure martiale, vers la cuisine. Cela ne me dirait rien de me réchauffer les pieds à ça, pendant une nuit d'hiver.

Il se dirigea vers le couple dans le coin qui, avant même qu'il parvienne à leur hauteur, se réjouissait déjà du changement agréable de l'atmosphère.

— Et comment vous sentez-vous, aujourd'hui, madame ?

— Ohhh, inspecteur.

Elles étaient comme deux blanches colombes, ces mains. Son charme, sa beauté étaient revenus. Le maquillage était léger mais si artistiquement appliqué que son visage paraissait sans artifice. Que ses cils étaient longs et soyeux !

— Beaucoup mieux, à ce que je vois.

— Oui. Merci.

— Sergent, il y aura une présence policière ici jusqu'à nouvel ordre. Il faudra l'expliquer à Mme Jennings. Alors vous voudrez bien me faire l'honneur ?

— Quoi, tout de suite ?

— Oui. Tout de suite.

Impossible de se méprendre sur l'accent des derniers mots. Troy se leva de mauvaise grâce. Il adressa un sourire à Simone, un mélange d'encouragement et de réconfort, et se retira. Malheureusement pour lui, Mme Jennings choisit ce moment pour franchir les portes-fenêtres et disparaître dans le jardin. En jetant un coup d'œil inquiet par-dessus son épaule, Troy la suivit.

— Avis a été si gentille, expliqua Simone. Et son mari aussi.

— Malgré tout, j'imagine que vous avez hâte de rentrer chez vous.

— Chez moi ?

— Aux Rossignols.

— Je n'y remettrai jamais les pieds. (Elle pressa violemment ses paumes contre ses genoux.) Je hais cette maison !

— Alors, vous vous souvenez d'y avoir été malheureuse ?

— Oui. (Elle le regarda avec hésitation.) Il y a des choses qui reviennent mieux que d'autres.

— Je comprends. Je voudrais vous poser une question, Simone. (Et devant ses yeux élargis par l'inquiétude :) Cela n'a rien à voir avec… Eh bien, peut-être indirectement. Je vous en prie, n'en soyez pas alarmée.

— Vous devez penser que je suis très stupide.

— Pas du tout, dit Barnaby en souriant. Vous rappelez-vous, juste avant… avant que vous partiez, avoir laissé un carton rempli de bocaux sur votre patio pour Sarah ?

— Des bocaux ? Quel genre de bocaux ?

— Des bocaux de conserve. Pour des conserves de fruits.

— Je ne… Attendez un peu. Oui. C'était pour la fête.

— C'est ça.

Il faillit dire : « Brave fille, va ! » car elle avait fait la bonne réponse et elle eut l'air aussi ravie qu'un enfant.

— Et vous pouvez me dire où vous les aviez eus ?

— Hum… laissez-moi réfléchir. (Elle fronça les sourcils, soupira puis refronça les sourcils.) À la vente de charité de l'église. Tout le monde est censé acheter quelque chose à ces trucs. Et comme tout est vraiment horrible, quand la fête suivante arrive, ça y retourne. Il y a eu une lampe hideuse qui a fait la tournée comme ça pendant des années.

— Parfait, dit l'inspecteur. Tout est résolu, alors.

— C'est tout ?

— Pour le moment.

Elle se détendit, leva les mains. Mais elle avait appuyé si violemment que les empreintes en restaient sur le tissu de sa robe.

— Que vouliez-vous dire quand vous avez parlé à Gavin d'une présence policière ici ?

— C'est pour votre protection, madame.

Gavin, hein ? C'est ce qu'on va voir !

— Mais tout n'est-il pas fini ? (Sous son maquillage, elle pâlit.) Je veux dire...

— J'ai transmis le message, monsieur.

Le sergent Troy était de nouveau là, et bien là. Campé sur le tapis et défiant qui que ce soit de l'en faire bouger.

— Bien, dit Barnaby en se levant. Allons-y.

En arrivant à la voiture qu'ils avaient garée à l'extérieur du cottage Le Laurier, ils aperçurent Gray Patterson appuyé au capot. Il vint à leur rencontre, l'air inquiet.

— J'ai reconnu la Rover, inspecteur, dit-il. Je ne voulais pas m'imposer chez les Jennings ni aller à l'église. Surtout avec le frère d'Alan. Je pensais que ça aurait l'air un peu hypocrite.

— Sans aucun doute, répondit Barnaby. Étant donné le passé.

— J'essaye de savoir ce qui se passe, pour Sarah. J'ai entendu dire qu'elle avait été arrêtée, alors je suis allé au commissariat. Mais on ne m'a pas laissé la voir.

— Si j'étais vous, je ne m'inquiéterais pas pour ça, monsieur.

— Mais elle va avoir besoin de moi. Pour l'aider à dissiper cette stupide erreur.

— Il n'y a pas d'erreur, malheureusement.

Et Barnaby répéta ce qu'il avait dit à Cubby et à Mme Molfrey, ce qui provoqua la même réaction. Patterson était absolument effondré.

— Cela ne se peut pas. *Sarah ?*

— En cheville avec son amant, précisa le sergent Troy. (Encore en rogne qu'on ait de nouveau intimidé Simone, il était décidé à s'en prendre à quelqu'un.) J'imagine que c'est pour ça qu'elle a fait copain-copain avec vous. Pour détourner l'attention, comme qui dirait.

— Foutaises.

— On ne l'a pas encore pincé, lui, mais ça va venir, dit Troy qui, avec un sourire, assena le *coup de grâce*[1]. Une histoire très passionnée, à ce qu'il paraît.

Alors Patterson se détourna. Il alla droit sur la route, qui était déserte, heureusement. Après quoi, vacillant, trébuchant, il longea le talus en direction de sa maison.

*
* *

Nous sommes tous entre les mains des dieux. Quand Barnaby entendait des criminels pleurnicher pendant les interrogatoires ou plus tard, sur le banc des accusés, qu'ils n'avaient jamais eu de chance, il ne débordait pas de sympathie.

Bien que lui ait eu de la chance – des parents aimants, un mariage heureux et solide, une enfant intelligente et en pleine santé –, il n'était pas du genre à faire des libations ni à offrir une prière d'action de grâce. Comme la plupart des gens qui jouissent de cette bonne fortune, il considérait qu'elle allait de soi.

Mais maintenant, en abordant l'étape finale de ce que le premier des nombreux livres consacrés au sujet devait appeler: *Coup de théâtre et rebondissement: Les Vies Mystérieuses d'Alan et de Simone Hollingsworth,* l'inspecteur se rendit compte du rôle joué par les Parques dans cette enquête.

C'était toujours le cas, bien sûr. Et l'on savait rapidement si oui ou non elles vous étaient propices. Par exemple, si quelqu'un – et Barnaby n'avait pas cru une minute que le sergent Troy était ce quelqu'un – n'avait pas eu l'idée d'interroger le bureau de logement de l'école, il y

1. En français dans le texte.

avait fort à parier qu'on n'eût jamais découvert l'appartement de Flavell Street.

Et si Eden Lo avait regardé autre part pendant les quelques secondes où Alan avait posé sa tasse de café et s'était éloigné, la connexion Heathrow n'aurait sans doute jamais été établie.

À présent, le lien le plus important flottait dans l'éther. D'abord, il n'eut l'air de rien. Un témoignage de plus. Une femme, une authentique cockney, passa un coup de fil, le lendemain de l'enterrement. Barnaby prit la ligne et écouta.

Sur le moment, il n'aurait su dire pourquoi cet appel, entre tous, correspondait à son état d'esprit. Ce ne fut que deux heures plus tard, sur le tas pour ainsi dire, qu'il saisit le rapport.

Elle s'appelait Queenie Lambert et habitait dans l'Île aux Chiens. La femme du portrait paru dans le *Sun* était restée dans un appartement en face de chez elle. Bien qu'elle ne soit pas sortie souvent, Mme Lambert l'avait aperçue à deux ou trois reprises, une fois ouvrant la porte au facteur et plus tard en train d'arroser les jardinières sur le balcon.

Mme Lambert avait l'air d'être une femme âgée et Barnaby imaginait qu'elle devait mener une vie plutôt retirée. Elle passait probablement beaucoup de temps à guetter ce que faisaient les voisins. Sûrement considérées comme de vraies concierges casse-pieds dans les immeubles, ce genre de personnes étaient un don du ciel pour la police.

Comme tout le monde, les deux policiers étaient au courant que les quais et les docks de Canary Wharf avaient connu un intense développement, mais ils eurent le souffle coupé par la grandeur et la magnificence de l'entreprise. De grandes tours de verre et d'acier entourées de tas de décombres étincelaient dans le soleil. Des excavateurs rugissaient et se déplaçaient en soulevant d'énormes nuages de poussière. Des appartements neufs, qui seraient bientôt vendus pour des centaines de milliers de livres, s'élevaient à quelques mètres de logements sociaux des années 1930, démolis ou condamnés, la pauvreté écrasée sans vergogne par l'argent.

En sortant du tunnel Blackwall, Troy émit un sifflement admiratif et même Barnaby fut impressionné par la splendeur théâtrale et arrogante qui s'étendait devant eux.

Comme il était presque midi et demi, ils s'arrêtèrent au *George*, dans Westferry Road, pour boire une pinte de Webster du Yorkshire et manger d'excellents sandwiches. Le sergent Troy fit une partie de fléchettes, Barnaby resta tranquillement à réfléchir. L'atmosphère, entre eux deux, bouillonnait et mijotait. Troy était encore furieux que son inquiétude passionnée pour Simone ait été grossièrement interprétée comme une occasion de s'envoyer en l'air. Il était encore vexé d'avoir dû subir la leçon qui avait suivi, sur le fait qu'il ne serait pas sage de se retrouver lié, de quelque façon que ce soit, à quelqu'un de si gravement compromis dans une affaire en cours.

Il savait très bien ce que cela voulait dire. Cela voulait dire que le chef n'était pas sûr qu'il ferme sa gueule. Qu'il croyait que lui, Troy, était assez évaporé, assez bouché pour se laisser embobiner et cuisiner par une gonzesse. Putain, tu parles d'une insulte !

— Vous êtes prêt, sergent ?

— Oui, monsieur.

Troy visa en plein dans le mille, finit son verre et remit sa veste de cuir noir.

L'appartement de Mme Lambert était dans un petit prolongement des bâtiments Peabody, juste derrière les Jardins des Thermopyles, à deux étages, avec des balcons qui couraient tout du long, et du linge qui séchait. La plupart des fenêtres du rez-de-chaussée étaient soit condamnées soit grillagées. Un ou deux occupants, propriétaires de leur maison, les avaient personnalisées en peignant les briques en bleu et orange ou en remplaçant les fenêtres et les portes. Mais la plupart restaient grises et crasseuses, en grand besoin de réparations.

— On va s'arrêter avant.

Barnaby se rappelait une fois où il avait laissé sa voiture au pied d'une tour alors qu'il tentait d'arrêter quelqu'un au huitième étage. Quand il était ressorti, à peine dix minutes plus tard, tout ce qu'il était possible d'enlever de la voiture avait été volé, y compris les sièges.

Troy se gara en face d'un petit alignement de boutiques et descendit de voiture. L'inspecteur prit son portable et suivit. Ils traversèrent une cour, passèrent devant d'odorantes poubelles municipales, plus grandes qu'eux. Tandis qu'ils montaient l'escalier métallique, Barnaby se demandait encore quelle étrange impulsion l'avait entraîné à changer sa façon de procéder, pourquoi il n'avait pas laissé à un policier du coin le soin de vérifier.

Il voyait Mme Lambert agiter son rideau, en les regardant monter. La vieille dame ouvrit la porte avant que Troy ait eu le temps de sonner. Ils furent introduits dans un salon étincelant de propreté, si bourré de meubles qu'ils durent presque marcher en crabe et, après avoir refusé une tasse de thé, Barnaby demanda à Mme Lambert où elle avait vu la femme aux lunettes noires.

— Je vais vous montrer, dit-elle en clopinant péniblement jusqu'à la fenêtre. Directement de l'autre côté de l'allée, vous voyez ? Là où sont les pots de géraniums.

— Et pouvez-vous me dire... je vous demande pardon, s'interrompit l'inspecteur. Peut-être aimeriez-vous vous asseoir ?

— Je suis mieux debout, si ça va pour vous. (Elle portait de grandes charentaises d'homme qui gonflaient au-dessus des orteils.) Sans quoi j'ai le sang qui monte à mes oignons.

— Quand avez-vous vu cette femme la dernière fois ?

— Ohh, ça doit bien faire quatre ou cinq jours.

— Pouvez-vous être plus précise, madame Lambert ?

Barnaby sentit son cœur chavirer. Cinq jours auparavant, Simone Hollingsworth était couchée dans son lit d'hôpital à Hillingdon.

— Eh bien, voyons un peu. C'était le jour avant que notre Elaine m'emmène au pédicure. Ils vont pas envoyer de transport si vous pouvez trouver quelqu'un qui a une voiture. Sales radins.

— Et c'était ?

— Eh bien, c'était jeudi après-midi, au centre médical, alors c'était le jour d'avant que je l'ai repérée.

— Mercredi ?

Huit jours avant. Barnaby retint son souffle.

— C'est ça.

— Et pouvez-vous vous rappeler quand vous l'avez vue la première fois ?

Troy se désintéressait de la conversation. Il se disait que cela ne servait à rien. C'était une totale perte de temps. Mais, en vérité, une appréhension nerveuse, comme il n'en avait jamais connu, s'insinuait peu à peu jusque dans ses os.

— J'peux pas, en toute honnêteté, répondit Queenie Lambert. Mais je sais que c'était après le 12 juin parce que c'est quand je suis rentrée de mes vacances à Cromer.

— Merci, dit Barnaby, avec le sentiment que le mot était scandaleusement faible mais ne sachant par quoi le remplacer.

Ils durent retraverser la cour pour passer de l'autre côté. À mi-chemin, ils dépassèrent des petites filles qui sautaient à la corde. L'une d'elles portait un tee-shirt qui attira l'attention de l'inspecteur. En grandes lettres, on lisait : Cuba Street Carnaval.

Il s'arrêta et resta là, parfaitement immobile, plongé dans ses pensées. Troy avança de quelques pas, se rendit compte qu'il était seul et s'arrêta aussi. Persuadé que le chef avait fait exprès de le ridiculiser, il ne rebroussa pas chemin. Il s'avança vers les fillettes, sourit et dit :

— Salut !

Elles s'enfuirent en courant.

— Gavin ?

— Monsieur.

— Vous avez le plan de Londres ?

— Dans ma poche.

— Cherchez-moi Cuba Street, voulez-vous ?

En attendant, Barnaby ne put s'empêcher de se demander ce qu'il attendait, justement, pourquoi le mot Cuba sonnait à ses oreilles comme une cloche fêlée, et quel pouvait être le rapport entre cet environnement minable et le ravissant hameau de Fawcett Green. Pourtant, plus il restait là, plus il était certain de se trouver au bon endroit, au bon moment. Et pour de bonnes raisons.

— Voilà. (Troy tendit le plan avec froideur, ouvert à la page quatre-vingt.) Cuba Street. 2C.

Barnaby regarda fixement la page. La Tamise, comme un grand serpent blanc, se dédoublait en coupant l'Île aux Chiens de Rotherhithe et Deptford et Greenwich. Il repéra Cuba Street près de West Indian Dock Pier. Cela ne voulait rien dire du tout.

Le sergent Troy le remarqua, non sans une certaine satisfaction. Il n'avait pas la moindre idée de ce que cherchait le chef mais il savait reconnaître la déception.

Barnaby continua à étudier le plan. Et alors, il trouva. Troy le sut parce qu'une expression de reconnaissance, remplacée bientôt par l'étonnement, envahit les traits massifs de Barnaby. Troy pensa que le patron ressemblait à ce cinglé d'oiseau, dans l'histoire qu'il lisait parfois à sa fille. Qui avait laissé la sécurité de la cour de ferme pour aller voir du pays et le ciel lui était tombé sur la tête. On peut dire ce qu'on veut des poulets, ils sont peut-être idiots mais ils savent où il y a de l'action.

— Ce n'est pas Cuba, sergent. C'est Cubitt.

— Bien, chef.

— Cubitt Town.

— Pigé.

— Cela vous dit quelque chose ?

— Pas comme ça, là tout de suite.

— Réfléchissez.

Ouais, réfléchis, Gavin. Triture-toi un peu les méninges, allez.

*
* *

Ils montèrent le deuxième escalier et longèrent le balcon. L'appartement aux jardinières était le dernier de la rangée. Alors qu'ils approchaient, Barnaby ralentit le pas. Il se sentait extrêmement nauséeux et étourdi. Il avait une boule de la taille d'une balle de ping-pong dans la gorge et son corps était lourd comme du plomb. Maintenant, si proche du but, sa certitude vacillait. N'était-ce pas un peu fou de bâtir de tels espoirs sur une simple coïncidence géographique ?

Alors il remarqua, étiré le long du mur, un beau chat tigré qui bâillait en se chauffant au soleil. Il se pencha, tendit la main et appela :

— Nelson ?

Le chat sauta du balcon et vint droit vers lui.

— *Nelson ?* (Le sergent Troy regarda, les yeux ronds, le chat qui se frottait aux jambes de Barnaby en ronronnant.) Vous voulez dire que c'est… ?

— Le chat de Simone, oui.

Barnaby frappa fort à la porte.

— Qu'est-ce qu'il fout ici ?

— Je suppose qu'ils s'en sont occupés pour elle.

— Mais comment… je veux dire, qui c'est « ils » ?

Il y avait du mouvement à l'intérieur. Ils voyaient à travers les vitres sablées une forme sombre approcher. On poussa un verrou, on tourna une clé, une chaîne cliqueta puis tomba. La porte s'ouvrit lentement.

Une femme d'âge mûr se tenait dans l'encadrement. Mince, avec une mine de poitrinaire, outrageusement fardée. Aspirant de la fumée d'une longue cigarette. Des cheveux crépus teintés au henné. Elle sentait le vinaigre et les frites et portait une minijupe en jean et une blouse en nylon presque transparente avec des boutons de strass.

— J'achète rien. Religion y compris. Alors, cassez-vous.

— Madame Atherton ?

— Qu'est-ce que vous lui voulez ?

Les mots venaient d'un homme au fond de l'entrée. Un homme dans la trentaine, pas très grand, aux cheveux bruns et bouclés.

— Inspecteur Barnaby, de la PJ de Causton, répondit l'inspecteur, et il mit le pied dans la porte juste à temps.

*
* *

Une des choses les plus horripilantes, chez le patron, c'était son refus de parler jusqu'à ce qu'il soit fin prêt. Une autre, tout aussi horripilante, c'était l'habitude qu'il avait de faire remarquer à son factotum que ledit factotum disposait de toutes les informations que lui, le patron, avait en sa possession, et que, par conséquent, il devait être capable de tirer ses propres conclusions.

Et c'était encore pire de savoir que cette attitude n'était dictée ni par la méchanceté ni par le désir de faire l'intéressant. Troy se rendait bien compte que Barnaby ne faisait que l'encourager. Qu'il l'incitait à se rappeler, à réfléchir, à déduire, à relier.

Mais ce n'était pas les points forts naturels de Troy. Il était observateur, vif et agressif. Il était bien dans les bagarres. Seulement, il manquait de patience. Ils rentrèrent enfin à la boîte. Mais il était hors de question que le sergent relise toutes les dépositions et interrogatoires pour découvrir d'où étaient sortis les mots Cubitt Town.

Les deux occupants de l'appartement derrière les Jardins des Thermopyles furent détenus au commissariat de Rotherhithe en attendant un transfert à la PJ de Causton pour interrogatoire. Queenie Lambert, déjà vaguement consciente d'avoir joué un petit rôle dans ce qu'elle soupçonnait être un grand drame, avait consolidé sa position en proposant de s'occuper du chat.

En quittant le commissariat de Londres Est, Barnaby avait demandé qu'on le conduise tout droit à Fawcett Green. À présent, le sergent Troy, le cœur battant à tout rompre et les pensées agitées comme des puces, descendait au pas de course St. Chad's Lane vers Les Rossignols, conscient d'une urgence sur laquelle il ne pouvait mettre un nom : il devait, à tout prix, arriver le premier.

En appelant plus tôt chez le Dr Jennings, on leur avait dit que Simone, accompagnée par l'officier qui avait pris la relève du constable Perrot, était rentrée chez elle pour trier quelques affaires et prendre son courrier. L'endroit, sinon, était inoccupé. Le frère de Hollingsworth et sa femme, ayant résolument refusé de passer une seule nuit sous le toit de « cette diabolique maison du péché », étaient descendus au presbytère.

En remontant pour la dernière fois l'allée envahie de mauvaises herbes jusqu'à la porte d'entrée, Barnaby eut l'impression qu'il s'était écoulé bien plus que deux semaines, depuis sa première visite.

Dans les poteries italiennes, les tabacs étaient morts et desséchés, un des pots s'était fêlé et de la terre fine s'était répandue jusque sur le perron. Des chardons et des orties avaient pris possession du jardin et les vitres étaient grises de poussière. Les rideaux du rez-de-chaussée étaient tirés. Tout paraissait somnoler et, bien qu'on eût nettoyé l'intérieur, un relent de nourriture moisie se mêlait encore à l'odeur de la cire parfumée au citron.

— B'jour, inspecteur, dit le gendarme posté près de la porte ouverte.

— Mme Hollingsworth est à l'intérieur ?

— C'est exact, monsieur.

Barnaby pénétra le premier mais il était à peine dans l'entrée que son sergent passa devant lui. Troy parcourut le living en se cognant partout, puis il alla dans la cuisine et dans la salle à manger. Il revint se camper devant Barnaby, en respirant profondément. Il semblait dans un état d'extrême malaise physique et son visage était transfiguré par une détermination passionnée. Il y eut un bruit de pas au-dessus de leurs têtes.

Troy s'élança mais Barnaby lui bloqua le passage.

— Gavin. Écoutez-moi.

— Il y a quelqu'un en haut.

— Il n'y a pas d'autre solution.

— Je ne vous crois pas.

— Je suis sincèrement désolé.

— Il y a toujours une autre solution. C'est vous qui l'avez dit, il y a longtemps.

— Pas cette fois.

— Oh, mon Dieu !

— Vous voulez rester en bas ? (Les mots prononcés alors que Barnaby commençait à monter étaient à peine audibles. Troy secoua la tête.) Alors, tenez-vous tranquille, OK ?

Ils gravirent l'escalier. Troy s'efforçait de composer son visage et de garder une certaine maîtrise de ses émotions. Il avait l'impression d'être passé dans une essoreuse : son cœur était comprimé comme dans un poing géant. Il pensa : si c'est ça l'amour, je préfère un bon coup de pied au derrière, tous les jours de la semaine.

La porte de la chambre principale était grande ouverte et on la voyait en entier depuis le palier. Barnaby posa une main sur le bras de son sergent, geste inutile car Troy n'aurait pu ouvrir la bouche pour tout l'or du monde.

Une femme, qu'ils ne reconnurent pas alors qu'ils savaient tous deux qui elle était, se mirait dans une glace en pied. Perdue dans la contemplation ravie de son reflet, elle ne s'aperçut pas de leur présence.

Elle portait une magnifique robe de velours noir, dos nu et devant presque nu aussi. À ses pieds, d'élégantes sandales aux talons vertigineux. Elle maintenait l'équilibre en se balançant légèrement, d'un mouvement plein d'élégance et de grâce naturelle. Elle était coiffée d'une perruque mi-longue, blond cendré, crêpée et ébouriffée en un vaporeux nuage de boucles. À ses poignets, à son cou, à ses mains et ses oreilles flamboyait un embrasement de lumière.

Son visage était à la fois très beau et sans âme. Un confondant exemple de l'alchimie du maquillage. Une peau pêche et ivoire, rose corail sur les pommettes habilement modelées, d'immenses yeux brillants mais très durs, élargis et soulignés délicatement par l'ombre à paupières. Des faux cils noirs, lustrés et recourbés.

Mais c'était la bouche qui avait subi la transformation la plus étonnante. Le contour des lèvres naturellement minces avait été artistiquement effacé, et une nouvelle bouche s'épanouissait, cramoisie, avide et voluptueuse.

Elle se tourna de côté, avec une brève pause pour admirer la perfection fascinante de son image, ajusta le collier de diamants puis prit le somptueux manteau de renard bleu sur le dossier d'une chaise et le drapa autour de ses épaules.

Ce fut alors qu'elle les vit.

Simone ne se retourna pas mais se pétrifia, en regardant les intrus dans le miroir. Barnaby observa le processus de calcul à l'état brut. Les explications, les excuses, les faux-fuyants, les échappatoires. Elle les fit tous défiler avec une rapidité fébrile. Comme une machine à sous qui aligne le total. *Cling, cling, cling*. Et, à chaque coup, un citron.

— Bonjour, madame Hollingsworth.

— Oh, bonjour.

Elle ne pouvait rien faire, maintenant, pensa Barnaby avec une certaine satisfaction et énormément de colère. Impossible de revenir à la pauvre petite loque timide, triste et charmante que le monde avait traitée avec tant de cruauté.

— Je suis venue prendre quelques vêtements.

— C'est ce que je vois. (Il jeta un coup d'œil sur le lit jonché de billets. Il y avait aussi des robes. Et des sous-vêtements et des chaussures. Plusieurs valises de cuir étaient ouvertes à côté.) J'espère que vous ne songez pas à nous quitter.

Simone ignora la remarque. Elle darda sa jolie langue rose et mouilla ses lèvres déjà étincelantes. Elle jeta un coup d'œil au sergent Troy et tenta un sourire charmeur, qui souleva sa lèvre supérieure et dévoila des incisives blanches et pointues. Mais gelé par la tension extrême, le sourire se transforma en rictus moqueur.

— Salut, Gavin !

Troy se détourna et recula sur le palier. Il se pencha par-dessus la rampe, malade, trahi, malheureux. Il sentit son désir, empoisonné irrémédiablement, lui glacer le cœur.

Il entendit Barnaby dans la chambre qui commençait à parler mais les mots semblaient venir de très loin et lui parvenaient comme un étrange écho. Pour la première fois de sa vie, Troy crut qu'il allait s'évanouir.

— Simone Hollingsworth, commença l'inspecteur, vous êtes en état d'arrestation sous l'inculpation du meurtre de votre mari, Alan. Vous n'êtes pas obligée de parler…

Il fut pris au mot. Simone, en garde à vue depuis deux heures, était restée silencieuse, sauf pour téléphoner à l'avocate de Penstemon qui ne put se rendre au commissariat avant sept heures du soir.

En attendant l'arrivée de Jill Gamble, Barnaby organisa un briefing, en prévenant trente minutes à l'avance, qui rassembla inévitablement dans la salle de réunion tous ceux qui avaient travaillé sur l'affaire Hollingsworth.

Audrey Brierley était là ; mais pas Gavin. Il s'était récusé. Naturellement, bien qu'au bord de la crise nerveuse, Troy serait mort plutôt qu'on le voie pleurer. Il avait retourné sa détresse contre lui-même et s'y était embroché comme un guerrier vaincu sur son épée, mutilant ses émotions, piétinant avec violence ce qui venait à peine de naître. Blessé et malade d'amour, il n'était bon à rien et Barnaby l'avait renvoyé chez lui.

Les gens se dispersaient dans la salle, ouvraient des canettes, faisaient la queue pour le café. Certains dépiautaient des bonbons, d'autres déchiraient des paquets de chips. Les lignes téléphoniques avaient été transférées dans la pièce adjacente et deux standardistes civils avaient reçu l'ordre de prendre les appels. Il flottait comme une atmosphère de retranchement.

L'inspecteur jusque-là ne leur avait donné que les faits bruts. Ils savaient tous que Simone Hollingsworth avait été arrêtée et pourquoi. C'étaient les détails sordides, ce que quelqu'un avait un jour appelé « la merde du tout-venant », qui absorbaient maintenant leur attention.

Naturellement, comme l'objet de l'exposé – à savoir Simone – n'avait pas encore parlé, le récit de Barnaby serait plus une re-création imaginative qu'une simple énumération des faits connus. Mais il était impatient de démêler la toile enchevêtrée dans laquelle ils s'étaient tous empêtrés. Comme sa fille, il était né au son du roulement de tambour. Et maintenant, mesdames et messieurs, sous vos yeux, sous vos propres yeux...

Mais – Barnaby farfouilla dans ses notes – par où commencer ? Aucun crime ne se produit dans le vide et il avait l'impression que celui-là était en chantier depuis un bout de temps. Certainement depuis le début du mariage, et peut-être même plus tôt. Peut-être depuis le tout premier moment où la veuve noire avait repéré une aussi succulente, une aussi grasse mouche.

Le sergent Beryl donna le coup d'envoi.

— Alors qu'est-ce qui vous a fait la suspecter, inspecteur ?

— Il n'y a jamais rien eu de vraiment précis. Plutôt une accumulation de signes, de bribes d'information, de conversations qui ne signifiaient rien sur le moment mais qui, vus rétrospectivement, ont pris tout leur sens.

Peut-être cela ferait-il un bon début. Le village lui-même, Fawcett Green. Et l'opinion que les gens avaient de la seconde femme d'Alan Hollingsworth.

— La première chose inhabituelle que j'avais remarquée à propos de Simone c'était que tout le monde la décrivait exactement de la même façon. Or, ceci est très étrange. D'habitude, quand on demande à dix personnes leur opinion sur quelqu'un, on obtient dix réponses différentes. Mais, dans son cas à elle, c'étaient toujours les mêmes adjectifs qui revenaient. Mme Hollingsworth était mélancolique, solitaire, puérile et pas très futée. Elle s'ennuyait vite mais restait docile et aimante, même devant l'apparente cruauté de son mari.

— Pourquoi apparente, monsieur ? demanda Audrey qui paraissait pousser à la roue. Nous avons la déposition du médecin qui confirme.

— Je vais y venir. Ce que je veux dire, c'est que, contrairement à nous, qui ajustons notre comportement à la situation, Simone a tout accepté sans discuter. Alors, qu'est-ce qu'on peut en déduire ?

— Qu'elle jouait la comédie ? suggéra le gendarme Belling d'une voix hésitante, en tirant sur sa moustache bouclée.

— Exactement. L'ennui, je n'en doute pas, était sincère. Mais, pour le reste, elle jouait la comédie. Elle attendait son heure. Elle s'est mariée pour l'argent et, comme on peut s'en apercevoir au premier coup d'œil à sa chambre, elle n'a pas tardé à s'en servir amplement. Mais il ne s'agit pas que d'une histoire de cupidité, c'est aussi une histoire d'amour.

— *D'amour ?* dit le sergent Beryl en roulant des yeux incrédules. Il me semble à moi qu'elle en a tiré tout ce qu'elle a pu et puis qu'elle l'a liquidé.

— Oh, elle n'aimait pas Alan ! Non, je parle du mari numéro un. (Il feuilleta ses notes et trouva les lignes qui se rapportaient à l'homme déniché à Cubitt Town.) « Elle était folle de lui, il était fou d'elle, et tous les deux étaient fous de l'argent. » Mais Atherton, c'est ce que dit l'histoire, déniche une cible prometteuse et disparaît.

— Alors, vous pensez qu'elle a suivi son exemple et qu'elle s'est déniché elle aussi une cible bien à elle ? suggéra Alan Lewis, un inspecteur en civil.

— Qu'elle a manigancé son propre kidnapping ? dit le constable Belling, incrédule.

— Avec son aide, oui. Je ne crois pas qu'ils se soient jamais perdus de vue.

— Attendez un peu, monsieur, dit Audrey. Je ne vous suis pas du tout sur ça. (Il y eut une rumeur d'approbation générale dans la salle.) C'est sûrement Sarah Lawson et son type qu'on appelle Tim qui sont responsables.

— C'est exact.

— Lawson a avoué.

— Et il y a une preuve : c'est elle qui a loué l'appartement où Simone était détenue.

— On a trouvé l'appareil photo chez elle.

— Vous avez dit qu'elle a reconnu les photos.

— D'ailleurs, Simone s'était entichée du petit ami. C'est comme ça que tout a commencé.

— Tout ce que vous dites est vrai, excepté la dernière remarque, concéda l'inspecteur.

— Alors, je ne vois pas où vous voulez en venir, chef, termina Audrey. Ou Lawson et son petit ami ont monté le coup ou Simone et son ex. Ils ne peuvent pas être impliqués tous les quatre.

— Mais si, dit Barnaby. Sauf qu'ils n'étaient que trois. (Il attendit que s'apaise le murmure de stupéfaction.) En tout cas, deux seulement savaient vraiment ce qu'il en était. J'ai parlé d'une histoire d'amour, il y a un instant. L'amour de Jimmy Atherton et de sa femme. Mais j'ai comme dans l'idée qu'il va faire piètre figure à côté de l'amour de Sarah Lawson. Malheureusement, je ne l'ai pas interrogée quand j'aurais dû le faire, ce qui lui a laissé amplement le temps d'inventer un scénario. Une couverture pour protéger la femme qui l'a si cruellement trahie. Et je suis persuadé qu'elle ne démordra pas de son histoire, qu'elle ira jusqu'au bout. Car elle n'a plus rien à perdre et, à ce qu'il semble aujourd'hui, plus de raison de vivre.

— Vous voulez dire, demanda l'inspecteur Lewis, que ce « Tim » n'existe pas vraiment ?

— C'est exact.

— Quand avez-vous découvert cela ?

— La dernière fois que j'ai parlé avec Lawson. Je lui ai dit qu'on l'avait vu monter l'escalier à Flavell Street et entrer dans l'appartement. Elle était complètement abasourdie. Elle ne comprenait pas un traître mot de ce que je lui racontais.

Dans sa tête, Barnaby revit la scène. Il vit Sarah qui découvrait enfin la profondeur et l'étendue de la trahison, il constata les efforts qu'elle avait faits, alors que le couteau plongeait droit dans la plaie, pour protéger la femme qu'elle aimait.

— Alors quel besoin de l'inventer ?

— Au début, ce n'était pas nécessaire. Faire croire à Hollingsworth que quelqu'un avait kidnappé sa femme, c'était simple comme bonjour. L'enfermer, prendre les photos et les poster, pas de problème. Mais une fois qu'on a eu déterré les photos, les choses se sont compliquées. Et quand on a découvert l'appartement de Flavell Street, Sarah s'est retrouvée au pied du mur.

« Ce n'était pas pour elle-même qu'elle s'inquiétait. Comme on le sait, Sarah était à Fawcett Green le vendredi soir suivant l'enlèvement et presque tout le week-end, donc elle ne pouvait être soupçonnée.

— Alors... c'était Atherton ? dit le constable Belling.

— Non, non, objecta Barnaby qui commençait à s'énerver. Vous ne comprenez pas ? Il n'y avait personne d'autre. Les photos étaient fausses.

— Fausses !

— Alors, c'était un sacré boulot de professionnel, monsieur.

— Vous avez trouvé exactement le mot, Belling. Quand j'ai interrogé Avis Jennings, elle m'a parlé du passé de Simone. Les différents boulots qu'elle avait faits. (Il regarda de nouveau ses notes.) « Vendeuse chez un fleuriste, des cours de maquillage, démonstration de robots ménagers, a travaillé à la télévision un moment puis comme caissière dans une espèce de club. » Je n'ai pas eu le bon sens de faire le rapport entre le cours de maquillage et la télévision. Je présume qu'elle y est entrée comme maquilleuse.

— Personne n'a fait le rapprochement, monsieur, dit Audrey, qui pouvait se montrer très protectrice, parfois. Et on a tous lu la déposition.

— Est-ce que cette idée s'est confirmée, alors, chef ?

— On attend encore des informations des chaînes de télévision.

— Je crois que vous avez raison, chef. J'ai regardé *Urgences* la semaine dernière. Bon Dieu, il y a de ces blessures ! Ça dégouline sur l'écran.

— C'est pour ça qu'elle devait disparaître si longtemps, je suppose.

— Précisément. Elle ne pouvait quand même pas se contenter d'un débarbouillage et puis réapparaître. Il fallait que toutes les écorchures et les bleus aient le temps de cicatriser.

— Alors pourquoi prendre le risque de revenir, chef ? demanda le constable Belling. Elle avait le collier, la bague, l'argent de la rançon.

— Mais, en tant que veuve de Hollingsworth, elle s'attendait à hériter de tous ses biens. Les Rossignols, Penstemon, rien que ça, c'est déjà pas mal.

— Alors, c'est pour ça qu'elle l'a tué ?

— J'en suis convaincu mais on aura une version toute différente à l'interrogatoire, c'est sûr.

— Si elle décide de se mettre à table.

— Oui.

Barnaby se refusait à envisager le contraire. Durant la brève période passée en compagnie de la vraie Mme Hollingsworth, il avait senti une ossature d'acier, un cœur de pierre et une volonté de fer qui pouvaient bien l'emporter sur les siens.

— Comment s'y est-elle prise pour lui faire boire le truc, on ne peut que le supposer pour le moment, mais on sait déjà comment elle se l'est procuré. Elle est allée deux fois voir le médecin, en le gratifiant d'un joli étalage de dépression nerveuse agrémenté de quelques bleus, pour faire bonne mesure. Pourtant, il est intéressant de remarquer que, quand Jennings a voulu les examiner de plus près, Mme Hollingsworth « a eu un mouvement de recul », selon les propres mots du médecin. Il y a eu deux ordonnances de Halopéridol mais Jennings a commencé à se méfier quand elle en a voulu une troisième. Il croyait qu'elle voulait se détruire.

— C'est la meilleure ! marmonna un opérateur, au fond de la salle, la bouche pleine de Twix.

— Tant qu'on ne l'a pas vue, on a du mal à croire qu'elle ait pu si facilement manipuler les gens, dit Barnaby. Tout ce que je peux dire c'est que, de tous ceux auxquels j'ai eu affaire, elle est la meilleure. J'ai été trompé, comme tout le monde.

Ici, Barnaby marqua une pause et jeta un coup d'œil au cadran familier de sa montre. Juste six heures et demie. Il était temps de mettre fin au briefing. Il était temps de se rafraîchir, et de se ménager un petit quart d'heure tranquille, avec une tasse de thé, dans son bureau. Parce que, pour l'entrevue qui allait suivre, il fallait qu'il ait l'esprit vif. Et c'était peu dire.

Accompagné du sergent Beryl, l'inspecteur Barnaby pénétra dans la salle d'interrogatoire qui avait été utilisée pour Sarah Lawson. Il n'avait pas de plan d'action préconçu. Rien en réserve, pas de rhétorique toute prête ni de jeux de mots rusés. Il était disposé à prendre les choses comme elles viendraient.

Simone et Jill Gamble s'interrompirent à l'entrée des policiers et Barnaby eut l'impression qu'elles discutaient depuis un bout de temps.

Simone avait l'air très calme. Elle avait manifestement décidé de couper la poire en deux, entre la splendeur de sa dernière apparition publique et la fausse modestie de la fille de ferme de toutes les autres. Elle portait une robe-chemise en soie grise, des triangles d'argent brillant aux oreilles et un bracelet de corail. Un maquillage discret donnait à son teint un rose naturel et son parfum était léger et fleuri. Barnaby fut soulagé que ce ne fût pas *Joy*.

Il serra la main de Jill Gamble qu'il connaissait bien. Le sergent Beryl installa le magnétophone et l'interrogatoire commença. L'avocate prit la parole.

— Je dois dire tout de suite, inspecteur, que ma cliente nie le crime dont elle est accusée. Elle ne nie pas, cependant, qu'elle était aux Rossignols le soir de la mort de son mari et elle est prête à répondre franchement aux questions que vous pourrez lui poser concernant cette affaire.

— Voilà qui est très intéressant, dit l'inspecteur. Alors, madame Hollingsworth…

— Oh, inspecteur Barnaby, s'écria Simone, en se penchant, les mains jointes. Je ne peux pas vous dire à quel point je suis contente que tout ça soit fini. Enfin.

— Je suis sûr que nous sommes tous…

— Vous n'imaginez pas ce que j'ai pu être malheureuse. J'en étais venue à économiser les cachets que le médecin m'avait donnés… (Elle regarda avec anxiété son avocate qui hocha la tête d'un air encourageant.) J'aurais préféré mourir plutôt que de continuer à vivre comme ça. J'avais demandé à Alan qu'on se sépare, pour revenir à Londres et refaire ma vie. Mais il a dit qu'il ne me laisserait jamais partir. Et que si je m'enfuyais, il me trouverait où que je sois et... qu'il me... tuerait.

— Alors vous avez décidé de prendre les devants ?

La phrase lui rappela vivement Troy et sa voix était plus dure qu'il n'était nécessaire.

— Ce n'est pas ça. Si vous commencez à insinuer que tout était calculé...

— Si ouvrir trente gélules, jeter les capsules, mélanger la poudre au whisky et persuader quelqu'un d'avaler le tout, ce n'est pas du calcul, alors je ne sais pas ce que c'est.

— Vous ne comprenez pas.

— Eh bien, expliquez-moi.

— Ce n'est pas facile. (Simone tira un petit carré de soie de son sac, se tamponna les yeux, glissa le mouchoir dans son bracelet et soupira. Puis elle dit quelque chose de si exorbitant que Barnaby n'en crut pas ses oreilles.) C'est que je ne voudrais pas causer d'ennuis à Sarah.

— Mlle Lawson a déjà été arrêtée et inculpée, vous le savez parfaitement, rappela l'inspecteur quand il eut retrouvé son souffle. Elle a aussi avoué le rôle qu'elle a joué dans la conspiration. Maintenant, parlez-moi de vos relations.

— Eh bien..., déclara Simone en s'installant confortablement et en croisant les mains sur ses genoux. Tout a commencé peu de temps après mon arrivée à Fawcett Green. Elle m'a invitée à prendre le café. Et j'y suis allée plusieurs fois, parce que je me sentais seule. Mais c'était toujours tellement gênant. Toutes ces conversations sur l'art et la musique et compagnie, elle me montrait des livres d'art et essayait de m'y intéresser. Puis elle a commencé à m'entourer les épaules de son bras, à se rapprocher, ce genre de choses. Elle voulait me dessiner et j'ai posé un peu mais c'était si ennuyeux. Être assise là, sans pouvoir bouger, à regarder dans le vide.

— Quelle sorte de dessins était-ce ? demanda le sergent Beryl.

— Je n'ai rien enlevé, je ne me suis pas déshabillée, si c'est ce que vous voulez dire.

— Si vous ressentiez cela en présence de Mlle Lawson, dit Barnaby, pourquoi diable êtes-vous allée à son cours ?

— Elle n'arrêtait pas de me répéter que l'art pouvait changer ma vie. Naturellement, je n'y ai jamais cru. Mais, à la fin, j'ai pensé : pourquoi ne pas essayer ? Je sortirai de ce trou et je rencontrerai de nouveaux visages. Mais les trajets en voiture étaient si tendus que j'en ai eu marre. Elle n'a jamais vraiment *fait* quelque chose mais j'ai eu droit à tout un baratin sur l'amitié féminine, et qu'on était des sœurs par le cœur, l'esprit et l'âme. Moi, je pensais : c'est ça, cause toujours ! Puis, après le troisième ou quatrième cours, les choses se sont précipitées.

Simone s'interrompit, prit une gorgée d'eau et garda un instant le silence avant de reprendre.

Barnaby admit la pause, qu'il savait être la première d'une longue série, car si Simone avait eu largement le temps d'inventer l'histoire et les touchants sous-titres, il était à prévoir que le récit allait se révéler extrêmement complexe.

— Sur le chemin du retour, Sarah a tourné dans un petit chemin près de Hellions Wychwood. J'ai commencé à avoir les nerfs en pelote, j'ai vraiment cru qu'elle allait me sauter dessus mais elle était très calme. Elle m'a simplement dit qu'elle m'aimait plus que tout au monde et qu'elle voulait que je quitte Alan pour venir vivre avec elle. J'étais complètement sonnée. Elle promettait qu'elle n'exigerait jamais rien de moi. Ouais, dit Simone en gloussant grossièrement, on l'a tous entendue, celle-là.

« Elle a ajouté qu'elle vendrait le cottage, et achèterait une maison où je voudrais. J'ai dit que j'aimais Londres et qu'elle aurait de la chance si elle trouvait une pièce à Walthamstow en échange de cette vieille baraque de Laurier. Elle m'a assuré qu'elle avait quelques économies et des trucs de ses parents qu'elle pourrait vendre. Tout ça, c'était un peu pathétique, pour dire la vérité.

Dire la vérité ! pensa Barnaby, ce jour-là, on plante un arbre.

— Alors, ça a été la dernière fois que vous êtes allée au cours ? demanda le sergent Beryl.

Simone fronça les sourcils, hésitante.

— Cela ne doit pas être facile, madame Hollingsworth, dit Barnaby.

— Quoi ?

— D'essayer de se rappeler ce qui arrive ensuite.

— Je ne sais pas pourquoi vous vous montrez si sarcastique, dit-elle et sa tendre lèvre rose commença à trembler.

— Je peux peut-être vous rafraîchir la mémoire.

— Ne dictez pas à ma cliente ses réponses, s'il vous plaît, intervint Jill Gamble, un peu agacée. Vous avez peut-être oublié qu'elle fait de son mieux pour coopérer.

Le sergent Beryl combla la pause plutôt fraîche qui suivit en répétant sa question.

— C'est exact, finit par dire Simone. Alan avait découvert que j'y allais. Il était très jaloux et pouvait être violent. Alors, j'ai dû céder.

— Et il en a été si reconnaissant, dit Barnaby, qu'il vous a acheté un collier de diamants d'une valeur de deux cent cinquante mille livres.

— Alan adorait faire des cadeaux. C'est quasi la première chose qui m'a attirée chez lui.

Elle parut embarrassée quand les deux policiers se mirent à rire et murmurèrent quelque chose à l'oreille de l'avocate. Jill Gamble secoua la tête.

— Ce n'est rien. Vous vous débrouillez très bien.

— Vous savez ce qu'il a fait pour se procurer l'argent ? dit Barnaby.

— Vaguement. Mais les affaires et moi…

Simone haussa ses frêles épaules et soupira. Elle fronça son joli front, d'un air d'incompréhension. Manifestement, elle était une enfant dans ce domaine.

— Pourquoi pensez-vous qu'il ait pris des mesures aussi désespérées ?

— Mon Dieu ! Mais je ne sais pas !

— Moi, je dirais que ce n'était pas votre mari, le partenaire énergique et dominateur. Tout le pouvoir dans le couple était entre vos mains, madame Hollingsworth. C'est vous qui avez dit à Alan, et ce n'était pas la première fois, que s'il ne vous achetait pas ce que vous vouliez, vous le quitteriez.

Simone se ratatina légèrement à ces mots et eut l'air plus démunie que jamais. Elle garda le silence mais sa réponse était inscrite clairement dans ses beaux yeux : Prouve-le.

Bien entendu, il ne pouvait pas le prouver.

— C'est après cet épisode douloureux que vous avez conçu le plan de votre fuite ?

— C'est exact. Sarah ne voulait pas renoncer. Elle est venue aux Rossignols plusieurs fois et elle s'est tellement énervée sur la brutalité d'Alan, qu'elle a menacé de s'en prendre à lui.

— Gênant, commenta le sergent Beryl.

— En tout cas, un jour, elle s'est pointée avec le plan du kidnapping. Elle savait que j'avais travaillé à la télévision ; je lui avais raconté comment on maquillait les acteurs en victimes d'accidents de la route, en cadavres et tout ça. Son idée avait l'air vraiment simple. Je disparaissais, on faisait quelques photos, on prenait l'argent, et le tour était joué !

— Et après ça ? questionna Barnaby.

— Je vous demande pardon ?

— Lui avez-vous fait comprendre que vous entameriez avec elle un brillant avenir ?

— J'ai proposé qu'on fasse une seule chose à la fois.

— Voilà qui était sage !

— Et je lui ai dit que je ne pouvais pas partir sans mon Nelson chéri. Alors on a décidé que je le mettrais dans un carton sur le patio et qu'elle viendrait le chercher. J'avais mélangé un des tranquillisants que le Dr Jennings m'avait donnés à son petit-déjeuner pour qu'il reste sage et tranquille. Pauvre trésor.

— Vous m'avez dit, mardi, que le carton contenait des bocaux.

— Mais, inspecteur, mardi, je ne savais plus où j'en étais.

— Alors, le jour de la disparition, vous avez pris le bus et Sarah a pris le chat.

— Elle est arrivée avec lui à l'heure du thé dans ce trou infect qu'elle avait loué. Elle a apporté les trucs de maquillage, je lui avais fait une liste avant, de la nourriture pour Nelson et moi, des magazines et un plat à litière. Puis elle est retournée à Fawcett Green pour être sûre qu'on la voie. Une espèce d'alibi pendant que j'étais bouclée. Elle est juste revenue pour prendre les lettres et les poster.

— Vos horaires sont un peu boiteux, pour ça, n'est-ce pas, madame Hollingsworth ? suggéra Barnaby. (Conscient de l'avoir épinglée, il ressentit son premier tressaillement de satisfaction depuis le début de l'interrogatoire.) Nous savons, grâce à Penstemon, que vous avez appelé votre mari à cinq heures et quart le jour où vous avez disparu. Comment avez-vous pu téléphoner si vous étiez déjà enfermée à Flavell Street ?

— Sarah m'avait acheté un adorable petit téléphone portable, fit-elle sans hésiter une seconde. On avait besoin d'un téléphone, vous comprenez, pour donner les instructions de la rançon, mais ce premier appel à Alan, c'était mon idée à moi. Je pensais que ça nous ferait partir d'un bon pied.

Barnaby repensa à l'angoisse éthylique du mari de Simone, qu'avait décrite le constable Perrot.

— Ça, certainement.

— En fait, tout a marché comme sur des roulettes. Sarah a donné les autres coups de fil, en déguisant sa voix, naturellement, pendant que je pleurais et criais sans arrêt : « Ne me faites pas de mal », en bruit de fond.

Dans sa bouche, cela sonnait comme une bonne blague. En voyant que personne ne réagissait et, pire, qu'on n'était pas en admiration devant pareilles ressources, Simone fronça à nouveau les sourcils, cette fois avec un peu d'humeur.

Barnaby songea alors que la flatterie était peut-être le moyen de secouer ce calme imperturbable.

— Je dois dire que le plan paraît avoir été monté avec beaucoup d'astuce.

— C'est aussi mon avis, dit Simone avec une pétulance candide.

— Surtout la mise en scène à Heathrow.

— Ah, ça c'était fabuleux ! (Pendant un instant, il crut qu'elle allait applaudir.) Sarah est venue vers quatre heures, lundi, elle avait apporté de vieux vêtements qu'elle avait trouvés dans une vente de charité. Je l'ai déguisée en vieille bonne femme, c'était plutôt réussi, si je peux dire, et vers six heures et demie, la voilà partie.

— Nous savons tout ce qui s'est passé quand elle est arrivée là-bas.

— Ah vraiment ? dit Simone, l'air à la fois sincèrement impressionnée et un peu alarmée.

— Je présume qu'elle s'est changée pour récupérer l'attaché-case de votre mari ?

— C'est exact. Elle avait pris ses vêtements dans un filet à provisions, avec un pot de crème démaquillante.

C'était l'évidence même, une fois qu'on connaissait le truc. Barnaby eut l'impression qu'un magicien l'entraînait dans les coulisses. Qu'il lui montrait les fausses façades, les miroirs déformants et les trappes secrètes. Mais restait encore le grand final.

— Et que faisiez-vous pendant ce temps-là ?

— Cela va vous paraître vraiment terrible, lança Simone.

— Ça commence à être un peu délicat, n'est-ce pas, madame Hollingsworth ? demanda le sergent Beryl.

Barnaby ne put s'empêcher de rire à nouveau et Jill Gamble eut une petite toux irritée.

— Sarah est quelqu'un de très dominateur, poursuivit Simone. C'était son plan, elle dirigeait tout et j'étais juste un pion sur l'échiquier. J'ai pensé : et si une fois qu'elle a l'argent, elle ne revient jamais ? Je n'aurais rien pu faire.

— Sûrement les sentiments qu'elle avait à votre égard l'auraient ramenée, suggéra Barnaby, qui trouvait de plus en plus difficile de garder son calme devant cet impitoyable travestissement de la vérité.

— Oh, les sentiments ! Ça veut dire uniquement qu'on a la mainmise sur vous jusqu'à ce qu'on ait ce qu'on veut et puis pff, on s'évapore.

— Alors vous avez décidé de garder un œil sur elle ?

— Oui. Il y avait un foulard à elle dans l'appartement. Je me suis enveloppé la figure avec, du mieux que j'ai pu…

— Mais pourquoi donc ? demanda le sergent Beryl.

— Mais parce que j'étais couverte de bleus, qu'est-ce que vous croyez !

— Pourquoi ne pas vous être démaquillée ?

— Je n'avais pas le temps.

— J'aurais cru, insinua Barnaby, que la dernière photo ayant été expédiée le dimanche, jusqu'au lundi soir, ça vous aurait laissé largement le temps.

Simone le regarda avec des yeux ronds, son joli visage vide de toute expression, comme si elle était en train de rêver. Ses yeux noisette s'ouvrirent tout grands, miroitants comme des étangs de lumière liquide. Derrière ces yeux, il savait que le cerveau fonctionnait à toute vitesse.

— Un maquillage aussi compliqué que celui que je portais, ça peut prendre beaucoup de temps. Deux à trois heures, au moins. On avait encore une dernière photo à prendre et je ne voulais pas tout recommencer de zéro.

— Vous vouliez demander plus d'argent ?

— Non, non. (Le Ciel nous en préserve !) Mais Sarah pensait, et je suis sûre qu'elle avait raison, qu'Alan n'abandonnerait pas les recherches tant qu'il me croirait vivante. Après que sa première femme l'a quitté, il lui a fait une vie d'enfer, elle a dû porter plainte contre lui. Il n'a pas lâché jusqu'à ce qu'elle se remarie. Alors, je devais devenir un cadavre. Égorgée, probablement. Je fais un travail très réaliste, pour les blessures au couteau.

Cela lui avait pris en tout cinq secondes pour sortir une réponse absolument convaincante, fondée raisonnablement sur un trait de caractère de son mari. Barnaby, qui avait été sûr de connaître la raison du non-démaquillage, sentit son assurance faiblir. Non qu'il doutât de sa culpabilité, cela jamais. Mais il se demandait s'il serait capable d'établir cette culpabilité, de l'étayer avec des preuves solides, devant un juge et un jury. De la prouver.

— Alors, j'ai appelé un taxi et je lui ai dit d'aller à l'aéroport. Je ne savais pas où Sarah s'était garée mais je savais exactement où Alan devait être car il avait reçu des instructions strictes. Alors j'ai décidé de vérifier qu'il arrive bien avec l'argent, d'attendre qu'il revienne et s'en aille, puis d'aller trouver Sarah pour lui faire une bonne surprise. (Elle pépiait de plaisir, comme un petit oiseau excité.) Mais tout s'est très mal passé.

Barnaby l'interrompit. En partie parce que l'interrogatoire durait maintenant depuis plus d'une heure et qu'il avait besoin de changer la bande du magnétophone. En partie parce qu'il sentait le contrôle lui échapper plus ou moins et qu'il était déterminé à le reprendre.

Il demanda qu'on apporte des boissons et des sandwiches de la cantine. Simone sirota sans conviction une tasse de thé au citron vert très faible et déclara qu'elle était incapable d'avaler quoi que ce soit. Les hommes s'attaquèrent aux sandwiches et engloutirent tout ce qui se mangeait.

Puis les deux femmes se rendirent aux toilettes et le sergent Beryl sortit du bâtiment pour fumer une cigarette. Barnaby resta seul avec ses pensées, rien moins que rassurantes. Jusque-là, il n'avait pas réussi à entamer le numéro périlleux mais totalement convaincant de Simone Hollingsworth, victime de brimades et d'injustice flagrante.

Il se sentit tout à coup raide et mal à l'aise sur sa chaise, se leva et se mit à faire les cent pas. Il courba les épaules, et tourna la tête de droite à gauche pour relâcher les muscles de son cou.

À son retour, Simone reprit précisément là où elle s'était interrompue. Le taxi l'avait laissée près du parking, elle avait pris l'ascenseur jusqu'au premier niveau et avait marché jusqu'au bout. Quelques minutes après arrivait l'Audi décapotable. Simone s'était cachée derrière une Land Rover. Alan s'était garé n'importe comment, était descendu en claquant la portière et avait foncé sans même fermer à clé.

— Et heureusement qu'il n'avait pas fermé parce que qui est-ce qui arrive alors ? Cette fille bizarre des Mélèzes. Elle est sortie de sa Mini, s'est accroupie derrière les autres voitures et a commencé à ramper le long du mur ! J'ai réussi à me glisser à l'arrière de l'Audi juste à temps. J'ai mis un plaid sur moi au cas où elle regarderait par la vitre. J'ai attendu – oh, je ne sais pas, dix ou quinze minutes – et j'étais en train de me demander si j'allais descendre quand Alan est revenu !

— Oh ! là, là ! dit le sergent Beryl.

— Ça criait, à côté. Et, quand Alan a démarré la voiture, la porte du côté passager s'est ouverte et quelqu'un a essayé de rentrer. Je ne voyais rien, vous comprenez, mais j'entendais les voix. Elle répétait : « Vous êtes malade » et « Laissez-moi vous aider ». Il lui a dit de descendre et je crois qu'il l'a poussée. Puis il a avancé mais j'entendais encore l'autre qui lui criait de s'arrêter. Je crois qu'elle s'accrochait à la portière de la voiture ou peut-être que sa robe était coincée dedans. Alors il y a eu un choc terrible et elle a hurlé. Il s'est arrêté. Je l'ai entendu jurer. Il est sorti et puis il y a eu un autre bruit. Un grand boum suivi d'un bruit mou. Après, il est remonté en voiture et il est parti.

Ici, Simone fit une pause, tourna vers Jill Gamble un visage frais, serein et demanda si elle pouvait avoir un autre verre d'eau, parce que celui-là était plutôt tiède. Elle écouta avec gratitude son avocate lui murmurer des encouragements. Puis elle tira son mouchoir de soie de son bracelet et tamponna ses yeux secs.

Barnaby l'observait, les mains reposant légèrement sur le bord de la table en métal. Il était content de constater que, quoi qu'elle pût faire, Simone Hollingsworth n'était pas capable de pleurer sur commande. Il songea aux Brockley, avec une certaine satisfaction mélancolique : il allait pouvoir leur dire que la mort de leur fille était due à un regrettable accident. Après tout, cela ne servait pas à grand-chose d'inculper d'homicide involontaire un homme qui était déjà mort.

Il savait que le verre d'eau n'était qu'un prétexte, un moyen d'introduire une pause dans l'interrogatoire et, bien sûr, quand le verre arriva, Simone n'y toucha pas.

Barnaby se rendit compte que la tension montait dans la pièce, puis il comprit que ce n'était pas dans la pièce mais en lui-même. Il était oppressé, il avait du mal à respirer. Sa concentration, qui n'avait pas flanché depuis le début, diminuait petit à petit, comme un point lumineux qui brille au bout d'un tunnel obscur.

— Bon, madame Hollingsworth. Vous vous trouvez maintenant sur le chemin du retour vers Les Rossignols.

— À ma grande surprise et à mon grand dépit, inspecteur.

— Qu'est-ce qui s'est passé quand vous êtes arrivée ?

— Alan est entré directement dans le garage. Je suis restée sans bouger, en retenant mon souffle. J'ai pensé : une fois qu'il sera dans la maison, je pourrais peut-être sortir de la voiture et me faufiler dans le jardin de derrière. Me cacher là jusqu'à ce qu'il fasse vraiment noir. Mais il s'est penché par-dessus le siège pour vérifier la porte, il a vu qu'il y avait quelque chose sous la couverture et voilà. Il était fou de joie de me voir, tellement soulagé qu'il en était presque hystérique mais, en même temps, il avait quelque chose de sombre et de désespéré. Il m'a enveloppée dans la couverture et...

— Où est-elle passée, cette couverture ?

— Pardon ?

— Elle n'était pas dans le salon quand la police est arrivée.

— Oh, il l'a emportée en haut, je crois. Plus tard.

— Bien. Continuez, madame Hollingsworth.

— On est entrés dans la maison et il a commencé à divaguer en disant que ça l'avait presque tué, toute cette affaire. Et que ça allait recommencer ou que j'allais le quitter ou que j'allais rencontrer quelqu'un d'autre et que sa vie serait finie. J'ai essayé de le calmer et ça a eu l'air de marcher parce qu'il est devenu très tranquille, tout d'un coup. Il a dit qu'il était désolé de m'avoir fait peur et que je ne devais plus m'inquiéter parce qu'à partir de maintenant, tout irait bien. Je suppose que j'aurais dû me méfier d'un changement aussi brusque mais j'étais simplement soulagée qu'il arrête son délire. À ce moment...

Barnaby l'interrompit. Une froide, une terrible prémonition lui étreignit le cœur. Il avait envie d'arrêter, ne fût-ce que pour une minute, l'impeccable, l'implacable monologue.

— Vous avez vous-même prononcé le mot « se méfier » et, selon moi, il serait plus vraisemblable de l'appliquer à votre mari. Certainement, quand il vous a vue de plus près, il a dû comprendre qu'il avait été dupé.

— Je n'avais allumé qu'une seule lampe.

— Même comme ça...

— Et il aurait fallu qu'il me touche le visage, mais je lui avais dit que j'avais très mal. C'est alors qu'il est monté, pour me chercher du Panadol, soi-disant, mais il est redescendu sans. Il paraît qu'il n'y en avait plus.

— Alors, que s'est-il passé ? demanda le sergent Beryl.

Barnaby inspira avec irritation. Il aurait voulu s'attarder un peu sur la scène. Mais avant qu'il ait pu placer un mot, elle était repartie : elle s'exprimait d'une petite voix intense, haletante, comme si le souffle lui manquait.

— Il a parlé, parlé, dit à quel point je lui avais manqué et il a posé un tas de questions mais je lui ai répondu que tout ça avait été si horrible que je ne pouvais pas supporter d'en parler et il a eu l'air de l'accepter. Après s'être défoulé, il est devenu très silencieux pendant un moment. Alors il s'est levé et nous a servi un verre à tous les deux. Whisky. Je n'aime pas beaucoup ça mais Alan m'a assuré que cela me ferait dormir. Et puis il est allé chercher de l'eau dans la cuisine alors qu'il y avait déjà un siphon sur le plateau. Il s'est assis sur le canapé et a commencé à s'enfiler des whiskies. Moi, j'avais juste pris une gorgée mais il n'arrêtait pas d'insister pour que je boive tout, alors j'en ai avalé un peu plus. Il était terriblement pâle et il transpirait. Je me suis inquiétée. Alors, quand il s'est adossé et a fermé les yeux, j'ai versé le reste du verre.

— Où ça ?

— Dans le seau à glace. La table était près de mon fauteuil. Quand il m'a regardée, il a souri, il avait l'air vraiment content. Il a dit : « Bonne fille ! » Et puis : « Pardonne-moi, ma chérie. Nous serons toujours ensemble maintenant. » Je n'ai pas compris ce qu'il voulait dire.

Tu parles, que tu n'as pas compris, espèce de sale menteuse, garce ! Barnaby pénétrait maintenant sa solution de génie. Il saisissait le rebondissement final, dans toute sa crudité. Il vit le pauvre Hollingsworth, ivre de bonheur à partir du moment où sa femme avait décidé de se montrer à lui. Touché peut-être jusqu'aux larmes quand, malgré ses blessures et ce qu'elle avait subi, elle s'inquiétait pour lui. Elle lui avait préparé elle-même un verre, de ses blanches mains, l'avait installé sur le canapé. S'était assurée qu'il boive bien tout, jusqu'à la dernière goutte.

Prouve-le.

— Et quand avez-vous découvert, madame Hollingsworth, que votre mari ne s'était pas simplement endormi ?

— Mais je ne savais pas. Après que j'ai lavé mon verre...

— Pourquoi avez-vous fait cela ?

— Je suis quelqu'un de très ordonné.

— Avec la pagaille qu'il y avait dans cette cuisine, dit le sergent Beryl. Je n'aurais pas cru qu'un verre fasse beaucoup de différence !

— C'est aussi parce que l'odeur du whisky dans la pièce était vraiment désagréable.

— Madame Hollingsworth, dit Barnaby, il n'y avait pas trace d'alcool dans le seau à glace.

— Je l'ai rincé aussi avant de partir.

— N'avez-vous pas tout simplement jeté votre verre non trafiqué dans l'évier, une fois que votre mari a eu avalé sa potion mortelle ?

— Non trafiqué ?

— Et puisque vous alliez partir de toute façon, dit le sergent Beryl, pourquoi s'inquiéter de l'odeur ?

— Écoutez, vous voulez entendre l'histoire ou pas ? Parce que je commence...

— Vous harcelez ma cliente, inspecteur, protesta Jill Gamble en posant une main réconfortante sur le bras de Simone. Et si vous persistez, je serai forcée de lui conseiller de ne plus coopérer avec autant de conscience.

Il y eut un silence bref durant lequel le sergent Beryl se mordit la lèvre inférieure, Simone se tapota l'œil cette fois avec un mouchoir en papier rose, et Barnaby essaya de refouler l'impression qu'il avait de longer le bord d'une falaise dans une voiture dont il avait perdu le contrôle.

— Dois-je continuer ?

— Je vous en prie, faites, madame Hollingsworth.

— Du reste, il n'y a plus grand-chose à dire. J'ai quitté la maison...

— Vous n'avez pas oublié quelque chose ?

— Je ne crois pas.

— Avant de partir, vous êtes montée...

— Je ne suis jamais montée !

— Et vous avez tapé un message sur l'ordinateur de votre mari. Qu'avez-vous utilisé pour protéger le clavier ? L'un de vos nombreux foulards, peut-être ? J'en ai remarqué deux presque transparents dans votre chambre.

Simone était extrêmement désorientée.

— Que disait le message ?

— C'était un mot d'adieu.

— Nous y voilà alors ! (Elle se tourna vers son avocate et lui prit le bras. Exultante, innocentée.) Ohh, ça... *Il a laissé un mot !*

C'était insupportable. Pendant un instant, l'inspecteur se sentit submergé d'une telle rage qu'il en eut la nausée. Il lui fallut trois ou quatre minutes avant de pouvoir poursuivre l'interrogatoire.

— Dites-moi à quelle heure vous avez quitté la maison, madame.

— Aux alentours de onze heures, je crois.

Elle n'avait pas encore recouvré son sang-froid. Tout en elle étincelait.

— Et par où êtes-vous sortie ?

— Par la porte d'entrée. Il y a eu deux faux départs jusqu'à ce que je pense à éteindre la lampe halogène. M. et Mme B à côté regardaient par la fenêtre de la chambre. Et puis, bien sûr, il fallait que je retourne à High Wycombe.

— Mais pourquoi ? demanda Barnaby, feignant l'étonnement. Le cottage est à deux pas.

— Il n'y avait personne là-bas. J'ai frappé et frappé.

— N'est-ce pas plutôt que vous ne pouviez vous permettre de laisser Sarah ou quelqu'un d'autre croire que vous étiez à Fawcett Green le soir de la mort de votre mari ?

— Mais je ne savais pas qu'il était mort, à ce moment-là, répliqua Simone en soupirant avec une expression de patience infinie, de douce résignation.

Si Barnaby fut déçu que le piège, qu'il avait si astucieusement placé sur le chemin de sa suspecte, ait été si proprement éventé, il ne le montra pas.

— Et, de toute façon, je ne pouvais pas courir le risque de tomber sur quelqu'un alors que j'étais censée avoir été kidnappée.

— Alors comment êtes-vous rentrée à High Wycombe, madame Hollingsworth ?

— J'ai décidé de marcher jusqu'à Ferne Bassett et de là d'appeler un taxi. Cela ne fait même pas deux kilomètres.

— Un peu risqué, intervint le sergent Beryl. Marcher sur une route de campagne à cette heure-ci.

— Vous n'êtes pas le seul à penser cela, répliqua Simone, qui éclata d'un rire joyeux, tout simple. Un vieux type en Morris Minor m'a ramassée. Il allait justement à High Wycombe et j'ai pensé : super ! Mais quand il a vu ma tête, il n'a pas voulu me laisser à la maison, il a insisté pour m'amener à l'hôpital. Alors ça s'est terminé aux urgences.

Cette fois, elle pouvait à peine parler tant elle riait.

Les deux policiers la regardaient, imperturbables.

— Calmez-vous, madame, conseilla Jill Gamble en lui tendant le verre d'eau.

— Oh là là, oh là là ! dit Simone, et ses épaules tressautaient. Ce n'est pas la peine, ça va. Alors j'ai dû faire le mur et attraper un taxi dans la queue. Et d'après ce que je sais, ajouta-t-elle entre deux éclats de rire, il est toujours là-bas à attendre !

— Vous avez eu de la chance de tomber sur quelqu'un d'aussi attentionné, commenta le sergent Beryl.

— J'ai toujours de la chance.

À la fin de la troisième session, désarmé face à tant de calme, de tranquille détermination, Barnaby comprit qu'il était battu.

On avait resservi du thé et Simone, sans doute plus détendue maintenant que le virage dangereux avait été négocié, avait retrouvé l'appétit. Elle mangea un sandwich au fromage et à la tomate et deux biscuits aux fruits et noix. Ses petites dents comme des perles étaient tachées de chocolat. Elle lécha son mouchoir et s'humecta délicatement les lèvres.

— Bien. Parlez-moi des Atherton, madame Hollingsworth. Comment interviennent-ils dans ce conte de fées compliqué ?

— Je ne parlerais pas de conte de fées devant Ronnie...

— Allez-vous répondre à ma question, merde !

— Je suis désolée, dit Simone en se ratatinant et en cillant, un peu démontée. C'était seulement une plaisanterie.

Barnaby, furieux de s'être laissé provoquer, s'efforça de ravaler sa colère.

— Je pense que ma cliente a subi assez de brutalités comme ça, dans sa vie, vous ne croyez pas, inspecteur ?

— Nous essayons de découvrir la vérité, maître Gamble, sur la mort du mari de votre cliente. Elle semble considérer cette affaire extrêmement grave comme une partie de rigolade.

— Mais non, non ! s'écria Simone. Mais les gens réagissent à la tension nerveuse de différentes manières. Et je deviens un peu hystérique. Je l'ai toujours été.

— Si vous le dites. Êtes-vous prête à répondre à la question, maintenant ?

— Mais bien sûr. J'ai toujours été prête, dit-elle en tapotant ses cheveux et en lissant brièvement son sourcil. Renée Atherton est ma belle-mère, mon ex, plutôt. On s'est toujours bien entendues. Même après la séparation d'avec Jim, j'ai gardé le contact, j'allais la voir et tout. Avant que je me remarie, naturellement. Je lui téléphonais de temps en temps de la cabine quand ce vieux Fawcett Green devenait trop insupportable. Le frère de Jimmy, eh bien, je lui ai toujours plu mais pour moi, ce n'était qu'un ami.

— Quelqu'un vers qui vous pouviez vous tourner en cas d'ennuis ?

— C'est ça, dit-elle avec un sourire radieux, enchantée de voir qu'il avait compris si rapidement la situation. Alors, dès que je suis rentrée à Flavell Street, je leur ai passé un coup de fil.

— À cette heure ?

— Ce sont des oiseaux de nuit. Je savais que cela leur serait égal. J'ai expliqué que j'avais besoin d'un endroit où me cacher pendant une semaine ou deux et que c'était très urgent.

— Pourquoi ce besoin soudain de déménager ?

— J'sais pas. Une prémonition, peut-être. Je me sentais un peu paniquée. Ronnie a voulu venir me chercher immédiatement, ajouta-t-elle en secouant la tête, comme à un tendre souvenir. Vous parlez s'il était enthousiaste !

— Mais cela ne faisait pas du tout l'affaire, n'est-ce pas, madame Hollingsworth ?

— Je vous demande pardon ?

— Cela n'avait pas beaucoup de sens de s'en aller les mains vides.

— S'il se met à être méchant, dit Simone à son avocate, il peut toujours courir pour le reste.

Jill Gamble murmura quelques paroles apaisantes ; le sergent Beryl gratifia le plafond de polystyrène d'un regard soutenu ; Barnaby grinça des dents.

Enfin, Simone, affectant un air de je-ne-vais-pas-me-laisser-marcher-sur-les-pieds, condescendit à poursuivre.

— Je lui ai dit que la meilleure chose à faire était de venir vers les deux heures le lendemain. Il n'avait qu'à se garer dans le parking et je lui donnerais le signal avec mon portable quand le chemin serait libre.

— Je vois. Et qu'est-ce que vient faire votre premier mari dans tout ça ?

— *Jimmy.* Il ne fait rien du tout. Il est en Australie.

— Nous sommes au courant. Mais, quand même...

— Il n'a presque aucun contact avec sa famille, alors vous pensez, avec moi...

— Bien. (Encore une hypothèse chérie dans les choux.) Alors Ronnie est venu vous chercher. Et, probablement, c'est lui aussi qui vous a éjectée de la voiture.

— Je vous en prie, dit Simone en touchant doucement le bleu qu'elle avait sur le front. On voulait que ça ait l'air convaincant mais il m'a poussée un peu trop fort. Sarah est arrivée vers une heure. Et honnêtement, inspecteur, si j'avais eu encore des scrupules à m'en aller... (Là, Simone s'interrompit et se mit à trembler légèrement. Ses paupières battirent et elle posa une main sur la poitrine comme pour faciliter sa respiration.) Cette femme semblait croire qu'elle m'avait achetée parce qu'elle avait apporté l'argent. Elle a tout versé sur le lit et a commencé à lancer les billets partout en riant. J'ai cru qu'elle avait perdu la tête, pour vous dire la vérité.

— J'imagine aisément, dit Barnaby qui voyait bien Sarah sauter de joie et de soulagement, à l'idée que toute l'opération illégale et traumatisante était consommée.

— Elle a dit : « Tiens, tiens, prends-en » et elle s'est mise à en fourrer dans ma robe, en essayant de défaire les boutons. Bon, je n'allais pas me laisser faire. Je lui ai rappelé qu'elle m'avait promis qu'on serait juste amies. J'avais à peine prononcé les mots qu'elle s'est mise à m'embrasser et à me mettre la main sous la jupe. C'était vachement dégoûtant.

Barnaby essaya de s'imaginer aussi cette scène et n'y parvint pas. Mais il voyait très bien, en revanche, l'effet qu'elle produirait au tribunal. Surtout embellie par quelques petits détails encore plus croustillants.

— Elle est sortie pour acheter le déjeuner. Oh, qu'est-ce qu'on n'allait pas avoir ! Du saumon, du foie gras, des gâteaux délicieux, du champagne. Elle a dit qu'après quelques verres, je changerais d'avis pour aller au lit. Dès qu'elle est partie, j'ai téléphoné à Ronnie.

— Et vous êtes partie.

— Vous ne l'auriez pas fait à ma place ?

— En prenant l'argent.

— J'ai pris ma *part*.

— Ce qui faisait ?

— Exactement la moitié. Je sais que c'était l'idée de Sarah mais, sans les photos, ça n'aurait même pas décollé. Alors je pense que j'y avais droit.

— Ce qu'on sait, nous, c'est que vous avez pris le tout.

— Il n'y a que Sarah qui sache ce que j'ai pris et elle n'inventerait pas un mensonge comme ça. (Elle sourit aux deux policiers, avec son inaltérable assurance.) Même si c'est une vieille gouine.

Barnaby pensa à Sarah Lawson qui dépérissait lentement dans sa cellule de prison et à Alan Hollingsworth dans la terre glacée. Mais il ne laisserait pas la colère prendre le dessus une deuxième fois. Pas alors qu'il manœuvrait un panier rempli de cobras. La dureté, ça, c'était autre chose.

— Quel contraste entre vous, hein, madame Hollingsworth ? (Simone le regarda, ébahie.) Vous traitez Sarah de tous les noms. Pourtant, elle, elle se ferait tuer plutôt que dire un mot contre vous.

— Encore heureux !

Elle rougit en même temps. Juste un soupçon de couleur.

— Mais vous saviez cela depuis longtemps, non ? Vous saviez qu'elle vous aimait tellement que vous seriez toujours en sécurité ?

Simone se tourna vers son avocate et déclara :

— Je ne comprends rien à tout ça.

Alors, devant le peu de gratitude qu'on lui témoignait, elle décida qu'elle n'avait plus rien à ajouter. Peu de temps après, l'interrogatoire s'acheva. Simone fut reconduite en bas. Barnaby resta assis dans la pièce aux murs bleu pâle, avec les chaises en métal et l'affiche du doryphore. Il avait la tête dans les mains et les yeux clos. Il voyait, aussi vivement que si elle se tenait devant lui, Simone Hollingsworth sur le banc des accusés.

En chaussures plates, elle aurait l'air toute petite dans le box. Bien qu'elle soit déjà mince, cela ne la gênerait pas de perdre encore du poids avant le procès.

Ses cheveux auraient retrouvé leur vraie teinte et elle porterait un maquillage qui, tout en restant indiscernable, accentuerait sa fragilité. Ses vêtements seraient quelconques et peu coûteux. Peut-être même un tantinet miteux. Pas de bijoux sauf une alliance.

Elle aurait un avocat remarquable mais témoignerait si timidement que le juge devrait fréquemment lui demander de parler plus fort.

Le récit qui se déroulerait serait tragique. Abandonnée, après un bref mariage, par un homme qu'elle aimait vraiment, elle était alors tombée sous le charme d'un névrosé cruel et exploiteur qui la surveillait comme un faucon. Généreux si elle se conduisait exactement comme il le souhaitait, cet homme réagissait avec violence quand elle faisait la moindre tentative pour s'intéresser à quelque chose qui la sorte de chez elle. Le médecin de Mme Hollingsworth en témoignerait.

Une artiste du coin lui avait offert son amitié qui fut accueillie avec gratitude par cette femme solitaire, et, oui, nous l'admettons, mesdames et messieurs les jurés, peut-être un peu simple et naïve. Une amitié qui va se révéler fatale à Simone. Car Sarah Lawson, personnalité bien construite, très cultivée et extrêmement énergique, était aussi une lesbienne. Une femme qui, après avoir convaincu Mme Hollingsworth désormais sans protection et grandement vulnérable de partir de chez elle, avait tenté de la violer.

En fuyant cette nouvelle oppression, Mme Hollingsworth s'était retrouvée accidentellement piégée avec sa brute de mari et, cette fois, elle avait eu de la chance de s'en sortir, saine et sauve.

Etc. Et ça continuerait, de façon très convaincante.

Il ne fallait pas compter sur une inculpation de meurtre. Quelles preuves le Ministère public serait-il en mesure de fournir ? La prévenue avait rincé un verre et un seau à glace ? Toute la cour d'assises de Londres se tiendrait les côtes, jusqu'aux Dominicains et, au-delà du fleuve, jusqu'à Southwark.

Si la défense « plus victime que coupable » marchait, Simone pouvait s'en tirer avec trois ou quatre ans. Et comme tout ce qui était en dessous de quatre était automatiquement divisé par deux, tous les mâles au sang rouge du pays pourraient tenter leur coup et s'offrir le plaisir de sa compagnie dans moins de dix-huit mois. Les salauds de veinards !

— Monsieur ?

C'était le sergent du bureau.

— Oh, désolé. (Barnaby leva les yeux.) Vous attendez pour la salle ?

— En effet, inspecteur.

— J'étais à des kilomètres d'ici.

— Vous repassiez l'affaire Hollingsworth ?

— Eh bien, à ce moment précis, sergent, je pensais à Marlène Dietrich.

— Vraiment, monsieur ?

— J'ai vu un de ses vieux films la semaine dernière à la télévision.

— C'était bien ?

— Excellent, répondit Barnaby. Comme dans la vie.

Mais il devait y avoir quand même une certaine justice. Un peu. Un bref instant plus tard, l'inspecteur fut content de découvrir, grâce aux bons offices de Fanshawe et Clay, que par son testament, soigneusement et nettement rédigé, Hollingsworth léguait tous ses biens et tous les intérêts qui s'étaient accumulés à son frère, Edward.

Le legs comportait une condition. La veuve d'Alan serait logée, nourrie et entretenue par Edward et Agnes Hollingsworth, qui devraient subvenir à ses besoins essentiels, à moins qu'elle ne se remarie, auquel cas toute pension devrait cesser de lui être versée.

Barnaby aurait donné cher pour être présent quand Simone découvrirait que, le jour où elle avait franchi le seuil des Rossignols dans sa robe grise et ses simples boucles d'oreilles, en laissant sa garde-robe entière, son collier et son solitaire et l'argent de la rançon si ingénieusement récolté, tout le bazar appartenait déjà à quelqu'un d'autre.

Barnaby ne put s'empêcher de se demander, en apprenant ces nouvelles, si Alan n'avait pas toujours soupçonné le sombre côté de la personnalité de sa femme.

Par un effet plus heureux de ce document surprenant, Edward Hollingsworth, informé de la situation de Gray Patterson et ayant appris qu'elle résultait de la conduite immorale de son frère, avait décidé de le rembourser intégralement.

Sarah Lawson fut transférée de la prison Holloway au tribunal de Wood Green Crown où elle fut inculpée en vertu de l'article un du Code criminel de 1977, d'entente délictueuse et de tentative d'extorsion de fonds en affirmant de façon mensongère avoir kidnappé Simone Hollingsworth. Quand on demanda à Mlle Lawson de se lever pour faire face à la cour, il apparut qu'elle en était incapable sans y être aidée. Elle accueillit avec calme la lecture de l'acte d'accusation et quand on lui demanda si elle avait quelque chose à dire, elle choisit de garder le silence.

Plus tard, dans la même semaine, Renée et Ronald Atherton furent inculpés de suspicion d'obstruction à la justice. Ni l'un ni l'autre n'avaient de casier, à la grande surprise de Barnaby, et s'en tireraient probablement avec un avertissement ou une condamnation avec sursis.

Le sergent Troy reprit son service, mais il n'était plus tout à fait lui-même. À sa première heure de déjeuner, il alla chez W.H. Smith et acheta le livre de Joan Collins pour l'anniversaire de Maureen. Il y ajouta une grande boîte de chocolats belges de chez Marks and Spencer et un énorme bouquet de fleurs, en réalité deux réunis en un seul. Il mit quelque soin à choisir une carte.

Perrot ne sortit pas des préoccupations de l'inspecteur. Barnaby se rappela la défaillance du constable inexpérimenté, son retard à rendre compte de son entrevue avec Alan Hollingsworth et les compara à sa grossière erreur de jugement, après trente ans de maison, en ce qui concernait Sarah Lawson.

En y réfléchissant, il lui sembla qu'il avait traité Perrot injustement. Il jugea qu'il serait non seulement dur mais stupide de muter le policier qui faisait un travail superbe.

Il dicta une note à cet effet et reçut en réponse toute une tartine de gratitude.

Dans les bureaux de la PJ de Causton, toute la machinerie de l'enquête fut peu à peu démontée et l'équipe s'absorba dans d'autres tâches.

L'inspecteur divisionnaire Barnaby pansa ses plaies en privé. Ce n'était pas son premier échec ni sans doute son dernier, mais il trouvait celui-là particulièrement pénible. Il imaginait qu'on parlait de l'affaire au poste, et sans trop d'indulgence.

Mais il fallait garder le sens du relatif et, en fin de compte, cela n'avait pas vraiment d'importance. L'important, c'était l'anniversaire de Joyce, dans deux jours.

Barnaby avait prévu une mousse à la tomate servie avec des tranches d'avocat et des cœurs de laitue. Après quoi, un saumon sauvage grillé sauce hollandaise et des fèves nouvelles du jardin. Cully et Nicholas apportaient une tarte à l'abricot de la pâtisserie Valérie et du Perrier-Jouët Belle Époque.

Ils dîneraient dans le jardin et puis resteraient ensemble sous la clarté diffuse des étoiles. Barnaby et sa fille et son gendre entonneraient *Joyeux anniversaire* ! et Joyce leur chanterait comme elle le faisait toujours *Greensleeves* peut-être. Ou *There's no place like home*.

Dans la même collection

Claude Amoz	Le caveau	5741
	Dans la tourbe	5854
William Bayer	Mort d'un magicien	6088
	Pièges de lumière	6492
Philippe Bouin	Les croix de paille	6177
	La peste blonde	6360
Laurent Botti	Pleine brume	5579
Serge Brussolo	Le livre du grand secret	5704
Philippe Carrese	Graine de courge	5494
Thomas H. Cook	Les instruments de la nuit	5553
Philippe Cousin	Le pape est dans une pièce noire, et il hurle	5764
Stephen Dobyns	Persécution	5940
	Sépulture	6359
Stella Duffy	Les effeuilleuses	5797
	Beneath the Blonde	5766
James Elliott	Une femme en danger	4904
Linda Fairstein	L'épreuve finale	5785
	Un cas désespéré	6013
	La noyée de l'Hudson	6377
Christopher Fowler	Psychoville	5902
Nicci French	Jeux de dupes	5578
	Mémoire piégée	5833
Lisa Gardner	Jusqu'à ce que la mort nous sépare	5742
	La fille cachée	6238
Andrea H. Japp	La voyageuse	5705
	Petits meurtres entre femmes	5986
	Le ventre des lucioles	6361
Robert Harnum	La dernière sentinelle	6087
Yasmina Khadra	Le dingue au bistouri	5985
Andrew Klavan	À la trace	6116
Guillaume Lebeau	L'agonie des sphères	5957
Éric Legastelois	Putain de cargo!	5675
Philip Le Roy	Pour adultes seulement	5771
	Couverture dangereuse	6175
David L. Lindsey	Mercy	3123